Carla Berling

Pechmaries Rache

Kriminalroman

WILHELM HEYNE VERLAG
MÜNCHEN

Dieses Buch ist ein Roman. Die geschilderten Ereignisse
haben nicht stattgefunden, ich habe sie mir ausgedacht,
auch die Personen sind reine Fiktion. Ähnlichkeiten mit
lebenden oder verstorbenen Menschen wären rein zufällig
und nicht beabsichtigt.

Carla Berling

Penguin Random House Verlagsgruppe FSC® N001967

2. Auflage
Originalausgabe 01/2020
Copyright © 2020 by Carla Berling
Copyright © 2020 dieser Ausgabe
by Wilhelm Heyne Verlag, München
in der Penguin Random House Verlagsgruppe GmbH,
Neumarkter Str. 28, 81673 München
Redaktion: Steffi Korda
Printed in Germany
Umschlaggestaltung: Bürosüd unter Verwendung von
Abbildungen von © mauritius images/Peter Schickert/Alamy
Satz: KCFG – Medienagentur, Neuss
Druck und Bindung: GGP Media GmbH, Pößneck
ISBN: 978-3-453-42252-0

www.heyne.de

Prolog

Es war der perfekte Ort für ein Verbrechen.

Das knietiefe Wasser war eisig. Es wirbelte in schäumenden Strudeln über Kiesel und glitschige Baumwurzeln auf den Tunnel zu, der den Bach unter dem alten Gebäude hindurchleitete. Ein schwarzes Gitter mit fingerdicken Stäben fing Schmutz, Unrat und Äste ab, davor hatten sich Geröll und alte Ziegelsteine zu einem kleinen Wall aufgetürmt. Das Gitter war erst nach der entsetzlichen Tragödie angebracht worden, als könne es verhindern, dass so etwas je wieder geschah.

Welch ein Irrtum.

Die niedrige Böschung war dicht bewachsen, vor der Öffnung, die ins Dunkle führte, hingen Zweige eines ausladenden Gebüsches bis fast ins Wasser.

Im Gegenlicht des Mondes wirkte das Kreuz pechschwarz. Mannshoch ragte es in der fahlen Nacht auf. Es sollte für immer daran erinnern, wo es geschehen war.

In Wahrheit war es weiß. Weiß mit schwarzer Schrift. Der Name stand darauf, in großen Lettern, und das Todesdatum. Der Baum stand einige Armlängen dahinter, die Blätter der buschigen Krone bewegten sich sacht, fast unmerklich im Wind. Aus dieser Perspektive wirkten sie wie ein Kopf – ein Kopf auf einem schmalen Körper, dessen Arme weit ausgebreitet waren.

Es war der perfekte Ort für das Verbrechen.

1

Ira fuhr über eine holprige Einfahrt aus Kopfsteinpflaster, das im Regen schwarz glänzte und in dessen Fugen Gras, Disteln und Kamille wuchsen, auf das Gelände. Sie rangierte mit ihrem gelben Mini Cooper vorsichtig um ein Bobbycar, ein Kinderfahrrad ohne Sattel und einen Spielzeugeimer herum. Vor dem Sägewerk wendete sie den Wagen und parkte.

In diesem Augenblick begann es so heftig zu regnen, dass die Tropfen laut auf das Dach des Cabrios prasselten und von der Windschutzscheibe abprallten.

Sie zog den Reißverschluss ihrer roten Jacke zu und schlug den Kragen hoch, aber es schüttete jetzt so heftig, dass sie sich entschloss, noch im Auto sitzen zu bleiben. Sie schaltete die Zündung wieder ein und stellte den Scheibenwischer auf höchste Stufe, nahm ihre Nikon aus der Fototasche auf dem Beifahrersitz, beugte sich vor und machte ein paar Fotos. Sie würden nicht für die Zeitung taugen, der hektisch schwingende Scheibenwischer und die nasse Frontscheibe störten natürlich, aber sie würde die Location anhand der Bilder besser beschreiben können und konnte sich die Notizen sparen.

Die Gebäude waren um einen Platz gruppiert, der aus

denselben schwarzen Pflastersteinen wie die Einfahrt bestand und dessen große Schlaglöcher teilweise mit Schotter ausgebessert worden waren. Auf einer Pfütze trieb ein schlapper gelber Ball. Eingesunkene, rostige Schienen führten von der Straße aus über den Hof und endeten in dem bestimmt vierzig Meter langen Sägewerk hinter ihr. Vielleicht waren sie früher mit der nahen Bahnlinie verbunden gewesen, um Baumstämme oder Bretter zu transportieren.

Linker Hand stand ein Fachwerkhäuschen mit weiß gestrichener Holztür, an der ein geschmückter Strohkranz hing. Ira blickte nach rechts: Die ehemalige Mühle lag ein Stück zurück und war ziemlich runtergekommen. Moos und Gräser wuchsen zwischen kaputten Dachziegeln, die Farbe an Tür und Fensterrahmen war abgeblättert, hinter den blinden Scheiben brannte aber Licht.

Daneben stand das umgebaute Backhaus. Es bestand aus hell getünchten Ziegelsteinen. Das Rot der Steine schimmerte an manchen Stellen durch den abgeplatzten Anstrich. Blumenkästen hingen vor kleinen Fenstern, es gab einen Vorgarten mit Rosenbögen, Beeten und Kübeln und einem hüfthohen Zaun aus Latten, die wie überdimensionale Buntstifte angemalt waren. Hübsch, fast schon pittoresk, fand Ira. Und ein ziemlicher Gegensatz zu den anderen Gebäuden.

Die Autoscheiben waren jetzt von innen beschlagen; sie drehte die Lüftung voll auf und wartete, bis sie das Haupthaus wieder sehen konnte. Es war ein dunkler Bau, an den Seiten Fachwerk, die Front mit Schieferschindeln verkleidet, die wie riesige Fischschuppen angeordnet waren. *Fachwerk-*

haus mit Krüppelwalmdach, ganz untypisch für diese Gegend, dachte Ira. Sie hatte mal einen Artikel über charakteristische Bauweisen im ländlichen Raum geschrieben. Grüne Fensterläden rahmten Sprossenfenster ein, davor hingen leere, schief hängende Blumenkästen. Die Haustür befand sich im Hochparterre und war über eine Steintreppe zu erreichen. Unter einer Sitzbank entdeckte Ira einen vollen Müllsack und eine Getränkekiste.

Sie sah auf die Uhr. Vier Minuten zu früh. Ihre Verabredung mit Simon Heiland war erst um elf.

Drüben im Fachwerkhaus öffnete sich die Tür, ein Mann in Jeans, Kapuzenshirt und Gummistiefeln hielt einen Schirm in der Hand, kam auf den Mini Cooper zugelaufen und öffnete die Fahrertür. »Moin, Frau Wittekind! Kein Schirm, oder? Kommen Sie.«

Simon Heiland war Ende zwanzig, groß, schlank, von drahtigem Körperbau und hatte schulterlanges blondes Haar, das er sich am Hinterkopf zu einer Art Dutt zusammengefriemelt hatte. *David Garrett hat mit dieser Frisur angefangen, aber dem steht sie wesentlich besser,* dachte Ira.

Heiland führte sie in einen gemütlichen Wohnraum, in dem weiße Polster und jede Menge Kissen auf einem umlaufenden Holzpodest lagen. Er folgte Iras anerkennendem Blick. »Alles selbst gebaut, Sofas, Regale, Tisch, sogar die Bilderrahmen habe ich selbst entworfen. Genau genommen habe ich das ganze Haus neu gebaut. Gucken Sie mal, die Holztüren, sie sind ein paar Hundert Jahre alt und sehen aus wie neu, oder? Auch die Scharniere und die Griffe sind original.« Er machte eine Handbewegung. »Eigentlich stehen nur noch die Grundmauern. Wussten Sie, dass hier früher die Schmiede war?«

»Ich habe es mir gedacht, weil ich in den beiden anderen Gebäuden Mühle und Backhaus vermutet habe.«

»Ja, genau. Sie hätten das mal sehen sollen, bevor wir renoviert haben!«

Simon Heiland wirkte aufgedreht, wie die meisten Leute, die selten oder nie mit der Presse zu tun hatten. Ira setzte sich, nahm ihren Notizblock heraus, legte ihn auf ihre Knie. Sie begann das Gespräch mit einem freundlichen Lächeln. »Ich bin wirklich neugierig, was Sie mir über den Hellberger Hof und Ihre Pläne erzählen können.«

Er entspannte sich, nahm einen Stapel Papiere vom Tisch und gab Ira das oberste Blatt. »Ich habe da mal eine kleine Chronik zusammengestellt.«

Sie warf einen Blick darauf. »Darf ich Daten und Namen in meinem Artikel verwenden?«

»Klar, die sind extra für Sie.«

Sie begann, Simon zu befragen. Der Hof gehörte seiner Großmutter, Lilo Wolf. Sie lebte drüben im großen Haus, ebenso wie seine Schwester Sissy mit ihrem Mann und den drei Töchtern.

»Die frühere Bäckerei, wer wohnt da?«

»Meine Mutter. Sie wohnt im Backhaus und hat in der Mühle ihre Werkstatt, wir wollen das Sägewerk gemeinsam wieder in Schuss bringen. Vielleicht machen wir in der Scheune später auch noch ein Café auf.«

Jetzt taute Simon richtig auf, die Begeisterung für das Projekt war ihm anzumerken. Er erzählte, dass er Schreinermeister sei und dass er seit langer Zeit vom »Innovationszentrum Sägewerk« träumte. »Jetzt haben wir alles in trockenen Tüchern, meine Großmutter ist endlich einverstanden, die Finanzierung ist gesichert, das Konzept ist wasserdicht und der Businessplan auch.«

»Ihre Großmutter als Besitzerin des Hofes ist *endlich* einverstanden – heißt das, dass sie zuerst Bedenken hatte?«

Simon schluckte. »So könnte man das formulieren.« Er stand ziemlich abrupt auf. »Kommen Sie, ich zeige Ihnen jetzt das Sägewerk.«

Es regnete immer noch wie aus Eimern, die Pfützen auf dem Hof wirkten jetzt wie eine trostlose Seenlandschaft in Miniaturausgabe. Der Wind trieb den Ball auf der großen Lache hin und her. Simon hielt seinen Schirm über Ira und ihre Kamera, während sie den langen, verwitterten Holzschuppen fotografierte, in dem das Sägewerk gewesen war.

Mit jedem Schritt, den sie dem Gebäude näher kamen, verstärkte sich ein Rauschen, das Ira schon die ganze Zeit im Hintergrund wahrgenommen hatte.

»Was ist das?«

»Der Borstenbach. Er fließt neben der Mühle in einen Kanal unter dem Schuppen und bleibt dann ein paar Hundert Meter unterirdisch. Mit dem Wasser wurde früher die Säge angetrieben.« Simon zeigte zum Himmel. »Wenn es weiter so schifft, hat der Bach bald 'ne ordentliche Strömung. Beim Pfingsthochwasser 97 zum Beispiel, da stand hier alles, aber wirklich alles unter Wasser. Erinnern Sie sich daran?«

Ira dachte an die Zeitungsberichte: Der Borstenbach hatte sogar die Weserstraße unterspült, in der Kurve an der Bachstraße hatte ein riesiges Loch geklafft, und das Wasser war wie in einem breiten Flussbett die abschüssige Hermann-Löns-Straße heruntergeschossen und hatte die Rehmer Keller überflutet.

»Ich war noch ein Kind«, sagte Simon. »Das war das erste Mal, dass ich richtig Angst hatte, weil man gegen diese Fluten nichts machen konnte.«

»Ich hätte gern ein Foto von der Stelle, an der das Wasser unter das Gebäude fließt.«

Simon packte plötzlich ihren Arm und hielt sie fest. Ira sah ihn überrascht an.

Er ließ sofort wieder los. »Sorry, das wollte ich nicht… Ich meine … da gibt es gar nichts zu sehen … Also, ich meine … nichts, was für Ihren Artikel wichtig wäre. Lassen Sie uns reingehen …« Er drückte ihr den Schirm in die Hand, öffnete das Vorhängeschloss und hielt die Tür des Sägewerks auf.

Ira folgte ihm.

Anhand eines Planes, den er aus der Gesäßtasche seiner Jeans zog, erklärte er, wie das Innovationszentrum einmal aussehen sollte. Ira fotografierte Räume, Maschinen und ein paar rostige Werkzeuge in einer alten Vitrine. Anschließend liefen sie hinüber zu dem Häuschen, das früher die Schmiede gewesen war.

Eine magere, große Frau in ausgebeulten Cordhosen und bunter Strickjacke saß auf einem Schemel vor einer abgeschliffenen Chippendale-Kommode und schraubte die Beschläge der Griffe ab. Sie hatte ihr hennarotes Haar zu einem Zopf geflochten, der ihr fast bis zum Hintern reichte.

»Marilena, das ist Frau Wittekind von der Zeitung, sie schreibt den Artikel über uns. Frau Heiland, meine Mutter.«

Ira registrierte, dass er sie beim Vornamen nannte. Sie gab der nur wenige Jahre jüngeren Frau die Hand.

Um eine lockere Atmosphäre zu schaffen, zeigte Ira auf ein auffälliges Vertiko. »Haben Sie das gemacht? Ist ja genial!« Es gefiel ihr wirklich: Korpus und Seiten waren blau lackiert, eine Tür war diagonal schwarz und weiß gestreift, auf der anderen prangten handtellergroße Kreise in Blau auf schwarzem Grund. Füße und Zierleisten des Möbels schimmerten mattgold, ebenso wie die antiken Beschläge. Ira sah sich weiter um und entdeckte einen alten Stuhl, der sie von der Form her an die grässlichen Eichenstühle mit Gobelinbezug im Esszimmer ihrer Mutter erinnerte. Dieser hatte einen neuen Sitzbezug aus kirschrotem Lackleder, zwei schwarze und zwei rote Beine und eine Lehne, die mit Dschungelmuster bemalt war.

Marilena Heiland lächelte schüchtern, ihre Stimme klang sanft: »Ja, das ist mein Hobby.«

»Na komm, staple nicht wieder tief, das ist viel mehr, auch wenn es als Hobby angefangen hat!«, widersprach ihr Sohn. Er wandte sich an Ira. »Ihre Arbeiten sind erstklassig, sie ist immer besser geworden, und es gibt schon viele begeisterte Käufer. Und bald werden wir damit eine Menge Geld verdienen – ich baue und restauriere, und Marilena verschönert. Vielleicht richten wir auch das Café mit den bunten Möbeln ein.«

Ira unterhielt sich eine Weile mit beiden und ergänzte die Notizen auf ihrem Stenoblock. Sie fotografierte Mutter und

Sohn vor einem überdimensionalen Holztisch, der mit vergilbten Zeitungen und fleckigen Lappen ausgelegt war und auf dem es kaum einen freien Zentimeter gab: Tiegel in verschiedenen Größen, farbverschmierte Sprühdosen, Lösungsmittel mit grellroten Totenköpfen darauf, Beizmittel, Schwämme, Pinsel, die in alten Büchsen steckten, Hobel, kleine Sägen und eine Schale mit Nägeln lagen kreuz und quer verstreut.

Simon und Marilena Heiland posierten steif und unbeholfen und lächelten ziemlich verkrampft in die Kamera, Ira schaffte es aber, ein paar gute Aufnahmen zu schießen, als sie Marilena bat, ihr die Utensilien auf dem Chaos-Tisch zu erklären. Sofort taute sie auf, die hochgezogenen Schultern fielen herunter, die Mundwinkel entspannten sich, und die Stimme wurde fester.

Anschließend zeigte Ira ihnen die Bilder auf dem Display der Kamera.

»Die sind schön, ja, die können Sie nehmen«, sagte Simon.

»Ich würde gern noch mit der Besitzerin des Hofes reden? Lilo Wolf, das ist Ihre Mutter, nicht wahr?«, wandte Ira sich an Marilena.

Deren Augen wurden plötzlich schmal, und sie presste die Lippen fest zusammen.

Simon antwortete für sie: »Nein! Sie ist leider krank, da können wir nicht hin.«

Ira wunderte sich über den Unterton, der seine Stimme plötzlich schrill klingen ließ. »Und Ihre Schwester Sissy? Kann sie was zum Artikel beitragen?«

»Nein!«, sagten beide im Chor.

»Ich habe Ihnen wirklich alles Wichtige erzählt«, fügte Simon rasch hinzu.

Ira spürte ein Kribbeln in der Magengegend. Irgendetwas war hier komisch. Sie sah die beiden an, aber niemand sagte mehr etwas. Das Gespräch war beendet.

Mit einem Blick auf die Uhr verabschiedete sie sich. Simon machte Anstalten, sie mit dem Schirm zum Auto zu begleiten, aber Ira wehrte ab. »Die paar Schritte im Regen halte ich aus, danke!«

Er und Marilena standen in der offenen Tür und sahen ihr mit ernsten Gesichtern nach, bis sie im Auto saß.

Sie legte die Kamera auf den Beifahrersitz und ließ den Motor an. Eine heftige Böe trieb den Ball in der Pfütze auf die Werkstatt zu, peitschte Regen auf Mutter und Sohn, sie traten zurück, die Tür wurde geschlossen.

Ira startete den Wagen, lenkte ihn aber nicht zur Einfahrt, sondern fuhr im Schritttempo hinter die Mühle. Sie ließ die Seitenscheibe runter. Sofort pladderte der Regen ins Auto, klatschte ihr ins Gesicht, durchnässte ihre Schulter, aber es war ihr egal. Warum hatte sie den Bach nicht fotografieren sollen? Simons Reaktion war unverhältnismäßig hektisch gewesen. Sie kniff die Augen zusammen und spähte durch den Regenvorhang hinüber. Und dann sah sie es.

Langsam nahm sie die Kamera hoch und drückte auf den Auslöser. Am Ufer des Borstenbaches, halb verdeckt durch die verwilderte Böschung, stand ein mannshohes weißes Holzkreuz mit schwarzer Schrift. Mit geschickten Handgriffen wechselte Ira das Objektiv und zoomte das Kreuz mit dem Tele heran.

Geliebter Sonnenschein
Angelina
2002 bis 2005

Ein Grabkreuz. Was hatte das zu bedeuten?

Als Ira langsam am Haupthaus vorbeifuhr, sah sie im Erdgeschoss eine Gardine zurückfallen und dahinter einen dunklen Schatten verschwinden.

2

Sie fuhr die Hermann-Löns-Straße hinunter, passierte die Bahnunterführung und erreichte Hof Eskendor nach wenigen Minuten. Ihr neues Zuhause lag nur knapp anderthalb Kilometer vom Hellberger Hof entfernt.

Das große Transparent zwischen den beiden Eschen am Tor – ihnen verdankte der Hof seinen plattdeutschen Namen »Eskendor« – flatterte heftig im Wind. »Hofladen« stand darauf, und ein Pfeil, der den Weg zu den Kundenparkplätzen wies. Die Fenster waren hell erleuchtet, Ira sah drinnen Leute hantieren. Der Bioladen lief inzwischen so gut, dass fast alle Familienmitglieder, sogar die Kinder und die beiden alten Tanten Sophie und Friedchen, helfen mussten.

Ira rannte den kurzen Weg vom Auto bis zur Wohnungstür, aber sie war trotzdem total durchnässt, als sie das Haus betrat. Tante Erna lag mitten in der Diele. Die Hündin rekelte sich verschlafen, begrüßte sie lässig schwanzwedelnd mit einem Gähnen, drehte sich auf den Rücken und hielt ihr den Bauch zum Kraulen hin.

Rasch zog Ira sich trockene Jeans und einen Pullover an, schlüpfte in den roten Regenmantel und die Gummistiefel, nahm den größten Schirm, den sie finden konnte, leinte den

Hund an und schlug den Weg zur Weser ein. Es hatte sich eingeregnet, die Tropfen bildeten Blasen auf den Pfützen, nach Ansicht ihrer Mutter war das immer ein sicheres Zeichen für Dauerregen.

An der Werrekussbrücke, einer schmalen Fußgängerbrücke, die im geschwungenen Bogen kurz vor dessen Mündung in die Weser über den Fluss Werre führte, blieb sie stehen: Hier wollten sie und Andy getraut werden. Hoffentlich nicht bei solchem Sauwetter. Ira grinste, als sie an die vielen Auflagen dachte, die es zu beachten galt, um unter freiem Himmel heiraten zu können – und dann auch noch an einem Samstag. Die deutsche Bürokratie war in solchen Angelegenheiten eine regelrechte Wissenschaft.

Zuerst hatten sie an eine Trauung auf Hof Eskendor gedacht, aber das war gar nicht möglich. Die Worte ihrer Freundin Coco klangen ihr im Ohr, als sie den Brief der Verwaltung gelesen und zitiert hatte: »Während der Eheschließung muss der Standesbeamte Hausrecht haben … Es muss grundsätzlich zur Erfüllung des Gleichheitsgrundsatzes allen Paaren möglich sein, an diesem Ort zu heiraten.« Coco hatte das Schreiben auf den Tisch geworfen und geschimpft: »Das fehlte noch, dass ihr nicht nur euer Biozeug hier vertickt, sondern auf dem Hof auch noch Trauung to go anbietet! Obwohl … vielleicht ist das 'ne Marktlücke? Nee, mal ernsthaft: Die sind doch nicht ganz fit, kann denen doch piepegal sein, ob man in diesem piefigen Trauzimmer heiraten will oder draußen!«

Ira löste den Hund von der Leine und warf einen Stock, den Tante Erna eifrig apportierte, brav ablegte und sie mit

gellendem Gebell aufforderte, das Spielchen zu wiederholen.

Sie dachte an den seitenlangen Wisch von der Stadt, an
den Hinweis, dass die Trauung, im Behördendeutsch
»Amtshandlung«, nicht durch mögliche Störungen gefährdet sein dürfe. Das war hier, auf der Rehmer Insel, wohl ausgeschlossen.

Jedenfalls hatten sie die Erlaubnis bekommen, vorausge-
setzt, es stand ein »Ersatzraum für die Zeremonie« bereit,
falls es regnen sollte. Auch das stand in den Richtlinien.

Ira hängte sich die Hundeleine um den Hals und marschierte an der Weser entlang. Der Regen machte ihr nichts
aus; sie brauchte diese Stunden, in denen sie mit niemandem redete und nur ihren Gedanken nachhängen konnte.
So oft war sie diesen Wegen am Fluss schon gefolgt, und so
viele Erinnerungen riefen sie wach. Meilensteine. Sie dachte
an den ersten Spaziergang mit Andy, damals, kurz nach
der Beerdigung, bei der sie sich nach Jahren wiedergesehen
hatten.

Genau hier waren sie nebeneinander hergegangen, in
diesem schrecklichen Winter 2009. Nasskalt war es gewesen, grau und trostlos, und da vorn hatte das Kinderheim
gestanden, das eine so grausame Rolle im Leben seiner
Familie gespielt hatte. Inzwischen war das verfallene Ge-
mäuer abgerissen worden, dünne, biegsame Birken, Brom-
beerbüsche und andere Pionierpflanzen bedeckten das Gelände. Ira fröstelte, wie immer, wenn sie an die entsetzlichen
Geschehnisse dachte, ohne die sie und Andy jedoch nie zusammengekommen wären.

»Sieben Wochen«, murmelte sie vor sich hin. Bis dahin gab es noch so viel zu tun. Gott sei Dank hatte sie einen Mieter für ihre Wohnung in Bielefeld gefunden.

Sie ging bis zur Eisenbahnbrücke und warf einen Blick hinauf. Auch ein Meilenstein. In einem Mordfall, bei dem ein Mann aus Herford unter bizarren Umständen ums Leben gekommen war, hatte diese Brücke eine traurige Rolle gespielt. Ira schüttelte sich, als könne sie die dunklen Erinnerungen dadurch loswerden, und machte sich auf den Weg nach Hause.

Der Regen hörte einfach nicht auf, tief und grau hing der Himmel über dem Ort. Wären keine Blätter an den Bäumen gewesen, hätte man denken können, es wäre ein Nachmittag im November und nicht im April.

Ira saß bei einer Tasse Kaffee und einem Teller mit Andys leckeren Ingwerkeksen am Kopfende des langen Holztisches und überflog die Chronik, die Simon Heiland ihr gegeben hatte.

Ihr Handy klingelte, sie legte den Text beiseite.

Es war Coco. Sie hielt sich nie mit so etwas Banalem wie einer Begrüßung auf. »Käffchen?«, fragte sie ohne Einleitung. »Wann?«

»Jetzt. Hab in 'ner halben Stunde 'ne Fahrt nach Minden.«

Wenige Minuten später fuhr das Taxi auf den Hof, die Fahrertür knallte, und Coco stürmte ins Haus. Sie zog in der Diele ihre Schuhe aus. »So ein Dreckswetter, ich hab echt keine Lust mehr, mein Wagen sieht aus wie Sau, innen und außen.«

Sie lief auf Socken ins Wohnzimmer, ließ sich auf ihren Stammplatz fallen, wuschelte sich durch die kurzen blonden Haare und griff neugierig nach der Chronik, die auf Iras Papieren obenauf lag. »Schreibst du was über den Hellberger Hof?«

Ira drehte ihr Laptop in Cocos Richtung und zeigte ihr das Foto mit dem weißen Kreuz. Coco betrachtete es. »Oha. Ich erinnere mich noch genau, das war ein schrecklicher Unfall, ein kleines Mädchen ist im Bach ertrunken. Ganz schlimme Geschichte. Einer unserer Aushilfsfahrer war Sanitäter, und er war dabei, als das Kind geborgen wurde. Das hat der nie vergessen. Darüber schreibst du? Warum denn, das ist doch schon so lange her?«

»Ich schreibe über Simon Heiland und seine Mutter, die wollen den Hof neu nutzen. Aber ich hatte mich gewundert, warum ich an der Stelle unten am Bach keine Fotos machen sollte.«

»Na, jetzt weißt du es. Wegen Privatsphäre und Taktgefühl«, bemerkte Coco trocken.

Sie hatte natürlich recht, dennoch loggte Ira sich in das Zeitungsarchiv von *Tag 7* ein und begann im Jahr 2005 zu suchen. Ja, da war es. Sie las den Text vor:

Dreijähriges Mädchen nach Sturz im Borstenbach gestorben

Angelina H. war leblos im Bach auf dem Grundstück der Familie gefunden worden und konnte nur noch tot geborgen werden. Laut Polizei gibt es noch keine Hinweise darauf, wie es zu dem Unfall kam. Sie versucht weiter zu rekonstruieren, was am Montagabend passiert ist. Die Staatsanwaltschaft Bielefeld hat eine Obduktion angeordnet.

Mutter noch nicht vernommen

Die alleinerziehende Mutter des Kindes hat die Polizei nach eigenen Angaben noch nicht vernommen. Sie will damit bis nach der Beerdigung warten. Deshalb stehe auch noch nicht fest, ob ein Strafverfahren wegen Verletzung der Aufsichtspflicht oder fahrlässiger Tötung eingeleitet wird.

Die Großmutter des Mädchens bemerkte laut Polizei das Verschwinden der Enkelin gegen 16 Uhr. Kurz darauf habe sie ihren leblosen Körper im Bach entdeckt. Nach eigenen Angaben habe sie unmittelbar danach versucht, das Kind wiederzubeleben.

Ira atmete hörbar aus. Harter Tobak. Die Großmutter, das musste Marilena gewesen sein. Schrecklich. Sie dachte wieder mal daran, dass sie froh war, sich gegen Kinder entschieden zu haben. *So was kann doch niemand aushalten, wenn das eigene Kind ertrinkt.* Sie suchte mit verschiedenen Stichworten weiter, konnte aber nichts mehr zu diesem Unglück finden.

Coco hatte einen zweiten Stuhl herangezogen und ihre Füße daraufgelegt, sie hielt die Kaffeetasse in beiden Händen und schaute versonnen in deren Inhalt. »Manchmal möchte ich dein Leben haben. Du gehst ins Theater, in Konzerte, schreibst über das, was dir sowieso Spaß machst. Toller Job. Im Netz surfen, Familiengeheimnisse aufdecken und sogar ab und zu einen Mordfall lösen. Keinen Trubel von fünf Uhr morgens bis nachts, keine Hektik, keine besoffenen Fahrgäste, keine Enkelin mit Windpocken oder Enkel mit bekloppten Namen wie Achilles und Ferdinand. Und keine Sorge darüber, wer unseren Laden mal übernehmen soll.« Als »Laden« bezeichnete sie das Taxiunternehmen, das sie mit ihrem Mann Heiko vor dreißig Jahren eröffnet hatte. Sie schaute Ira mit schief gelegtem Kopf an. »Andererseits … vielleicht wäre mir das auch wieder zu langweilig …«

»Von Langeweile kann kaum die Rede sein. Solche Storys wie die im letzten Jahr, als der Apotheker verbrannt ist, bei uns die Gewächshäuser abgefackelt wurden und ich bei dem Unfall hätte draufgehen können, die brauche ich nicht jede Woche. Ich werde fünfundfünfzig, da mag ich es ein bisschen ruhiger.«

Als Coco weg war, schaute Ira auf die Uhr. Halb fünf. Ohne nachzudenken nahm sie ihr Handy und wählte eine Nummer.

Kommissar Brück meldete sich mit ostwestfälischem Charme: »Moin Wittekind, was gibt's?«

»Moin. Kennen Sie den Hellberger Hof?«

»Sicher, Hermann-Löns-Straße, warum?«

»Kennen Sie auch die Familie Heiland?«

Brück lachte auf. »Gibt wohl keinen Kollegen auf der Wache, der die nicht kennt!«

»Wegen Angelina?«

»Wer?«

»Die Dreijährige, die im Borstenbach ertrunken ist.«

Brück schien nachzudenken. »Ach das … nee, das war ein Unfall. Tragisch, ganz tragisch.«

»Was meinten Sie dann?«

Er druckste ein bisschen. »Na ja, sagen wir so, ist kein Geheimnis, dass die untereinander im Clinch liegen und dass wir da schon etliche Einsätze gefahren haben.«

»Weswegen?«

Er lachte. Ira kannte ihn so gut – sie wusste genau, wie er jetzt guckte. »Vergessen Sie's, Wittekind. Der Rest ist Datenschutz. Sonst noch was?«

»Nein.«

Sie legten auf.

Der Artikel *Die Pläne des jungen Schreiners – Hellberger Hof wird Innovationszentrum* erschien am 7. Mai im Lokalteil. Einige Tage zuvor hatte Ira den Entwurf wie vereinbart an Simon Heiland gemailt, aber keine Antwort erhalten. Offenbar hatte er nichts daran auszusetzen und war mit dem Text einverstanden.

Als sie beim gemeinsamen Frühstück durch die Seiten der Zeitung blätterte, fiel ihr plötzlich eine Todesanzeige auf.

»Ach herrje, Andy, hör dir das an … verstarb am 5. Mai unsere Mutter, Großmutter und Uroma Lilo Wolf. In stiller Trauer: Marilena Heiland, Simon Heiland und Nikola Growe, das ist vielleicht seine Freundin, Sissy und Enno Heiland mit Emily, Stella und Jule … Beisetzung … Friedhof Mooskamp … «

Sie ließ das Blatt sinken. Deswegen hatte Simon sich nicht mehr bei ihr gemeldet. Die Oma war gestorben. Mit fünfundsiebzig, das war heutzutage doch eigentlich kein Alter. Ihre Mutter war genauso alt.

»Kanntest du die Frau?«, fragte Andy.

»Leider nicht, ich hätte neulich gerne mit ihr geredet, aber sie war krank. Schon bizarr, auf Seite drei steht der Satz, den ich aus der Chronik des Hofes übernommen habe … Schmiede wurde Anfang der Sechzigerjahre stillgelegt … Hubert Wolf heiratete 1987 die Witwe Lilo Meier aus Travemünde. 1992 starb Hubert, seine Ehefrau erbte den Besitz. Sie gab Landwirtschaft und Sägewerk auf, die Arbeit im Werk wurde eingestellt.« Ira sah Andy an. »Und auf der nächsten Seite steht ihre Todesanzeige.«

3

»Komm mir nich auf die Tour, Frieda, sonst fährste gleich auffe Stoßstange mit!«

»Gib nicht so an, das'n Rollator und kein Porsche, du hast gar keine Stoßstange!«

»Das is kein Grund, sich über mich lustig zu machen! Warte mal ab, bis du in mein Alter kommst und Hüfte hast, dann biste aber ruhig.«

»Ich hab nur gesagt, dassde mit dem Dingen getz aussiehst wie Omma achtzig ...«

Tante Sophie blieb stehen, die Augen hinter der übergroßen Brille funkelten ihre Schwester ärgerlich an. »Ich hab das wohl gehört, was du gesacht hast, ich hab's nämlich anne Hüfte und nicht anne Ohrn.«

Ira stand in der offenen Tür und beobachtete die alten Tanten, die Schritt für Schritt auf sie zukamen. Vorsichtig schob Sophie ihren Rollator, den sie, wie sie immer wieder betonte, nur »für 'ne Zeit« brauchte. Frieda, die jüngere, schlurfte neben ihr her, sah Ira, grinste und winkte. »Keine Sorge, wir sind da, bevor es duster ist.«

Andy hatte Graupeneintopf mit Kartoffeln, Möhren, Sellerie und Rindfleisch gekocht, dazu gab es frisches Brot. Solange in ihrer Kate das Chaos regierte, kamen die Tanten abends zum Essen rüber. Andys Bruder Thomas hatte nämlich kurzerhand einen Maler bestellt, nachdem er drüben gewesen war, um den ersten frisch geernteten Rhabarber abzuliefern, aus dem die Tanten jedes Jahr köstliches Kompott kochten. Er hatte sich umgesehen und gepoltert: »Das ist hier keine Küche, sondern die reinste Räucherkammer. Könnt ihr eure ollen Zigarren nicht draußen paffen?«

»Nich in unserm Alter und nich bei dem Wetter!«, hatte Tante Sophie gekontert.

Thomas hatte trotzdem bestimmt, dass wenigstens die Wohnküche gestrichen werden sollte, und auf Tante Sophies Protest, das lohne sich doch nicht mehr, sie würde schließlich bald achtundachtzig, hatte Friedchen lässig reagiert: »Mach dir kein' Kopp, du bist 'n zähes Luder und wirst hundert!«

Beim Ausräumen der Schränke hatte Tante Sophie sich böse verrenkt, ihr »Pöterhaken« – so nannte sie das Iliosakralgelenk – machte ihr seither zu schaffen, und bis die Krankengymnastik wirken würde, brauchte sie eben den Rollator.

Als Andy fragte: »Wollt ihr ein Bier zum Essen?«, fing Tante Friedchen laut an zu lachen. »Ich schon, sie nicht, die muss ja noch fahren!«

Iras Gedanken wanderten während des Essens immer wieder zum Hellberger Hof und zu dem Grabkreuz am Bach. Angelina. Eine Dreijährige, die von der eigenen Oma tot im Bach gefunden worden war … Sie sah eine solche Szene vor sich und bekam Gänsehaut.

Tante Friedchen riss sie aus ihren Gedanken: »Warum biste denn die ganze Zeit so stickum?«

»Sagt euch der Name Lilo Wolf was?«

»Die Hanseatin vom Hellberger Hof?«, sagte Sophie. »Jau, aber da brauchste nicht wieder hinfahren, die ist die Tage totgegangen, stand inner Zeitung, sach bloß, du liest deine eigene Zeitung nich?«

Ira schmunzelte. »Doch, daher weiß ich ja, dass sie gestorben ist. Hast du meine Geschichte über den Hof auch gelesen?«

»Jau, der Enkel will da umbauen. Frieda, das haste doch auch mitgekriecht, oder?« Frieda hatte sich grad einen Löffel voll Suppe in den Mund geschoben und schwieg, bis Sophie schnauzte: »Kauste wieder aufe Kiemen?« Dann zog sie ihre Oberlippe hoch und sagte: »Guck, *ich* hab meine Zähne drin!«

Ira und Andy sahen sich an und prusteten los, und man sah, dass auch Tante Sophie sich das Lachen über ihre eigenen Sprüche verkneifen musste.

»Warum nennst du sie Hanseatin?«, fragte Ira, als sie sich wieder beruhigt hatten. »Die kommt doch da oben wech, vonner Küste …« Frieda ergänzte: »Stimmt, und dann hatte sie hier eingeheiratet …«

Ihre Schwester fiel ihr ins Wort: »Und 'n gutes Geschäft gemacht! Die hatte nemmich selber nix anne Füße, als sie ankam, ihr erster Mann war wohl bloß Briefträger gewesen und ist früh gestorben, der hatte ihr nix hinterlassen. Und dann hat sie inner Kur den Hubert kennengelernt und sich den untern Nagel gerissen.«

Andy mischte sich ein: »Tante Sophie, sei doch nicht so giftig. Wo die Liebe eben hinfällt!«

Aber Tante Sophie blieb bei ihrer Meinung, dass Lilo den ewigen Junggesellen nur wegen des Geldes geheiratet hatte und dass es für sie ein Riesenglück gewesen sei, dass der schon nach ein paar Jahren »übern Jordan« gegangen war und ihr alles vermacht hatte. Sie schob ihren leeren Teller zurück. »Und was noch dafür spricht, dass ich recht habe: Hubert, der war noch nicht ganz unterer Erde, da hat sie ihre Tochter mit den lüttjen Kindern aufn Hof geholt, die sind getz erwachsen, aber die haste ja kennengelernt, steht jedenfalls so in dei'm Artikel.«

Ira erzählte, dass sie nur Simon und seine Mutter Marilena getroffen hatte. »Was ist das für ein Drama mit dem kleinen Mädchen, das im Bach ertrunken ist?«

Tante Friedchen rieb sich das Kinn, Tante Sophie kratzte sich an der Stirn, fast zeitgleich schüttelten sie den Kopf. »Nee, komm ich nicht mehr drauf, ist zu lange her. Aber seitdem ist da jedenfalls Kriech aufm Hof.«

»Woher weißt du das?«, fragte Andy.

Tante Sophie zuckte die Schultern. »Weiß doch jeder, der die kennt.« Sie grinste ihn frech an. »Musste auch mal nach Loles Frisierstübchen hingehen und dir ne schicke Wasserwelle machen lassen, da erfährste alles, was wichtig ist.«

»Mutter ruft an« stand auf dem Display. Ira drückte auf den Knopf der Freisprechanlage.

»Ira, weißt du, wer gestorben ist? Die Lilo vom Hellberger Hof! Mit fünfundsiebzig! So jung. Hermann und ich gehen morgen zur Beerdigung, Kaffeetrinken ist dann später im Dorfkrug. Hast du gewusst, dass es auf dem Mooskamp auch samstags Beerdigungen gibt? Also ich kann mich nicht erinnern, dass wir mal samstags 'ne Beerdigung hatten. Obwohl, sie ist am 5. gestorben, so stand es in der Anzeige, vier Tage später ist die Bestattung, das ist normal. Schon wieder eine aus meinem Jahrgang weniger … ach Mensch, die Einschläge kommen immer näher. Wenn ich mal gehe …«

Ira unterbrach sie. »Mutter, du bist kerngesund, mach dir keine Sorgen. Ich wusste gar nicht, dass du Lilo Wolf kanntest.«

»Wenn du dich öfter bei uns blicken lassen würdest, wüsstest du einiges mehr, aber dir sind ja die Leute in deiner Kommune wichtiger als die eigene Mutter. Na ja, wenn du jetzt beim Großbauern einheiratest, sind Hermann und ich wohl ganz abgeschrieben … «

Ira reagierte schon lange nicht mehr auf solche Sätze. Stattdessen wiederholte sie ihre Frage. »Woher kanntest du Lilo Wolf?«

»Na, sie war eine Kundin. Ich hab ihr auch später noch ab und zu Sachen geändert, als ich die Schneiderei schon zugemacht hatte.«

»Das ist ja ewig her, und du gehst trotzdem zur Beerdigung?«

»Ja, sicher. Das gehört sich so. Ich erzähle dir am Sonntag, wie es war. Du kommst doch zum Kaffee? Oder hast du sogar am Muttertag was Besseres vor?«

Ira stöhnte. Es gab einfach kein Gespräch, in dem ihre Mutter nicht mindestens eine fiese Bemerkung losließ. »Nein, Mutter, natürlich komme ich.«

»Denn ist ja gut. Warum interessierst du dich überhaupt für die Lilo?«

»Wenn du nicht nur die Todesanzeigen, das Horoskop und die Überschriften, sondern auch die Artikel in der Zeitung lesen würdest, wüsstest du, dass ich kürzlich über den Hellberger Hof geschrieben habe. Dabei habe ich auch das Grabkreuz am Bach gesehen. Schreckliche Tragödie …«

Christa Wittekind fiel ihr wieder ins Wort. »Abscheulicher Beruf, den du hast. Verdienst deinen Lebensunterhalt damit, dass du über das Unglück von anderen Leuten schreibst. Und dafür hab ich mich jahrelang krummgelegt, damit du studieren kannst. Lehrerin hättest du werden können …«

»Mutter? Hallo? Mutter, ich höre dich nicht mehr, ich glaub, ich bin in einem Funkloch.«

Ira legte einfach auf.

4

Ira parkte den Mini Cooper, griff nach Blumenstrauß und Geschenk und stieg aus. In ihrer Hosentasche vibrierte das Handy. Sie klemmte die Blumen unter den Arm und das Geschenk zwischen die Knie.

Es war Coco. »Wo bist du?«

»Bei meiner Mutter vor der Haustür, Muttertagsbesuch.«

»Okay, dann bin ich jetzt deine Rettung. Es gibt Arbeit für dich: Auf dem Hellberger Hof ist irgendwas los, einer unserer Fahrer hat eben erzählt, dass da ein Riesenaufgebot an Bullen ist, samt Notarzt und Rettungswagen, und ein Leichenwagen ist auch da.«

Ira lief zurück zum Auto, warf Blumen und Geschenk auf den Rücksitz und fuhr mit quietschenden Reifen los.

Kurz hinter der Bahnunterführung sah sie schon die Schaulustigen, sie standen in einem Pulk vor der Einfahrt zum Hof, die durch zwei Polizisten versperrt wurde. Einige Leute hielten ihre Smartphones über die Köpfe und filmten die Uniformierten, dabei gab es außer ihnen gar nichts zu sehen. Der Bürgersteig der Hermann-Löns-Straße war in beiden Richtungen mit Autos und Fahrrädern zugeparkt, Ira musste ihren Wagen in der Königstraße abstellen und zu Fuß zurücklaufen.

Sie ignorierte das unmutige Gemurmel der Gaffer, als sie sich an ihnen vorbeidrängelte. Solche Situationen machten sie aggressiv; sie hasste Schaulustige und konnte sich kaum zusammenreißen, wenn sie ihr im Weg standen: dickfellige, sensationsgeile Leute, die sich gern gruselten oder sich an Blut und Tränen anderer berauschten und womöglich noch Rettungskräfte und Polizei behinderten. Was auch immer passierte, die Gaffer waren schneller da.

Schade, sie kannte keinen der beiden Polizisten, die sie genervt musterten, als sie den Presseausweis zückte: »Wittekind, Tageszeitung *Tag 7*, was ist hier los?«

Dabei versuchte sie, einen Blick auf den Hof zu erhaschen, aber außer einem Rettungswagen, der so geparkt war, dass er die Sicht komplett versperrte, konnte sie nichts sehen.

Der eine Polizist machte einen Schritt nach vorn und blaffte: »Sie dürfen hier nicht stehen und die Zufahrt blockieren, bitte gehen Sie!«

Ira ließ sich nicht einschüchtern. »Wenn jemand rein- oder rausmuss, gehe ich sofort einen Schritt zur Seite. Können Sie mir sagen, was passiert ist?«

»Kein Kommentar. Bitte behindern Sie die Bergungsarbeiten nicht!«

Was bist du denn für ein Spinner, dachte Ira, *ich behindere von hier aus Bergungsarbeiten?!*

Aber sie blieb freundlich: »Ach, Bergungsarbeiten? Wer wird geborgen? Es gibt einen Todesfall?«

Keine Antwort.

Sie ließ nicht locker. »Es wurde beobachtet, dass ein Leichenwagen auf das Gelände …«

»Jetzt ist aber Schluss!« Der größere der beiden mischte sich ein. »Bitte, wir tun unsere Arbeit, und Sie haben hier zu diesem Zeitpunkt nichts zu suchen. Sie machen das doch nicht erst seit gestern, Sie wissen ganz genau, wie das hier läuft!«

Ira drehte sich wortlos um. Was auch immer geschehen war, hier gab es eine Story, das hatte sie im Gefühl. Ein Unglück, ein Unfall, so wenige Tage nach dem Tod der Besitzerin? Sie brauchte unbedingt ein Foto, das sie sofort in die Redaktion schicken konnte, bevor die Konkurrenz hier auftauchte.

Plötzlich hörte sie Wortfetzen, etwas wie »Pressegeier« und »Paparazzi«. Wer hatte das gesagt? Sie schaute sich um, musterte die Schaulustigen, hob ihr Smartphone und fotografierte die Meute.

Jemand protestierte: »Hey, das dürfen Sie nicht, das ist Privatsphäre!«

Ira antwortete: »Irrtum. Sie stehen auf öffentlichem Raum.«

Ein Mann rief: »Ich habe das Recht am eigenen Bild, wenn Sie das veröffentlichen, lasse ich Sie abmahnen!«

Ira suchte Blickkontakt zu ihm, die anderen Leute beobachteten sie gespannt. »Wer bei Umzügen und Versammlungen in der Öffentlichkeit mitmacht, darf im Rahmen einer entsprechenden Versammlung abgebildet werden. Sie haben sich hier öffentlich zum Zwecke der Gafferei versammelt ... « Ihr war klar, dass sie sich rechtlich mit diesem Zitat auf dünnem Eis bewegte, aber es war ihr egal. Sie war sauer, weil die Leute dastanden.

»Sie sind doch selber hier, Sie verdienen sogar Ihre Brötchen mit dem Leid anderer Menschen, pfui Teufel!«, tönte es.

Nicht schon wieder, dachte Ira. Diesen Scheiß musste sie sich seit Jahren immer wieder nicht nur von ihrer Mutter anhören.

»Und Sie?«, konterte sie. »Sie sind zu Ihrem Vergnügen hier, ist das moralisch vertretbarer?«

Eine Frau sah sie feindselig an. »Ich kenne Sie, Sie sind von *Tag 7*. Also mich sind Sie als Abonnentin los.«

Mit drei Schritten war Ira neben der Frau und sagte leise, aber betont deutlich: »Schade, dabei wollte ich Sie gerade zum Sachverhalt interviewen.« Das war gelogen, aber sie wusste, dass Menschen sich gerne wichtig fühlen und dass ihre Eitelkeit meist stärker war als die Neugier.

Einige Sekunden genoss sie das enttäuschte Gesicht der Frau, dann ging sie zu ihrem Auto zurück, stieg ein und fuhr langsam los. Vor ihr parkte ein Bulli in zweiter Reihe, der Verkehr staute sich, sie musste warten.

Sie wählte die Nummer der Bielefelder Redaktion. Der Redakteur vom Dienst hieß Waldner. Ira sagte: »Ich hab noch was Aktuelles für die Montagsausgabe, ungeklärter Todesfall beim alten Sägewerk. Habt ihr Platz für hundert Zeilen und zwei Fotos?«

Sie hatte gerade aufgelegt, als ein Mann neben dem Auto auftauchte und ihr ein Zeichen machte, die Scheibe runterzulassen.

»Ja?«

Er wies auf das Presseschild hinter der Windschutzscheibe. »Sie sind von der Zeitung?«

»Von *Tag 7*, ja.«

»Sie ham gesagt, Sie wollten eben die Frau interviewen, was wollten Sie von der denn wissen?«

Ira schaltete sofort. »Haben Sie etwas Wichtiges beobachtet?«

»Das nicht, also ich meine, nicht heute, aber ich wohne da drüben, und ich könnte Ihnen was über die Familie erzählen, da ist nämlich ganz schön die Kacke am Dampfen ...«

Plötzlich wich die Meute drüben zur Seite. Im Schritttempo kam erst der Rettungswagen vom Hof und fuhr sofort nach rechts, unmittelbar danach verließ ein Leichenwagen die Einfahrt und bog links ab.

Ira startete den Motor und legte den Gang ein. »Entschuldigung, ich muss los. Wie heißen Sie? Ich melde mich bei Ihnen!«

»Arno Knauer. Ich wohne da drüben«, wiederholte der Mann und zeigte auf ein Haus. »Nummer 7a!«, rief er. Ira sah im Rückspiegel, dass ein weißer Polo mit roter Schrift, den sie als Redaktionsfahrzeug der Konkurrenzzeitung erkannte, dicht hinter dem Leichenwagen herfuhr. Kurzentschlossen wendete sie mitten auf der Straße und hängte sich hinter den Rettungswagen. Das wusste sie nämlich aus etlichen solcher Einsätze: Manchmal gab es taktische Transporte von Leichen in Rettungswagen, um Angehörigen zu zeigen, dass man alles versucht oder weil die Umstehenden nicht wissen sollten, dass jemand tot war. Sie wusste natürlich nicht, ob es hier Tote oder Verletzte oder beides gab – sie reagierte aus dem Bauch heraus und verfolgte den Wagen.

Als der tatsächlich auf die Bundesstraße 61 fuhr und den Weg nach Minden einschlug, rief sie »Ja!« und schlug mit der flachen Hand auf das Lenkrad.

»Siri, ruf Andy an!«, sagte sie laut. Über die Freisprechanlage hörte sie zweimal das Freizeichen, dann ging er ran.

»Na, bist du mit dem Besuch bei deiner Mutter fertig?«

»Oh je, die hab ich total vergessen ... Nein, auf dem Hellberger Hof ist irgendwas passiert, ich verfolge den Rettungswagen auf dem Weg nach Minden, ich glaube, dass der 'ne Leiche an Bord hat.«

»Im Rettungswagen? Wieso? Das darf man doch gar nicht, soviel ich weiß.«

»Taktischer Transport, jede Wette. Die fahren mit dem leeren Leichenwagen zum Oeynhausener Krankenhaus, die Konkurrenz ist astrein drauf reingefallen. Und weil der RTW nach Minden fährt, geht's mit Sicherheit zum Klinikum. Die haben da drin jemanden, der zur Obduktion abgeliefert werden soll, glaub mir.«

»Und was willst du da? Gibt es morgen die Schlagzeile: Ira Wittekind sprach zuerst mit der Leiche?«

Sie lachte auf. »Unsinn. Ich muss erst mal rausfinden, was überhaupt passiert ist. Zwei Tote in fünf Tagen, da werde ich natürlich hellhörig. Der Hof ist komplett abgesperrt, die lassen keinen rein. Aber so viel steht fest: Leichenwagen und Rettungswagen sind vorher schon ein paar Stunden da gewesen.«

»Woher willst du das wissen?«

»Andy, ich mach diesen Job seit über dreißig Jahren! Wenn bei der Polizei die Meldung ›Leiche‹ eingeht, schicken die ihre Leute los. Einsatzmittel nennen sie das. Gleichzeitig fordern sie RTW und Notarzt an, weil man sich nicht immer darauf verlassen kann, dass die Person auch wirklich tot ist. Und es dauert Stunden, bis sie wieder abrücken ...« Sie stieg auf die Bremse, die Ampel war auf Rot gesprungen. »Scheiße, jetzt haut er mir ab!« Sie sah den Rücklichtern des Transporters hinterher, trommelte aufs Lenkrad. Verdammt, das hier war die Ampel mit der ewig langen Rotphase!

Andys Stimme klang aus dem Lautsprecher: »Ira, dreh um und komm nach Hause, es hat keinen Sinn, sich dranzuhängen. Selbst wenn die da eine Leiche drinhaben, wirst du weder ein Foto von der Blechkiste machen können noch von den Sanitätern oder sonst was Interessantem. Warum fragst du nicht einfach den Typen, diesen Heiland, mit dem du neulich das Interview hattest. Der wohnt doch auf dem Hellberger Hof?«

»Oh Mann, weil ich langsam alt werde und daran nicht gedacht habe. Andy, du bist der Beste.«

An der nächsten Kreuzung kehrte sie um, fuhr rechts ran und scrollte auf dem Bildschirm des Handys bis zur Nummer von Simon Heiland. Dann ließ sie das Telefon sinken. Nein, sie konnte ihn doch jetzt nicht einfach anrufen. Gerade war die Oma gestorben, und jetzt ... wer weiß, vielleicht war ihm etwas passiert. Kurz entschlossen schrieb sie eine Nachricht. *Was ist bei Ihnen los? Kann ich helfen? Ira Wittekind.*

Natürlich war das eine rein rhetorische Frage – sie würde dort mit Sicherheit niemandem bei irgendwas helfen können. Sie kannte die Leute kaum, hatte nur ein paar Stunden auf dem Hof verbracht, wollte aber den Kontakt herstellen, um eine Information zu bekommen, und dafür nicht gleich mit der Tür ins Haus fallen.

Die Antwort von Simon Heiland kam etwa zehn Minuten später, als sie gerade Eskendor erreicht hatte. *Nein. Sie können nicht helfen. Meine Mutter ist tot.*

Obwohl sie Marilena Heiland nur einmal kurz begegnet war, war Ira schockiert. Tot? Das konnte nur ein Unfall gewesen sein, die Frau hatte jedenfalls überhaupt nicht krank gewirkt. Sie überlegte, ob sie Simon fragen konnte, was geschehen war, entschied sich aber dagegen. *Das tut mir sehr leid. Ich wünsche Ihnen für die kommende Zeit alle Kraft, die Sie brauchen,* schrieb sie zurück. Das Häkchen als Symbol für die Lesebestätigung erschien sofort neben ihrer Nachricht, aber Simon antwortete nicht mehr. Verständlich, der Mann hatte jetzt ganz andere Sorgen.

Sie rief Kommissar Brück an. Seine Stimme klang barsch: »Wittekind, ich weiß ganz genau, warum Sie mich jetzt anrufen. Können Sie wieder nicht warten, bis wir Fakten haben? Und woher wissen Sie, dass ich Dienst habe?«

»Wusste ich nicht. Wir müssen reden, es ist wichtig.«

»Ich höre.«

»Erstens: *dass* etwas auf dem Hellberger Hof passiert ist, hat das halbe Dorf mitgekriegt. Ich war vor ein paar Tagen da, hatte ein Interview mit dem Junior, Simon Heiland, und bei der Gelegenheit habe ich auch seine Mutter kennengelernt. Wir sprachen ja bereits darüber, als ich Sie wegen des toten Mädchens fragte. Heiland hat mir eben geschrieben, dass seine Mutter Marilena gestorben ist. Sie war nicht alt, ich vermute, krank war sie auch nicht. Es war ein Unfall, nehme ich an.«

Brück stieß ein lautes Schnauben aus. »Ich fasse es nicht. Dem Mann stirbt die Mutter, und er chattet mit der Presse?«

»Nein, so war das nicht! Ich habe ihn gefragt, ob ich helfen kann.«

»Wie mitfühlend von Ihnen. Und jetzt?«, schnauzte er.

»Jetzt will ich wissen, was ich darüber schreiben kann. Also: Ich habe aktuelle Fotos von den Gaffern, außerdem ein paar unveröffentlichte Bilder von Marilena Heiland, die ich beim Interview gemacht habe, und ein Foto vom Heck des RTW, der Richtung Minden gefahren ist und in dem ihre Leiche transportiert worden ist.«

»Tja, Wittekind, ich muss Sie leider enttäuschen, es gibt keine Story für Sie. Die Ermittlung läuft, aber – und das ist jetzt inoffiziell, und Sie schreiben kein einziges Wort darüber – augenscheinlich handelt es sich um Suizid.«

»Was? Marilena hat sich umgebracht? Das kann ich mir nicht vorstellen. Sie hatte große Pläne …«

»Dann bleibt Ihnen nichts anderes übrig, als ein paar Tage zu warten, bis das Obduktionsergebnis da ist.«

»Okay, ich verstehe, damit ist klar, dass der Staatsanwalt eine Obduktion angeordnet hat, es ist also gar nicht gesichert, wie sie gestorben ist. Und ich hatte recht, sie wurde nach Minden gebracht. Aber wieso dauert das ein paar Tage?«

»Weil heute Sonntag ist. Und weil das Land sich kaputtspart. Sie wissen doch ganz genau, dass Minden keine eigene

Pathologie hat und dass ein Pathologe aus Bielefeld oder Münster bestellt werden muss, der die Obduktion durchführt. Heute kommt bestimmt keiner mehr, das kann also noch dauern.«

»Was passiert bis dahin mit der Toten?«

»Was wohl, sie kommt in den Kühlschrank.«

Typisch Brück, dachte Ira, sein ostwestfälischer Charme war mal wieder nicht zu toppen.

»Können Sie mir denn wenigstens sagen, wer sie gefunden hat?«

»Einer von der Familie.«

»Und wo?«

»Im Bach.«

Ira machte sich gerade. »Marilena lag tot im Bach? Wo genau?«

»Sie klebte vor einem Gitter, bevor der Bach unterirdisch wird, aber das schreiben Sie nicht!«

Ira spürte, dass ihm diese Information herausgerutscht war. »Natürlich nicht.« Sie hatte sofort das Bild des Grabkreuzes an der Böschung vor Augen. »Sie müssen aber schon zugeben, dass es nach einem Drama klingt: Gestern ist Lilo Wolf beerdigt worden, und heute bringt ihre einzige Tochter sich um? Kam sie mit dem Tod ihrer Mutter nicht klar? Und warum geht sie in den Bach? Da ist damals das kleine Mädchen ertrunken, ihre Enkelin, und Marilena hat sie genau an der Stelle gefunden.«

Brück ließ sich nicht auf ein weiteres Gespräch ein. »Für die Dramen bin ich nicht zuständig, wir haben es hier mehr mit den Fakten.«

Nachdem sie aufgelegt hatten, sagte Ira in der Redaktion Bescheid, dass sie den Platz für die Reportage doch nicht brauchte.

»Warum?«, fragte der Redakteur vom Dienst.

»Ungeklärt. Kann auch Selbstmord sein, wir müssen abwarten.«

»Scheiße. Okay, alles klar. Ich ändere das Layout wieder.«

Sie fuhr nach Hause und verfasste nur eine Meldung, die sie aber erst verschickte, nachdem sie die Pressemeldung der Polizei abgewartet hatte.

Tote im Borstenbach gefunden

Nach dem Fund einer Leiche auf einem Grundstück an der Hermann-Löns-Straße im Ortsteil Bad Oeynhausen-Rehme geht die Staatsanwaltschaft offenbar von einem Suizid aus. Ein Familienmitglied hatte die leblose Person am frühen Sonntagmorgen im Borstenbach entdeckt. Der Sprecher der Staatsanwaltschaft Bielefeld teilte am Abend mit, dass nach bisherigem Ermittlungsstand von einem Suizid auszugehen sei. Weitere Erkenntnisse zu den Hintergründen gab es bisher nicht. Die Leiche soll jedoch obduziert werden, kündigte der Sprecher an, um Näheres über die Tatumstände zu erfahren.

Ira zögerte, bevor sie den nächsten Satz tippte, aber dann schrieb sie: Während der Bergungsarbeiten herrschte vor dem Haus der Familie regelrechte Volksfeststimmung: Überall standen Schaulustige und filmten mit ihren Smartphones. Sogar Familien mit Kindern standen am Einsatzort herum und gafften.

Hinweis: Üblicherweise berichtet »Tag 7« nicht über mögliche Suizidfälle. Wir orientieren uns an der Richtlinie 8.7 des Pressekodex: Die Berichterstattung über Selbsttötung gebietet Zurückhaltung. Dies gilt besonders für die Veröffentlichung von Namen und Fotos und die Schilderung der Begleitumstände. Ein weiterer Grund für unsere Diskretion ist die gesteigerte Nachahmerquote nach Meldungen über Selbsttötungen. Sollten Sie von Suizidgedanken betroffen sein, scheuen Sie sich nicht, um Hilfe zu bitten. Bei der Telefonseelsorge finden Sie rund um die Uhr Ansprechpartner.

Ira wusste, dass dieser Artikel in der Onlineausgabe der Zeitung wegen des Hinweises auf die Gaffer jede Menge unflätige und unsachliche Kommentare bekommen würde, aber es war ihr egal. Am liebsten hätte sie eins der Fotos von der Menge am Tor veröffentlicht, aber sie hätte vorher jedes Gesicht unkenntlich machen müssen. Vielleicht sollte sie bei Gelegenheit eine Reportage über Gaffer und deren Motive schreiben? Nachdenklich klappte sie ihr Macbook zu.

5

Bevor sie zur Montagskonferenz nach Bielefeld fuhr, hielt Ira an der Geschäftsstelle der *Neuen Westfälischen Zeitung* in der Innenstadt an. Sie hatte den Entwurf ihrer Hochzeitsanzeige in der Tasche. Die sollte zwar erst nach der Trauung in der Oeynhausener Lokalausgabe erscheinen, aber je mehr Posten auf der To-do-Liste abgehakt waren, desto besser.

Die Anzeigenaufnahme befand sich im Erdgeschoss. Eine junge Frau mit Pferdeschwanz und moderner Brille saß hinter einem Schreibtisch und telefonierte. Auf dem Schild neben ihrem Computerbildschirm stand: *Hier bedient Sie Frau Schubert.*

Frau Schubert grüßte mit freundlichem Nicken, zeigte auf den Hörer an ihrem Ohr, bedeutete damit, dass es noch dauern würde, und machte sich zeitgleich Notizen.

Ira schlenderte zu einem Tresen, nahm die aktuelle Tagesausgabe der *NW* und blätterte im Lokalteil. Die Kollegen hatten über die Tote auf dem Hellberger Hof offenbar nur online berichtet, im Lokalen stand jedenfalls noch nichts. Wahrscheinlich kam die Meldung auch hier am Dienstag ins Blatt, die Stellungnahme der Polizei war gestern erst nach Redaktionsschluss online gewesen.

Frau Schubert telefonierte immer noch.

Ira überflog die Kleinanzeigen – einen Teil der Zeitung, der in Zeiten des Internets immer weniger Platz brauchte und die Zeitungsverlage immer näher an den Rand des Ruins brachte. Ein paar Stellenanzeigen, in denen Putzhilfen, Versicherungsberater und Mitarbeiter für Callcenter gesucht wurden, eine halbe Spalte KFZ-Angebote. Ein paar Verkäufe: ein Hamsterkäfig, eine Fritteuse, originalverpackt, ein Gameboy, voll funktionsfähig, eine Garderobe aus Buchenholz, fünfzig Teile Kinderbekleidung, gut erhalten. Drei Mietangebote. Eine Vierzimmerwohnung in der Klosterstraße, ohne Balkon. Eine Wohnung, renovierungsbedürftig, im Ortsteil Bergkirchen. Ein … Plötzlich spürte Ira einen Adrenalinstoß unter ihrer Schädeldecke. Die Kopfhaut kribbelte, ihr wurde heiß, gleichzeitig bekam sie Gänsehaut. Sie strich über die Zeitungsseite, nahm sie hoch, als könne sie dadurch besser lesen. »Das gibt's doch gar nicht!« entfuhr es ihr.

Frau Schubert legte auf und entschuldigte sich, dass es so lange gedauert hatte. »Was kann ich für Sie tun?«

Ira legte ihr die Zeitung hin. Sie zeigte mit dem Finger auf einen Text. »Haben Sie diese Anzeige aufgenommen?«

Frau Schubert guckte auf die Zeilen. »Ja, schon, warum?«

»Wissen Sie, wer sie aufgegeben hat?«

»Nicht aus dem Kopf, aber das könnte ich nachsehen. Sorry, aber unsere Kundennamen darf ich Ihnen natürlich nicht sagen!«

»Natürlich nicht.« Ira griff nach der Zeitung, nahm ihr Handy aus der Jackentasche und wählte die Festnetznummer, die unter der Anzeige stand. Nur ein Freizeichen, dann sprang ein Anrufbeantworter an.

»Hier ist die Mailbox von Marilena Heiland, ich bin zurzeit nicht zu erreichen. Bitte hinterlassen Sie Ihre Nummer nach dem Piep, ich rufe Sie zeitnah zurück.«

Ira legte auf.

»Was ist denn los, Sie sind ja ganz blass?«, fragte Frau Schubert. »Was ist denn mit der Anzeige?«

Ira las vor: »Zauberhaftes Fachwerkhaus auf dem Gelände eines historischen Sägewerks für ein Jahr günstig zu vermieten: 70 qm Wohnfläche, geschmackvoll möbliert, 400 Euro Warmmiete.«

»Ja, das ist total günstig, und?«

»War die Frau, die diese Anzeige aufgegeben hat, schlank, um die fünfzig und hatte sie lange rote Haare? Einen Zopf bis zum Hintern?«

Frau Schubert rutschte auf ihrem Stuhl hin und her. »Kein Kommentar, sonst bin ich meinen Job los.«

»Wer vermietet sein Haus für ein Jahr und geht dann ins Wasser ...«, murmelte Ira gedankenverloren.

»Was?«, fragte Frau Schubert, der die Verwirrung deutlich anzusehen war.

»Nun, wenn die Frau, deren Nummer ich eben angerufen habe, dieselbe Frau ist, die diese Anzeige aufgegeben hat ... dann ist sie die Tote vom Hellberger Hof.«

Frau Schubert blinzelte erschrocken und rückte ihre Brille zurecht. »Da bin ich gestern vorbeigefahren, ich hab sogar den Leichenwagen gesehen!« Sie erschauerte, als sei ihr plötzlich kalt.

Die Tür ging auf, und Nadine Saalfeld kam herein. Ira und Nadine kannten sich seit vielen Jahren, hatten sich auf etlichen Pressekonferenzen und Kulturterminen getroffen, manchmal tauschten sie sogar Informationen aus. Sie sahen sich als Kolleginnen, nicht als Konkurrentinnen.

»Ira! Was machst du denn in unseren heiligen Hallen? Spionierst du?«, lachte Nadine.

»Eigentlich wollte ich unsere Hochzeitsanzeige aufgeben, aber dann …« Sie überlegte, ob sie die Kollegin einweihen sollte, entschied sich dann dafür. »Ihr hattet eine Anzeigen-kundin, die ihr Haus für ein Jahr vermieten wollte. Nun ist sie tot. Ungeklärte Todesursache. Die Tote vom Hellberger Hof.«

»Oha.« Nadine verstand sofort.

Frau Schubert hatte gespannt zugehört. Sie deutete die Blicke der beiden Reporterinnen richtig und rief entrüstet: »Sorry, aber ich kann euch auf keinen Fall meine Kunden-daten rausgeben!«

Ira beruhigte sie. »Nein, natürlich nicht. Aber Sie er-innern sich an die rothaarige Frau, die die Anzeige aufge-geben hat?«

»Schon. Sie wollte danach ins Reisebüro.«

Ira und Nadine sahen sich an.

»Geht doch«, sagte Nadine.

Es gab nur ein Reisebüro in der Innenstadt. Die beiden stellten sich vor, Nadine kam sofort zur Sache und beschrieb Marilena Heiland. »Kennen Sie sie?«

Die Mitarbeiterin erinnerte sich zwar an die Frau mit dem roten Zopf, wollte sich aber nicht dazu äußern.

Ira ergriff das Wort und signalisierte Verständnis: »Ja, ist schon klar, das dürfen Sie gar nicht, Datenschutz. Aber wenn ich Ihnen sage, dass diese Frau gestern unter ungeklärten Umständen gestorben ist … Es ist auch für die Polizei sehr wichtig, welche Reise sie bei Ihnen gebucht hat. Wenn wir relevante Infos von Ihnen bekommen, geben wir sie selbstverständlich sofort an die Polizei weiter.«

Damit hatte sie die Mitarbeiterin überrumpelt. »Aber sie hat doch gar nicht gebucht! Sie hat sich Prospekte über Indien geben lassen und wollte dann ins Sportgeschäft und sich wegen einer Trekkingausrüstung beraten lassen.«

Die Montagskonferenz hatte schon begonnen, als Ira den Sitzungsraum betrat. »Tut mir leid, dass ich zu spät komme, aber ich bin an einer Geschichte dran …«

Sie eilte zu ihrem Platz.

Redaktionsleiter Horst Horstmann hatte offenbar gute Laune – er schnauzte sie nicht an, sondern sagte nahezu katzenfreundlich: »Ist das die Geschichte, die Sie dem Kollegen Waldner gestern mit hundert Zeilen und zwei Fotos angeboten haben? Und die Sie kurz darauf wieder storniert und in eine Meldung umgewandelt haben, weil es sich nicht um eine Story handelt, sondern um einen ungeklärten Todesfall, mutmaßlich eine Selbsttötung, über die wir nicht berichten?«

Ira setzte zu einer Antwort an, aber Horstmann sprach weiter, und jetzt bemerkte sie, dass seine Freundlichkeit mit einem vibrierenden Ton in der Stimme unterlegt war, der mit jeder Silbe lauter wurde. »Ist es womöglich die Geschichte, die uns heute zwei Abonnenten gekostet hat, weil Sie gestern unsere Leser vor Ort beschimpft und verbal angegriffen und die Sie in Ihrer Meldung auch noch beleidigt haben?«

»Wenn Sie auf die Gaffer am Straßenrand anspielen, ja, ich lasse mich nicht immer wieder als sensationsgeilen Pressegeier beschimpfen. Sie sind fein raus, als Redaktionsleiter sitzen Sie am Schreibtisch, Sie sind nicht draußen auf der Straße, und wenn Sie sowas unkommentiert wegstecken können, bewundere ich Sie. Ich hab mich gestern mal kurz aufgeregt, das war aber auch alles.«

»Sie müssen sich zusammenreißen. Ihnen darf doch vor unseren Leserinnen und Lesern nicht der Kragen platzen!«

»Och, wenn mir wirklich der Kragen platzt, dann sieht das ganz anders aus ...«

Die Kollegen grinsten zustimmend.

Ganz unrecht hatte Horstmann natürlich nicht. *Tag 7* kämpfte, wie viele andere Tageszeitungen auch, ums Überleben und somit auch um jeden einzelnen Abonnenten. Ira nahm sich vor, später bei den Kollegen der Kundenbetreuung vorbeizuschauen, vielleicht ließ sich doch noch was retten.

Wie üblich gingen sie verschiedene Tagesordnungspunkte durch, bevor die Themenvorschläge an der Reihe waren. »Also, Frau Wittekind, was haben Sie vor? Welche Geschichte haben wir neben Ihrem Tagesgeschäft zu erwarten?«

Ira arbeitete aktuell an der Serie über besondere Bauwerke in Ostwestfalen, schrieb außerdem ihre Interviewreihe *Ein Tee mit Frau W.*, in der sie Menschen vorstellte, die etwas

Besonderes erreicht oder erlebt hatten. Sie berichtete über die Inszenierungen des Landestheaters, hatte sich im Feuilleton durch ihre launigen Buchbesprechungen einen Namen gemacht und besuchte regelmäßig die großen Events in der Bielefelder Oetkerhalle. In den vergangenen Jahren hatte sie zudem über spektakuläre Kriminalfälle in Ostwestfalen berichtet. Sie war vielseitig einsetzbar und zeitlich flexibel – und wenn sie sich an einer Story festgebissen hatte, war es ihr egal, wie viele Stunden sie daran arbeiten musste. Horstmann wusste in der Regel ihren Spürsinn für auflagenstarke Themen zu schätzen.

Sie sah in die Runde. »Zusammengefasst: Ich habe fürs Lokale in Oeynhausen eine Reportage über ein altes, verfallendes Sägewerk geschrieben, das durch die Tochter und den Enkel der Besitzerin neu genutzt werden soll. Beim Interviewtermin Ende April stieß ich zufällig auf ein Grabkreuz an einem Bach. Dass dort vor Jahren eine Dreijährige tödlich verunglückt ist, hatte ich schnell rausgefunden und als schlimmes Ereignis der Familiengeschichte abgespeichert. Ein paar Tage nach meinem Besuch las ich in der Zeitung, dass die Besitzerin des Hellberger Hofes, Lilo Wolf, gestorben ist. Ich hatte mit ihr nicht sprechen können, als ich auf dem Hof war, sagte man mir, sie sei krank. Sie wurde am Neunten beerdigt. Am zehnten Mai, das war Muttertag, starb ihre Tochter Marilena, und zwar genau in dem Bach, in dem sie damals ihre tote Enkelin Angelina gefunden hat. Nach inoffizieller Einschätzung meines Informanten war Marilenas Tod augenscheinlich ein Suizid. Wie sie sich allerdings in einem Bach, dessen Wasser höchstens einen

Meter tief ist, umbringen konnte, weiß ich nicht. Das kriege ich aber raus. Die genaue Todesursache scheint auch für die Polizei noch ungeklärt zu sein, denn die Leiche wird obduziert. Bis hierher könnte man meinen, das sei ein Familiendrama und bestimmt nichts für uns. Aber jetzt kommt's.«

Die Kollegen hörten ihr aufmerksam zu.

»Zufällig habe ich vorhin erfahren, dass Marilena kurz vor ihrem Tod eine Zeitungsanzeige aufgegeben hat, um wegen einer geplanten Reise ihr Häuschen zu vermieten.« Ira blickte in die Runde. »Nach meinen Recherchen plante sie eine Indienreise. So, und jetzt erzählt mir doch keiner mehr, dass diese Geschichte koscher ist!«

»Ich weiß nicht«, wandte Horstmann ein. »Wenn Ihr Informant recht hat und sie sich nach dem Tod ihrer Mutter umgebracht hat, kann es eine Kurzschlussreaktion gewesen sein und nicht geplant, da sehe ich die Story nicht.«

»Hab ich auch erst gedacht, das könnte natürlich sein. Aber wieso wollte sie ihr Häuschen für so lange Zeit vermieten, wenn sie mit ihrem Sohn zeitnah große berufliche Pläne umsetzen wollte? Sie hat Möbel restauriert, da hatte sie richtig was drauf, und ihre Werkstatt war Teil des Konzepts für das geplante Innovationszentrum. Da klinkt man sich doch nicht für ein Jahr aus! Außerdem habe ich mit ihr gesprochen, als ich da war, und auf mich wirkte sie kein bisschen selbstmordgefährdet.«

»Da lebte ja auch die Mutter noch«, sagte Horstmann. »Vielleicht war ihr Tod ein so traumatisches Erlebnis, dass sie eine Art Fehlzündung hatte. Was die Reisepläne angeht, da haben Sie allerdings recht, irgendwas ist daran komisch.«

»Nee, das ist nicht nur komisch, da stimmt gewaltig was nicht. Und ich würde mich gerne umhören.«

Horstmann überlegte. »Wenn Marilena Heiland obduziert wird, wissen wir erst in ein paar Tagen Genaueres. Es wird also keine aktuelle Story für diese Woche.«

»Lassen Sie mich herausfinden, was in dieser Familie los ist. Wissen Sie, warum ich mir sicher bin, dass ich auf 'ner ganz heißen Spur bin? Mein Kontakt bei der Polizei sagte neulich in einem Nebensatz, auf dem Hof habe es oft Einsätze gegeben, die Familie sei ziemlich zerstritten gewesen.«

»Haben Sie bei Ihrem Besuch nichts davon gemerkt?«

»Nein, wie denn? Simon Heiland hatte mich kontaktiert, um mir eine Reportage über seine Pläne mit dem Sägewerk anzubieten. Da ging es ums Geschäft und nicht um seine Familie.« Ira erinnerte sich an ihr komisches Gefühl und an die Reaktion der beiden, als sie gefragt hatte, ob sie Lilo Wolf sprechen könnte. »Vor zwei Wochen kannte ich die Familie überhaupt nicht, und nun gibt es dort zwei Tote in wenigen Tagen – und ein totes Kind in der Vergangenheit.«

Horstmann schlug mit den Fingerspitzen auf die Tischkante. »Okay, machen Sie das Ding. Nächster Punkt?«

6

Nach der Konferenz ging Ira hinüber ins Großraumbüro der Redaktion, holte sich unterwegs in der Küche einen Becher Kaffee, setzte sich an ihren Schreibtisch, klappte ihr MacBook auf und loggte sich bei Facebook ein.

Treffer, Marilena war dort angemeldet. In ihrem öffentlichen einsehbaren Steckbrief hatte sie angegeben, dass sie Single war, aus Travemünde stammte und seit 1995 in Bad Oeynhausen wohnte. Ihren Geburtstag hatte sie ebenfalls eingetragen: 25. Februar 1965. Unter dem Feld »Berufsbezeichnung« fand Ira einen Link, der zu einer Homepage mit dem Titel »Marilenas Möbel-Mühle« führte.

Sie klickte sich dort durch eine umfangreiche Galerie mit Vorher-nachher-Fotos von Sperrmüllmöbeln, vergammelten Stühlen, abgenutzten Kommoden, ramponierten Tischen und gewöhnlichen Ikea-Regalen, die Marilena in farbenprächtige Unikate verwandelt hatte. Die Preise waren ziemlich happig, aber wahrscheinlich dauerte es etliche Stunden und verlangte jede Menge Know-how, um die alten Schätzchen so aufwändig und liebevoll wieder herzurichten.

Ira kehrte zurück zu Facebook, sah sich Marilenas Freundesliste mit 267 Kontakten an, scrollte über die Chronik. Marilena hatte fast nur Bilder ihrer Arbeiten gepostet. Private Beiträge, die man einsehen konnte, ohne mit ihr vernetzt zu sein, gab es kaum.

Ira überflog die letzten Postings. Nichts Besonderes. Mit der Eingabe des Namens und ein paar Klicks filterte sie die Suchergebnisse, um herauszufinden, ob Marilena Links geteilt oder auf den Seiten anderer Facebook-User kommentiert hatte. Ein Name tauchte im letzten Jahr oft auf: Georg Karmann aus Minden. Marilena hatte etliche seiner Beiträge gelikt, auch er hatte bis Mitte 2014 fast all ihre Postings mit »gefällt mir« markiert. Ira stieß auf ein Foto, ein Selfie, auf dem Marilena und Georg Arm in Arm zu sehen waren, aufgenommen offenbar im vergangenen Sommer in einem Gartenlokal.

Sie suchte weiter. Wenn man in der Chronik weit genug zurückscrollte, gab es von den beiden mehrere Fotos, die sie öffentlich geteilt hatten: Auf der Mindener Kirmes auf Kanzlers Weide an der Weser, beim Besuch einer Möbelmesse in Bad Salzuflen, vor der Oetkerhalle bei einem Konzert der Bielefelder Philharmoniker, im Museum »Marta« in Herford. Auf einigen Bildern war ein großer grauer Hund dabei.

Keine Frage, Marilena Heiland und Georg Karmann waren ein Paar gewesen. Aber seit Herbst letzten Jahres gab es keine gemeinsamen Fotos mehr, jedenfalls keine, die öffentlich sichtbar waren. Unter den vernetzten Kontakten auf Marilenas Seite fand man Georg nicht. Sah so aus, als wäre die Beziehung beendet und die Freundschaft auch virtuell abgeschlossen gewesen.

Ira googelte Karmann und fand einen Malermeister. Der

wiederum hatte einen »Handwerker-Blog«, dessen Titelfoto eindeutig Georg Karmann zeigte: Er posierte, in dunkelblauer Latzhose und weißem T-Shirt, auf den unteren Stufen einer Holzleiter mit Eimer und Pinsel vor einer blauen Wand. Sie hatte ihn gefunden.

Die Webseite war gut bestückt: Auf etlichen Fotos war er bei der Arbeit zu sehen. Unter dem Button »Kontakt« standen Adresse und Telefonnummer.

Ira überlegte gar nicht erst, was sie sagen sollte – sie wählte und redete sofort drauflos, nachdem er sich gemeldet hatte. »Guten Tag, mein Name ist Ira Wittekind, ich schreibe für die Tageszeitung *Tag 7* eine Story über den Hellberger Hof in Bad Oeynhausen und suche Gesprächspartner, die mir dazu etwas sagen könnten. Bin ich da bei Ihnen richtig?«

»Nein!« Aufgelegt.

Was war das denn?

Ira wählte erneut. Die Mailbox sprang an. Sie wartete den Signalton ab und sagte: »Herr Karmann, nochmal Wittekind, ich wollte Ihnen nicht zu nahe treten, falls es Ihnen wegen des Todes von Frau Heiland noch nicht möglich ist …«

Jetzt nahm er ab. Er klang atemlos. »Um Gottes willen, was sagen Sie da?«

»Oh, ich dachte, Sie wüssten … dass Sie sich … Was gestern geschehen … Also ich meine, dass Frau Heiland gestern … dass sie … gestorben ist?«

Schweigen.

»Hallo?«

Ein heiseres Flüstern. »Was ist passiert?« Sein fassungsloses Entsetzen klang glaubhaft.

»Es scheint so, als habe sie sich das Leben genommen«, sagte Ira sanft.

»Das kann nicht sein!«, rief er. Dann war wieder Stille am anderen Ende der Leitung. Ira wartete geduldig.

Nach einer Weile sagte er: »Was hat die Presse damit zu tun? Was wollen Sie von mir?«

Ira erklärte ihm kurz, wie sie Simon und Marilena kennengelernt hatte. Dann sagte sie: »Ich will ehrlich zu Ihnen sein. Ich recherchiere, weil ich ein komisches Gefühl habe und nicht glauben kann, dass sich jemand umbringt, der sein Haus vermieten will, weil er eine lange Reise plant.«

Sie hörte Karmann schwer atmen. »Das kann doch alles nicht wahr sein.«

»Sie waren mal mit ihr zusammen, oder? Ich habe Bilder bei Facebook gesehen.«

Er antwortete nicht darauf. »Wie … ist es denn passiert … Ich meine, was hat sie …?«

»Das weiß ich nicht. Sie wurde im Bach gefunden.«

»Oh mein Gott, ausgerechnet …«

Ira bemerkte das Zittern in seiner Stimme. »Die Familie hat Ihnen nicht Bescheid gegeben«, stellte sie fest.

»Natürlich nicht. Ich habe keinen Kontakt mehr nach allem, was passiert ist.«

»Was meinen Sie damit?«

Er zog schniefend die Nase hoch. »Vergessen Sie's. Das ist Privatsache. Ich will nicht mit Ihnen darüber reden.«

Aber Ira ließ nicht locker und signalisierte Verständnis.

»Das kann ich absolut verstehen, ich möchte Sie auch keinesfalls bedrängen, Sie müssen diese Nachricht erst mal verarbeiten. Wie lange waren Sie zusammen?«

»Fast fünf Jahre, aber auch das spielt keine Rolle … Wo … Wo ist sie jetzt?«

»Marilena? Sie wird obduziert.«

Karmann heulte auf.

»Es tut mir wirklich leid, dass Sie das von mir auf diese Weise am Telefon erfahren mussten.« Ira dachte plötzlich an den Tod von Lilo Wolf. »Wenn Sie zu der Familie keinen Kontakt hatten, wissen Sie vielleicht noch nicht, dass auch Marilenas Mutter vor ein paar Tagen gestorben ist?«

»Doch, natürlich, sie hat es mir ja gesagt.«

Iras Haare auf den Unterarmen stellten sich auf. Sie schluckte. »Wie bitte?«

»Marilena hat es mir gesagt. Abends, nach Lilos Begräbnis hat sie mich angerufen.«

Ira stand auf, presste den Hörer fest an ihr Ohr. »Sie meinen, Sie haben an dem Abend, bevor Marilena gestorben ist, mit ihr geredet?«

Karmann stieß einen verzweifelten Laut aus.

»Da haben Sie nichts bemerkt? Sie hat nichts gesagt, es gab keine Anzeichen dafür, was sie vorhatte?«

»Nein!«, rief er. Und legte wieder auf.

Coco wartete in ihrem roten Range Rover. Sie hatte ihn neben Iras Mini geparkt und sprang aus dem Auto, als Ira das Parkdeck betrat. »Nimmst du mich so mit?«, fragte sie lachend und wies auf ihr Outfit, das sie ganz in Hellblau gewählt hatte.

»Klar, wieso nicht?«, fragte Ira.

»Weil Heiko mich gefragt hat, ob ich im Pölter mit dir shoppen gehen will.«

Ira musterte ihre Freundin. Sie trug ein hellblaues T-Shirt, dazu ein blaues Halstuch und eine riesige Handtasche aus himmelblauem Leder. Beim Anblick der kanariengelben Sneakers mit den kobaltblauen Schnürsenkeln atmete Ira tief durch. »Deine Sneakers reißen natürlich wieder alles raus, und es gibt keine Ähnlichkeit mit einem Schlafanzug. Heiko spinnt.« Sie umarmte Coco und küsste sie auf die Wangen.

»Hey, lass das Geknutsche, ich bin nicht so die Bussi-Tussi, das weißt du doch.«

Sie hakten sich unter, verließen das Parkhaus und schlugen den Weg zur Altstadt ein.

Das Brautkleid hatte Ira schon vor zwei Wochen ausgesucht, wegen ihrer Speckröllchen und der – seit Beginn der Wechseljahre beachtlichen – Oberweite hatte es aber an ein paar Stellen geändert werden müssen. Nun stand sie auf einem Schemel und sah sich im Spiegel an. Das Kleid war ein bodenlanger, ärmelloser Traum aus rotem Seidensatin, hochgeschlossen und auf Figur gearbeitet. Bis zu den Hüften lag es hauteng an, dann wurde es weiter und ging in einen wunderbar fallenden Rock über. »Ohne Shapewear geht das aber nicht«, murmelte sie.

»Ohne was?«, fragte Coco.

»Ohne eine Miederhose, am besten eine, die bis unter die Achseln und bis zu den Knien geht.«

»Sag das doch gleich.«

Ira strich sich mit den Händen über Taille und Hüften, prüfte den Sitz der eingearbeiteten BH-Körbchen, drehte sich hin und her und schaute kritisch über ihre Schulter, um ihre Rückseite im Spiegel sehen zu können. Die hintere Partie des Kleides war fast bis zum Po aus roter Spitze. »Ist das nicht zu eng? Ich hab wieder zugenommen, jetzt bin ich bei 77 Kilo!«

Coco verdrehte die Augen. »Keine Frage, das ist Schlachtgewicht. Wirklich, du siehst in dem Teil aus wie reingeschossen. Zieh den Fummel aus, wir stornieren die Chose, gehen in den Outdoorladen und suchen für dich ein Zelt.«

Die Verkäuferin riss erschrocken die Augen auf. »Aber das ist doch eine Maßanfertigung …«

»Schätzelein, ganz ruhig bleiben, war nur Spaß! Wo sind Schuhe, Handschuhe und die Klamotten für den Bräutigam?«, fragte Coco.

Die Verkäuferin lief irgendwohin und kam mit Tüten und Schachteln zurück. Behutsam packte sie aus und drapierte alles auf dem gläsernen Verkaufstresen.

Coco inspizierte zuerst die Handschuhe, gab sie Ira und befahl: »Zieh an!«

Sie reichten bis kurz unter die Ellenbogen und passten perfekt.

Dann musste Ira sich zwischen roten Pumps mit Pfennigabsatz und Sandalen mit etwas höherer Keilsohle entscheiden. »Ich nehme die Sandalen, darin kann ich später auch mal über die Wiese gehen, ohne dass ich stecken bleibe.«

»Du nimmst beide«, sagte Coco knapp. »Die Pumps für die Zeremonie und die anderen für die Party auf dem Hof.«

Ira bemerkte den konsternierten Blick der Verkäuferin. »Wundern Sie sich nicht über ihren Ton – sie ist zum ersten Mal Hochzeitsplanerin und meint das nicht so.«

»Ich meine jedes Wort genauso, wie ich es sage«, rief Coco und stemmte die Fäuste in die Seiten. Aber sie grinste dabei.

Nach einer Stunde waren sie fertig: Andys rote Fliege und die roten Socken passten farblich perfekt zu Iras Kleid, außerdem würde er einen schwarzen Zylinder tragen. Mehr wusste Ira nicht, der Rest war laut Coco streng geheim und ging sie gar nix an. »Ich kümmere mich um alles, ihr müsst nur feiern und glücklich werden.« Am liebsten hätte Ira sie für diesen Satz geknutscht, aber Coco machte eine abwehrende Handbewegung und rief: »Geh mir wech mit deinem ewigen Gefummel!«

Sie brachten die Tüten in Cocos Auto, bummelten durch die Altstadt, überquerten den Jahnplatz und ergatterten vor dem Café Knigge draußen einen freien Tisch. »Eisbecher?«, fragte Coco.

»Nee, ich muss aufpassen, du hast doch gesehen, wie eng das Kleid saß. Für mich ein Mineralwasser.«

Coco verdrehte die Augen. Die Bedienung kam, und sie bestellte ungerührt zwei Amarenabecher.

Eine Weile löffelten sie schweigend, jede hing ihren Gedanken nach. Zwischendurch holte Coco ihr Handy aus der Handtasche; sie hatte den Ton während der Anprobe ausgestellt und schaltete ihn jetzt wieder ein. Nach einem Blick auf das Display sagte sie: »Siebenundzwanzig Nachrichten, das ist ja ordentlich.« Sie überflog die SMS und WhatsApp, dann legte sie das Handy auf den Tisch. »Gibt nur ein Thema. Alle wollen was über die Tote auf dem Hellberger Hof wissen«, sagte sie und schob sich die letzte Amarenakirsche aus ihrem Becher in den Mund. Weil in Bad Oeynhausen niemand etwas Konkretes wusste, gab es natürlich die wildesten Spekulationen, die über die Taxifahrer rasch bei Coco ankamen. Andauernd ertönte jetzt das helle »Ping« ihres Smartphones – SMS, Mails und WhatsApp-Nachrichten kamen im Minutentakt an. Unfall, Selbstmord oder Verbrechen? Fragen, Antworten, Vermutungen, es war alles dabei. Coco las mit gerunzelter Stirn, beantwortete aber keine dieser Nachrichten. Sie war keine Tratschtante, wer mit ihr im Taxi irgendwohin fuhr, konnte sicher sein, dass sie diskret und verschwiegen war. Nur wenn es um öffentliche Ereignisse ging wie zum Beispiel das Polizeiaufgebot am Hellberger Hof, informierte sie ihre Freundin Ira. Dennoch bezogen ihre Fahrer sie in die Verbreitung brandheißer News immer sofort mit ein.

Ira wusste auch nichts Neues, die Polizei hatte sich noch nicht wieder geäußert. »Am meisten interessiert mich, *wie* sie es getan hat. Wie kann man sich im Borstenbach, der nicht mal Hochwasser führt, umbringen?« Sie überlegte. Man konnte sich doch nicht ins Wasser setzen und den Kopf so lange unter Wasser halten, bis man ertrunken war? Brück hatte gesagt, Marilena habe quasi vor dem Gitter »geklebt«, bevor der Bach unterirdisch weiterfloss. Also hatte die Strömung sie dorthin gerissen? Oder war sie genau dort gestorben? Wo, dort? An welcher Stelle war sie ins Wasser gegangen? Neben dem Kreuz von Angelina?

»Wie kriege ich raus, was genau damals mit dem kleinen Mädchen passiert ist, mit Marilenas Enkelin?«, fragte sie unvermittelt.

Coco zuckte die Achseln. »Heiß ich Jesus, wächst mir Gras aus der Tasche? Frag deinen Friseur und nicht mich«, frotzelte sie.

Ira schlug sich auf den Oberschenkel. »Genau, ich frage den Friseur«, rief sie so laut, dass die anderen Gäste neugierig zu ihnen herüberschauten.

»Mensch, das war 'n Spruch!«

»Aber einer, der passt: Tante Sophie hat gesagt, ich sollte mal in Loles Frisierstübchen gehen und mir 'ne Wasserwelle machen lassen. Da würde ich alles erfahren, was wichtig ist.«

Coco kniff ihr linkes Auge zu, spitzte die Lippen und musterte Ira abschätzend. »Jau. Mit 'ner Wasserwelle kriegst du deine strubbeligen Locken bestimmt in den Griff. Und mit 'ner Inge-Meysel-Gedächtnisfrisur wirst du dann alle umhauen.«

Ira war für solche Scherze im Moment nicht empfänglich. Sie sah auf ihre Uhr. »Gleich halb sieben, Mist, das schaffen wir nicht mehr.«

»Müssen wir auch nicht. Es ist Montag, und Lole hat zu.«

7

Hannelore Köstens, genannt Lole, um die sechzig, braun gebrannt, mit rabenschwarzer asymmetrischer Kurzhaarfrisur, dunkel geschminkten Augen, schwarzem Poloshirt und extrem langen perlmuttrosa Fingernägeln, zeigte sich erschüttert über die Todesfälle auf dem Hellberger Hof.

Sie sprach mit tiefer, heiserer Raucherstimme, fast wie ein Kerl. »Lilo war seit achtundzwanzig Jahren meine Kundin. Seitdem sie hierhergezogen ist, hab ich ihr die Haare gemacht, vom ersten Tag an.« Sie zog ein Papiertaschentuch aus ihrer schwarzen Jeans, fummelte es auseinander und schnäuzte trötend hinein.

Es waren noch keine Kunden in Loles Frisierstübchen, Ira war nach dem Frühstück und der Gassirunde mit Tante Erna ohne Anmeldung hergekommen.

»Sie kenne ich doch«, hatte Lole gesagt, als Ira sich vorstellte, »Sie waren hier, als wir dreißigjähriges Bestehen hatten. Das war ein schöner Bericht, den Sie da geschrieben haben!« Sie hatte auf eine Wand gezeigt, an der ein Meisterbrief, Diplome, Urkunden über die Teilnahme an Fortbildungen und ein paar Zeitungsartikel hingen.

Stimmt. Ira konnte sich zwar nicht an den Termin erinnern, sah aber den ausgeschnittenen und gerahmten Artikel mit ihrem Kürzel »IrWi« und las die Überschrift: *Waschen, schneiden, föhnen – und das seit 30 Jahren!* Darunter ein Porträt von Lole, Kamm und Schere haltend, schlanker als heute, damals mit schulterlangem blondem Haar, aber genauso braun gebrannt.

Lole hatte also Lilo Wolf frisiert, aber in den letzten Jahren sei sie nicht mehr gekommen. »Sie ist krank gewesen, hat auch lange in der Klinik gelegen. Was sie hatte, weiß ich leider nicht«, sagte Lole, »aber es muss schlimm gewesen sein, sonst wäre sie ja nicht daran gestorben.«

»Kannten Sie die Tochter auch?«

Lole war offenbar nah am Wasser gebaut: Ein paar Tränen stiegen ihr in die Augen und kullerten über die faltige Haut. »Ist das nicht schrecklich? Da geht die Tochter ins Wasser, nachdem die Mutter gestorben ist.« Sie putzte sich wieder die Nase. »Wissen Sie, ich hab auch 'ne Tochter. Wenn ich daran denke, dass sie sich umbringt, wenn ich mal abtrete …« Lole sah auf die Uhr. »Lassen Sie uns rausgehen. Bevor meine erste Kundin kommt, wollte ich noch eine schmoiken.«

Vor dem Schaufenster des Salons standen zwei pinkfarbene Metallstühle und ein passender runder Tisch, eine Plastikblume steckte in einem weißen Topf, daneben lagen zwei ausgedrückte Kippen, an denen Lippenstift klebte, in einem Plastikaschenbecher.

Lole zündete sich eine Zigarette an. Ira überlegte, ob sie ihre Kundinnen mit diesen Fingernägeln auch kämmen konnte – lang genug waren sie.

»Wollen Sie über die beiden Verstorbenen in der Zeitung schreiben?«, fragte Lole.

Ira rechnete damit, dass ihr Besuch und dieses Gespräch in den nächsten Tagen *das* Thema im Salon sein würde. Daher wählte sie ihre Antwort mit Bedacht. »Vielleicht schreibe ich später darüber, ich weiß es noch nicht. Solange Marilenas Todesursache nicht geklärt ist, will ich mich nicht in Spekulationen verlieren, das wäre unseriös, so arbeiten wir bei *Tag 7* nicht.«

Lole inhalierte tief.

Um eine verschwörerische Atmosphäre zu schaffen, beugte Ira sich ein bisschen vor und senkte ihre Stimme. »Wenn es ein Unfall war, finde ich es besonders tragisch, dass er offenbar an derselben Stelle passiert ist wie das Unglück mit Angelina.«

Lole stimmte ihr heftig nickend zu.

Noch leiser sagte Ira: »Wenn es aber Selbstmord war, wüsste ich gerne, was sie dazu getrieben hat. Ich habe Marilena kürzlich kennengelernt, sie erschien mir ganz normal ...«

Sie sah die Friseurin abwartend an. Lole biss sich mit den Zähnen auf die Unterlippe, nahm wieder einen Zug von der Zigarette und sagte, während sie den Rauch ausblies: »Also ich denke schon, dass sie ins Wasser gegangen ist. Die war ja nach dem Tod des Kindes mal 'ne ganze Weile in der Klapse, in Lübbecke, in der Geschlossenen. Wenn man einmal 'nen Schaden hat, weil so was Schreckliches passiert ist, dann wird man den doch nie wieder ganz los.«

Ira hörte aufmerksam zu, merkte sich jedes Wort, machte sich aber keine Notizen, um den vertraulichen Ton des Gespräches nicht zu zerstören.

Lole sog am Filter ihrer Zigarette, die rote Glut war fast zwei Zentimeter lang, drückte dann die Kippe im Aschenbecher aus und sagte nachdenklich: »Obwohl ich das eigentlich nicht verstehe. Ich meine, ich hab die Lilo Wolf ja schon lange nicht mehr gesehen, aber ich weiß, dass sie sich mit ihrer Tochter überhaupt nicht verstanden hat. Die haben seit einer Ewigkeit nicht mehr miteinander geredet, obwohl sie auf demselben Hof lebten. Und dann bringt Marilena sich gleich um, wenn die alte Dame stirbt ... das ist schon komisch. Vor allem, weil sie nach dem Tod der Mutter doch finanziell ausgesorgt hätte. Sie ist ja die einzige Tochter, und der Hof ist immer noch riesig und ein Vermögen wert.«

»Wieso immer noch?«

Die Friseurin fummelte an ihrem Ohrring herum, einer schimmernden rosa Feder. »Lilo Wolf hat schon einiges verkauft, sie musste ja von was leben. Der Hof wurde nicht mehr bewirtschaftet, aber so genau weiß ich das auch nicht. Ich krieg ja auch nur mit, was im Salon so geredet wird.«

»Wie war sie denn so, die Frau Wolf?«

Lole verdrehte die Augen. »Oh, die war stur und sagte nicht viel, aber wenn, hatte sie ordentlich Haare auf den Zähnen. Die Marilena hatte es nicht leicht, nicht mit der Mutter und auch nicht mit der eigenen Tochter.«

»Sie meinen die Sissy?«

Lole wirkte plötzlich abweisend. »Ja ja, aber ich weiß, wie gesagt, auch nur, was die Leute reden, mehr will ich gar nicht dazu sagen, wegen der Diskretion, verstehen Sie? Wenn die Leute zu ihrem Friseur kein Vertrauen mehr haben können, ja zu wem denn dann?«

Ira stimmte ihr zu, bedankte sich und versicherte ihr, dass sie kein Wort in irgendeinem Artikel je zitieren würde – denn, natürlich, das war ja alles bloß Hörensagen gewesen.

Von Loles Frisierstübchen bis zur Polizeiwache in der Blücherstraße war es nicht weit. Ira parkte den Mini auf dem Besucherparkplatz, zog ihr rotes Sakko aus und warf es auf den Rücksitz. Jeans und T-Shirt reichten völlig aus. Die Temperaturanzeige im Auto stand auf vierundzwanzig Grad. Vor drei Wochen hatten sie im April fast Novemberwetter gehabt, und jetzt war es sommerlich warm. »Es gibt keine Übergangszeiten mehr«, murmelte Ira vor sich hin.

Der Beamte hinter dem Empfangstresen begrüßte sie mit Namen. Ira war sich nicht sicher, ob sie sich bei irgendeinem Ereignis begegnet waren oder ob er ihre Kolumne und somit ihr Foto kannte. Egal, sie tat so, als würde sie ihn erkennen, und bat ihn, Kommissar Brück Bescheid zu sagen, dass sie da sei.

»Sind Sie angemeldet?«

»Nein, richten Sie ihm bitte aus, es geht um die Toten vom Hellberger Hof.«

Brücks Büro lag auf der Südseite des Gebäudes. Er hatte die grünen Jalousetten außen heruntergelassen; das Licht fiel durch die Lamellen in feinen Streifen ins Zimmer und malte Muster auf den grauen Fußboden.

Obwohl Brück ziemlich groß war, reichten ihm die Aktenberge rechts und links des Computers fast bis zur Schulter. Seine Bürotür stand offen, er saß mit krummem Rücken und silberner Brille auf der Nasenspitze vor dem Computer und las etwas. Als Ira an den Rahmen klopfte, klickte er die Seite sofort weg, nahm rasch die Brille ab und machte sich gerade. »Wittekind. Was ist los?«

»Schönen guten Morgen, Herr Brück, danke der Nachfrage, es geht mir ganz wunderbar, ja, danke, meinem zukünftigen Ehemann und dem Hund geht es auch gut, finde ich lieb, dass Sie fragen ...«, sagte Ira und trat ein.

Der Kommissar verkniff sich ein Grinsen. »Denn is ja gut.«

»Gibt's was Neues im Fall Heiland?«, fragte Ira.

»Nein, noch keine Obduktionsergebnisse.«

»Ich hätte da mal eine Bitte, beziehungsweise möchte ich Ihnen einen Deal vorschlagen.«

»Wittekind, ich bin Beamter im öffentlichen Dienst, wir machen hier keine Deals.«

Sie setzte sich auf den Besucherstuhl, kramte in ihrer Handtasche und nahm einen Zettel heraus, den sie aber in der Hand behielt. »Vielleicht doch. Marilena Heiland hat kurz vor ihrem Selbstmord ...«

Er unterbrach sie: »... ihrer mutmaßlichen Selbsttötung!«

»... kurz vor ihrer *mutmaßlichen* Selbsttötung ein Inserat aufgegeben. Sie wollte eine Reise machen, vielleicht nach Indien, und sie hat ihr Haus zur Vermietung angeboten.«

Brücks Pokerface gab nicht preis, ob er das gewusst hatte. Er hatte sich zurückgelehnt, stierte auf seine Hände und schob mit dem Daumennagel der linken Hand seine Nagelhaut an den anderen Fingern zurück.

Ira fuhr fort: »Bis vor wenigen Monaten war sie mit

einem Mann namens Georg Karmann, Malermeister aus Minden, liiert.«

Jetzt blickte er interessiert auf.

Sie schob den Zettel über den Schreibtisch. »Bitte, das sind seine Kontaktdaten.« Sie sah ihn an. »Sie haben doch ihr Haus durchsucht. Gibt es einen Abschiedsbrief? Wenn sie sich umgebracht hat, müsste es einen geben, oder?«

»Kein Kommentar.«

Sie grinste. »War klar, aber man kann es ja mal versuchen. Wussten Sie, dass Marilena länger in psychiatrischer Behandlung gewesen war?«

Brück zog die Augenbrauen hoch.

»Wussten Sie auch, dass sie mit ihrer Mutter Lilo, die am fünften Mai gestorben ist, seit Jahren nicht mehr geredet hat?«

»Wofür ist das wichtig?«

»Um zu verstehen, warum sie sich am Tag nach der Beerdigung ihrer Mutter umbrachte, sorry – mutmaßlich umbrachte –, und um zu verstehen, ob das eine etwas mit dem anderen zu tun hat.«

Brück nickte zustimmend, sagte aber nichts.

»Wussten Sie also, dass Marilena in psychiatrischer Behandlung gewesen ist? Damals, als das Kind gestorben ist.«

Brück machte sich eine Notiz, das würde er also nachprüfen. »Welchen Deal wollten Sie mir anbieten?«, fragte er.

»Über den Tod von Angelina muss es eine Akte geben.«

Er sah sie schweigend an.

»Sie ist 2005 gestorben, es muss eine Akte geben«, beharrte Ira.

»Vergessen Sie's!«

»Ich kann auch in der Nachbarschaft rumfragen und mir O-Töne von Zeitzeugen holen. Sie wissen ja, was dabei raus-kommt: Wenn ich fünf Leute befrage, werde ich acht ver-schiedene Geschichten zu hören kriegen. Ich will aber Fak-ten und keine dramatisierten Erinnerungen!«

Er stand wortlos auf und verließ das Zimmer.

Ira wartete.

Kurz darauf kam er zurück, trug eine Mappe unter dem Arm und legte sie auf seinen Schreibtisch. »Ich muss was erledigen. In genau zehn Minuten bin ich wieder hier. Ich schließe ab, das mache ich immer, wenn ich den Raum ver-lasse, ist Vorschrift.«

Kaum war die Tür hinter ihm ins Schloss gefallen, sprang Ira auf, nahm ihr Smartphone und fotografierte rasch die Seiten der Akte.

Als Brück zurückkkam, saß sie wieder auf ihrem Platz. Er trat hinter den Schreibtisch, nahm die Kladde, legte sie in einen Schrank und blickte Ira in die Augen.

»Können Sie mir vielleicht auch sagen«, fragte Ira, »wa-rum es auf dem Hof immer wieder Polizeieinsätze gab?«

Er zog die Augenbrauen hoch, dabei legte sich seine Stirn in Falten, sodass er Ira an einen chinesischen Faltenhund erinnerte. »Schönen Tach noch, Wittekind«, sagte er.

Andy schnitt geschälte, rohe Kartoffeln in dünne Scheiben, gab sie in eine Schale und deckte sie mit einem Teller zu. Dann widmete er sich den Zwiebeln, pellte und halbierte sie, hackte sie mit Lichtgeschwindigkeit in gleichmäßige

Würfel und schob sie mit dem Messerrücken vom Holzbrett auf einen Teller. Diese Bewegung, mit der er sich jetzt die Hände an dem Küchenhandtuch abwischte, war Ira so vertraut, dass sie unwillkürlich lächelte.

»Du bist so nachdenklich, mein Schatz, was ist los?«

Sie erzählte ihm von den Gesprächen mit Friseurin Lole und Kommissar Brück.

»Er hat dich mit der Akte allein gelassen? Damit ist er ein ganz schönes Risiko eingegangen. Stell dir mal vor, jemand hätte dich beim Fotografieren erwischt!«

Ira grinste. »Er hat mich eingeschlossen, damit genau das nicht passiert.«

Andy nahm die schwere, gusseiserne Pfanne von einem der Haken über der Arbeitsplatte, stellte sie auf die Flamme des Gasherdes, gab Butterschmalz hinein und rührte mit einem hölzernen Löffel so lange, bis das Schmalz flüssig war. Es zischte, als er zuerst die Kartoffelscheiben in das Fett rutschen ließ und anschließend zwei Hände voll durchwachsene, geräucherte Speckscheibchen dazugab. Rasch legte er den Deckel auf die Pfanne und drehte die Gasflamme auf die stärkste Stufe. Während er eingelegte Gewürzgurken auf den Tellern anrichtete, bat er Ira, das Bier aufzumachen. Sie stießen mit eisgekühltem Pils an. Andy stellte die Flasche ab, hob den Deckel der Pfanne und wendete die Speckkartoffeln. Sie waren jetzt leicht angebräunt und dufteten köstlich. »Nun lass dich nicht so lange bitten. Erzähl, was steht in der Akte?«

»Ich habe nicht alle Seiten ablichten können, das Ding ist ziemlich dick. Angelina ist im Borstenbach ertrunken, während ihre Mutter, also Sissy Heiland, mit Lilo Wolf, also Sissys Großmutter, einkaufen war. Angelina schlief, Marilena sollte aufpassen. Die Kleine stand aber unbemerkt auf, rannte aus irgendeinem Grund über den Hof zum Bach, rutschte am Ufer aus, knallte mit dem Köpfchen auf einen Stein und fiel ins Wasser. Sie konnte nur tot aus dem Wasser geborgen werden. Marilena hat sie gefunden.«

Andy war entsetzt. »Das ist der blanke Horror. Wenn sowas mit Tessa passiert wäre, mein Gott …« Ira hatte keine Kinder, konnte sich die Tragödie aber dennoch vorstellen.

Andys Tochter war Ende zwanzig. Nach der Trennung ihrer Eltern war sie mit ihrer Mutter nach Mallorca gezogen und dort aufgewachsen. Sie hatte in Málaga Medizin studiert und war seit einiger Zeit mit der Organisation »Ärzte ohne Grenzen« in Indien. Andy sah seine Tochter nicht oft, aber sie skypten regelmäßig.

Ira konzentrierte sich wieder auf ihre Notizen. »Es gab ein Verfahren wegen Verletzung der Aufsichtspflicht gegen Marilena, aber das wurde eingestellt.«

»Und was fängst du mit diesem Wissen an?«

Ira zuckte die Achseln. »Weiß ich nicht. Ich speichere es.«

Andy nahm zwei Teller aus dem Regal und stellte sie neben den Herd. »Vielleicht hat Marilena sich umgebracht, weil sie mit der Schuld am Tod ihrer Enkelin nicht fertigwurde? Wenn das Verfahren damals von Amts wegen eingestellt wurde, heißt das noch lange nicht, dass sie sich nicht für den Rest ihres Lebens schuldig fühlte.«

Er nahm die Pfanne vom Herd, schob den Deckel ein wenig zur Seite und ließ das Bratfett in einen Steingutkrug laufen. Man konnte es wunderbar nochmal verwenden und briet die Kartoffeln »trocken« weiter. Er füllte zwei Portionen auf die Teller und trug sie zum Tisch.

Es schmeckte köstlich.

Unvermittelt sagte Ira: »Halt mich ruhig für besessen, aber ich weiß, dass da was nicht stimmt. Warum sollte Marilena sich ausgerechnet jetzt umbringen, wo sie mit ihrem Sohn diese tollen Pläne mit dem Sägewerk hatte? Warum wollte sie ihr Haus so billig loswerden, und was sollte die Beratung wegen der Reise?«

»Meinst du, es war ein Unfall und kein Selbstmord?«

Sie nahm einen Schluck Bier. »Vielleicht. Vielleicht hat aber auch jemand nachgeholfen.«

8

Es war schon nach acht, als sie Tante Erna an die Leine nahmen und Hof Eskendor verließen.

Ira und Andy liebten diese abendlichen Spaziergänge, wenn man im Sonnenschein losging, das Licht der blauen Stunde beobachtete und in der frühen Dämmerung durchs Dorf schlenderte.

Sie gingen zuerst zur Werre hinunter, spazierten an den Wiesen entlang, gingen unter der verwaisten Autobahnbrücke her und blieben vor der Werrekussbrücke stehen.

Andy legte den Arm um Iras Schultern, zog sie an sich und sah sie liebevoll von der Seite an. »Countdown?«

»Einunddreißig Tage.«

»Bist du glücklich?«

Sie wusste genau, warum er das fragte. Sie hatte sich lange gesträubt, Ja zu sagen. Früher, wenn Freundinnen sie fragten, warum sie nicht heiraten wollte, hatte sie betont flapsig geantwortet, sie habe eben keinen mitgekriegt. Das war besser, als sich auf Diskussionen einzulassen, die in der Regel in sinnlosen Auseinandersetzungen endeten. Wie oft hatte sie sich darüber gewundert, dass Frauen, die gut ausgebildet waren, für sich selber sorgen konnten, finanziell unabhängig und dadurch in allen Entscheidungen frei waren, ihr Leben nur als Teil eines Paares als vollständig empfanden. Auch Kinderwunsch ließ Ira als Argument für eine Ehe nicht gelten. Sie war immer der Meinung gewesen, dass Frauen es grundsätzlich besser getroffen hatten als Männer, weil sie die Wahl hatten. Eine Frau konnte wählen, ob sie Beruf oder Familie wollte – oder beides. Sie bestimmte im Normalfall, ob sie Kinder wollte oder nicht. Und wenn sie alles, Ehe, Kinder und Beruf wollte, dann konnte sie das, zwar mit größerem Aufwand und notwendigerweise einem funktionierenden Netzwerk, aber sie *hatte* die Wahl. Als Ira noch in Köln gelebt und für eine Frauenzeitschrift geschrieben hatte, klang diese Überzeugung in ihren Artikeln immer wieder durch und hatte ihr viele heftige Reaktionen von Feministinnen beschert. In einem Streit mit einem Kollegen hatte sie das Gespräch abgebrochen mit den Worten: »Wenn ich ein Kind will, werde ich schwanger. Wenn du ein Kind willst, wirst du nicht schwanger. So einfach funktioniert die Natur.«

Natürlich hatte sie oft darüber nachgedacht, warum sie so tickte und sich gegen Kinder entschieden hatte. Vielleicht lag es an ihrer eigenen Familiengeschichte. Sie war ein Einzelkind, ihre Eltern hatten, so drückte ihre Mutter es gern aus, »mit Rückenwind geheiratet«, also war Ira schon unterwegs gewesen. Als sie zwölf war, verschwand ihr Vater, ohne Abschied.

Und jetzt? Jetzt dauerte es noch einen Monat und einen Tag, bis sie und Andy heiraten würden. Und es fühlte sich wunderbar an.

»Ja, glücklich«, sagte sie.

Arm in Arm gingen sie bis zur Weserfähre »Amanda«, vorbei am Vereinsheim des Fußballvereins Rot-Weiß Rehme bis zur Vlothoer Straße. Auf deren anderer Seite führte eine Fußgängerbrücke über den Borstenbach.

Nachdenklich blieb Ira stehen und schaute in das klare, wirbelnde Wasser, das an dieser Stelle knietief um Steine und Äste herumstrudelte. Idyllisch, Natur pur, wunderschön, dachte sie, den tosenden Verkehr der A30 hinter der grünen Lärmschutzwand, die unmittelbar vor ihnen aufragte, ignorierend. Seit wann gab es diese Autobahn, die unmittelbar hinter der Kirche verlief? Ende der Sechziger? Als Kinder waren sie in Gummistiefeln durch den Borstenbach gestampft, von Kottmeiers Mühle bis runter zur Mündung an der Weser, hatten im Wasser nach Glitzersteinen gesucht – und oft Fischkadaver gefunden. Sie waren vorsichtig durch den glitschigen Grund gestakst, um ja nicht hinzufallen und mit aufgeschlagenen Knien oder nassen und schmutzigen Klamotten nach Hause zu kommen.

In diesem Wasser ist Marilena gestorben. Und die kleine Angelina, ihre Enkeltochter.

Der Weg führte durch einen Fußgängertunnel unter der Autobahn her, an einem Spielplatz vorbei. Immer, wenn Ira die roten Klinkerhäuser der Meierfreundsiedlung sah, erinnerte sie sich an die schäbigen Baracken, die dort in den Sechzigerjahren gestanden hatten. Wann waren sie abgerissen worden, um der Neubausiedlung zu weichen, die inzwischen auch schon in die Jahre gekommen war?

Ein paar Hundert Meter weiter: der ehemalige Fliegerhof. Warum hatte er so geheißen? Dort war die Feuerwehr untergebracht gewesen. Was hatte das mit Fliegern zu tun gehabt? Sie wusste es nicht mehr.

Ira stupste Andy an. »Erinnerst du dich an Friseur Klinksiek, da vorne rechts?«

Sie sah den Friseur vor sich: eine Autorität mit Pomadescheitel im rabenschwarzen Haar, bekleidet mit einem lila Perlonkittel. Er nannte sie »kleines Frollein«, rauchte mit abgespreiztem kleinem Finger, während sie auf dem Stuhl saß, den er mit einem Pedal so weit in die Höhe trieb, bis sie in seine Augen sehen konnte. »Im Ganzen kürzer?«, fragte er, wartete ihr schüchternes Nicken kaum ab und umwickelte ihren Hals mit kratzendem Krepppapier, bevor er sie unter einem schwarzen Umhang verschwinden ließ und ihr mit ununterbrochen klickender Schere den verhassten Pottschnitt verpasste. Vor schwarzen Waschbecken und großen Spiegeln, abgetrennt durch bunte Vorhänge, schwatzten Frauen, rauchten, blätterten in Zeitungen namens »Quick«, »Constanze« und »Heim und Welt«, während ihnen mit stacheligen Lockenwicklern, in denen spitze Nadeln steckten, Wasserwellen gelegt wurden.

Sie bogen in die Oberbecksener Straße ein, gingen Richtung Süden über die Eisenbahnbrücke und bogen dann in die Königstraße ein.

»Kann es sein«, fragte Andy unvermittelt, »dass du ganz genau weißt, wohin du willst?«

»Erwischt«, grinste Ira.

Kurz darauf standen sie vor der Einfahrt zum Hellberger Hof.

»Und jetzt?«

Ira hielt ihr Smartphone schon in der Hand. »Jetzt gehe ich zu der Stelle, wo Marilena gestorben ist, und mache Fotos oder ein Video für die Onlineausgabe. Hier war Sonntag das ganz große Aufgebot. Spurensicherung, Ermittler und Notarzt werden irgendwelche Spuren hinterlassen haben.« Sie gab Andy die Hundeleine. »Bleib du mit Tante Erna lieber hier, das ist Privatgelände, übertreiben wir's also nicht. Bin gleich wieder da.« Sie huschte über das Kopfsteinpflaster, hielt das Handy vor ihren Körper und begann sofort zu filmen.

Auch in der Abendsonne sah der Hof mit seinen ausgebesserten Schotterflächen, dem Unkraut zwischen den Fugen der Pflastersteine und dem überall herumliegenden Spielzeug heruntergekommen aus; der Gegensatz zu dem kleinen, liebevoll renovierten Häuschen, in dem Marilena gewohnt hatte, war nun noch auffälliger.

Ira filmte das duster wirkende Hauptgebäude. Dabei fiel ihr an der Seite im Obergeschoss eine Balkontür auf – aber es gab keinen Balkon. *Puh, wenn eins der kleinen Kinder, die hier wohnen, die Tür öffnet und einen einzigen Schritt geht, knallt es unten auf die Steine.*

Sie richtete die Handykamera auf Marilenas Haus, ging dabei bis zum Zaun heran und bemerkte das Polizeisiegel an der Haustür. *Klar, die haben erst mal alles durchsucht, um einen Abschiedsbrief zu finden.* Sie zoomte die silbergraue Siegelmarke heran. Sie wusste, was darauf stand. *Wer dieses Siegel beschädigt, ablöst oder unkenntlich macht oder den dadurch bewirkten Verschluss unwirksam werden lässt, macht sich nach § 136 StGB strafbar.*

Gewissenhaft suchte Ira den Boden ab, um nichts zu übersehen, aber außer etlichen Fußspuren konnte sie kein Detail entdecken, das sich für die Zeitung verwenden ließ. *Dann eben oldschool*, dachte sie, stoppte die Filmaufnahme und begann, jedes Gebäude zu fotografieren. Das hübsche umgebaute Backhaus mit dem Buntstiftzaun, die Schmiede, die als Werkstatt gedient hatte; auch hier war die Tür mit einem Polizeisiegel verklebt.

»Marilenas Möbel-Mühle. Was ist nur nur in dieser Frau vorgegangen?«, murmelte Ira und sah die schüchterne Person vor sich, als sie vor wenigen Tagen für die Zeitungsfotos posiert hatte.

Es wurde langsam dunkel, sie musste sich mit den Bildern beeilen. Mit wenigen Schritten war sie am Bach und schaute sich vorsichtig auf der morastigen Böschung um. Das Gras war platt getrampelt, selbst das üppige Buschwerk umgeknickt.

Behutsam, um nicht auszurutschen, näherte Ira sich der halbrunden Kanalöffnung, in der das Wasser unter dem Sägewerk verschwand, fotografierte die Gitterstäbe, das schäumende Wasser, die tief hängenden Zweige der Büsche. Ihr Herz schlug schneller, als sie sich klarmachte, dass hier zwei Tage zuvor ein Mensch gestorben war. Keine Spuren am Ufer, keine an den Eisenstangen. Als sei nichts geschehen. Der Fetzen einer Plastiktüte hing in einer Baumwurzel. Daneben, in einer Art Nest aus ineinander verkeilten Zweigen, steckte eine leere Colaflasche aus Plastik. Treibgut. Das Grabkreuz. Nahaufnahme.

Geliebter Sonnenschein
Angelina
2002 bis 2005

»Hey, was machen Sie da?«, rief jemand.

Ira fuhr herum, strauchelte, rutschte mit einem Fuß aus und konnte sich gerade noch wieder fangen. »Ja, sind Sie denn wahnsinnig, mich so zu erschrecken, fast wäre ich im Wasser gelandet«, fauchte sie.

Simon Heiland stand wenige Meter entfernt. Er wirkte müde, übernächtigt, hatte tiefe Ringe unter den Augen und die gebeugte Haltung eines Greises.

Ira ließ das Handy in der Hosentasche verschwinden, ging auf ihn zu und streckte ihm die Hand entgegen. »Mein aufrichtiges Beileid zum Tod Ihrer Mutter. Es tut mir wirklich leid, was Sie jetzt durchmachen müssen.« Er reagierte nicht, sah ihr nur in die Augen.

Langsam zog Ira ihre Hand zurück.

»Was tun Sie hier? Ich dachte, Sie wären nicht so ein Paparazzi …«

Sie verzichtete darauf, ihn darauf hinzuweisen, dass es in der weiblichen Form »Paparazza« heißen musste, stattdessen streckte sie ihm erneut die Hand hin. »Ich verstehe, das müssen Sie ja jetzt denken, aber es ist nicht so! Darf ich es Ihnen erklären?«

Er kniff die Augen zusammen, sah ihr ins Gesicht, dann auf ihre Hand, nahm sie aber noch immer nicht.

»Bitte, ich kann wirklich alles erklären. Haben Sie ein paar Minuten für mich?«

Simon zögerte immer noch.

»Bitte!«, wiederholte Ira.

Schließlich sagte er, während er sich umdrehte: »Okay, aber nicht hier.«

Natürlich nicht hier, hier ist deine Mutter gestorben, dachte Ira und folgte ihm. Ihr rechter Schuh quietschte beim Gehen, er war voller Schlamm. »Mein Freund steht mit unserem Hund an der Straße und wartet, ich sage ihm eben Bescheid, dass …«

In diesem Moment kamen Andy und Tante Erna auf den Hof. Ira sah ihm an, dass er sich Sorgen gemacht hatte, weil sie so lange weggeblieben war.

Er hatte den Hund an der Leine kurz genommen und kam auf sie zu. »Ich wollte nachsehen, ob es meiner Verlobten gut geht«, sagte er.

Simon stutzte.

Freundlich fuhr Andy fort: »Sie denken bestimmt, dass Leute in unserem späten Mittelalter eher geschieden als verlobt sind … Ich bin Andy Weyer, guten Abend, bitte entschuldigen Sie unseren Auftritt. Sie sind Herr Heiland, nehme ich an?« Er sprach Simon sein Beileid aus. Es schien, als sei die peinliche Situation nun etwas entspannter, sie gingen zu dritt langsam auf Simons Haus zu. Tante Erna benahm sich vorbildlich, ging Schritt für Schritt bei Fuß und machte ein desinteressiertes Gesicht.

Eine junge Frau öffnete die Tür. In Gedanken fertigte Ira sofort eine Personenbeschreibung an: normal groß, schlank, Ende zwanzig, glatte blonde Haare, Ponyfrisur mit Pferdeschwanz, adretter Typ, Generation Zahnspange.

Simon stellte sie einander vor: »Meine Lebensgefährtin Nikola Growe, Frau Wittekind von der Zeitung, sie hat den Artikel über Marilena und mich geschrieben und eben Fotos am Bach gemacht, und ihr ... «, der Anflug eines Lächelns erschien um seine Mundwinkel, »Verlobter.« Nikola legte ihre linke Hand auf ihren Bauch, mit der anderen begrüßte sie Ira und Andy.

Ira schaute automatisch auf den Bauch, aber man sah nichts, Nikola war beneidenswert schlank.

»18. Woche«, erklärte sie ungefragt. Ihr Lächeln wirkte sanft und lieblich.

Sie standen nun in der Mitte des Hofes zwischen Marilenas Haus und dem von Simon Heiland. Ein Telefon klingelte, Simon reagierte nicht. Er wandte sich an Ira. »Sie wollten mir erklären, warum Sie heimlich auf dem Hof herumschleichen und Fotos machen. Das ist Privatbesitz, und ich kann Ihnen nicht erlauben, hier einfach aufzutauchen und irgendwelche Bilder zu veröffentlichen.« Er bemühte sich, seiner Stimme einen strengen Ton zu geben, aber er klang eigentlich nur erschöpft.

Das Telefonklingeln hörte auf. Und begann erneut. Es kam aus Marilenas Haus.

Ira und Andy blickten Simon fragend an. Er zuckte mit den Schultern. »Wir können nicht rein, die Polizei hat es versiegelt. Es klingelt seit Montag.«

»Marilena hatte eine Anzeige aufgegeben«, sagte Nikola. »Die Leute wissen ja nicht, dass sie nicht ... dass sie nicht mehr ... da ist.«

Ira sah Simon an. »Und deswegen bin ich hier. Ich kenne

diese Anzeige, sie wollte ihr Häuschen vermieten.« Sie berichtete von ihrem Besuch in der Anzeigenaufnahme der *Neuen Westfälischen.*

»Ja, ich weiß«, antwortete Simon.

»Sie wussten das? Hat Ihre Mutter mit Ihnen über ihre Reisepläne gesprochen?«

Er stieß einen heiseren Ton aus. »Nee. Hat sie nicht. Aber wir haben gehört, was die Leute auf den Anrufbeantworter gesprochen haben: Wir interessieren uns für Ihr Mietangebot ... Jetzt ist er voll ... es klingelt nur noch, wir hören niemanden auf das Band sprechen ... ob sie mir was gesagt hat ... nein!« Eine Haarsträhne hatte sich aus seinem Dutt gelöst und fiel ihm über die Augen, mit einer fahrigen Bewegung klemmte er sie sich hinters Ohr.

»Hat die Polizei den Anrufbeantworter abgehört und die Daten der Anrufer gespeichert?«, fragte Ira.

»Weiß ich nicht. Wozu? Ändert doch alles nichts daran, dass sie sich umgebracht hat.«

»Ist es denn überhaupt sicher, dass Ihre Mutter ... also dass sie freiwillig gegangen ist?«

»Was wollen Sie damit sagen?«

»Ach, tut mir leid, ich hab nur laut gedacht, entschuldigen Sie bitte und vergessen Sie die Frage.«

Er kniff die Augen zusammen und musterte Ira. »Nun sagen Sie schon!«

Ira atmete tief durch. »Mir kommt das alles komisch vor. Ich habe Ihre Mutter doch kennengelernt. Sie beide hatten so tolle Pläne mit dem Hof, und es gab ein schlüssiges Konzept, ich habe die Unikate in der Möbel-Mühle gesehen, und auch die sind richtig gut. Die Finanzierung des Projektes war durch, und Ihre Großmutter war mit allem einverstanden. Sie war krank, sagten Sie mir, als ich hier war, sie ist kurz danach gestorben. Auch das tut mir sehr leid. Aber dann bringt Ihre Mutter sich um? Selbst wenn ich mir vorstelle, dass der Tod Ihrer Großmutter sehr schlimm für Ihre Mutter war, dann passt dieses merkwürdige Mietangebot einfach nicht dazu. Und die Reisepläne schon gar nicht.«

Ira beobachtete ihn ganz genau, keine Regung in seinem Gesicht entging ihr. Er wirkte matt, kraftlos. Mit einem Seufzen sagte er: »Sie stellen so ähnliche Fragen wie die Polizei.«

Nikola mischte sich ein. »Wir müssen abwarten, was die Obduktion ergibt.«

Simon brauste auf. »Was soll sie denn ergeben? Dass sie sich nicht umgebracht hat? Dass es ein Unfall war und dass man den vielleicht hätte verhindern können?«

»Vielleicht …«, sagte Ira leise. »Vielleicht war es aber auch ein Verbrechen.«

Er musste sich räuspern, bevor er sprechen konnte. »Wer sollte denn so was tun?« Sie nahm Simon ab, dass er diesen Gedanken tatsächlich noch nie gedacht hatte, sein Gesicht wirkte zuerst erstaunt, dann völlig fassungslos.

Sie schwiegen.

Plötzlich rief Simon: »Nein! Sie irren sich. Ein Verbrechen kann es gar nicht gewesen sein, ausgeschlossen!«

»Wieso?«, fragte Ira.

»Weil die Polizei doch einen Abschiedsbrief gefunden hat.«

»Oha. Wo?«

»In einem Aktenordner.«

»Komischer Ort für so einen Brief. Und was steht drin?«
Simon zuckte die Achseln.

»An wen war er denn gerichtet?«

»An niemanden. Deswegen konnte die Polizei ihn wohl
auch mitnehmen, ohne ihn mir zu zeigen.«

»Kann sein. Kann alles sein. Das muss schlimm für Sie
sein.« Ira überlegte, wie sie jetzt weitermachen sollte, ohne
aufdringlich zu werden. Sie entschloss sich zur Offenheit.
»Vielleicht kann ich Ihnen dabei helfen, die Wahrheit herauszufinden. Manchmal bin ich ein bisschen schneller als
die Polizei.«

»Was für eine Wahrheit soll das denn sein? Meine Mutter
ist tot, meine Oma ist tot, keiner weiß, wie das jetzt hier mit
allem weitergeht und …« Er legte mit einer heftigen Bewegung den Arm um Nikola. »Und wir bekommen ein Kind!«

»Ja«, sagte Ira sanft. »Um so wichtiger ist es doch herauszufinden, was geschehen ist.« Sie war angefixt, ihr Spürsinn
signalisierte höchste Alarmbereitschaft. Und sie war sich
sicher, dass es hier eine Story gab, eine Geschichte hinter
den Schlagzeilen. Noch während sie überlegte, wie sie
Simon dazu bringen konnte, sich ein wenig mit ihr zu ver-
bünden, damit sie von neuen Informationen schneller erfuhr als die Kollegen von den Konkurrenzblättern, kam
Nikola ihr unbewusst zu Hilfe.

»Wenn man herausfindet, ob Marilena sich umgebracht
hat oder ob es ein Unfall war oder, wie Sie angedeutet haben,
ein Verbrechen, hat das eigentlich Einfluss auf das Erbe?«

»Weiß ich nicht, ich kenne weder die Erbfolge noch den letzten Willen der beiden Verstorbenen, aber ich vermute, dass Simon und seine Schwester Sissy den Besitz bekommen und dass Ihre Pläne mit dem Innovationszentrum somit nicht gefährdet sind.«

»Haben Sie eine Ahnung!«, entfuhr es Simon.

Ira horchte auf. »Was meinen Sie damit?«

Er antwortete nicht, drüben im Haus schrillte jetzt wieder das Telefon, alle schauten spontan hin.

Simons Stimme war plötzlich tränenerstickt. »Verdammt! Sie wird nie wieder ans Telefon gehen, nie wieder ...« Er drehte sich um, damit man sein Schluchzen nicht sah.

Eigentlich wäre Ira jetzt gern gegangen, hätte sich diskret zurückgezogen, denn die Tränen des jungen Mannes rührten sie. Aber sie musste dranbleiben, es war ihr verdammter Job, sich nicht abwimmeln zu lassen. Das Verhältnis zwischen Simon und seiner Schwester schien nicht das beste zu sein.

Ira blickte hinüber zum Haupthaus. Im Erdgeschoss brannte Licht. Sie würde mit Sissy Heiland und ihrem Mann reden, aber nicht heute. Heute musste sie Simon davon überzeugen, dass er ihr vertraute.

»Bitte hören Sie mir zu. Ich ahne, was Sie durchmachen, in Ihrem Leben ist nichts mehr, wie es war, zwei Menschen sind gestorben, Ihre Mutter auf schreckliche Weise. Glauben Sie mir, ich bin schon sehr lange in diesem Beruf, und ich weiß, dass es den Angehörigen besser geht, wenn sie Gewissheit haben.«

Ira hoffte, dass der junge Mann zu konfus war, um sie mit

einem Hinweis auf die ermittelnde Polizei abzuspeisen, denn natürlich würde die ihre Arbeit tun und herausfinden, woran Marilena gestorben war – und wenn es kein Suizid gewesen war, würde es eine Presseerklärung geben, die für alle Kollegen zugänglich sein würde. Dann aber wäre die Geschichte nicht mehr exklusiv ihre.

Sie bluffte. »Bitte lassen Sie uns miteinander reden. Ich arbeite eng mit der Polizei zusammen, und ich verspreche Ihnen noch mal, dass Sie alles sofort erfahren, was ich herausfinde, und dass niemals etwas in der Zeitung stehen wird, das Sie oder Ihre Familie kompromittieren könnte.« Sie blickte ihn ermunternd an und machte eine kurze, strategische Pause. »Im Gegenzug halte ich Ihnen die Kollegen von der Boulevardpresse vom Hals.«

Man sah es an seinem Gesicht: Sie hatte ihn.

Er zögerte, dann sagte er leise: »Okay.«

Wenn Simon Heiland damit gerechnet hatte, dass Ira damit für heute lockerließ, so hatte er sich getäuscht. Sie dachte an seine Reaktion, als sie seine Schwester erwähnt hatte, und schoss mit einer Kopfbewegung zum Haupthaus ins Blaue: »Vielleicht können wir reingehen, es muss ja nicht jeder hören, was wir zu besprechen haben?«

Nikola hielt ihnen die Tür auf. Tante Erna musste draußen bleiben, Andy leinte sie am Regenrohr an und ließ sie Platz machen.

Ira, Andy und Simon saßen im tipptopp aufgeräumten Wohnzimmer auf weißen Polstern und tranken Tee, den Nikola in schönem Geschirr servierte. Behutsam lenkte Ira das Gespräch auf Marilena. Sie erzählte, dass es nicht schwer gewesen war, etwas über den Tod von Angelina herauszufinden, nachdem sie das Kreuz am Bach gesehen hatte. »Ich habe gelesen, dass Ihre Mutter die Kleine gefunden hat. Das muss schrecklich für Marilena gewesen sein.«

Simon löste das Gummiband, das den Dutt auf seinem Kopf zusammenhielt, und klemmte es sich zwischen die Lippen. Seine Haare fielen ihm bis über die Schultern. Jetzt sah sein Gesicht noch schmaler aus, als es ohnehin schon war. Mit geübten Handgriffen drehte er einen Zopf, den er im Nacken mit dem Gummi festband. »Angelina … so eine Süße … es war die Hölle. Sie haben ja gelesen, dass es ein Unfall war. Sissy hat sofort unsere Mutter dafür verantwortlich gemacht, aber sie konnte wirklich nichts dafür. Sissy war mit Oma Lilo zum Einkaufen gefahren, anschließend hatten sie einen Arzttermin. Angelina schlief drüben in ihrem Kinderzimmer. Marilena hatte von Sissy ein Babyphone bekommen, das stand neben ihr auf dem Tisch, und sobald sie hörte, dass die Kleine aufwachte, sollte sie rübergehen. Als sie sich wunderte, dass Angelina so lange schlief, ist sie rüber. Die Haustür stand offen, das Bett war leer. Marilena ist ausgetickt, sie dachte zuerst, jemand hätte das Kind geklaut, dann ist sie nach draußen gerannt und hat gerufen und gesucht. Und dann lag sie da, im Bach … Da war nichts mehr zu machen.«

Ira fiel ein, was Brück von häufigen Polizeieinsätzen auf dem Hof gesagt hatte. Aber jetzt war nicht der richtige Zeitpunkt, um das anzusprechen. Man sah Simon an, dass er mit seinen Gedanken weit weg war.

Nikola legte wieder die Hand auf ihren Bauch und zog die Nase hoch.

Andy schaute ernst von einem zum anderen.

Obwohl Ira die Antwort durch die Akte aus Brücks Büro schon kannte, fragte sie: »Gab es nach diesem Unglück für niemanden Konsequenzen?«

Simon ignorierte diese Frage. »Ich hab mich in die Arbeit gestürzt«, sagte er, »war nur selten auf dem Hof. Die ganze Situation war nicht zum Aushalten, ich wollte damit nichts zu tun haben. Das alles ist zehn Jahre her, da war ich noch in der Ausbildung.«

Vorsichtig sagte Ira: »Ich hörte, dass Ihre Mutter danach … psychologische Hilfe brauchte?«

»Ja. Dass sie Tabletten genommen und getrunken hat, hab ich natürlich mitgekriegt. Aber ich konnte ihr nicht helfen. Und Sissy legte immer noch einen drauf, zischte, wenn sie ihr begegnete: Du Kindsmörderin. Irgendwann ist Marilena total zusammengeklappt und musste sich stationär behandeln lassen.«

In der Geschlossenen in Lübbecke, dachte Ira, sagte aber nichts.

Sie saßen lange in dem adretten Wohnzimmer. Als sie sich verabschiedeten, umarmte Ira Simon spontan und flüsterte: »Es tut mir alles so unendlich leid!« Und zu Nikola sagte sie: »Alles wird gut!«, wissend, dass diese Floskel die aufgewühlten Gefühle der jungen Schwangeren gewiss nicht besänftigen würde.

Ira und Andy gingen nach Hause, Hand in Hand, jeder seinen Gedanken nachhängend. Ira schlotterte vor Kälte;

das Thermometer war auf unter zehn Grad gefallen, und sie war viel zu dünn angezogen. Nur Tante Erna, die brav draußen gewartet und geschlafen hatte, tänzelte gut gelaunt an der Leine durch die Dunkelheit.

9

Als ihr iPhone sie um halb sechs weckte, stand sie sofort auf und verzichtete darauf, zigmal die Schlummertaste zu drücken, um wieder und wieder weitere Minuten Schlafzeit rauszuschlagen. Leise, um Andy nicht zu wecken, schlich Ira hinunter in die Küche. Als sie an Tante Ernas Körbchen vorbeiging, blinzelte die Hündin nur, wedelte einmal höflich mit dem Schwanz und schlief weiter.

Iras erster Termin für *Tag 7* war um halb zwölf in Lübbecke. Angesichts des nahenden Himmelfahrtstages sollte die Brücke am Mittellandkanal gesperrt werden, weil es in der Vergangenheit oft Randale mit Betrunkenen gegeben hatte, die diese Brücke als Treffpunkt nutzten und den Vatertag dort als exzessives Besäufnis feierten. Ira wollte mit dem Straßenverkehrsamt und anderen involvierten Stellen reden und die entsprechenden Fotos liefern. Der Artikel ging »aktuell mit«, das hieß, er sollte bereits am nächsten Tag erscheinen.

Sie sah auf die Uhr. Viertel vor sechs. Zeit genug, um sich noch mal in Ruhe mit dem Fall Hellberger Hof zu befassen.

Wie immer bei solchen Recherchen legte sie eine Akte an und speicherte darin alles, was sie bisher gesammelt hatte. Dabei rief sie sich die Details des gestrigen Gesprächs wieder ins Gedächtnis.

Simon hatte gesagt, er sei acht gewesen, als sie zur Oma nach Oeynhausen gezogen waren. Seine Worte von gestern klangen Ira im Ohr: »Marilena und André, das ist mein Vater, haben sich getrennt, bevor ich geboren wurde. Ein Wunschkind ist was anderes, sag ich immer.« Aus dem ersten »Treffer« hätten sie schon nichts gelernt, hatte er verbittert gesagt. Seine Eltern seien noch halbe Kinder gewesen, siebzehn und zwanzig, als Sissy unterwegs war. »Die mussten heiraten, damals ging das nicht so locker zu wie heute.«

Mutter hätte gesagt, heiraten mit Rückenwind, dachte Ira. Ach herrje, ihre Mutter, die hatte sie völlig vergessen! Der Blumenstrauß vom Muttertag lag noch immer im Auto hinter dem Sitz. Na, der war wohl hinüber, und sie hatte auch nicht daran gedacht, sich zu melden.

»Hey Siri, erinnere mich daran, Mutter anzurufen.«

Die Stimme ihres Smartphones antwortete: »Wann soll ich dich erinnern?«

»Um elf.« Dann würde sie im Auto auf dem Weg nach Lübbecke sein und hatte eine Ausrede, um sich kurzzufassen. Sie wandte sich wieder der Akte zu.

Wenn das Gespräch gestern auf seine Schwester gekommen war, hatte Simon jedes Mal abgeblockt und nahezu feindselig reagiert. Eigentlich unverständlich, denn Sissy hatte ihr Kind verloren, etwas Schlimmeres gab es doch gar nicht! Es war sicher Hilflosigkeit oder Verzweiflung, dass sie ihre Mutter verantwortlich machte, auch wenn die genau genommen keine Schuld trug. Es war ein tragisches Unglück gewesen. Ira hatte sich gestern darüber gewundert, dass die Geschwister denselben Namen trugen, obwohl Sissy verheiratet war. Simon hatte ein abfälliges Gesicht gezogen. »Sie hat vier Kinder von vier Männern, Angelina habe ich jetzt mitgezählt. Die kleinste, Jule, ist von Enno, und der hat bei der Hochzeit unseren Namen angenommen.«

»Er hieß früher Enno Pottmeier«, sagte Nikola. »Diesen Namen hätte ich auch bei der erstbesten Gelegenheit abgelegt.«

Ira hatte nicht erkennen können, inwieweit Simon neben dem Tod seiner Mutter auch der seiner Großmutter berührte, aber ihr fiel ein Satz ein: »Es gab zwei Parteien auf dem Hof. Oma und Sissy und meine Mutter und mich. Oma Lilo hat mir aber dann doch die Meisterschule bezahlt. Und 2010 hat sie mir die Schmiede überlassen. Ich hab alles renoviert, monatelang auf'ner Matratze gepennt. Damals kam mir die Idee, das Sägewerk zu restaurieren. Ich habe mir das Okay von Oma geholt. Da hat sie gesagt, dass ich das Sägewerk doch erben sollte.«

Ira machte sich eine Randnotiz. Was hieß: *doch* die Meisterschule bezahlt und *doch* erben? Bei ihrer ersten Begegnung hatte Simon auch etwas gesagt, das darauf hindeutete, dass die Großmutter nicht sofort mit seinen Plänen einverstanden gewesen war.

Als Nächstes tippte sie den Namen »Georg Karmann« in die Datei und vermerkte seine Kontaktdaten. Über ihn hatte Simon gestern nur Gutes gesagt, er schien ihn zu mögen.

Warum Georg nicht sofort erfahren habe, dass Marilena gestorben war, hatte Ira gefragt.

»Georg hat den Kontakt zu allen abgebrochen, der konnte einfach nicht mehr«, hatte Simon gesagt, und es hatte traurig geklungen. Georg und Marilena waren seit 2009 ein Paar gewesen, Simon wusste es genau, weil er damals die Meisterschule in Düsseldorf besucht und dort, in einem Club, Nikola kennengelernt hatte. Fast zur selben Zeit waren Georg und Marilena zusammengekommen. Nikola war ihm ins Wort gefallen: »Dass deine Schwester Georgs Hund überfahren hat, das kannst du aber ruhig auch erwähnen!« Sie erzählte, Georg sei felsenfest davon überzeugt gewesen, Sissy habe das Tier mit voller Absicht überfahren und er habe sie deswegen angezeigt.

Brück fragen wegen totem Hund, notierte Ira.

Sie loggte sich bei Facebook ein und scrollte noch einmal durch die Fotos von Marilena. Da waren sie, die Bilder mit dem großen grauen Hund, der von einem Tag auf den anderen nicht mehr auftauchte.

Sie dachte an Simons Gesicht, gestern, an die feuchten Augen, als er gesagt hatte: »Wenn sie zu Georg nach Minden gezogen wäre, würde sie vielleicht noch leben …« Er war anscheinend davon überzeugt, dass Marilena sich selbst getötet hatte. Vielleicht war der Gedanke, dass seine Mutter selbst bestimmt hatte, wann sie gehen wollte, für ihn leichter zu ertragen als der, dass sie ermordet worden sein könnte? Dennoch hatte er ihr zugestimmt: Die Sache mit der Vermietung des Häuschens und der Besuch im Reisebüro waren unerklärlich.

Iras Gedanken irrten hin und her. *Aber es gibt einen Abschiedsbrief. Dann habe ich mich getäuscht, dann hat sie es wirklich selbst getan. Wieso glaube ich das nicht? Weil man seine Wohnung nicht vermietet, bevor man sterben will. Zwei*

Parteien, Sissy und Lilo, drüben im Haus, Simon und Marilena, auf der anderen Seite des Hofes. Warum gab es Streit? Den Hund überfahren. Das war ein Riesenvieh, wie ist das passiert? Absichtlich. Nun, wenn Georg Anzeige erstattet hat, kriege ich das raus. Wenn Marilenas Tod kein Suizid war, war es mit hoher Wahrscheinlichkeit ein Unfall. Aber warum glaube ich auch das nicht? Weil es auf diesem Hof zu viel Streit gab. Hörensagen. Simon und Nikola behaupten das. Nein, halt, Brück hat es auch erzählt. Und dieser Nachbar, der Sonntag an meinem Auto stand. Er behauptete auch, da wäre ständig, wie sagte er, die Kacke am Dampfen gewesen. Sissy und ihr Mann, mit denen muss ich unbedingt reden.

Ira stand auf, ihre Kniegelenke knackten. Sie musste unbedingt wieder mehr Sport treiben – meine Güte, sie bewegte sich morgens wie eine Oma und nicht wie eine Frau, die bald heiraten würde. Der Gedanke an ihre Hochzeit zauberte ein Lächeln in ihr Gesicht. Das Leben war schön, verdammt noch mal, es ging ihr doch großartig!

Sie musste sich immer wieder zusammenreißen, wenn sie in einem solchen Fall recherchierte, damit diese Stimmung – das Verzweifelte, das Böse – sie nicht übermannte.

Aber ihr Gedankenkarussell drehte sich weiter. Georg hatte Marilena heiraten wollen, aber sie hatte sich geweigert. Vielleicht hatte die Muss-Ehe mit ihrem ersten Mann ihr gereicht? Simon sagte, Georg habe es ihr übel genommen, dass sie nicht hatte zu ihm ziehen wollen, aber sie hing an ihrem Häuschen, trotz allem, liebte ihre Möbelwerkstatt, wollte beruflich mit ihrem Sohn durchstarten. Und als sie erfahren hatte, dass ein Enkelkind unterwegs ist, hatte sie gesagt: »Siehst du, es hatte schon seinen Sinn, dass ich nicht zu Georg gezogen bin, hier werde ich bald mehr gebraucht!«

»Was meinten Sie eben mit ›trotz allem?‹«, hatte Ira gefragt.

»Na, das ganze Theater hier. Das hat sie total zermürbt, natürlich nicht nur sie, uns alle. Aber ich hab mich irgendwann nicht mehr eingemischt, lebe mein eigenes Leben. Nikola und ich sind bald eine Familie, und ich habe beruflich viel vor.« Er distanziere sich ausdrücklich vom »Hof-Krieg«, betonte er immer wieder, und dass er mit dem Streit der Frauen nichts zu tun haben wolle.

Na ja, dachte Ira, *euer Krieg ist jetzt Geschichte, zwei der drei Frauen sind nämlich tot.*

Und dann hatte Simon geschluchzt: »Vielleicht hat Marilena sich auch von mir verlassen gefühlt. Sie war Sissy so gnadenlos ausgeliefert.«

Was für ein Satz. Marilena war ihrer eigenen Tochter ausgeliefert gewesen. Warum? Hatte das mit Angelina zu tun? Simon war nach diesen Worten rausgelaufen. Danach waren Ira und Andy aufgestanden, um zu gehen. Vor der Tür hatte sie wieder gesagt, dass es ihr leidtue. Es war eine Floskel gewesen, natürlich, aber sie hatte es ehrlich gemeint.

Als neuer Name auf ihrer Liste stand da: André Heiland, Marilenas geschiedener Mann und Vater von Sissy und Simon. Ira wusste, dass er in Travemünde geblieben war und seit seiner Lehre im Hotel Maritim arbeitete. Sie sah auf die Uhr: Es war zu früh, um dort anzurufen.

Als sie die Tür zum Hof öffnete, um mit dem Hund rauszugehen, kehrte sie um und holte sich eine warme Jacke. Es war wieder kalt wie im Januar.

Ira verließ Eskendor nicht, sondern schlug den Weg zu den Gewächshäusern ein, die im letzten Herbst abgebrannt und erst jetzt wieder aufgebaut worden waren. Es war Brandstiftung gewesen, eine schlimme Nacht, alles war komplett zerstört worden. Von 720 Quadratmetern mit Obst, Blumen, Salat und Gemüse war nur noch Asche übrig geblieben. Über sechzig Feuerwehrleute waren im Einsatz gewesen, um rechtzeitig zu verhindern, dass die Propangasflaschen, die in den Gewächshäusern gelagert wurden, hochgingen. Noch Wochen später konnte Ira nicht schlafen, hörte im Traum das Zischen der Flammen, das Bersten der Scheiben und die verängstigten Schreie der Bewohner vom Hof, die rechtzeitig evakuiert worden waren. Sie war heilfroh, dass der Täter gefasst worden war, nicht zuletzt dank ihres eigenen, lebensgefährlichen Einsatzes.

Tante Erna hatte ihr Geschäft erledigt, lief schnüffelnd im Zickzack über die Wiese, machte vor der Kate halt und kläffte.

Natürlich waren die Tanten schon auf, die beiden schliefen nicht viel. »Schlafen kann ich noch genug, wenn ich tot bin. So lange, wie ich lebe, kann ich auch was Sinnvolles tun«, sagte Tante Sophie gerne.

Die Tür ging auf. Tante Friedchen stand da in Schlappen und wadenlangem Nachthemd, blassgrün mit rosa Streublümchen, ihre Dauerwelle hatte sie mit einem Haarnetz geschützt. »Moin Ira, biste schon fit? Wolltste 'ne Tasse Bohnenkaffee?«

»Aber nur eine im Stehen, ich muss gleich zur Arbeit!«

»Ach, ihr jungen Weiber habt es immer eilig, das is nich gesund, wolltste auch 'n Bütterchen?«

In der Kate war es muckelig warm, die Tanten hatten geheizt. »Mitte Mai und nachts bloß zehn Grad«, murmelte Tante Friedchen.

Nur zwei Stühle und die Hälfte des Tisches waren benutzbar, die anderen Möbel waren mit Malerfolie abgedeckt.

Statt einer Begrüßung sagte Tante Sophie, die vor einem Pott Kaffee und einem Holzbrettchen mit einer Wurststulle saß: »Guck dich hier bloß nicht um, der Maler kommt heute das letzte Mal, aber denn is Ruhe, und wir können wieder klar Schiff machen. Siehste die neuen Wände, machste die leiden?«

Ira nickte höflich und fragte sich, wo der Maler diese Tapeten ausgegraben hatte – so ein Muster gab es doch seit den Siebzigern nicht mehr! Kirschen, Birnen, Äpfel auf mild grün kariertem Grund. Sie plauderten über Belangloses, Ira trank ihren Kaffee und ging danach wieder hinüber in Andys Wohnung. Ihr fiel die Formulierung ihres Gedankens auf: Wie lange würde es noch dauern, bis es nicht mehr Andys Wohnung, sondern einfach »zu Hause« für sie war?

Kurz bevor Ira sich auf den Weg nach Lübbecke machte, rief sie im Maritim Hotel in Travemünde an und bat darum, André Heiland zu sprechen. Sie hatte Glück: Er war im Haus, und sie konnte verbunden werden.

»Mein Name ist Ira Wittekind, Ihr Sohn Simon gab mir Ihre Nummer. Ich recherchiere auf dem Hellberger Hof.«

»Da sind Sie bei mir leider an der falschen Adresse, ich habe mit dem Hof nichts zu tun«, sagte er höflich, mit feiner norddeutscher Sprachmelodie.

»Ich weiß. Aber Sie waren mit der Verstorbenen verheiratet, ich würde mir gern ein Bild von ihr machen, bevor ich über sie schreibe …«

Er unterbrach sie freundlich, aber bestimmt. »Tut mir leid, ich lasse mich in diesen Krieg nicht hineinziehen.«

Aufgelegt.

10

Auch der Himmelfahrtstag war ungewöhnlich kalt, laut Wettervorhersage waren mittags nicht mehr als fünfzehn Grad zu erwarten. Die Besucher der Vatertagstreffen, die sich in Ostwestfalen in den letzten Jahren zu regelrechten Volksfesten entwickelt hatten, mussten sich warm anziehen.

Tante Friedchen wies beim gemeinsamen Frühstück darauf hin, dass diese Kälte normal sei, heute würde bloß um alles so ein »beklopptes Tamtam« gemacht. Es seien schließlich die Eisheiligen, und da wärs eben draußen kalt. Und mit einem Seitenblick auf ihre Schwester sagte sie grinsend: »Wenn die Kalte Soffie kommt, musste dich warm anziehen …«

Woraufhin Tante Sophie mit den Fingern pantomimisch Plapperlaute darstellte und keifte: »Die Kalte Soffie is erst morgen, heute is Bonifatius: Vor Bonifaz kein Sommer, nach Soffie kein Frost. Haste inner Schule nich aufgepasst, oder is im Oberstübchen alles futsch?«

Ira zog ihre rote Daunenweste über, Andy seine schwarze Lederjacke. Sie gingen zu Fuß zur Saline im Sielpark und wollten sich dort mit Coco und Heiko treffen.

Sie erreichten den Platz an der Saline gegen Mittag, und es war schon brechend voll: viel Polizei wegen der zu erwartenden Randale, viele Besoffene, ein paar bekannte Gesichter. Sie schoben sich durch die Menschenmenge, Coco und Heiko warteten schon am Bierstand. Ira und Andy gesellten sich dazu und tranken »Schmutz«, Pils mit einem Schuss Cola. Die Männer unterhielten sich, dann bekam Coco einen Anruf, sie stand abseits und telefonierte.

Ira beobachtete das Treiben und nahm sich vor, als Nächstes lieber ein Wasser zu trinken, das Biergemisch wirkte bei ihr um diese Zeit ziemlich schnell. Plötzlich rempelte jemand sie an, grummelte: »'tschuldigung …«, sah ihr ins Gesicht und rief: »Hey, Sie kenn ich doch! Sie sin doch die Pressetante von neulich!«

Ira kam das Gesicht bekannt vor. Offenbar hatte er schon ein Pils zu viel gefrühstückt.

»Mich erkennse nich, oder?«, sagte er und wurde mit jedem Wort lauter.

»Ich weiß nicht …«

»Aber ich weiß! Sie warn bei unsern Nachbarn gewesen und ham diesen Blödsinn inner Zeitung verzapft, das stimmte doch hinten un vorne nich, ich hatt Ihn' ja gleich gesagt, Sie soll'n mit mir red'n, aber wolltense ja nicht …«

Jetzt wusste Ira, wer das war. Der Mann hatte am Sonntag vor dem Hellberger Hof an ihrem Auto an die Scheibe geklopft und seinen Namen gesagt, er hatte auf das Haus gezeigt, in dem er wohnte … Verdammt, sie kam nicht auf den Namen, irgendwas mit A.

Sie bluffte: »Arndt …?«

»Arno, nich Arndt, Arno Knauer, siebn a, aber Sie hattn ja was Bessres zu tun und ham mich stehn lassn …«

Ira sah aus dem Augenwinkel, dass die Umstehenden bereits neugierig schauten, außerdem hatte sich Andy, Brust raus, Bauch rein, soeben demonstrativ beschützend neben sie gestellt. Sie legte eine Hand auf seinen Arm, um ihm zu signalisieren, dass alles okay war. Das musste sie jetzt regeln. Wenn der Mann Stammleser von *Tag 7* war, durfte sie ihn nicht verärgern, die gekündigten Abos von Montag reichten. »Herr Knauer, das war doch erst am Sonntag, und heute haben wir Donnerstag, ich wollte sie in jedem Fall noch aufsuchen, ich bin nur noch nicht dazugekommen.«

Knauer beäugte sie misstrauisch und trank sein Pils in einem Zug aus. »Echt getz?«

»Natürlich! Sie wollten mir doch was Wichtiges über die Familien auf dem Hellberger Hof erzählen, und ich bin daran natürlich sehr interessiert!«

Knauer machte der Bedienung im Bierwagen ein Zeichen und bekam sofort ein neues Pils im Plastikbecher hingestellt. Es schwappte über, als er danach griff, Bier lief über seine Hand. Er wischte es an seiner Jacke ab. Ira schätzte ihn auf Ende fünfzig, er trug eine randlose Brille, hatte drahtiges graues Haar, gelbliche Haut und auffallend tiefe Nasolabialfalten. Er betrachtete sie mit schief gelegtem Kopf und wichtigem Gesicht. »Da is immer Theater auf'm Hof, wie oft da schon die Bullen war'n, kann ich Ihnen gar nich sag'n.«

»Warum waren die Bullen da?«, fragte Ira.

Er zuckte die Achseln, trank, unterdrückte ein Rülpsen. »Der Feuermelder is so 'ne richtige Krawallschachtel, die legt sich mit jedem an«, erklärte er.

»Feuermelder?«

Er grinste und zeigte dabei nur die unteren Zähne. »Die Sissy, ich meine, rote Haare ham die da alle, aber die Sissy leuchtet wie 'n Feuermelder.«

Ira ließ den Mann weiterreden. Er hatte schon gehörig einen sitzen.

»Sissy und Enno ham sich mit sämtlichen Nachbarn angelegt, einmal hatten die ihr Altöl einfach in den Borstenbach gekippt, ich meine, das geht doch nich, solche Umweltsäue, ist doch wahr. Irgendwas war da auch mal mit dem Verkauf vonner Wiese gewesen, und als der Kanal gelegt wurde, ham die auch Krawall gemacht. Die sin unberechenbar!«

Ira fiel wieder Simons Bemerkung über seine Mutter ein: »... sie war Sissy gnadenlos ausgeliefert ...«

Was für ein Mensch war diese Sissy? Ira musste unbedingt mit ihr reden und sich ein eigenes Bild machen.

»... und wenn da getz 'n Mord passiert is, dann sind wir nämlich die Gelackmeierten, weil, was wird denn dann mit unsern Häusern, die verlier'n doch total an Wert!« Knauer trank sein Bier aus.

Bei Ira schrillten sämtliche Alarmglocken: »Mord? Wie kommen Sie denn auf Mord?«

Er grinste. »D's fehlte noch, dass ich Ihr'n Job mache, da forsch'n Sie mal schön alleine ...« Er drehte sich um und verschwand im Gewühl.

»So ein Arschloch«, entfuhr es Ira. »Macht sich erst wichtig, lässt so einen Brüller los und haut dann ab!« Aber sie fühlte sich erneut bestätigt: In der Geschichte der Familie Heiland steckte jede Menge Sprengstoff.

Am Nachmittag waren sie wieder zu Hause – der Trubel an der Saline war ihnen zu viel gewesen, nach dem dritten »Schmutz« hatten sie sich zum Aufbruch entschlossen. Jetzt saßen sie in gemütlichen Klamotten auf dem Sofa, Ira an der einen Seite, Andy an der anderen, jeder mit seinem Laptop auf den Knien. Tante Erna rekelte sich vor der Couch, auf dem Fernseher lief mit leisem Ton im Hintergrund eine Reportage.

Ira suchte bei Facebook nach Sissy Heiland. Sie hatte eine Profilseite, auf der sie hauptsächlich Sinnsprüche teilte.

»Stress entsteht, wenn wir leben, um es anderen recht zu machen«, las sie vor.

Andy verdrehte die Augen.

»Und hier: Der brüllende Mensch möchte gefährlich wirken. Doch der schweigende Mensch könnte gefährlich sein. Ich mag so was nicht. Fehlt nur noch ein Posting wie: Teile diesen Satz auf deiner Chronik, wenn du auch gegen Brustkrebs bist …«

Sie klickte das Profilfoto an. Sissy Heiland hatte ein flächiges Gesicht und im Verhältnis dazu kleine, mandelförmige Augen. Sie lächelte mit schön geschwungenen, geschlossenen Lippen. Ihr Haar trug sie kurz geschnitten und karottenrot gefärbt, nur der kurze fransige Pony, der bis in die Mitte der Stirn frisiert war, schimmerte schwarz. Die Augenbrauen waren auch tiefschwarz, sie sahen aus, als seien sie mit einem Filzstift nachgezogen worden. *Bisschen ungünstig geschminkt, aber eigentlich sieht sie nett aus*, dachte Ira. Sissys Freundesliste konnte man nicht einsehen, wenn man nicht mit ihr vernetzt war, auch die Fotos waren nicht öffentlich sichtbar. Ira sah sich an, wer ihre geteilten Sprüche gelikt und kommentiert hatte. Da war ein Enno H. Das konnte doch nur ihr Mann sein. Ira klickte den Link zu seiner Seite an. Und dann schrie sie auf und erstarrte, als sei sie von einer Sekunde zur anderen schockgefroren.

Er hatte ein Video gepostet, das schon über fünfzehntausend Mal angeschaut und über hundert Mal geteilt worden war. Sobald man mit der Maus auf den Film ging, spielte er ab.

Andy sah auf. »Was ist los?«

Sie reichte ihm wortlos das MacBook, sprang auf und rannte zum Tisch. Dort lag ihr Handy. Sie wählte mit zitternden Fingern. Hysterisch rief sie: »Brück? Sie müssen sofort was unternehmen! SOFORT! Der Mann von Sissy Heiland hat bei Facebook ein Handyvideo gepostet. Darauf ist die tote Marilena zu sehen, vor dem Gitter, sie liegt im Bach, mit dem Gesicht im Wasser!«

Brück bedankte sich knapp für ihren Hinweis.

Seine trockene Art trug dazu bei, dass Ira schnell wieder sachlich wurde. »Ich hab noch mehr für Sie«, sagte sie. »Ich schicke Ihnen die Kopie einer Datei, in der ich alle Infos über die Familie gesammelt habe. Dafür erfahre ich das Obduktionsergebnis vor den Kollegen von den anderen Zeitungen, okay?«

Brück ging darauf ein. »Bielefeld übernimmt.«

Adrenalin schoss durch ihren Körper. »Die Mordkommission?«

»Yepp.«

»Also ist Marilena nicht ertrunken?«

»Yepp.«

»Sie war schon tot, als sie ins Wasser fiel?«

»Jau.«

»Woran ist sie gestorben?«

»Reicht, Wittekind, reicht!« Er legte auf.

Langsam ließ Ira ihr Handy sinken und sah Andy an. »Ich hatte verdammt noch mal recht. Das war Mord.«

11

Das lange Wochenende kam ihr gerade recht. Eigentlich hatte Ira sich den Freitag als Brückentag freigenommen, um sich weiteren Hochzeitsvorbereitungen zu widmen. Als sie aber hörte, was Andy am Abend zu tun hatte, warf sie spontan alle Pläne über den Haufen und beschloss: »Da komme ich mit!«

Den ganzen Tag lang stand sie mit ihm und seiner Mutter in der Küche, schnitt Gemüse, schälte Kartoffeln, füllte Salate, Süppchen und Desserts in Portionsgläser und Schälchen.

Ein Kunde namens Gerd Karsten feierte seinen sechzigsten Geburtstag und hatte ein »Flying Buffet« bestellt. Dafür brauchte Andy ziemlich viel Personal. Also konnte Ira in den Service eingeschleust werden. Denn das Besondere an Gerd Karsten war, dass sein Haus in der Straße »Am Hellberge« stand. Und dass seine Grundstücksgrenze direkt an den Hellberger Hof stieß.

Sie hatten bis Mitternacht unentwegt zu tun, die Gäste aßen scheinbar ununterbrochen. Ira hatte das Gefühl, tonnenweise kleine Teller mit Garnelenspießen an Guacamole, Becher mit Bärlauchschaumsüppchen, Gläser mit lauwarmem Bratkartoffelsalat und Roastbeef und kleine Schieferplatten mit einer Kuchenauswahl im Miniformat herumzuschleppen. Nach zwei Stunden hatte sie Rückenschmerzen; die Tabletts wogen einiges und waren nicht leicht durch die Gästeschar zu balancieren. Das hatte sie sich alles viel einfacher vorgestellt. Dennoch gelang es ihr, etliche Gespräche zu belauschen. Die Tote vom benachbarten Hof und das Video mit der Leiche waren natürlich das Thema des Abends, in allen Grüppchen, an allen Tischen und an der Bar redeten die Leute darüber. Ira versuchte, sich möglichst viel von den Gesprächsfetzen zu merken, aber die Arbeit im Service war hektisch und erforderte Konzentration. Erst spät, nachdem die Desserts verteilt waren, konnte sie sich länger in der Nähe der Bar aufhalten und in Ruhe lauschen. Sie beobachtete Andy, der seine Schürze abgelegt und sich mit dem Gastgeber an einen Tisch gesetzt hatte. Sie sprachen angeregt miteinander. Zwischendurch hob er den Kopf, suchte Ira mit dem Blick. *Ich hab was*, sagten seine Augen.

Als sie morgens um halb drei zusammenpackten und nach Hause fuhren, waren sie hundemüde und sagten keinen Piep mehr. Ira, die keine körperliche Arbeit gewohnt war, tat alles weh: Arme und Rücken schmerzten, die Füße brannten, ihre Schultern waren völlig verspannt. Aber sie hatte jede Menge aufgeschnappte Dialogschnipsel im Kopf.

Um neun am nächsten Morgen schrillte Iras Telefon und riss sie aus dem Tiefschlaf. Sie hörte am Klingelton, dass es ihre Mutter war.

Den Anruf zu ignorieren brachte gar nichts. Christa Wittekind würde es wieder und wieder versuchen. Da konnte sie auch gleich rangehen.

Sie hatte Glück, ihre Mutter war gut aufgelegt. Sie hatte mit einem Rubbellos tausend Euro gewonnen und wollte Ira erzählen, dass sie nun mit Hermann, ihrem Lebensgefährten, den sie in der Öffentlichkeit stets als »mein Bekannter« vorstellte, an den Tegernsee fahren würde. »Am dreizehnten nächsten Monat reisen wir ab«, verkündete sie.

Ira traute ihren Ohren nicht. »Mutter, Andy und ich heiraten an diesem Wochenende, und du fährst an den Tegernsee?«

Christa Wittekind lachte. »Reingelegt, wir fahren erst am siebzehnten. Ich wollte nur mal testen, ob du mir auch zuhörst.«

Am liebsten hätte Ira sofort wieder aufgelegt, aber sie riss sich zusammen. Sie hatte ein schlechtes Gewissen wegen des verpatzten Muttertages, den Christa Wittekind natürlich im nächsten Atemzug ansprach.

Iras Erklärung, dass sie überraschend hatte arbeiten müssen, veranlasste ihre Mutter zum nächsten Angriff. »Ja, der Mord auf 'm Hellberger Hof, und du hast mal wieder in der ersten Reihe gestanden.«

»Manche Leute sind eben lieber mittendrin als nur dabei.«

Unbeirrt fuhr ihre Mutter fort: »Du kennst das Gesocks ja jetzt, hast du einen Verdacht, wer der Mörder ist?«

»Wieso Gesocks, was meinst du damit?«

»Na, wie es auf dem Hof zugeht, weiß doch jeder! Vergammelt und verdreckt ist es da, Müll liegt überall rum, und Lilo soll im eigenen Hause schon lange nichts mehr zu sagen gehabt haben.«

Jetzt war Ira hellwach. »Erzähl mal, was reden die Leute denn so?«

Christa Wittekind zierte sich. »Aber nicht, dass ich dann in der Zeitung lesen muss, was ich dir im Vertrauen berichte!«

Ira wusste genau, wie sie jetzt reagieren musste. »Mutter, wenn du nicht willst, dann lass es sein. Du musst mir gar nichts erzählen.«

Es klappte. Natürlich wollte Christa Wittekind loswerden, was sie beim Einkaufen gehört hatte. »Frau Sülz vom Lottoladen weiß es von einer Kundin, und die wusste es von der Freundin einer Nachbarin, die mit Lilos verstorbenem Mann im Gartenbauverein war.«

Ira verdrehte die Augen. Na, das war ja mal eine gesicherte Quelle, super. Dennoch lauschte sie den Worten ihrer Mutter aufmerksam und machte sich Notizen. Als sie auflegten, hatte sie fast ein ganzes Blatt mit Kürzeln beschrieben, die nur sie selber entziffern konnte.

Inzwischen war Andy aufgestanden und hatte Kaffeewasser aufgesetzt. Barfuß, nur mit einer Pyjamahose bekleidet, mit zerzaustem Haar und vor Schlaftrunkenheit kleinen Augen nahm er sie in den Arm und schmiegte sein Gesicht in ihre Halsbeuge.

Sie saßen fast bis mittags am Frühstückstisch, beide im »Pölter«. Mit dicken Socken an den Füßen, ungeduscht und mit ungeputzten Zähnen genossen sie den gemütlichen Vormittag und erzählten sich, was sie am Abend zuvor gehört hatten. Andy brühte immer wieder frischen Kaffee auf, Ira tippte ihre Erkenntnisse nach und nach ins Macbook.

Dass ausgerechnet Enno Heiland seine tote Schwiegermutter Marilena gefunden hatte und dass er so unverfroren gewesen war, das Video ins Netz zu stellen, hatte gestern bei allen Gästen, deren Gespräche Ira und Andy mitgehört hatten, für ungläubiges Entsetzen und lange Diskussionen gesorgt.

Und dem weiteren Klatsch, der sich in Rehme in Windeseile verbreitet hatte und den auch Iras Mutter fleißig weitertratschte, lag im Kern dieselbe Geschichte zugrunde: Im vergangenen Sommer hatte eine Nachbarin, eine gewisse Ellen Grengel, Lilo getroffen. Sie war barfuß im Nachthemd am helllichten Tag auf der Straße herumgelaufen und hatte sich hysterisch geweigert, nach Hause zu gehen. Sie würde daheim eingesperrt, hatte sie behauptet und dabei richtig irre ausgeschaut. Ellen Grengel hatte die Polizei gerufen. Die Polizisten Sebastian Mauenheim und Alex Bilderstöckchen hatten Lilo, die inzwischen weitergestolpert und schon fast am Hallenbad angekommen war, nach Hause gebracht und sie bei ihrer Enkelin Sissy abgeliefert.

Iras Mutter hatte erzählt, dass Ellen Grengel später von der Gattin des Polizisten Mauenheim erfahren hatte, dass Lilo von Gefangenschaft gefaselt hatte und verwirrt gewesen war. Sie hatte sich an Mauenheims Uniform festgeklammert und dabei sogar eine Jackentasche abgerissen, die Frau Mauenheim später reparieren musste. Sissy hingegen hatte sich in Gegenwart der Polizisten liebevoll und fürsorglich benommen. Ihre Oma sei manchmal etwas wunderlich, hatte sie erklärt, aber sie würde gut auf sie aufpassen. Dass sie ausgebüxt sei, bliebe eine Ausnahme.

Bis hierher hatte Ira sich Notizen gemacht.

»Rehme ist echt ein Dorf!«, sagte Andy. »Gestern Abend

hat nämlich genau diese Beate Mauenheim mit mir über dasselbe Ereignis geredet. Ihr Mann und sein Kollege Alex Bilderstöckchen waren während des Einsatzes in Lilos Wohnung gewesen. Das ganze Haus soll die reinste Rumpelkammer sein, meinte die Mauenheim. Und sie hat auch gesagt, dass Sissy sich vor den Polizisten gerechtfertigt und rausgeredet hat und das Chaos damit entschuldigt hat, dass sie mit den Kindern und ihrer trinkenden, depressiven Mutter so viel zu tun hätte.« Andys Ton wurde spöttisch. »Und dann hat die Mauenheim sich richtig gerade gemacht und entrüstet ›Was gelogen war! Weil, die Marilena war doch schon seit Jahren komplett weg vom Stoff!‹ gesagt.«

Die Polizistengattin hatte Andy mit wissendem Gesicht anvertraut, dass Sissy damit nur deswegen durchgekommen sei, weil sie versprochen hatte, einen Pflegedienst für ihre Oma ins Haus zu holen. »Aber sie musste trotzdem zum Jugendamt, dafür hat mein Mann nämlich gesorgt, weil es einfach zu dreckig in der Bude gewesen war, die armen Kinder, das darf man doch nicht einfach so hinnehmen. Aber es ist nix passiert. Und es war nicht das erste Mal, dass die sich vom Jugendamt nicht gekümmert haben, da hat vorher auch schon der Sohn um Hilfe gebeten und sie nicht bekommen!«

»Der Sohn? Wen meinen Sie, Simon?«, hatte Andy geistesgegenwärtig nachgehakt und ein zustimmendes Brummen als Antwort bekommen.

»Darum kümmere ich mich«, sagte Ira.

Samstagnachmittag fuhr Ira wieder zu Simon. Sie meldete sich nicht an, sondern stand einfach vor der Tür und klopfte.

Vorher schickte sie noch ein Stoßgebet zum Himmel: *Bitte, lass ihn das Video mit seiner toten Mutter nicht im Internet gesehen haben!*

Simon begrüßte sie mit hängenden Schultern. Er sah noch schlechter aus als beim letzten Mal. Seine Haut war grau, er hatte sich nicht rasiert, das lange Haar trug er offen, es wirkte strähnig und ungewaschen.

Er wusste es, man hatte ihm längst gesagt, dass seine Mutter bereits tot gewesen war, bevor sie irgendwie im Wasser gelandet war. Und natürlich wusste er auch schon, wer sie gefunden hatte. »Die Kripo war hier, und Sie wissen es natürlich auch längst … und jetzt ist es endgültig auch ein Fall für die Presse … Es war im Internet … weiß der Teufel, wie viele Leute das gesehen haben … Sind Sie deswegen hier? Natürlich sind Sie deswegen hier …« Er presste die Lippen zusammen.

»Leider ist das so. Das Video ist inzwischen gelöscht, da war die Polizei ganz fix. Keine Ahnung, wie eine solche Tat heißt, aber sie werden Ihren Schwager dafür zur Rechenschaft ziehen. Weiß der Himmel, was ihn geritten hat, so was zu posten.«

Simon winkte ab. »Der ist doch total schlicht, da steckt sie dahinter, jede Wette …«

»Wer, Ihre Schwester?«

»Ja.« Er wirkte mutlos und müde. »Warum sind Sie hier? Haben Sie endlich die Sensation für Ihre Zeitung?«

Ira griff nach seinem Arm und sah ihn eindringlich an.

»Simon, ich sagte es Ihnen schon: Wenn Sie mit niemandem außer mir reden, haben Sie es selbst in der Hand, was nach draußen dringt. Wenn Sie keine Interviews geben, und ich rate Ihnen dringend davon ab, werden sich die Boulevardkollegen an das halten müssen, was ich veröffentliche, und von mir abschreiben.«

»Oder sie denken sich was aus!«

»Solche Kollegen gibt es, natürlich, aber glauben Sie mir, sie sind die Ausnahme. Reporter sind in der Regel verantwortungsbewusste Menschen, die ihren Job machen und denen Begriffe wie Moral und Rücksicht etwas bedeuten. Vor der Yellow Press müssen Sie keine Angst haben, die interessiert sich nicht für Sie, weil sie weder prominent noch adelig sind. Und die Boulevardmedien halten Sie sich wie gesagt am besten vom Hals, indem Sie einfach keine Kommentare abgeben. Hören Sie: keine!« Ira überlegte, wie sie das Gespräch wieder auf die Fakten lenken konnte.

»Sie haben recht, ich wusste, dass es kein Suizid war und dass die Kripo ermittelt. War Kommissar Zander schon hier?«

»Ja, beinahe wären Sie sich begegnet.«

Ira war froh, dass sie sich knapp verpasst hatten. Zu dem Bielefelder Ermittler hatte sie keinen guten Draht, allerdings beruhte ihre Antipathie auf Gegenseitigkeit. Sie hatte keine Lust, dem Kommissar zu erklären, warum sie sich hier einmischte.

Behutsam berichtete sie Simon, was die Nachbarn redeten. »Wir können dem Tratsch vielleicht entgegenwirken … Ist da was dran an der Geschichte mit dem Jugendamt?«

»Allerdings! Ich war drüben, als ich Oma Lilo wegen des Sägewerks sprechen musste …«

Ira unterbrach ihn: »Klingt, als wäre es nicht üblich gewesen, dass Sie Ihre Großmutter besucht haben?«

»Das wissen Sie doch, es gab hier diese beiden Fraktionen. Jede rödelte vor sich hin. Was Sissy und Enno machten, juckte mich nicht mehr, Marilena und ich hatten genug mit den Plänen für das Sägewerk, den Möbeln und der Renovierung unserer Häuschen zu tun. Wir haben uns nicht mehr um die anderen gekümmert.«

Er weicht aus, dachte Ira, wollte ihn aber jetzt nicht weiter bedrängen. Sie brachte das Gespräch wieder auf das Jugendamt.

»Wollen Sie darüber etwa schreiben? Die alte Geschichte wieder aufwärmen? Vergessen Sie's! Dann stehe ich doch in aller Öffentlichkeit da wie ein mieser Denunziant! Es ist sowieso schon alles Scheiße, oder glauben Sie, dass das Sägewerk jetzt besonders viele Kunden anzieht? Tote sind gute Werbung, oder was?«

Sie versuchte, ihn zu beruhigen: »Nein, darüber schreibe ich nicht, aber ich will verstehen, was hier geschehen ist, daher sind die Hintergründe wichtig.«

Simon zögerte. »Das war letzten Sommer. Ich war vorher lange nicht drüben gewesen.« Er schüttelte den Kopf, seine Haare fielen wie ein Vorhang vor sein Gesicht, er strich sie mit einer ungeduldigen Bewegung nach hinten. »Drüben, da war so ein Saustall, davon machen Sie sich kein Bild! Ich hab meine Schwester sofort darauf angesprochen, aber sie sagte, ich sollte mich mal entspannen und mich um meine eigenen Angelegenheiten kümmern. Dann habe ich mit Marilena geredet. Aber sie wusste auch nicht, was wir tun sollten. Wir haben dann das Jugendamt angerufen, ja.«

»Das ist ein harter Schritt. Und Ihre Mutter konnte nicht mit Sissy reden und ihr Hilfe anbieten? Sie war vielleicht total überlastet, drei kleine Kinder, die Pflege der verwirrten Großmutter, das ist doch wirklich ein ordentliches Pensum. Abgesehen davon, dass sie mit dem Tod von Angelina einen entsetzlichen Schicksalsschlag erlebt hat, von dem sich keine Mutter je erholt.«

Simon Heiland ging überhaupt nicht darauf ein und fuhr fort: »Die vom Amt haben tatsächlich einen Trupp Leute hergeschickt, die das Haus entrümpeln sollten, aber dann schleppten sie den ganzen Plunder auf Sissys Anweisung hin rüber in den Stall.« Er lachte auf, es klang verbittert. »Da liegt das Zeug immer noch, und noch einiges mehr. Bis an die Decke stapeln sich die Sachen, die sind richtige Messies … Ich hab damals endgültig kapiert, dass es besser ist, sich drüben nicht einzumischen. Mit meiner Schwester kann man einfach nicht reden, es bringt nichts. Das Jugendamt hat genau gewusst, wie es da zugeht, nichts haben die unternommen, nichts, obwohl da kleine Kinder leben. Da hat Sissy bestimmt wieder mal ihr schönstes Lächeln angeknipst und die Supernette gegeben und hat so alle für sich eingenommen …« Er stand auf, ging zum Fenster, sah hinaus, fuhr sich wieder durch die Haare.

Ira merkte sich jedes Wort. Es passte dazu, was sie zuvor über Sissy gehört hatte. Die Nachbarn hatten auch gesagt, sie könne sich gut verstellen, sie hatten kein gutes Haar an der jungen Frau gelassen.

Simon drehte sich abrupt um. Laut sagte er: »Hier ist schon mal ein Kind gestorben, weil keiner aufgepasst hat. Diese Experten vom Jugendamt haben sich nie wieder hier blicken lassen. Die haben Sissy wohl noch mal vorgeladen, aber das war's dann auch. Danach war ich raus. Ich hab mein eigenes Leben, das ich in den Griff kriegen muss, und ich kann und will nicht die Verantwortung für meine Schwester übernehmen.«

Ira gab sich verständnisvoll, obwohl sie diesen Umgang miteinander verstörend fand. Konnte sie ihn fragen, was der Grund für dieses totale Zerwürfnis war? Nein, sie beschloss, diesen Punkt ein anderes Mal anzusprechen, nicht heute, so kurz nach dem Tod seiner Mutter. Trotzdem musste sie eine weitere Frage stellen. »Wenn sich durch die Ermittlungen der Kriminalpolizei herausstellen sollte, dass es kein Suizid und auch kein Unfall war, sondern dass Ihre Mutter getötet wurde, wer könnte das getan haben? Haben Sie einen Verdacht?«

Er lachte wieder sein trockenes Lachen. »Nein. Nein! Wenn jemand meine Schwester umgebracht hätte, und Sie würden mich dasselbe fragen, dann wüsste ich weiß Gott eine Menge Leute, die ihr Pest und Cholera an den Hals wünschen, aber Marilena?« Er ballte die Hände zu Fäusten. »Das werde ich nie, nie begreifen! Sie hat doch wirklich keinem was getan …«

»Simon, hat die Polizei Ihnen etwas dazu gesagt, wie und warum Enno sie gefunden hat?«

»Nur, dass er draußen war und eine rauchen wollte, und dann hätte sie da gelegen.«

12

Thomas hatte den Grill angeworfen, hielt die Holzzange in der Hand und wendete damit gewissenhaft zwei Reihen eng nebeneinanderliegender Bratwürstchen. Gundis stellte eine Schüssel Kartoffelsalat auf den Tisch, und die Tanten steuerten als Nachtisch ihren legendären Pumpernickelquark bei. Ira liebte dieses Dessert und wusste, dass sie dafür westfälischen Pumpernickel zerbröselten und in einer Pfanne anrösteten, dann wurden die Brösel mit Kirschwasser getränkt. Darüber gehörten eingeweckte Sauerkirschen und eine Creme aus Quark, Sahne, Zucker, Vanillezucker und gehackter Schokolade. Köstlich.

Andy spielte mit Henriette, der ältesten Tochter von Thomas und Gundis, Federball. Die beiden Kleinen, Thea und Paul, tobten mit der fröhlich kläffenden Tante Erna über die Wiese.

Der Tisch auf Andys Terrasse war gedeckt, Elsa Weyer unterhielt sich mit Tante Sophie und Tante Friedchen. Sie hatten sich in Decken gehüllt, es war immer noch ziemlich kühl. Ira schaute von einem zum anderen. Der fast zwei Meter große Thomas drehte die Würstchen hoch konzentriert, dabei schien er auf eine ganz bestimmte Ordnung und Reihenfolge zu achten. In der einen Hand hielt er eine

Holzzange, in der anderen eine Flasche Bier. Inzwischen kannte Ira ihn gut genug, um seine laute, bärbeißige Art einschätzen zu können.

Seine Frau Gundis hatte sich erst kürzlich die Haare schneiden lassen: Ihr graublonder Zopf war so lang gewesen, dass sie ihn zu einer Gretchenfrisur um den Kopf wickeln musste, damit er ihr bei der Arbeit nicht »inne Suppe fiel«, wie ihr Mann es ausdrückte. Gundis hatte sich noch nie in ihrem Leben geschminkt, liebte wadenlange Röcke, die durch ein Gummi im Saum wie ein Ballon wirkten, und sie trug fast immer ausgelatschte Schlappen mit Fußbett. Dass ihre Älteste, Henriette, mit ihren fünfzehn Jahren Schminke, Schmuck und hautenge Klamotten trug, war immer wieder Anlass zu temperamentvollen Diskussionen.

Das ist jetzt so ein Glücksmoment, dachte Ira. Zum ersten Mal war sie Teil einer Familie, zum ersten Mal gehörte sie richtig dazu. Sie hatte sich diese Menschen nicht ausgesucht, aber sie gehörten zusammen und sie hielten zusammen.

Andy kam völlig außer Atem an den Tisch, gab Ira einen Kuss und ließ sich in den Gartenstuhl fallen. Henriette habe ihn gnadenlos »abgelattet«, keuchte er, ein Wort, das Ira ewig nicht gehört hatte und über das sie schmunzeln musste.

Nach dem Essen gingen die Kinder rein, sie wollten fernsehen.

Thomas machte sich noch ein Bier auf. Er erzählte, was die Leute im Hofladen am Tag geredet hatten. Es gab im Ort kein anderes Thema: Überall wurde über den Hellberger Hof getratscht. Drei Tote in zehn Jahren – das hatte Potenzial. Heute Mittag hatte sich im Laden ein richtiger Gruppenklatsch ergeben. »Da war so ein Typ«, sagte Thomas, »einer vom Pflegedienst, Steffen Deutz, der hat die Lilo Wolf mal ’ne Zeit betreut.« Er lachte dröhnend. »Und die Sissy Heiland nannte er eine Büchsenmacherin, weil sie nur Mädchen hat … Das Letzte ist von diesem Enno, ihrem Mann, ich kenne den nicht, aber der soll nicht gerade die hellste Kerze auf ’m Kuchen sein, nickt wohl alles ab, was sie sagt, und grinst dabei. Der Pfleger meint, zwei Mädchen hat sie sich von anderen Mackern machen lassen, so wie er das sieht, war das für sie ein Weg, um nicht arbeiten zu müssen. Und ihr Typ ist wohl seit Jahren arbeitslos.«

Ira stutzte. *Wovon leben sie? Vielleicht müssen sie im Haus der Großmutter keine Miete zahlen, es gibt Kindergeld, vielleicht bekommen sie für die älteren Mädchen Unterhalt von den jeweiligen Vätern. Reicht das zum Leben? Wer erbt jetzt das Anwesen? Wahrscheinlich Sissy und Simon. Hatten sie ein Motiv, Marilena zu töten? Die eigene Mutter? Sie hatte im Wasser gelegen, war aber nicht ertrunken. Rätselhaft, wie sie dorthin gekommen ist. Hoffentlich haben sie das Obduktionsergebnis bald. Bis dahin gibt es eigentlich nur drei Fragen, die ich mir beantworten muss: Wer war Marilena Heiland? Wer wollte sie loswerden und warum?*

Plötzlich hatte sie eine Idee. Genau! Sie sah auf die Uhr, es war kurz vor halb sieben.

Sie zog ihr Handy aus der Hosentasche und ging ein paar Schritte bis zu den Eschen am Tor, um ungestört telefonieren zu können. Die Nummer des Maritim Strandhotels in Travemünde hatte sie eingespeichert. »Ira Wittekind aus

Bad Oeynhausen, ich möchte bitte Ihren Serviceleiter, Herrn André Heiland, sprechen.«

Er war wieder freundlich, aber bestimmt: »Ich stehe für die Presse nicht zur Verfügung.«

Unbeirrt sagte Ira: »Eine Mordkommission ermittelt im Fall Ihrer verstorbenen Ex-Frau, wussten Sie das?«

Er schwieg.

»Herr Heiland, sind Sie noch da?«

»Ja ... nein ... das ist ... schrecklich.«

»Sie wussten es nicht?«

»Nein.«

Inzwischen wunderte Ira sich über gar nichts mehr, auch nicht darüber, dass weder Sissy noch Simon ihren Vater darüber benachrichtigt hatten, dass ihre Mutter, seine Ex-Frau, mutmaßlich ermordet worden war. Sie erklärte ihm, dass sie über den Fall berichten würde und dass Simon ihr die Exklusivrechte zugesichert hatte. Das hatte sie zwar nicht schriftlich, es stimmte auch nicht so ganz, aber genau genommen konnte man Simons Worte durchaus so auslegen.

»Wenn Sie nur mit mir reden, können Sie beeinflussen, welche Einzelheiten über Ihr Familienleben an die Öffentlichkeit gelangen. Und vielleicht können Sie dazu beitragen, dass dieser Fall schnell aufgeklärt wird, auch im Sinne Ihrer Kinder und Enkelkinder, denn ich übermittele alle relevanten Erkenntnisse sofort an die Polizei.« Ira wusste sehr wohl, dass sie damit den unzutreffenden Eindruck erweckte, direkt mit der Kripo zusammenzuarbeiten, aber sie wollte diese Story unbedingt, und sie wollte sie sofort, bevor die Kollegen von den Details Wind bekamen.

Heiland fragte: »Wie stellen Sie sich das vor?«

»Wir machen ein Interview, Sie können es vor der Veröffentlichung lesen und autorisieren, aber auch jederzeit zurückziehen.«

Er schien zu überlegen. Dann sagte er: »Nein, ich habe keine Zeit, diese Woche bin ich bis zweiundzwanzig Uhr im Dienst.«

»Es ist zwanzig vor sieben, von Oeynhausen bis Travemünde sind es etwa dreihundert Kilometer. Wenn ich gleich losfahre und gut durchkomme, kann ich heute Abend gegen elf bei Ihnen sein. Dann haben Sie Feierabend. Wir brauchen nicht lange für das Gespräch!«

Er beeilte sich mit der Antwort. »Nein, das ist schlecht, zu spät, ich hab morgen früh wieder Dienst.«

Ira ließ nicht locker. »Haben Sie ein Zimmer frei?«

»Äh, ja, wieso?«

»Ich nehme es, dann fahre ich jetzt sofort los, übernachte im Maritim, und wir treffen uns morgen vor Ihrem Dienst. Es dauert wirklich nur eine halbe Stunde.«

»Und trotzdem wollen Sie extra herkommen?«

»Ja.«

André Heiland sagte zu.

Ira ging zurück an den Tisch, die Brakenflasche hatte schon die Runde gemacht, eben hoben alle ihre Gläser, und Tante Sophie ließ einen ihrer beliebten Trinksprüche los: »Wenn dir 'ne Taube auf 'en Kittel kackt, ärger dich nicht, sei froh, dass Kühe nicht fliegen können – Wohlsein!«

»Andy, ich muss nach Travemünde! Kommst du mit?«, sagte Ira ohne Umschweife.

Er setzte das Glas ab. »Sofort?«

»Sofort.« Sie erklärte, dass sie sich ein Interview mit dem Ex-Mann der Toten nicht entgehen lassen konnte.

»Kannste das nicht am Telefon machen? Dafür willste so weit fahren und im Hotel übernachten?«, fragte Thomas.

»Nee, da musse hin, dem musse inne Augen gucken, das is wichtig für die Ermittlungen«, sagte Tante Sophie. Recht hatte sie.

Andy sah besorgt aus. »Ich kann nicht, wir haben morgen den Stand auf dem Museumshof!«

Mist, daran hatte Ira nicht gedacht. Neuerdings gab es einen Marktstand von Weyers Hofladen, an dem Thomas und Gundis auf Märkten und Festen Produkte verkauften, und Andy kochte ab und zu westfälische Eintöpfe. Das Fest auf dem Museumshof im Siekertal hatte Ira total vergessen.

Sie fuhr nicht gerne nachts und schon gar nicht so weite Strecken. Sie rief Coco an. »Hast du Zeit?«

»Wann?«

»Sofort. Recherchetrip.«

»Wohin?«

»Travemünde. Mit Übernachtung, morgen mittag wieder zurück. In vier Stunden könnten wir da sein.«

»Vier Stunden? Willst du über Berlin fahren oder was? Vier Stunden … ts. Wir fahren aber nicht mit deinem Mini! Wenn ich stundenlang in dieser engen Büchse sitze, bin ich danach drei Tage lahm. Bin in zwanzig Minuten mit dem Range Rover da.«

»Coco, du bist die Allerbeste und ich …«

»Quak nicht, pack deine Zahnbürste ein, bis gleich.«

André Heiland war Anfang fünfzig, groß, leicht korpulent, hatte hellblonde Haare, die er exakt an der Seite gescheitelt trug, blonde Augenbrauen und ein ernstes Gesicht. Er sprach langsam, mit unverkennbar norddeutschem Singsang, und er betonte jede Silbe.

Die ganze Zeit behielt er das Geschehen im Restaurant im Auge. Er war zweifellos jemand, dem nach fast dreißig Jahren Berufserfahrung – immer im selben Haus – in seinem Job nichts entging.

»Was genau erwarten Sie sich von diesem Gespräch mit mir?«, begann er.

»Ich will ganz offen zu Ihnen sein«, sagte Ira. »Die Kriminalpolizei ermittelt, der Fall ist nicht nur im Ort, sondern in der ganzen Gegend eine Sensation. Natürlich schreiben wir darüber, und in diesem Fall bin ich besonders involviert, weil ich kurz vor dem Tod von Lilo Wolf ein Interview mit Ihrem Sohn und seiner Mutter geführt habe. Und wenige Tage danach war Marilena auch tot. Natürlich bin ich nicht die einzige Reporterin, die über diese schrecklichen Geschehnisse berichtet, die Kollegen liegen alle auf der Lauer. Aber ich will die Wahrheit, verstehen Sie, die Geschichte hinter der Schlagzeile, deswegen bitte ich Sie um dieses Gespräch. Mein Angebot, dass Sie den Artikel lesen dürfen, bevor er veröffentlicht wird, steht. Das ist nicht üblich, aber weil es um persönliche Umstände geht und Sie vielleicht etwas sagen könnten, das Sie später nicht in der Zeitung lesen wollen, mache ich Ihnen dieses faire Angebot.«

Es schien, als habe André Heiland Vertrauen zu ihr gefasst und sich entschlossen zu reden. Er wirkte nicht wie jemand, der viele Freunde hatte, denen er sich anvertraute. Und bei jedem Satz hatte Ira das Gefühl, dass er froh war, über dieses Kapitel seines Lebens sprechen zu können. Vielleicht hatte er bisher nicht oft die Gelegenheit dazu gehabt.

Über die Mutter seiner Kinder sprach er sachlich und höflich. Ira hatte nicht den Eindruck, dass er um sie trauerte. Er war schockiert, ja, aber traurig schien er nicht zu sein. »Meine Ex-Frau ist schon als Kind ziemlich still gewesen«, sagte er. »Marilena las gerne und träumte sich in Welten, in denen es Mädchenfreundschaften und Pferde gab. Ihre Mutter Lilo ist ziemlich harsch gewesen, eine illusionslose Frau. Ihr Vater, ein Postbeamter, legte sich nach der Arbeit auf die Couch, bevor er den Rest des Tages in der Kneipe verbrachte. Marilena war knapp sechzehn, als er mit dem Fahrrad auf einer vereisten Pfütze stürzte und sich das Genick brach. Kurz danach begann sie hier im Maritim ihre Ausbildung, und wir lernten uns kennen. Ich war im dritten Lehrjahr … wir waren so jung … und im August 1982 wurde Sissy geboren.« Seine Worte klangen unbeteiligt, so, als würde er Ira die Geschichte eines anderen Mannes erzählen. »Wir mussten heiraten …«

»Sie mussten? Aber zu der Zeit gab es doch bereits andere Möglichkeiten?«

»An eine Alternative haben wir damals nicht gedacht. Meine Eltern und Marilenas Mutter bestanden auf geordnete Verhältnisse, dazu gehörte ironischerweise, dass Marilena die Lehre abbrechen musste. Sie haben schon recht, das hätten wir anders lösen können, aber wir konnten uns gegen unsere Eltern nicht durchsetzen. Als das Kind da war, fühlte

Marilena sich isoliert, zu jung für die Mutterrolle, klar, mit siebzehn. Sie flüchtete sich in ihre Bücher und ich mich in die Arbeit.«

André Heiland, selbst erst zwanzig, als er Vater wurde, machte Doppelschichten, um die Familie durchzubringen. Sie hätten fast zwei Jahre nicht durchgeschlafen; mit dem dauernd brüllenden Baby und der immer unzufriedener werdenden Marilena konnte er bald nicht mehr viel anfangen. »Es ging nicht lange gut mit uns, wir beschlossen, uns scheiden zu lassen. Als die Entscheidung feststand, waren wir beide regelrecht erleichtert.« Er schwieg sekundenlang, bevor er weitersprach. »Tja, und dann waren wir vor lauter Erleichterung leichtsinnig. Ich denke, so kann man das nennen. Es war eine merkwürdige Situation.« Er zögerte wieder, bevor er sagte: »Simon kam kurz vor dem Scheidungstermin zur Welt.« Einen Moment hing er seinen Gedanken nach, spielte mit dem Kaffeelöffel und starrte auf den Tisch. Dann fuhr er fort. »1987 hat Marilenas Mutter wieder geheiratet und ist nach Bad Oeynhausen gezogen.«

Ira hörte aufmerksam zu.

Marilena blieb in Travemünde, arbeitete in diversen Jobs, war unzuverlässig, kam zu spät, erschien oft nicht zur Arbeit. Der Grund: immer Sissy. Heiland beschrieb seine eigene Tochter als aggressiv und bockig, dabei senkte er den Blick, als schäme er sich. Simon hingegen sei ein liebes Kind gewesen, pflegeleicht und unauffällig. »In den Ferien fuhr Marilena mit den Kindern nach Bad Oeynhausen. Sie hätte am liebsten für immer auf dem Hellberger Hof gelebt, aber ihr Stiefvater kam mit Sissy nicht zurecht. Die ist zu schlecht erzogen, die kann ich nicht am Koppe haben, O-Ton vom alten Hubert ...«

Ira fragte, wie Marilenas Verhältnis zu ihrer Mutter gewesen war.

»Lilo war herrisch und launisch, Marilena kuschte. Aber Lilo liebte Sissy über alles, sie war völlig vernarrt in sie und ließ ihr alles durchgehen. Für Marilena war es eine Erleichterung, dass es überhaupt mal jemanden gab, der ihr das anstrengende Kind abnahm.«

Simon hingegen sei artig und niedlich gewesen, Marilena habe ihren Sohn immer bevorzugt behandelt, weil ihr, so habe sie es selbst empfunden, in ihrem Leben nichts sonst gelungen war.

»Meine Ex-Frau nannte Sissy immer nur: das Kind. Das Kind schreit, das Kind schläft nicht, das Kind spuckt mir das Essen ins Gesicht, das Kind ist aufsässig, ich schaff es nicht mit dem Kind ...«

Die Erinnerung an diese Zeit schien ihm zuzusetzen, er wirkte längst nicht mehr so beherrscht wie zu Beginn ihres Gesprächs. Ira hörte aus seinen Worten heraus, dass Sissy lernte, Lilos herrisches Verhalten zu imitieren. »Die beiden dominierten Marilena, die sich immer mehr an Simon klammerte und ihn als ihren kleinen Mann im Haus bezeichnete.«

An diesem Punkt schien Heiland sich darauf zu besinnen, dass er mit einer Reporterin sprach. Er machte sich plötzlich gerade und wurde von jetzt auf gleich abweisender. Ira kannte solche Reaktionen, oft fiel es Menschen leichter, über private Dinge mit einer fremden Person zu reden als mit jemandem aus dem direkten Umfeld, aber wenn ihnen bewusst wurde, wie sehr sie sich geöffnet hatten, mauerten sie danach manchmal wieder. Sie sah Heiland an, dass er das Gefühl hatte, zu viel preisgegeben zu haben. Er warf einen Blick auf seine Armbanduhr. Ira verstand das unbewusste Signal und bat ihn nur noch um wenige Infos.

»Dann muss ich aber auch los …«

»Wann ist Ihre Ex-Frau ungezogen?«

»Zweiundneunzig starb Hubert Wolf. Danach holte Lilo Marilena und die Kinder auf den Hof.«

Ira rechnete nach, das Sissy zwölf und Simon acht Jahre alt gewesen waren.

Marilena wohnte mietfrei, erzählte André Heiland, musste dafür auf dem Hof helfen, Lilo behandelte sie wie eine Angestellte. Er formulierte jetzt wieder fast emotionslos. »Sissy ging aufs Gymnasium, hielt aber dem Leistungsdruck nicht stand und musste zur Realschule wechseln. Sie warf ihrer Mutter vor, ihr nie bei den Hausaufgaben geholfen zu haben. Marilena konnte eigentlich machen, was sie wollte, in Sissys Augen war sie immer an allem schuld.« André Heiland legte den Löffel, den er die ganze Zeit in den Händen gehalten hatte, auf den Tisch und wollte aufstehen.

»Nur eine allerletzte Frage noch, bitte«, sagte Ira rasch.

Er blieb auf der Kante des Stuhls sitzen, schaute sie abwartend an.

»Die Kripo ermittelt, Marilenas Tod war definitiv kein Selbstmord. Ihr Sohn Simon zieht die Möglichkeit eines Verbrechens nicht in Betracht. Ich denke aber, er weigert sich, diesen Gedanken zu Ende zu denken, weil er ihn einfach nicht aushalten kann.«

»Aber es könnte ja durchaus sein, dass es ein tragischer Unfall war«, warf Heiland ein.

»Nein. Marilena hat sich nicht umgebracht, das weiß ich aus zuverlässiger Quelle. Aber …« Ira machte eine kleine Pause. »Die Polizei hat außerdem einen Abschiedsbrief gefunden. Wie passt das zusammen?«

»Das weiß ich nicht«, flüsterte André Heiland mit entsetzter Miene. »Das weiß ich wirklich nicht.« Dann stand er auf, reichte ihr die Hand, drehte sich wortlos um und ging.

Sechzehn Stunden später, am Sonntagvormittag um kurz nach elf, saßen sie wieder in Cocos rotem Range Rover und fuhren zuerst über die A1 und dann über die A7 von Travemünde wieder zurück nach Bad Oeynhausen. Laut Navi würden sie drei Stunden und vier Minuten brauchen, aber Coco gab ordentlich Gas. Sie schien den Ehrgeiz zu haben, die Strecke in zwei Stunden schaffen zu wollen. Dennoch fühlte Ira sich neben ihr sicher. Sie war eigentlich eine nervöse Beifahrerin, aber Coco fuhr seit über drei Jahrzehnten Taxi – und konnte sich nebenbei noch angeregt unterhalten. Ira teilte ihre Gedanken zu André Heiland mit Coco, die den Mann am Vorabend bei ihrer Ankunft im Hotel nur kurz zu Gesicht bekommen hatte.

Er hatte Ira nicht wirklich weitergeholfen und sich insgesamt ziemlich verschlossen gegeben. Aber immerhin hatte sie nun ein klareres, persönlicheres Bild von Marilena.

»Was hältst du von ihm?«, fragte Ira.

Coco wechselte auf die linke Spur und fuhr fast zweihundert. Automatisch krallte Ira ihre Hände in den Sitz. Sie hasste schnelles Fahren, es machte ihr Angst – aber sie versuchte, ruhig zu atmen, und konzentrierte sich auf Cocos Antwort.

»Optisch ist so ein Anzugschnösel überhaupt nicht mein Fall, der erinnert mich an ... wie heißt er noch mal ... dieser blonde Typ, der früher diese Talkshow hatte ... dieser Schwiegermuttertraum ...« Coco trommelte mit den Fingern auf das Lenkrad. »Ich komm nicht drauf ...« Sie seufzte. »Viel ist da jedenfalls nicht bei rumgekommen. Zahlt deine Zeitung die Reisekosten, oder musst du das aus eigener Tasche beschucken?«

»Wenn es 'ne große Story wird, kann ich es einreichen, wenn aber alles im Sand verläuft und der Artikel nur auf Seite drei im Lokalen landet, brauch ich Horstmann damit nicht zu kommen.«

»Und wie stehen die Aktien für die große Story?«

Ira wusste es noch nicht genau. Die Recherchen waren ja noch ganz am Anfang.

Sie hing ihren Gedanken nach, Coco konzentrierte sich auf den Verkehr. Am Horster Dreieck war Stau, sie fuhren im Schritttempo durch eine Baustelle. Feiner Sprühregen setzte ein, der Scheibenwischer quietschte leise, im Radio lief »Wie schön du bist« von Sarah Connor.

Unvermittelt sagte Coco: »Marilena sah ja auch gut aus, mit diesen langen roten Haaren, auf ihre Art war die 'ne Schönheit. So einen Vertretertypen wie Heiland traut man ihr gar nicht zu. Ist ja auch dumm gelaufen bei denen. Da wollen sie sich scheiden lassen und feiern das mit 'ner Abschiedsnummer, und zack, ist der letzte Schuss 'n Treffer.«

Ira musste lachen.

»Marilena hat's doch echt nicht leicht gehabt«, meinte Coco. »Wenn ich alles richtig verstehe, was der Ex von ihr erzählt hat beziehungsweise was du ihm aus der Nase gezogen hast, dann ist bei der 'ne ganze Menge schiefgegangen.«

»Was sagst du dazu, dass es diese beiden Parteien, von denen Simon auch mehrfach sprach, anscheinend schon immer gegeben hat? Ich habe keine Kinder, aber dass man mit dem eigenen Kind überhaupt nicht klarkommt, kann ich mir irgendwie nicht vorstellen.«

Coco sah sie erstaunt an. »So? Findest du, dass deine Mutter mit ihrem einzigen Kind zurechtkommt?«

Ira drehte den Kopf weg und sah aus dem Fenster. »Verdammt, nein. Aber darüber will ich jetzt nicht reden.«

»Okay, dann kommt hier die exklusive Coco-Koch-Küchenpsychologie: Lilo ist der einzige Mensch, der in die kleine Sissy regelrecht verknallt ist, sie verwöhnt sie und zieht sie dem Bruder vor. Marilena und Sissy rasseln ständig aneinander. Wenn du dir vorstellst, wie früh sie schwanger geworden ist, dass sie ihre Lehre abbrechen musste und dann mit so einem Schreihals zu Hause hockte – glücklich kann sie nicht gewesen sein. Vielleicht hatte sie das Gefühl, Sissy hätte ihr die Zukunft versaut.«

Ira spann den Gedanken weiter: »Und weil Sissy schon als Säugling spürt, dass sie von der Mutter nicht geliebt oder beachtet wurde, schreit sie immer lauter, um sich bemerkbar zu machen …«

»Genau. Das Kind brüllt, die Mama wird immer genervter ... so was ist ein Teufelskreis. Und später lernt Sissy, die Oma um den Finger zu wickeln und ihren Willen bei ihr durchzusetzen.« Coco schlug sich mit der flachen Hand gegen die Stirn. »Boah, Ira, als du ihm das mit dem Brief gesagt hast, hatte ich sofort Gänsehaut!«

»Warum?«

»Na, weil ich daran überhaupt nicht gedacht habe und weil das ein todsicheres Zeichen für einen Unfall ist! Wenn sie einen Abschiedsbrief geschrieben hat, wollte sie sich umbringen, oder?«

»Keine Ahnung, ich weiß ja nicht, was drinsteht.«

Coco nickte heftig, als wolle sie ihren Gedanken bekräftigen. »Ich glaube, die wollte sich umbringen, hat sich ordnungsgemäß mit letztem Gruß verabschiedet und ist dann irgendwie verunglückt.«

13

Nachdem Coco sie zu Hause abgesetzt hatte, legte Ira sich ein Stündchen hin. Sie war hundemüde; durch die spontane Fahrt, den langen Abend und das frühe Aufstehen fühlte sie sich schlapp und ausgelaugt.

Als sie am Nachmittag aufwachte, kam sie sich vor wie gerädert. Meine Güte, hatte sie ein wirres Zeug geträumt! Wenn sie tagsüber schlief, war sie danach jedes Mal erschöpfter als vorher und musste sich erst mal sortieren.

Andy hatte ihr eine Nachricht hinterlassen. *Bin mit dem Hund draußen, Kaffee ist in der Thermoskanne. Liebe dich.*

Was für ein Glück, diesem Mann begegnet zu sein! Mit einem Pott Kaffee in der Hand ging Ira hinaus und setzte sich auf die Bank neben der Haustür. Sie lehnte den Kopf an die Wand und schloss die Augen. Sofort waren Fragmente des Traums von eben wieder da. Ihre Gedanken wirbelten durcheinander, verursachten ein unangenehmes Kribbeln im Bauch. Sie versuchte, sich zu entspannen. Sonntagsstille. Blätterrauschen. Vogelgezwitscher.

Lilo. Warum kam sie mit ihrer Tochter nicht klar? Sie ist in Mutters Alter gewesen. Was ist das für eine Generation, die keine Gefühle zeigen kann?

Ira nahm einen Schluck Kaffee, er war heiß und stark.

Schwalben segelten pfeilschnell im Zickzack über dem Dach der alten Remise hin und her und verschwanden unter dem Dachvorsprung, eine Amsel saß auf dem obersten Zweig der Esche am Tor und zwitscherte beeindruckende Tonfolgen.

Wie ist sie aufgewachsen, diese Generation, zwischen Bombenalarm und Luftschutzkeller, erzogen von traumatisierten Müttern, fast immer ohne Väter, weil die im Krieg gewesen waren. Wie sollten die, die zuerst gelernt hatten, wie man zwischen Grauen, Angst, Tod, Hunger und Kälte überlebt, uns, die Kinder der Kriegskinder, erziehen? Lilo Wolf war ein solches Kriegskind. Was hatte sie erlebt? An welcher Krankheit ist sie gestorben? Und war sie auch so kalt und empathielos wie meine Mutter? Was soll ich davon halten, dass sie im Nachthemd abgehauen ist und den Polizisten erzählt hat, sie würde gefangen gehalten? Warum haben Simon und seine Mutter die eigene Schwester, die Tochter, beim Jugendamt angezeigt? Sie konnten nicht mit Sissy reden? Gibt's doch gar nicht. Marilena war so jung, als sie schwanger wurde. Sie hätte es wegmachen lassen können. Aber sie hat es bekommen – und konnte es dann nicht lieben.

Ira zuckte zusammen, als Hundegekläff sie plötzlich aus ihren Gedanken riss. Tante Erna stürmte auf sie zu und begrüßte sie, als hätten sie sich Jahrzehnte nicht gesehen. Mit einer Handbewegung brachte Ira sie dazu, sich auf den Rücken zu legen und sich den Bauch kraulen zu lassen.

Andy bog um die Ecke. Jeans, schwarzes T-Shirt, Sneakers, die Hundeleine lässig um den Hals gehängt. Sie musterte ihn liebevoll. Sah die hellen Augen, die Fältchen, die

Bartstoppeln, das schüttere, absichtlich verwuschelte und an den Schläfen immer grauer werdende Haar, das er immer ein bisschen zu lang trug.

Wortlos setzte er sich neben sie, legte den Arm um ihre Schultern und zog sie an sich. Er fühlte sich gut an, stark, zuverlässig. Er würde sie nie anlügen.

Nein. Sie hatte keine Angst mehr vor der Zukunft, der Zukunft mit ihm, vor der Hochzeit.

Es würde ein schönes Leben sein.

14

»Weiß die Polizei noch immer nicht, woran die Tote im Bach gestorben ist?«

Redaktionsleiter Horst Horstmann und Ira begegneten sich um kurz nach zehn im Flur der Redaktion auf dem Weg zur Montagskonferenz.

»Nein, ich hab noch keine neuen Infos. Die haben in der Pathologie Personalmangel, zwei sind krank, einer ist im Urlaub, deswegen dauert es dieses Mal so lange.«

»Was haben Sie an druckreifen Fakten?«

»Lilo Wolf starb am fünften Mai und wurde am neunten beerdigt. Am zehnten starb die einzige Tochter, laut Polizei kein Suizid, es gibt trotzdem einen Abschiedsbrief.«

Horstmann reagierte pragmatisch. »Okay, wahrscheinlich Unfall vor geplantem Suizid? Wäre tragisch, könnten wir aber gut bringen. Haben Sie O-Töne?«

»Ja, reichlich. Von Simon, dem Sohn, Nikola, seiner Freundin, und von dem Ex-Mann der Toten aus Travemünde. Ich war Samstag dort und hab ihn interviewt.«

Horstmann grinste. »Und die Belege haben Sie gesammelt?« Dann wurde er ernst und fügte hinzu: »Wenn es 'ne große Story wird, geht das klar. Was haben Sie noch?«

»O-Töne von diversen Nachbarn über die zerrütteten

Familienverhältnisse – aber das ist bisher nur Hörensagen, da brauche ich noch weitere Aussagen. Ich weiß von Brück, dass es eine Akte über die Bewohner des Hellberger Hofes gibt, die haben sich gegenseitig das Leben zur Hölle gemacht und sich ständig angezeigt.«

»Haben Sie die Akte?«

»Natürlich nicht, die gibt er mir auch nicht.«

Horstmann nahm seine altmodische Porschebrille ab und putzte sie mit dem Zipfel seines Jeanshemdes, das er über einer braunen Leinenhose trug. Die Brille hatte rote Druckstellen auf seiner imposanten Nase hinterlassen, deren Größe in auffälligem Missverhältnis zu seinem kleinen kahlen Kopf stand. Er setzte die Brille wieder auf, rückte sie mit beiden Händen zurecht und schaute Ira durch die blau getönten Gläser an. »Mal sehen, an die Akte komme ich vielleicht ran, ich hab da einen Kontakt ...«

Sie waren am Konferenzraum angekommen, er öffnete die Tür und blieb darin stehen. »Haben Sie eigentlich mit diesem Typen schon gesprochen?«

Ira verstand ihn nicht sofort. »Mit wem?«

»Na, mit diesem Typen, der das Video mit der Toten im Wasser ins Netz gestellt hat! Den müssten die Bullen längst in die Mangel genommen haben.«

»Da wollte ich heute hin, nach der Konferenz.«

Horstmann tippte zwei, drei Mal auf sein iPad, sah auf die Datei, die sich geöffnet hatte, schaute auf. »Ihre Kolumne haben wir hier?«

Scheiße. Das war ihr noch nie passiert. Sie hatte total vergessen, jemanden in dieser Woche für ihre Kolumne zu

interviewen. Blitzschnell improvisierte sie. »Morgen. Malermeister aus Minden, Georg Karmann.«

»Okay. Dann können Sie eigentlich fahren und mit dieser
Sissy Heiland – was ist das überhaupt für ein Name? Na ja,
egal, reden Sie mit ihr und ihrem Mann, wir können in
jedem Fall aktuell was über das gelöschte Video und seine
Motive, die Chose zu filmen und ins Netz zu stellen, mitnehmen. Zur Kofi brauche ich Sie dann nicht.«

Ira war froh, dem Konferenzmarathon entkommen zu
sein. Schon auf dem Weg zum Auto rief sie Karmann an.
»Herr Karmann, laufen Ihre Geschäfte gut, oder können Sie
ein bisschen kostenlose Zeitungswerbung gebrauchen?«

»Wieso?«

»Deal: Ich stelle Sie als erfahrenen Malermeister in mei-
ner Artikelserie ›ein Tee mit Frau W.‹ vor, Schwerpunkt ist
Ihr Business. Wir haben eine Tagesauflage von 150.000.
Kostet Sie nix, bringt Ihnen aber mit Sicherheit was. Und
Sie erzählen mir außerhalb des Interviews etwas über den
Hellberger Hof und seine Bewohner.«

Zögern. Räuspern.

»Einverstanden.«

Sie trafen sich zwei Stunden später in Minden am Marktplatz, in »Walis Café«. Dank der Fotos bei Facebook erkannte
Ira ihn sofort. Allerdings trug Georg Karmann inzwischen
einen Vollbart und seine graublonden Locken fast schulter-
lang. Er wirkte ernst, melancholisch, schüttelte ihr mit fes-
tem Griff die Hand, setzte sich, legte beide Hände auf die
Tischplatte und sah sie abwartend an. Ira hielt seinen Blick

und das Schweigen aus, bis er sagte: »Sie haben Glück, dass ich heute keinen Auftrag habe, sonst hätte ich nicht sofort kommen können.«

Sie dachte, dass er auch Glück hatte, falls nämlich sein Geschäft nicht besonders gut lief, war es ziemlich wahrscheinlich, dass ein paar potenzielle Kunden durch den Artikel auf ihn aufmerksam werden würden.

Erst nachdem die Bedienung ihre Bestellung aufgenommen hatte, entspannte Karmann sich. »Machen Sie das immer so?«

»Was meinen Sie?«

»Dass Sie Leute mit einem kostenlosen Artikel ködern, um an Informationen zu kommen?«

Sekundenlang war Ira versucht, auf demselben Niveau zu kontern und ihn zu fragen, ob er immer so leicht zu ködern sei, aber sie zählte innerlich bis fünf, atmete tief durch und erklärte ihm, dass es nun mal ihr Beruf sei, über Geschehnisse zu berichten – und dass sie über Marilenas Tod bisher noch gar nicht viel geschrieben hatte, abgesehen von der Pressemeldung der Polizei.

Das verwirrte Karmann. »Wieso nicht?«

»Weil es noch viel zu viele Unklarheiten gibt und ich mehr auf seriöse Fakten stehe, bevor ich Schlagzeilen um jeden Preis produziere. Außerdem gibt es Wendungen, die alles in ganz anderem Licht erscheinen lassen.«

Sein Tonfall änderte sich. »Was meinen Sie?«

Ira erklärte ihm, dass Marilena sich nicht umgebracht hatte, dass es aber diesen Abschiedsbrief gäbe, den die Polizei an sich genommen hatte. »Bisher weiß niemand, was drinsteht. Aber es weiß auch niemand, was tatsächlich geschehen ist.«

»Und was wollen Sie jetzt von mir?«

»Hintergrundwissen, Klarheit, ein genaueres Bild über die Familienverhältnisse und ein paar Fakten.«

»Und diese Fakten stehen dann in der Zeitung?«

Die Bedienung brachte einen Cappuccino für Ira und einen Milchkaffee für Karmann. In der Zeit überlegte Ira sich ihre nächsten Worte. »Aus Rücksicht auf die Verstorbenen werde ich, wenn es so weit ist, die Wahrheit schreiben, aus Rücksicht auf die Lebenden werde ich Namen und Umstände aber entsprechend verändern.« Sie bekräftigte noch einmal, dass es noch keine Basis für eine seriöse Berichterstattung gäbe, man müsse erst das Ergebnis der Obduktion abwarten.

Er schien noch immer nicht davon überzeugt zu sein, dass er ihr vertrauen konnte.

Ira begann mit dem Interview für die Kolumne, näherte sich ihm über Fragen zu seinem Beruf, seinem Werdegang, seiner Heimatstadt Minden. Nach einer halben Stunde hatte sie genug Stoff für den Artikel und schlug gekonnt den Bogen zu ihrem eigentlichen Anliegen. »Sie haben Marilena über ihre Arbeit kennengelernt?«

»Ja, über ein Angebot bei Ebay, in dem sie ein restauriertes Küchenbuffet anbot, eine ihrer ersten Arbeiten. Ich bin nach Bad Oeynhausen gefahren, habe mir das Stück angesehen und es gekauft. Damals hat Marilena gerade begonnen, ihr Häuschen zu renovieren. Das Geld für die Materialien versuchte sie, über den Verkauf der Möbel zu verdienen.«

»Sie war also nirgendwo angestellt?«, fragte Ira.

»Nein. Sie war lange krank gewesen, hatte einen längeren Klinikaufenthalt hinter sich und musste ganz neu anfangen.«

»Hatte diese Krankheit etwas mit Angelinas Tod zu tun?«

Karmann knallte plötzlich seine Tasse auf die Untertasse. »Mit Sicherheit. Das war alles nicht zum Aushalten. Wussten Sie, dass Sissys Kinder zu Marilena ›Assi-Oma‹ sagten?«

»Nein, wusste ich nicht.« Ira fiel eine Bemerkung von Simon ein. »Ist es wahr, dass Sissy ihre Mutter ›Kindsmörderin‹ nannte?«

»Ja, das tat sie.«

»Wegen Angelina … die Verfahren gegen Marilena und Sissy wegen Vernachlässigung der Aufsichtspflicht wurden beide eingestellt, es war angeblich wirklich ein Unglück …«

Karmann schnaubte. »Die meisten Verfahren gegen Sissy wurden eingestellt, die Kanaille hat meinen Hund umgebracht, ist mit dem Auto drüber … und zwar mit voller Absicht! Aber erstens ist das laut Gesetz nur eine Sachbeschädigung, und zweitens konnte ich es ihr nicht beweisen. Diese Hexe kommt immer und mit allem durch …«

»Können Sie mir das genauer beschreiben?«

»Und ob ich das kann! Ich erzähle Ihnen jetzt nur mal ein Beispiel, ich will aber nicht, dass Sie darüber schreiben, das bleibt unter uns. Aber dann wissen Sie mal, was für ein Mensch sie ist, diese Sissy.«

Ira ließ ihn reden. Er beschrieb die Hochzeit von Sissy.

Es waren über hundert Leute auf den Hof zu einer Scheunenparty eingeladen gewesen. Dafür hatten Sissy und Enno das Sägewerk zur Hälfte leer geräumt und einige der alten

Maschinen und Werkzeuge über Ebay verkauft. Simon war ziemlich sauer gewesen, denn er träumte schon damals davon, das Sägewerk wieder zu eröffnen und die Maschinen zu benutzen. Nun war das Gebäude zu einer Party-Location geworden – mit gebrauchten Barhockern, Stühlen und durchgesessenen Sofas, billigen Teppichresten, alles im Internet für kleines Geld ersteigert. Damit die Gäste zur Toilette gehen konnten, hatte Sissy einen Toilettenwagen bestellt und ihn direkt vor Marilenas Haus platzieren lassen. Es kamen allerdings nur wenige Gäste, um die dreißig, schätzte Karmann. Sissy sei sehr unbeliebt in der Nachbarschaft gewesen, daran änderte auch der Umstand nichts, dass sie alle Nachbarn eingeladen hatte. Dass man sie mied und nicht mal zu ihrer Hochzeit kam, kränkte sie sehr, sie schwor den Nachbarn Rache. Marilena hatte irgendwann ein entsprechendes Gespräch zufällig mitgehört. »Marilena und ich waren nicht zur Hochzeit eingeladen, das stellen Sie sich mal bitte vor, die eigene Mutter! Wir hatten dann aber ein nettes Showprogramm, wir konnten nämlich den Männern durchs Fenster beim Pinkeln zusehen, wenn sie die Tür zum Herrenklo nicht zumachten.«

Nach der Party, in der es mehr um Komasaufen als ums Feiern ging, ließen Sissy und Enno den Inhalt der Behälter aus dem Klowagen vor Marilenas Haus auslaufen. Fäkalien sickerten durch den Vorgarten bis vor die Haustür. Aus Karmanns Sätzen war jetzt mit jeder Silbe tiefer Abscheu zu hören. »Ich sehe Sissy noch heute mit verschränkten Armen in der Scheunentür stehen und grinsen. Der Wagen blieb tagelang vor dem Haus stehen. Marilenas Vorgarten war mit

Urin, Scheiße und Klopapier überschwemmt, es stank bestialisch. Wir haben eine Mulde bestellt und das Zeug mit der Schippe weggeschaufelt. Danach mussten wir alle Beete abtragen, sämtliche Blumen und Kräuter landeten auf dem Müll. Die Rechnung hab ich ihr persönlich übergeben, und was macht das Rabenaas? Zerreißt sie wortlos vor meinen Augen und knallt mir die Tür vor der Nase zu.« Danach schwieg Karmann. Die Erinnerung setzte ihm sichtlich zu, seine Hände zitterten.

Ira ließ erst mal sacken, was sie erfahren hatte. Sie hatte das Gespräch mit dem iPhone aufgezeichnet und würde es sich später noch mal anhören. Vorsichtig sagte sie: »Wenn Sissy ihrer Mutter die Schuld am Tod von Angelina gegeben hat … kann man ihren Hass vielleicht ein bisschen nachvollziehen, oder?«

»Aber das begann schon viel, viel früher!«

»Wann?«

»Nee, Frau Wittekind, ich nicht mehr. Da müssen Sie die anderen vom Hof fragen, ich hab mich weit genug aus dem Fenster gelehnt.«

»Okay, das verstehe ich, ich sehe ja, dass Ihnen dieses Thema schwer zu schaffen macht. Ich will Sie ganz bestimmt nicht bedrängen. Sagen Sie mir aber bitte noch, wen ich Ihrer Meinung nach befragen soll, um zu verstehen, woher dieser Hass zwischen Mutter und Tochter kam.«

»Natürlich Sissys Vater. Sie hat ja später jahrelang wieder bei ihm gelebt.«

»Was?« Ira rekapitulierte blitzschnell, was André Heiland ihr erzählt hatte. Nein, mit keinem Wort war die Rede davon gewesen, dass Sissy bei ihm in Travemünde gewohnt hatte. »Wann war denn das?«

Karmann zuckte mit den Achseln. »Da war sie vierzehn oder so. Etwas war vorgefallen, und Sissy wollte danach keinen Tag länger bei ihrer Mutter bleiben.«

»Warum nicht?«

»Das war vor meiner Zeit, da fragen Sie am besten meinen Vorgänger, Ralf … warten Sie … Ralf Merkenich, genau, so hieß er.«

»Wo finde ich ihn?«

»Soviel ich weiß, arbeitete er damals bei einer Krankenkasse. Aber das ist zwanzig Jahre her.«

Nachdem sie bezahlt hatten, gingen sie hinüber zum Laubengang des Rathauses, und Karmann posierte für das Foto, das zur Kolumne gehörte. Dann verabschiedeten sie sich.

Ira entschloss sich zu einem Spaziergang. Es war warm und ziemlich windig – genau das richtige Wetter, um sich das Gehirn ein wenig freipusten zu lassen. Sie kannte sich in Minden gut aus, war hier als Kind mit ihren Eltern spazieren gegangen und später, als Jugendliche, mit Freundinnen zum Shoppen hergekommen. Vor der Martinitreppe blieb sie stehen. Hier hatte sie in den Sechzigerjahren zum ersten Mal ein Kaufhaus von innen gesehen, die Kepa. Sie ließ ihren Blick über den Marktplatz schweifen. Das berühmte Haus Schmieding mit seinem imposanten Fachwerk, den Erkern und dem Glockenspiel, die Alte-Löwen-Apotheke. Sie drehte sich um und schaute wieder auf den Laubengang, dem man irgendwann einen der grässlichsten Neubauten angefügt hatte, den sie je gesehen hatte. Neben dem mächtigen Dom wirkte dieses Gebäudeensemble wie ein Lehrstück für die misslungenste Architektur des vergangenen Jahrhunderts.

Sie schlenderte die Straße »Im Scharn« hinauf bis zum Weserspucker-Brunnen, bewunderte auch dort die historischen Häuserfassaden, bog in die Bäckerstraße ein, ging bis zum Wesertor. Das Denkmal des Großen Kurfürsten war viel kleiner als in ihrer Erinnerung, das Glacis, der Park am Weserufer, war eher ein breiter Grünstreifen mit alten Bäumen als der große dunkle Wald am Schwanenteich, über dessen kniehohe Mauer sie als kleines Mädchen im Sonntagskleid balanciert war. Sie überquerte eine Straße, hatte das Parkhaus erreicht und machte sich auf den Weg nach Rehme.

Um halb vier parkte Ira ihren Mini Cooper an der Hermann-Löns-Straße und ging den Rest des Weges zum Hellberger Hof zu Fuß. Dieses Mal steuerte sie direkt auf das schwarze Haus mit der Schieferfassade zu, stieg die Stufen der Treppe vor der Haustür hinauf und klingelte.

Niemand öffnete.

Sie klingelte noch einmal.

Nichts.

Es stand kein Auto auf dem Hof, auch drüben bei Simon und Nikola wirkte alles verlassen.

Ira ging um das Haus herum. Wieder fiel ihr im ersten Stock die Balkontür ohne Balkon auf. Kein Gitter davor, nichts. Eine gefährliche, vielleicht sogar tödliche Falle.

Vor den Fenstern hingen vergilbte Gardinen, an den Fensterläden blätterte die Farbe ab, manche Läden hingen schief in den rostigen Angeln. Warum sah es hier so aus? Lilo war doch wohlhabend gewesen.

Sie ging hinters Haus. Zwischen Grasresten matschiger Boden, ein komplett nadelloser Tannenbaum, Lamettafäden hatten sich zwischen seinen vertrockneten braunen Zweigen verfangen. Eine kaputte Gartenliege aus dreckigem Plastik, ein Turm aus alten Autoreifen, Getränkekisten, eine blaue Plane, ein Stapel Waschbetonplatten. Ein verrotteter Kaninchenstall. In den Fugen der ausgetretenen Ziegelsteintreppe zur Hintertür wuchs Unkraut, die Stufen waren voller Moos. Ira fotografierte die Details mit dem Handy, dann ging sie zurück.

Ein rothaariges Mädchen kam ihr entgegen, schlenderte über den Hof, kaute auf einer Strähne seines langen Haares und kickte eine leere Zigarettenschachtel vor sich her. Als sie Ira bemerkte, ließ sie die Schachtel liegen, kam auf sie zu und rief: »Willst du zu uns?«

»Ja, aber es ist niemand zu Hause, oder?« Ira stand jetzt vor dem Mädchen. »Hallo, ich heiße Ira und du?«

»Emily.«

»Sind deine Eltern nicht da?«

Emily verneinte kopfschüttelnd, die Haarsträhne behielt sie dabei im Mundwinkel. Ihre Augen waren hellgrün, die feinen Augenbrauen so rot wie ihr Haar, das Gesicht von Sommersprossen übersät. Sie trug einen bunten Tornister auf dem Rücken. Ira schätzte sie auf etwa acht Jahre. »Kommst du jetzt erst aus der Schule?«

Emily verdrehte die Augen, als habe Ira etwas Dummes gefragt. »Was willst du bei uns?«

»Deine Eltern besuchen, aber wenn sie nicht da sind, komme ich ein andermal wieder. Weißt du, wann sie zurück sind?«

»Nö, die sind einkaufen, die haben was im Computer gesteigert und holen es ab.«

Ira schmunzelte wegen des niedlich falschen Ausdrucks. Emily fuhr fort: »Die Kleinen durften mit, aber ich musste zur Schule. Wir hatten heute sechs Stunden, und dann war ich bei Nele, aber eben musste Nele zum Ballett. Ich will auch zum Ballett, aber ich darf nicht, die Mama sagt, ich wär sowieso zu doof.« Sie zog ein Schüppchen und senkte den Kopf, kaute immer noch auf dem Haarzipfel herum.

Ira unterdrückte den Impuls, nach Luft zu schnappen. »Kann ich mir nicht vorstellen, dass du zu doof bist, du bist ein großes Mädchen und gehst schon ganz allein nach Hause ...«

»Nein, die Mama sagt, ich bin sogar zu blöd zum Sterben.«

»Das hat sie bestimmt nicht so gemeint!«, rief Ira empört.

Das Kind starrte auf die Spitzen seiner Turnschuhe. Wie reagierte man auf so was? Ira fühlte sich hilflos. Sie zeigte auf die anderen Gebäude. »Drüben ist auch niemand da, oder?«

Emily zuckte die Achseln. »Weißt du, dass die Assi-Oma tot ist?«

»Ja, das ist schrecklich.«

»Und Oma Lilo ist auch tot. Die Mama sagt, bald ist das hier alles unsers!« Emily nahm ihren Tornister mit Schwung vom Rücken, holte einen Schlüssel aus dem vorderen Fach, lief zur Haustür und rief: »Tschüss, ich gucke jetzt Arielle, die Mama hat's erlaubt.«

Ira blieb regungslos stehen. *Bald ist das hier alles unsers.* Eine Achtjährige, die aus der Schule kommt, und niemand ist zu Hause. Ein kleines Mädchen, dem die eigene Mutter sagt, sie sei zu blöd zum Sterben. Was war denn hier los?! Langsam ging sie zurück zum Auto.

Ihr Handy klingelte. Sie schaute auf das Display. »Hallo Coco.«

»Moin, ich komme nachher vorbei, Heiko bringt mich. Ich muss nicht fahren, ein Bierchen wäre also toll.«

»Ja. Ja, okay. Ich bin zu Hause.«

»Hey, wie hörst du dich denn an, ich wollte 'ne glückliche Braut sprechen und mit dir noch mal den Ablauf durchgehen, aber du klingst wie ein Trauerkloß!«

»Ich hatte heute schon zwei Gespräche, über die ich erst mal nachdenken muss. Eben hab ich eins der kleinen Mädchen vom Hellberger Hof getroffen, Emily ... und vorher hat mir der Ex von Marilena was erzählt, mich aber, als es spannend wurde, an seinen Vorgänger verwiesen. Den muss ich jetzt erst mal ausfindig machen, einen Typen von der Krankenkasse.«

»Die Frau von unserem Fahrer Mirko arbeitet bei der Krankenkasse, vielleicht kennt sie ihn. Wie heißt er?«

»Merkenich, Ralf.«

»Krieg ich raus, bis nachher. Ich bring für alle von ›Stahls‹ Bratwurst und Pommes mit.«

15

Coco hatte auch für die Tanten ein »Menü« mitgebracht. Tante Sophie knuffte sie vor Freude in die Seite: »Wir ham ein'tlich noch Erbsenmittach, aber das können wir morgen wieder aufwärmen, dann schmeckt es sowieso besser. Das is schön, dassde an uns denkst, nache Pommesbude komm ich ja mi'm Rollator nicht mehr hin.«

»Als ob du in den letzten fuffzich Jahr'n ohne Rollator mal inner Pommesbude gewesen wärst«, lästerte Tante Friedchen.

Sie saßen in der Kate am Tisch und aßen Bratwurst mit Senf und Pommes rot-weiß aus Pappschalen. Dazu gab es, natürlich, gut gekühltes Flaschenbier.

Auf dem Zehnerwechsler im Musikschrank lief eine Langspielplatte, Tante Friedchen hatte Peter Alexander aufgelegt, »Schlager-Rendezvous«. Sie aß ihre Pommes mit der rechten Hand und trommelte mit den Fingern der anderen den Takt von »Spanisch war die Nacht« auf der Wachstischdecke mit.

Als sie gegessen hatten und Ira und Coco die Reste, die Pappteller und das rosafarbene Einpackpapier entsorgt hatten, holte Tante Friedchen den unvermeidlichen Braken aus dem Kühlschrank und verteilte Pinnchen, die guten mit den

Spielkartenmotiven und dem Goldrand. »Ich mag diese Wurst und die Pommfritz ganz gerne, aber die liegen mir sofort schwer im Magen ...«, erklärte sie und schüttete ein.

Tante Sophie hob zuerst ihr Glas, sah reihum Ira, Coco, Andy und Tante Friedchen an und fragte grinsend: »Und?«

Coco übernahm: »Nich lang schnacken, Kopp in' Nacken!«

Ira und Coco schüttelten sich und verdrehten die Augen – das Zeug war wahrlich nicht lecker.

»Bitter im Mund is im Magen gesund«, sagte Tante Sophie, griff nach dem Porzellan-Aschenbecher mit dem Henkel und der Aufschrift »Dornkaat«, nahm ihren Zigarrenstumpen zwischen die zahnlosen Kiefer und zündete ihn mit ruhiger Hand an. Sie blies den Rauch mit spitzen Lippen aus. »So, Ira schieß los, ich bin gespannt wie'n enger Schlüpper, was gibts Neues im Fall Bachleiche?«

Coco kramte einen Zettel aus der Hosentasche und schob ihn Ira hin: »Bevor ich es vergesse, der Ex-Ex-Freund von der Heiland arbeitet noch immer bei der Krankenkasse. Hier ist seine Durchwahl.«

»Du bist die Beste!« Ira steckte den Zettel ein.

Dann erzählte sie, was sie in den letzten Tagen herausgefunden hatte, und es dauerte eine ganze Weile, bis sie damit fertig war.

Tante Friedchen schaute nachdenklich in die Runde. »Kann man das so sagen: Die alte Lilo war so 'n richtiger Donnerbesen, und der ihre Tochter Marilena hat im Leben nix gebacken gekriegt. Außer, dass sie alte Möbel angestrichen hat. Und diese Sissy hat vier Töchter von vier Männern, ein Kind is tot, weil die Omma nich aufgepasst hat, und die Sissy is 'ne orntliche Krawallschachtel?«

Ira schmunzelte. »Ganz einfach ausgedrückt ist das richtig. Dass aber zwei der drei Frauen tot sind, macht es ein bisschen komplizierter.«

»Nee, wieso, Lilo ist doch an Krankheit totgegangen, oder nich?«, fragte Tante Sophie.

»Davon gehe ich aus.«

»Wennde das getz noch immer nich genau weißt, haste nich richtig geforscht«, tadelte Tante Sophie.

»Ich bin von der Presse, nicht von der Kripo. Für mich ist es immer viel schwieriger, an gesicherte Informationen zu kommen!«

Coco mischte sich ein: »Aber mit dir reden die Leute freiwillig, daher weißt du oft mehr als die Bullen, mach dich man nicht kleiner, als du bist!«

Tante Sophie ließ sich nicht ablenken, sie fragte erneut nach: »Wo dranne ist die Bachleiche denn nun hopsgegangen?«

»Wissen sie noch nicht. Vielleicht war es ein Unfall.«

Tante Sophie beugte sich vor. »Oder Mord!«

»Oder Mord. Aber wer hatte ein Motiv?«, fragte Ira und schaute den frischen Rauchkringeln aus den Mündern der alten Tante hinterher.

»Na, du sagst doch immer, man muss entweder nach Geld oder nach Sperma suchen ...«

Tante Friedchen rief dazwischen: »Tja, Soffie! Dann such du man nach Sperma, Geld haste bei deiner fetten Rente ja genug!«

Das Gelächter war bestimmt bis zur Kirche zu hören. Andy musste so lachen, dass ihm Tränen über die Wangen liefen, und Coco bekam einen Schluckauf.

Tante Sophie hatte Ira korrekt zitiert. Vor vielen Jahren hatte ihr ein Kommissar erklärt, es gäbe eigentlich nur zwei Motive, nach denen man bei der Aufklärung eines Verbrechens suchen müsse: Geld oder Sperma.

Ira wollte aber im Fall von Marilena gar nicht spekulieren, denn im Grunde lag es auf der Hand, dass sie vor ihrem geplanten Selbstmord verunglückt sein musste. Anders war dieser ominöse Abschiedsbrief nicht zu erklären.

Sie verbrachten den restlichen Abend mit Coco drüben in Andys Wohnung und gingen die Gästeliste für die Hochzeit durch. Bisher hatten einhundertfünfzig Leute zugesagt. Ira freute sich besonders auf Andys Tochter Tessa, die für drei Wochen bleiben wollte, weil sich sonst der lange Flug aus Indien nicht lohnte. Sein Bruder Markus würde aus Mainz kommen, und dessen Sohn Julian reiste aus Münster an. Sie hatten auch Kommissar Brück eingeladen, Horst Horstmann und einige Kollegen aus der Bielefelder Redaktion würden dabei sein, und natürlich Iras Mutter mit ihrem »Bekannten« Hermann Tiekenheinrich und Coco mit Mann und Kindern, Schwiegerkindern und Enkeln. Coco würde dafür sorgen, dass Braut und Bräutigam getrennt voneinander zur Trauung chauffiert wurden, sie hatte ihre beiden neuesten Taxen bereits dafür reserviert. Der Blumenschmuck für die Autos war bestellt, Iras Kleid hing bei Coco im Kleiderschrank, damit Andy es nicht vor der

Hochzeit sah – und ansonsten solle Ira sich um »nix 'nen Kopp machen«, bloß happy sein und sich freuen, befahl Coco.

Um halb zehn rief Kommissar Brück an. Ira ahnte sofort, dass es wichtig war, wenn er sich um diese Zeit noch meldete. Er war kurz angebunden, wie immer. »Info im Fall Heiland: Unfall ausgeschlossen.«

Ira stand ruckartig auf. »Was? Es war also definitiv Mord?«

»Jepp. Zander ist zuständig.«

In dieser Nacht fiel es ihr schwer, den harmlosen Artikel über Georg Karmann für »Ein Tee mit Frau W.« zu schreiben. Sie konnte sich kaum konzentrieren, immer wieder schweiften ihre Gedanken zu Marilena ab. Mord.

Das Video von Enno, das er ins Netz gestellt hatte, der Krieg auf dem Hof – das bekam jetzt noch mal eine andere Bedeutung. Aber welche?

16

Obwohl Ira wusste, dass sie wahrscheinlich mit niemandem von der Polizei oder aus der Familie sprechen konnte, fuhr sie am nächsten Morgen wieder zum Hellberger Hof.

Viertel vor acht, tatsächlich: Der Hof war komplett abgesperrt.

Sie wusste, was dort jetzt passierte. Marilenas Tod war von Anfang an Folge einer sogenannten ungeklärten Todesursache gewesen und von der Polizei routinemäßig wie ein Tötungsdelikt behandelt worden. Sämtliche Spuren waren gesichert worden. Aber wenn es jetzt neue Erkenntnisse gab, wurde noch einmal gezielt gesucht. Kommissar Brück hatte ihr mal erklärt, dass in einem solchen Fall alle Spuren mehrmals neu bewertet werden konnten, wie bei einem Puzzle, dessen Teile immer wieder neu zusammengelegt wurden, bis endlich ein stimmiges Bild entstand.

Verdammt, wonach suchten sie jetzt da drüben auf dem Hof? Vor Aufregung hatte Ira feuchte Hände, in ihrem Magen rumorte es. Sie kannte dieses Gefühl, es ging einher mit heftigen Adrenalinschüben, und es war nichts anderes als Jagdfieber.

SMS an Horstmann. *Moin. Bachleiche war Mord, bin dran, bitte meine anderen Termine an Kollegen abgeben, IrWi.*

Wie konnte sie jetzt auf eigene Faust weiterermitteln? Auf den Hof kam sie nicht, und sie wollte die Arbeit der Polizei nicht behindern. Sollte sie diesen unangenehmen Nachbarn, Arno Knauer, besuchen? Er wohnte gleich gegenüber. Wahrscheinlich war er um diese Zeit arbeiten, aber egal, sie ging kurz entschlossen hinüber zu Hausnummer 7a und klingelte.

Eine ältere Frau mit grauer Helmdauerwelle öffnete. »Ja?«

»Guten Morgen, entschuldigen Sie bitte die frühe Störung, ich bin Ira Wittekind von der Zeitung *Tag 7* und befrage heute die Nachbarn der Familie Heiland zu den aktuellen Ereignissen auf dem Hellberger Hof.«

Die Frau trug Bluse, Kittel, fleischfarbene Gummistrümpfe und Pantoffeln. Sie trat spontan einen Schritt vor die Tür, schaute zu den Nachbarhäusern rechts und links und sagte: »Waren Sie denn schon nebenan gewesen?«

Die Schwindelei kam Ira problemlos über die Lippen: »Ich wollte zuerst mit Ihnen reden, weil ich den Arno in der Angelegenheit ja neulich schon interviewt habe.«

»Ach, Sie haben schon mit meinem Sohn gesprochen?«

»Mit dem Sohn, ja genau, ist er nicht da?«

»Nee, der ist auf Arbeit, der kommt erst Viertel nach vier, aber ich weiß über die da drüben auch gut Bescheid«, sagte Frau Knauer eifrig, machte eine einladende Handbewegung und führte Ira in die Küche. Auf einem Plastikbrettchen lag ein angebissenes Marmeladenbrot, in einer blauen Tasse mit der roten Aufschrift »Norderney 84« dampfte Kaffee. Das Radio lief, Radio Westfalica, »Acht Uhr, Sie hören die Nachrichten.«

»Ich war guste am frühstücken gewesen, da wär noch 'n Schluck Kaffee, wenn Se welchen wollen!«

Ira setzte sich auf die Eckbank, trank Kaffee aus einer »guten« Tasse, grün mit rosa Rosen und Goldrand, und sah sich um. Die Küche war der ihrer Mutter ähnlich. Beigefarbene, geriffelte Fronten und dunkelbraune Griffmulden, auf dem Elektroherd Abdeckplatten mit Bildern von grinsenden Gänsen, Holzregale voller Gewürze in bunten Plastikdosen, eine akkurat gebügelte Tischdecke.

Ira hatte eine Eingebung. In einem Ort wie Rehme kannten sich die alten Leute. »Frau Knauer, Sie erinnern mich total an meine Mama!«

»Och!« Die alte Frau lächelte geschmeichelt.

»Vielleicht kennen Sie sich sogar, meine Mutter hatte früher die Änderungsschneiderei, Christa Wittekind…«

Frau Knauer klatschte in die Hände. »Was? Sie sind die Tochter von Christa Bichmann, also verheiratete Wittekind, Menschenskind, Sie hätt ich aber nicht wiedererkannt, sie waren doch früher oft in der Schneiderei gewesen und haben da Ihre Schularbeiten gemacht…«

Ira dachte, dass jetzt nur noch ein Satz wie »Kind, sind Sie aber groß geworden« fehlte.

»Und getz sind Sie bei der Zeitung!« Frau Knauer nickte anerkennend, in ihrer Frisur bewegte sich kein einziges Haar. Sie war nicht nur mit Christa Wittekind Jahrzehnte zusammen im Gartenbauverein und im Turnverein gewesen, sie kannte auch Lilo Wolf. Und natürlich hatte sie sich die Beerdigung nicht entgehen lassen.

Frau Knauer war eine aufmerksame Nachbarin und hatte

ein gutes Gedächtnis. Und sie hatte einen Neffen, der Filial-leiter bei Aldi gewesen war und Sissy kannte. Die hatte tat-sächlich jahrelang wieder bei ihrem Vater gewohnt, und als sie danach zurückgekommen war, hatte sie in dem Discoun-ter als Aushilfe gearbeitet.

»Hat sie eigentlich keinen Beruf gelernt«, fragte Ira.

»Die Sissy? Nein, die war ja, als sie volljährig wurde, aus Travemünde wieder hergezogen, da hatte sie die Schule ge-schmissen, ich weiß aber nicht, warum. Sie war dann wie gesagt im Aldi als Aushilfe gewesen und hat aber dann das Kind gekriegt, die Angelina, die war ja am Bach so schlimm gefallen und war ja dann auch gestorben.« Die Alte machte ein bekümmertes Gesicht.

»Wissen Sie, wer Angelinas Vater war?«

Frau Knauer wischte mit krummen Fingern hektisch nicht vorhandene Brotkrümel vom Tisch und sagte mit ver-schwörerischer Stimme: »Nein. Das hat die Sissy damals keinem gesagt. Und wissen Sie, warum? Nee? Ich aber! Weil, wenn man den Vater von einem unehelichen Kind nicht beim Amt angibt, also, wenn man so tut, als wär der einem unbekannt, was ja eigentlich nicht geht, außer wenn man mit mehreren Männern … aber egal, dann kriegt man jeden-falls für das Kind jeden Monat Geld vom Amt, und der Vater hat nie was zu melden, weil er ja offiziell gar nicht der Vater ist. Mein Neffe hatte mir das damals so erklärt. Tja, Sissy hat jedenfalls nach ihrer Rückkehr bei der Oma im Haus gewohnt und nicht bei ihrer Mutter.«

»Haben Sie einen Verdacht, wer ihre Mutter, die Marilena, umgebracht haben könnte?«, fragte Ira.

Frau Knauer drückte ihre knotigen Finger auf ihren Mund und riss die wimpernlosen Augen weit auf. »Ich sag da nix zu. Wenn der Mörder noch frei rumläuft, dann ist man hier schließlich seines Lebens nicht mehr sicher ...«

Als im Radio die Zehn-Uhr-Nachrichten kamen, bedankte Ira sich bei der alten Dame und versprach ihr ein kostenloses Belegexemplar von der Zeitungsausgabe, in der ihr Artikel erscheinen würde.

Zu Hause nahm Ira Tante Erna an die Leine und wollte mit ihr an die Weser gehen. Sie musste im Kopf sortieren, was sie eben von der alten Frau gehört hatte. Warum hatte André Heiland ihr gegenüber mit keinem Wort erwähnt, dass seine Tochter wieder bei ihm gelebt hatte? Und was war vorgefallen, damit sie überhaupt zu ihm zurückgegangen war? Moment mal, sie hatte doch von Coco die Nummer von diesem Krankenkassenmitarbeiter bekommen, dem Vorgänger von Marilenas Ex-Freund Georg.

Ira setzte sich noch mal an den Tisch, Tante Erna machte brav Platz und hypnotisierte die Hundeleine, die Ira auf den Fußboden gelegt hatte. Sie wählte die Nummer, die Coco ihr besorgt hatte, und hörte schon nach dem zweiten Freizeichen Merkenichs Stimme.

»Guten Tag, Ira Wittekind von der Zeitung *Tag 7*, ich recherchiere im Fall Marilena Heiland, der sich, so viel kann ich Ihnen sagen, als Mordfall herausgestellt hat. Und ich bin dabei auf Ihren Namen gestoßen.«

Sie hörte ihn am anderen Ende der Leitung einatmen.

»Was?«

»Herr Merkenich, es ist so: Ich weiß, dass Sie vor Jahren mit Marilena Heiland zusammen waren, und möchte Sie bitten, mir zu helfen, einige Unklarheiten zu verstehen.«

»Ich habe davon in der Zeitung gelesen, das ist ganz schrecklich, und wenn es ein Verbrechen war, ist es noch schrecklicher. Aber mit den Leuten hatte ich seit damals nie mehr zu tun.«

Ira sagte nichts, wartete.

»Was denn überhaupt für Unklarheiten?«, fragte er nach einer Weile.

Okay, dachte sie, *er ist neugierig, dann kriege ich ihn.*

Sie improvisierte und machte es absichtlich spannend: »Es geht um ein Ereignis, das schon lange zurückliegt, aber durchaus mit Marilenas Tod zu tun haben könnte. Wenn mein Informant sich richtig erinnert, waren Sie seinerzeit direkt an diesem Ereignis beteiligt.«

»Also ich wüsste wirklich nicht, was das sein könnte!«

Er war jetzt nervös, natürlich, jeder, den man mit einem Mordfall in Verbindung bringt, wird unruhig, egal, ob er unschuldig ist oder nicht.

Ira betonte, dass es schlecht sei, darüber am Telefon zu reden, und bat ihn um ein spontanes Treffen. Das Büro der Krankenkasse lag in der Nähe eines kleinen Parks, zu Fuß waren es von Merkenichs Büro bis dahin nur wenige Minuten. »Wir könnten uns am Damwild-Gehege treffen, ich wollte sowieso mit meinem Hund spazieren gehen, das könnte ich mit unserem Gespräch verbinden.«

Merkenich schien immer noch unentschlossen, aber als Ira versprach, dass es nicht lange dauern würde, sagte er zu.

Sie trafen sich in seiner Mittagspause, Ira und ihr Hund warteten in der Nähe des Spielplatzes. Wie erwartet kam Merkenich über den Hauptweg aus westlicher Richtung. Während er auf sie zuging, konnte sie ihn die ganze Zeit beobachten. Er war nach André Heiland und Georg Karmann nun schon der dritte Ex von Marilena, den sie traf – sie war ihrem Typ offenbar immer treu geblieben. Sowohl André als auch Georg hatten nett und sympathisch gewirkt, Merkenich war mittelgroß, Brillenträger, grauhaarig, um die sechzig und ebenfalls ein freundlicher Typ. Offenbar kam er frisch aus dem Urlaub, er war braun gebrannt. Das Sakko seines grauen Anzugs hatte er ausgezogen und trug es über dem Arm, die Krawatte war gelockert, das himmelblaue Kurzarmhemd spannte über seinem Bauch.

Er klang zuerst ein bisschen schnippisch, sagte, er wisse überhaupt nicht, warum er sich auf so ein Treffen eingelassen hätte.

»Weil Sie neugierig sind und weil Sie wissen wollen, was ich Sie fragen werde«, antwortete Ira mit ihrem schönsten Lächeln.

Sie gingen am Wildgehege entlang, Ira erklärte ihm unterwegs, wie sie Simon Heiland kennengelernt hatte und dass sie dadurch die ganze Zeit nah an den Geschehnissen gewesen war. Sie berichtete in groben Zügen, was sie bisher herausgefunden hatte.

Merkenich klang skeptisch: »Finden Sie nicht, dass Sie sich ziemlich weit aus dem Fenster lehnen und die Ermittlungen in einem Mordfall lieber der Polizei überlassen sollten?«

»Ich ermittle nicht, ich recherchiere nur die Hintergründe. Dass wir als Zeitung über den Fall berichten, ist klar, das ist unser Beruf. Mir ist aber wichtig, wie wir das tun: nämlich wahrheitsgemäß und seriös.«

»Frau Wittekind, das ehrt Sie und ist ja auch alles schön und gut, aber was habe ich damit zu tun? Wissen Sie, wie lange die Sache mit Marilena und mir her ist?«

»Nicht genau.«

»Mitte der Neunziger, also vor zwanzig Jahren! Ich war frisch geschieden, inzwischen bin ich wieder verheiratet und habe einen fast erwachsenen Sohn.«

»Mir haben Zeitzeugen etwas erzählt, das ich nicht auf die Reihe kriege, deswegen habe ich Sie kontaktiert.«

Er stutzte. »Woher wissen Sie überhaupt meinen Namen?«

»Der letzte Freund von Marilena, Georg Karmann, erinnerte sich an Sie und meinte, ich sollte mich wegen meiner Nachforschungen an Sie wenden.«

»Den kenne ich überhaupt nicht! Und der wusste meine Büronummer?«

Ira grinste. »Nein, das nicht, aber so was rauszukriegen gehört auch zu meinem Beruf.« Sie kam zur Sache: »Erinnern Sie sich an Sissy, Marilenas Tochter?«

Sein Gesichtsausdruck wurde hart. »Oh ja, die werde ich ganz bestimmt nie vergessen!« Er machte eine abwehrende Handbewegung, als denke er an etwas Unangenehmes. »Eine böse Geschichte, die mich viel zu lange beschäftigt hat.«

»Wollen Sie mir diese Geschichte erzählen?«

Er zögerte, legte den Kopf zur Seite, als wollte er abwägen, was nun zu tun sei. »Ich weiß nicht. Das hat mit dem Mord an Marilena nichts zu tun. Wieso überhaupt Mord? Ich dachte, sie wäre im Borstenbach ertrunken?«

»Die Polizei ermittelt, es gibt noch keine offiziellen Fakten, es ist aber sicher, dass es weder ein Unfall noch ein Suizid war. Da bleiben ja nicht viele Möglichkeiten übrig ...«

Merkenich rieb sich gedankenverloren das Kinn. »Eins kann ich Ihnen sagen: Ich glaube, dass Hass, so richtig tiefer Hass, schon immer das Wichtigste im Leben der Leute auf dem Hellberger Hof war. Aber immer drehte sich alles um Sissy. Vielleicht ...« Er blieb stehen, hörte auf zu reden, legte den Kopf zurück und blickte in die Baumwipfel.

»Vielleicht was?«

Er sah sie an, als sei ihm ein Gedanke gekommen. »Lilo ist auch tot ...«

»Ja, sie wurde am Tag vor Marilenas Tod beerdigt. Haben Sie davon in der Zeitung gelesen?«

»Nein, wir waren im Urlaub, gestern war mein erster Arbeitstag, ich weiß es ... sagen wir ... beruflich.«

Ira schlussfolgerte, dass Lilo Wolf wahrscheinlich Kundin der Krankenkasse gewesen war.

»Wer erbt eigentlich das Anwesen?«, überlegte Merkenich laut, dann gab er sich die Antwort selbst: »Vermutlich Sissy und Simon. Ich wüsste nicht, dass es noch andere Verwandte gibt.«

»Warum haben Sie eben nach Lilo gefragt?«

»Wegen der Reihenfolge.«

»Verstehe ich nicht.«

Merkenich knetete wieder sein Kinn. »Ich frage wegen der Erbfolge. Wenn zuerst Lilo starb, war ihre einzige Tochter mutmaßlich ihre Erbin. Wer auch immer danach Marilena getötet hat … ich vermute, dass es ums Erbe geht.«

»Das heißt, Sie können sich vorstellen, dass Sissy oder Simon …?«

Er zuckte mit den Achseln.

Sie setzten sich auf eine Bank.

»Darf ich mein iPhone mitlaufen lassen und das Gespräch aufzeichnen? Ist auch für Sie eine Sicherheit, damit ich Sie nicht falsch zitiere.«

Er hatte nichts dagegen.

Sie fragte ihn, woher er Marilena gekannt hatte.

»Ich habe sie kennengelernt, kurz nachdem sie nach Bad Oeynhausen gezogen ist. Sie war geschieden, alleinerziehend, hatte nichts gelernt, weil sie so früh schwanger geworden war. Sie hat einiges versucht, um Geld zu verdienen, aber nichts hat geklappt. Damals erzählte sie mir, dass sie in Travemünde alle möglichen Jobs angenommen hat, aber sie konnte nirgends lange bleiben. Der Grund war immer Sissy. Dauernd stellte sie irgendwas an, keiner konnte sie beaufsichtigen, weil niemand mit ihr zurechtkam. Sie glauben nicht, wie oft dieses Kind unser Thema war, das war nicht gerade gut für eine frische Beziehung. Sissy war cholerisch, aggressiv, bockig und verlogen. Tut mir leid, dass ich so über ein Mädchen rede, aber so war es. Irgendwann bekam Marilena in Travemünde keine Jobs mehr, sie war einfach dafür bekannt, dass sie nichts zu Ende machte. Damals fing Sissy an, ihre Mutter Pechmarie zu nennen.«

Ira dachte an das Bild bei Facebook, auf dem Sissy eigentlich ganz nett aussah. Sie hörte weiter aufmerksam zu.

»Die Einzige, die mit Sissy zurechtkam, war ihre Oma, Marilenas Mutter, Lilo Wolf. Als die zum zweiten Mal Witwe wurde, holte sie Marilena und die Kinder auf den Hellberger Hof. Sie zogen in das Fachwerkhaus, in dem früher die Bäckerei war. Ich glaube, da war Sissy zwölf und Simon acht. Marilena wohnte mietfrei, sie musste dafür auf dem Hof, im Garten und im Haushalt helfen. Ihre Mutter behandelte sie wie eine billige Angestellte.«

Ira nickte. Das hatte André Heiland genauso erzählt.

Wenn das Verhältnis zwischen Lilo und Marilena zuletzt immer noch so schlecht gewesen ist, ist die Vermutung, dass Marilena sich aus Kummer über den Tod der Mutter umgebracht haben könnte, total abwegig, dachte sie.

Merkenich erinnerte sich, dass Sissy in Oeynhausen ziemlich schnell vom Gymnasium geflogen war. Auch das wusste Ira bereits von André Heiland. Merkenich sagte: »Den Bogen hatte sie raus, dafür zu sorgen, dass Marilena sich schuldig fühlte. Und dass sie ihre Mutter weiterhin, auch vor anderen, Pechmarie nannte, zeigt, wie abfällig diese Göre sich verhielt. Marilena musste unbedingt Geld verdienen, weil sie mit Kindergeld und Unterhalt nicht über die Runden kam. Sie machte auf dem Hof einen Laden auf, in dem sie selbst gestricktes Zeug verkaufte, aber das ging genauso in die Hose wie ein paar andere Ideen. Dadurch haben wir uns übrigens kennengelernt: Ich habe sie wegen der Krankenversicherung beraten, als sie sich mit irgendwas selbstständig machen wollte. Ich weiß nicht mehr, ob es der

Handel mit hausgemachten Marmeladen oder der mit hand-
genähten Patchworkdecken war … kurz darauf hat sie jedenfalls angefangen, Möbel zu restaurieren. Das hat sie ja
wohl später zum Beruf gemacht.«

»Marilenas Möbel-Mühle«, sagte Ira.

Merkenich wischte sich mit dem Handrücken den
Schweiß von der Stirn. »Wir waren noch gar nicht lange zusammen, da gab es einen schrecklichen Streit. Wieder mal
zwischen Marilena und Sissy. Sie war damals schon ein ordentliches Kaliber, schwer adipös. Heute würde ich schätzen,
sie hatte einen BMI über vierzig. An besagtem Abend wollte
sie zur Innenstadtfete und hatte sich dermaßen aufreizend
angezogen, dass ihre Mutter das wirklich nicht durchgehen
lassen konnte. Mega-Ausschnitt, bauchfrei, superkurzer
Rock. Da war sie vierzehn. Marilena hat ihr befohlen, sich
umzuziehen, darauf hat das Mädel natürlich gepfiffen. Marilena drohte mit Hausarrest. Aber Sissy lachte sie aus und
sagte, sie hätte ihr gar nichts zu sagen. Ich weiß nicht mehr,
wie das genau ablief, jedenfalls hat Marilena sie in ihrem
Zimmer eingeschlossen. Und damit begann das Unglück.«

Ira stellte sich die Szenerie vor. Die zarte Marilena und
die Tochter mit den XXL-Maßen … warum war das Mädchen mit vierzehn so dick gewesen? Musste ja auch einen
Grund gehabt haben.

Merkenichs Tonlage wurde höher: »Ich hatte bei Marilena übernachtet. Sissy rief am nächsten Tag ihren Vater in
Travemünde an. Das Telefon stand in der Diele, wir konnten
jedes Wort verstehen. Sie jammerte und heulte, es sei was
Schreckliches vorgefallen, sie könne nicht darüber reden,

niemals, sie müsse weg, sofort weg vom Hof, von der furchtbaren Mutter und ihrem schlimmen Freund, dessen Namen sie nicht mal aussprechen könne. Damit meinte sie mich. Mir wurde ganz anders, das können Sie mir glauben. Ihr Vater reagierte sofort, er musste doch nach dem Gespräch denken, seine Tochter sei von mir vergewaltigt worden. Marilena und ich saßen sprachlos in der Küche.«

»Meine Güte!«, entfuhr es Ira. »Wie verhält man sich denn, wenn eine Halbwüchsige so was von sich gibt?«

Unter Merkenichs Achseln bildeten sich dunkle Flecken im Stoff des Hemdes. »Da fühlen Sie sich total ohnmächtig. Ich hab gar nicht reagieren können. Sissy packte einen Koffer, ließ sich von ihrer Oma, der sie natürlich dasselbe Theater vorgespielt hat wie ihrem Vater, zum Bahnhof bringen und fuhr nach Travemünde. Kurz danach war mit Marilena und mir Schluss. Sie wusste natürlich, dass ich ihrer Tochter nie etwas getan hatte, aber ihre Mutter Lilo fing an, mich zu hassen, und zeigte das bei jeder Gelegenheit. Darauf hatte ich keinen Bock.«

»Ich will Ihnen nicht zu nahe treten, aber eine Anzeige gegen Sie gab es nicht, oder?«

»Nein. Ich hab mit der Kanaille in der ganzen Zeit keine dreißig Sätze gewechselt, und ich hab die nie angefasst. Aber, und das ist das Perfide, das hat sie auch nie behauptet! Sie hat immer wieder nur gesagt, dass etwas Schreckliches passiert sei, darüber könne sie niemals reden und deswegen müsse sie weg.«

»Und ihr Vater, hat er Sie nicht zur Rede gestellt? Was seine Tochter andeutete, war ja ungeheuerlich!«

»Nein, nie. Das hat er mit Marilena persönlich ausgemacht. Der kannte seine Tochter ja auch.«

Als Ira sich von ihm verabschiedete, hatte Ralf Merkenich seine Mittagspause weit überzogen.

Sie saß im Auto und wollte gerade losfahren, als Andy anrief.

»Spreche ich mit der Frau meines Lebens?«

Ira lachte. »Ja, ich denke schon.«

»Und wie sieht diese Frau aus?«

»Was?«

»Ich erinnere mich vage daran, dass hier ein hübsches Weib eingezogen ist, das in wenigen Wochen unterschreiben wird, mit mir bis ans Lebensende Tisch und Bett zu teilen. Aber ich fürchte, ich würde dieses Weib gar nicht wiedererkennen, wenn es in meinem Bett auftaucht.«

»Du hast eine nette Art, mir zu sagen, dass du mich vermisst!«

»Hauptsache, du verstehst meine Art. Im Ernst, wo steckst du, wann kommst du nach Hause? Du arbeitest zu viel! Hast du heute schon was gegessen?«

»Ich komme jetzt nach Hause, muss aber noch André Heiland anrufen, er hat mir nämlich nicht die Wahrheit gesagt beziehungsweise hat er mir was Wichtiges verschwiegen. Und eigentlich muss ich auch mit Simon sprechen, aber ich vermute, dass die Polizei noch auf dem Gelände ist und nach einem Tatwerkzeug oder was auch immer sucht, da komme ich an niemanden ran.«

»Ich mache dir einen Vorschlag: Du kommst nach Hause,

ich mache uns was zu essen, und dann verrate ich dir eine gute Idee, auf die du noch nicht gekommen bist.«

Ira kicherte. »Deine Ideen kenne ich, die haben meistens was mit Ausziehen und Hinlegen zu tun!«

Sie wusste, dass er jetzt grinste. »Och. Okay. Wir können auch ein Viertelstündchen später essen.«

Als sie den Mini Cooper durch die Einfahrt auf Hof Eskendor lenkte, fiel ihr noch etwas ein. Sie parkte, zog den Zündschlüssel ab und nahm ihr Smartphone. »Siri, ruf André Heiland an!«

»André Heiland wird angerufen«, antwortete das Handy.

»Frau Wittekind, was kann ich denn heute für Sie tun?«

»Ich wollte wissen, ob wir uns treffen können, wenn Sie in Oeynhausen sind.«

»Was? Wie kommen Sie darauf, dass ich nach Oeynhausen komme?«

»Die Kriminalpolizei ermittelt, weil die Mutter Ihrer Kinder ermordet wurde, ich kann und will mir nicht vorstellen, dass Sie nicht hierherkommen, um ihnen in dieser schlimmen Zeit beizustehen.«

Er schluckte. »Aber ich muss doch arbeiten …«

»Herr Heiland, Sie erzählen mir jetzt tatsächlich, dass es Ihnen am Arsch vorbeigeht, dass Ihre Ex-Frau getötet wurde, dass Ihre Tochter und Ihr Sohn zwangsläufig mordverdächtig sind und dass Ihre drei kleinen Enkelkinder unter dieser grauenhaften Situation leiden könnten?«

»Wie reden Sie denn mit mir?«

»Sorry, vielleicht vergreife ich mich im Ton, aber ich bin wirklich entsetzt, dass Sie Ihre Arbeit vorschieben, anstatt sich um Ihre Familie zu kümmern.« Sie legte einfach auf. So ein ignoranter Holzklotz. Wie war der denn bitte als Vater gewesen, als Sissy und Simon noch klein waren?

Als sie die Haustür öffnete, stand Andy vor ihr, nahm ihr Handy und Kameratasche ab, deponierte beides auf der Treppe hinter der Kellertür und schloss die Tür ab. Den Schlüssel legte er in den Kühlschrank. Dann sagte er mit einem Blick auf die Uhr: »Zwei Stunden Ruhe«, schob Ira ins Wohnzimmer und begann, sie auszuziehen. Bevor sie protestieren konnte, verband er ihr mit einem Tuch die Augen und setzte ihr die kabellosen Noise-Cancelling-Kopfhörer auf, die jedes Geräusch ausblendeten. Sie hörte nur die Musik, Ottmar Liebert, Barcelona Nights. Er zog sie weiter aus. Führte sie zu einem Stuhl, sie setzte sich. Dann fing er an, ihren Nacken zu massieren, die verspannten Schultern, die Oberarme, den Rücken.

Ira dachte an gar nichts mehr. Und war glücklich.

Später gab es Spaghetti in Knoblauchöl mit gebratenen Shrimps und fein geschnittenem rotem Chili, dazu tranken sie eine kalte Weinschorle, redeten nicht und sahen sich beim Essen verliebt in die Augen.

»Wie gefiel dir deine verspätete Mittagspause?«, fragte Andy verschmitzt, als sie den Tisch abräumten.

»Nicht schlecht. Gar nicht schlecht.«

Er grinste breit: »Oho, doppeltes ostwestfälisches Lob, ich fühle mich geadelt!«

Es war kurz nach vier, als sie im Stehen noch einen Kaffee tranken und Ira sagte, sie müsse jetzt unbedingt weiterarbeiten.

Andy unterbrach sie. »Jajaja. Du sagtest vorhin, dass du auf dem Hellberger Hof niemanden sprechen kannst, weil die Polizei da ist. Weißt du, wer dir mit Sicherheit was erzählen kann?«

»Wer?«

»Nikola Growe. Als wir neulich abends da waren, sagte sie, dass sie im Herzzentrum arbeitet. Ruf sie doch da einfach an.«

»Manchmal sehe ich den Wald vor lauter Bäumen nicht ... Andy du bist der Hammer!«

Er nickte eifrig und klimperte kokett mit den Wimpern. Ira musste schon wieder lachen. Deswegen hatte sie sich zuerst in ihn verliebt: weil er sie immer wieder zum Lachen brachte.

17

Sie traf sich mit Nikola Growe im »New Orleans« am Inowroclaw-Platz. Sie hatten auf der Terrasse einen Tisch ergattert. Obwohl es fünfundzwanzig Grad warm war, bestellte Nikola heißen Kakao mit einer doppelten Portion Schlagsahne. »Ich bin neidisch«, schmunzelte Ira. »Wenn ich was Süßes anschaue, nehme ich schon zu …«

Nikola streichelte ihren Bauch und lächelte sanft. »Wir sind ja auch zu zweit.«

Zuerst plauderten sie über ein wenig über Nikolas Job, sie hatte Psychologie studiert. Dann kam Ira auf den Hellberger Hof zu sprechen. »Wie kommen Sie mit diesem Streit und der, untertrieben ausgedrückt, negativen Stimmung auf dem Hof zurecht?«, fragte sie.

»Tja. Man kann sich ihr nicht entziehen. Auch, wenn man sich überhaupt nicht einmischen will und zu allen nett und freundlich ist, wird man in diesen Krieg mit reingezogen.«

»Sie sind Psychologin, können Sie mir den Hass in der Familie erklären? Dass Sissy ihre Mutter nach dem Tod ihrer Tochter hasste, kann ich nachvollziehen, aber warum verstehen Simon und Sissy sich auch nicht?«

Nikola löffelte die Sahne von ihrem Kakao. »Das ist eine Familie, die keine Kommunikation gelernt hat. Ich kann mit

Simon auch nur selten über seine Emotionen reden. Sobald ihm etwas nahegeht, mauert er.«

Ira gab sich verständnisvoll. »Das muss schwer für Sie sein.«

»Er ist anders, nicht so verbittert wie die anderen, obwohl er allen Grund dazu hätte.«

»Welchen Grund?«

Nikolas Gesichtsausdruck verdüsterte sich. »Sissy war achtzehn geworden, da tauchte sie wieder auf. Soviel ich weiß, hat sie in Travemünde die Schule geschmissen und sich um eine Lehrstelle in Oeynhausen gekümmert. Daraus ist nichts geworden, stattdessen begann sie als Aushilfe im Aldi zu arbeiten.«

Nikola sagte, nur Lilo habe vorher gewusst, dass Sissy zurückkommen würde. Als sie wieder eingezogen war, sei eine beispiellose Intrige wegen einer Bagatelle losgegangen. Sissy wollte ein Handy haben, bekam aber keinen Vertrag, weil sie kein Einkommen hatte. Sie brachte ihre Mutter dazu, den Vertrag für sie abzuschließen. »Tja, und dann bekam Marilena Rechnungen, Mahnungen und Zahlungsbefehle über mehr als sechstausend Euro. Sie gab sie an Sissy weiter und forderte sie auf, die Rechnungen zu bezahlen.«

Ira ahnte, was kam. »Was Sissy nicht tat.«

»Was Sissy nicht tat, genau. Und sie ignorierte jedes Schreiben. Der Handyvertrag wurde gesperrt, und es gab für Marilena unangenehme und folgenschwere Schufa-Einträge.«

»Wie kriegt man so hohe Handyrechnungen hin?«

»Sissy hatte so lange bei teuren Dating-Hotlines angerufen, bis die Karte gesperrt wurde.«

Ira stieß einen Pfiff aus. »Wollte sie dort den Vater ihres nächsten Kindes kennenlernen? Sorry, das war gemein. Es klingt aber so, als habe sie ihre Mutter bewusst schädigen wollen. Sechstausend Miese ... für jemanden, der sich selber kaum über Wasser halten konnte, war das ein Batzen Geld. Hat Marilena sie nicht zur Rede gestellt und die Summe zurückverlangt?«

Nikola sagte: »Doch. Aber Sissys Antwort war kurz und knackig: ›Hab ich das unterschrieben oder du? Du musst zahlen.‹«

Und so hatte Marilena die Schulden ihrer Tochter abstottern müssen und bekam durch die Einträge in der Schufa selber keinen Kredit mehr.

»Aber es kam noch viel schlimmer« sagte Nikola. »In manchen Monaten verdiente Marilena kaum, es reichte nicht für die Raten, ihr Konto wurde gepfändet, sie konnte ihre eigenen Rechnungen nicht mehr bezahlen, Strom und Telefon wurden abgestellt. Der Gerichtsvollzieher kam, klebte Pfandsiegel auf Möbel, die Marilena restauriert hatte, die konnte sie nun nicht mehr verkaufen. Sie hatte kein Geld, um sich Material zu besorgen, Strom- und Gasverträge wurden endgültig gekündigt und sollten nur nach Hinterlegen einer Kaution wieder aktiviert werden. Marilena saß im Dunkeln und im Kalten, ohne Geld, ohne Telefon, ohne Perspektive.«

»Hätte sie nicht was anderes machen können? Ich meine, ich wäre putzen gegangen, hätte Hunde ausgeführt oder Zeitungen ausgetragen«, meinte Ira.

»Sie hat nichts gelernt, hat nie länger irgendwo gearbeitet, es gab keine Zeugnisse, nichts. Sie war natürlich beim Arbeitsamt, aber es gab nichts für sie.«

»Und ihre Mutter Lilo half ihr auch nicht?«

»Nein. Lilo war der Meinung, Marilena müsse lernen, auf eigenen Füßen zu stehen und für sich selbst zu sorgen. Schließlich wohnte sie mietfrei auf dem Hellberger Hof. Sissy wird ihr eingeredet haben, dass allein Marilena schuld an ihrer Lage gewesen sei. Sie wird nie und nimmer zugegeben haben, dass sie es war, die ihre eigene Mutter ins finanzielle Aus geschossen hat.«

»Und wie kam Marilena da wieder raus?«

»Soviel ich weiß, gab es ja noch Unterhalt und Kindergeld für Sissy und Simon von deren Vater, den Rest bezahlte das Sozialamt. Durch das Amt hat sie es auch geschafft, dass sie wieder Strom und Heizung hatte. Die Frau war wirklich ganz unten: Wenn Sperrmüllabfuhr war, ist sie mit dem Fahrrad durch Oeynhausen geradelt, hat sich Kleinmöbel vom Straßenrand zusammengesucht und auf dem Gepäckträger nach Hause geschoben. Farbe und was sie sonst noch zum Aufarbeiten brauchte, hat sich vom Mund abgespart, sich Stück für Stück da rausgekämpft. Aber dann starb die kleine Angelina, und Marilena stürzte noch schlimmer ab.«

»Mein Gott, wie muss sie die eigene Tochter gehasst haben«, sagte Ira. Dann stutzte sie. »Dieser Unfall ... wie konnte das geschehen? Wieso hat Sissy ihre Mutter überhaupt auf die Kleine aufpassen lassen, trotz des ganzen Theaters?«

Nikola nickte nachdenklich. »Ja, das ist unglaublich, aber wahr. Marilena war irgendwie durch und durch ein Opfertyp. Ich vermute, dass sie sich als Babysitter ausnutzen ließ, weil sie Angst hatte, Sissy noch mal zu verärgern, und weil sie wusste, wozu die dann fähig sein konnte.«

»Aber woher kam dieser Hass? Es gab ihn ja schon lange, bevor Angelina verunglückt ist.«

»Ich weiß es nicht.«

»Glauben Sie, war etwas dran, an Sissys angedeuteten Vorwürfen, der Freund ihrer Mutter hätte sie vergewaltigt? Sie war noch ein Kind, erst vierzehn, und es heißt doch immer, Kinder *machen* keine Probleme, sie *haben* welche!«

»Sissy hat den Vorwurf nie konkret ausgesprochen, aber sie hat sich immer so verhalten, als sei ein Missbrauch passiert und sie könne nicht darüber reden. Marilena wusste genau, dass das Ganze ein entsetzliches Schmierentheater war, aber sie reagierte völlig hilflos auf Sissys Schauspiel, indem sie es ignorierte.«

Nikola erzählte, Sissy habe sich während der ganzen Zeit, in der sie wieder in Travemünde gelebt hatte, geweigert, ihre Mutter anzurufen oder zu besuchen. Immer wieder habe Marilena beteuert, dass es außer diesem eigentlich stinknormalen Streit zwischen Mutter und pubertierender Tochter nichts gegeben habe. »Simon deutete mal an, dass Marilena insgeheim froh war, als Sissy weg war. Und dass sie deswegen immer ein schlechtes Gewissen hatte.«

»Weil Mütter ihre Kinder zu lieben haben?«

»Unter normalen Umständen tun sie das ja auch«, sagte Nikola und streichelte wieder versonnen über die unsichtbare Wölbung unter ihrem T-Shirt.

»Heißt das, Marilena liebte ihre Tochter nicht?«

»Das weiß ich nicht, darüber hab ich nie mit ihr reden

können.« Sie faltete die Hände über ihrem Bauch. »Sissy hat sich möglicherweise so entwickelt, weil beide Eltern sich nicht liebevoll um sie kümmern konnten. Ich denke, dass all ihre Aktionen Rufe nach Aufmerksamkeit gewesen sind.«

Ira fragte sich, ob Psychologie wirklich so einfach und so nachvollziehbar war.

»Nikola, Sie wissen, dass Marilena ermordet wurde. Wer könnte das getan haben?«

Die Antwort kam prompt. »Niemand. Es gab überhaupt keinen Grund. Marilena war eine stille, schüchterne, devote Person, die immer versuchte, sich unsichtbar zu machen. Das ist zwar ein Verhalten, das andere durchaus aggressiv machen kann, aber deswegen bringt man keinen um. Nein, sie hatte keinem was getan.«

»Aber sie ist tot. Ermordet, das ist Fakt. Jemand *hat* es getan. Wer profitiert davon?«

»Wenn Sie auf das Erbe anspielen, keine Ahnung, wie Lilo das geregelt hat. Bis zum 5. Mai gehörte alles ihr. Ob sie ihrer Tochter den Hof vermacht hat, wage ich zu bezweifeln, denn die beiden haben sich mindestens ebenso gehasst wie Sissy und Marilena. Es hieß immer, dass Sissy alles erbt und Marilena und Simon sehen müssen, wo sie bleiben.«

»Wissen Sie was? Jetzt steige ich noch weniger durch diese Geschichte durch. Wenn ich kurz geglaubt habe, dass Sissy das Motiv gehabt haben könnte, ihre Mutter aus Habgier umzubringen, dann ergibt das jetzt keinen Sinn mehr. Wenn sie sowieso geerbt hätte, hatte sie kein Motiv.« Ira dachte ein paar Sekunden nach.

Nikola sprach aus, was ihr durch den Kopf ging. »Aber

Simon hatte ein Motiv. Denken Sie das? Fragen Sie ihn selber, ich rufe ihn an.«

Simon Heiland hatte seinen Dutt so festgezurrt, dass seine Gesichtshaut ganz straff wirkte. Die Wangenknochen traten deutlich hervor, dunkle Schatten umrahmten seine Augen, er war schlecht rasiert und nachlässig gekleidet. Seine Jeans schlotterte um seine Hüften, das T-Shirt hatte Flecken, und als er sich setzte, bemerkte Ira, dass er zwei verschiedene Socken trug. Er tat ihr leid. Seit sie ihn Ende April zum ersten Mal gesehen hatte, wirkte er abgemagert und in sich zusammengefallen. Das war kein Wunder bei den Schicksalsschlägen, die er in wenigen Tagen hatte hinnehmen müssen. Dennoch fragte sie sich, ob er einen Grund gehabt haben könnte, Marilena umzubringen, verwarf den Gedanken aber sofort wieder. So sah doch kein Muttermörder aus!

Er hatte geweint, man sah es an seinen geschwollenen Lidern. Natürlich fragte Ira ihn nicht, was die Polizei von ihm hatte wissen wollen, deren Ermittlungsergebnisse würde sie noch früh genug erfahren. Sie brannte vielmehr darauf zu erfahren, warum diese Familie auf der ganzen Linie so grausam gescheitert war.

Sie bat Simon, ihr aus seiner Sicht von Sissys Rückkehr zu berichten. Seine Worte bestätigten, was Nikola erzählt hatte – aber sie ließen Ira noch viel tiefer in einen dunklen Abgrund blicken.

Es war im Sommer 2000 gewesen. Sissy war mit einem Siegerlächeln auf dem Hellberger Hof aufgetaucht und hatte zwei der ehemaligen Fremdenzimmer im Obergeschoss des

Haupthauses bezogen. Sie hatte mit ihrer Mutter Marilena bloß das Nötigste gesprochen, und auch nur, wenn sie sich zufällig auf dem Hof begegneten.

Simon klang verbittert: »Es ist nicht witzig, wenn du im Winter als Vierzehnjähriger mit deiner verzweifelten Mutter bei Kerzenlicht in einer dunklen Bude sitzt und dich von Brot und billigem Joghurt mit Zucker ernährst.«

Er hatte es seiner Oma übel genommen, dass sie ihnen nicht geholfen hatte, obwohl sie weiß Gott genug Geld besaß, und dass sie seiner Schwester geglaubt hatte, obwohl die doch an allem schuld gewesen sei.

Die Stimmung auf dem Hof war extrem feindselig geblieben: Gebetsmühlenartig hatte Sissy Simon und Oma Lilo gegenüber ihre Andeutungen wiederholt, dass damals etwas Schreckliches geschehen war, über das sie niemals würde reden können.

Als Simon eines Tages im Beisein der Oma geschrien hatte: »Du hast doch mit deinem Scheißhandy nächtelang fremde Typen über die teuren Hotlines angerufen, du hast die Rechnungen nicht bezahlt, das hast du doch alles extra gemacht, damit Marilena vor die Hunde geht. Du bist so eine asoziale Schlampe, ich hasse dich!«

Sissy hatte gegrinst und mit ruhiger Stimme gesagt: »Sie ist selber schuld.«

Zu Lilo hatte Sissy irgendwann gesagt, Marilena habe ihr schon als kleines Kind immer versichert, es wäre besser gewesen, wenn sie sie abgetrieben hätte, dann wäre ihr Leben anders verlaufen. Und Lilo hatte sich, wie immer, auf die Seite der Enkelin geschlagen.

Simon erzählte von Angelina und bestätigte die Version der Nachbarin, dass Sissy den Vater nicht angegeben hatte, um den Unterhalt vom Amt zu kassieren.

Ira rechnete. Da war Sissy zwanzig gewesen, hatte keinen Schulabschluss, nichts gelernt, keine Arbeit und ein uneheliches Kind. Dass die Nachbarn getuschelt hatten, war klar. Welche Rolle hat Lilo in diesem Drama gespielt?

Simon begann, von diesem einen Sommer zu berichten.

Er war gerade achtzehn geworden, hatte im zweiten Lehrjahr als Schreiner gearbeitet und über sechshundert Euro im Monat verdient. Sissy hatte auch ihn dazu gebracht, für sie einen Handyvertrag abzuschließen.

An dieser Stelle rief Ira: »Sie verarschen mich, oder?«

Er schaute sie verwirrt an.

»Wie um Himmels willen konnte Sissy Sie dazu bringen, nach allem, was Sie ihretwegen schon durchmachen mussten? Und dann bauen Sie denselben Mist wie Ihre Mutter? Das kapiere ich nicht.«

»Ich glaube nicht, dass ich Ihnen ...«

Sein unsicherer Blick zu Nikola entging Ira nicht. Sie führte den Satz mit sanfter Stimme fort: »Und ich glaube, dass es Ihnen besser geht, wenn Sie endlich darüber reden!«

Simon bestellte sich einen Wodka mit Eis und kommentierte Nikolas Blick: »Ich brauche jetzt Nervennahrung.«

Nikola nahm seinen Arm. »Sag es ihr!«

Er schwieg noch eine Weile, so, als suche er nach den richtigen Worten. Stockend erzählte er schließlich: »Sie hatte mich in der Hand ... also ... ich meine, sie hat mich erpresst ... weil ... ich hatte da mal eine Dummheit gemacht ...

das war ein paar Wochen vorher gewesen … da hatten meine Kumpels aus der Werkstatt mich überredet, dass ich … also dass ich … ich sollte Fotos von ihren dicken Möpsen machen. Die kannten Sissy vom Sehen und solche Titten, äh … Entschuldigung, so eine Oberweite, die war für uns Jungs schon was Besonderes. Ich wollte meinen Freunden imponieren und hab gesagt, dass ich da was organisieren könnte. Dann hab ich mich nachts im Hof auf die Lauer gelegt. Von da aus konnte ich die beiden Fenster beobachten. Heute bin ich sicher, dass Sissy das geplant haben muss, denn wie auf Bestellung stellte sie sich nackt ans Fenster, es war Licht an, volle Festbeleuchtung, du konntest alles erkennen … und dann stand sie breitbeinig da, nahm ihre Dinger und knetete dran rum. Und guckte die ganze Zeit zu mir. Natürlich konnte sie mich nicht sehen, es war draußen ja dunkel, aber ich hatte so eine alte Nikon mit gutem Tele und Zoom, ich sah sie quasi direkt vor mir. Das war, wie gesagt, kurz vor meinem achtzehnten Geburtstag. Sissy hat da oben am Fenster 'ne richtige Peepshow-Nummer abgezogen. Ich hab die Fotos entwickeln lassen und meinen Kumpels gezeigt. Mann, fühlte ich mich toll! Aber sie hat das alles gecheckt, keine Ahnung, woher sie sich die Fotos besorgt hatte, aber sie hatte sie. Und es gab ein weiteres Foto, das zeigte mich, wie ich neben dem Auto auf dem Hof lag und meine nackte Schwester am Fenster fotografierte. Ich weiß nicht, wer es gewesen ist, aber sie muss einen meiner Kumpels dazu gebracht haben mitzuspielen, mit Sicherheit hatte sie das alles eingefädelt. Tja, und dann sagte sie, sie wollte mich anzeigen. Wegen unerlaubter Verbreitung von privaten Fotos oder so ähnlich. Jedenfalls hat sie mir ordentlich Angst gemacht. Dass ich aus der Lehre fliegen würde, dass sie meine Kumpels vor Gericht bringen würde, all so was. Ich hab Blut und Wasser geschwitzt und konnte nicht mehr schlafen vor Angst. Aber dann kam sie genau einen Tag nach meinem Achtzehnten mit diesem Handyvertrag an. Wenn ich den unterschriebe, wäre die Sache vergessen. Ich war ja nicht blöd, ich ahnte, dass sie mich mit Sicherheit genauso ins offene Messer laufen lassen wollte wie Marilena. Also hatte ich die Wahl zwischen Pest und Cholera. Aber ich hielt mich für oberschlau, dachte, wenn sie mir die Fotos gibt, bin ich raus aus der Nummer, dann kündige ich den Handyvertrag eben sofort wieder. Das ging nur leider nicht so einfach. Dieser Vertrag hatte eine Mindestlaufzeit. Ich hab unterschrieben, und die Sau hat mir innerhalb kürzester Zeit fünftausend Miese verschafft. Wie bei Marilena. Aber ich hab mir das nicht gefallen lassen und habe sie angezeigt.« Simon lehnte sich zurück, winkte die Bedienung heran und bestellte noch einen Wodka. Ira wartete geduldig, bis er ihn auf ex ausgetrunken hatte.

»Die Bullen haben mir nicht geglaubt, kein Wort, denn es war meine Unterschrift auf dem Vertrag. Sie haben uns beide gleichzeitig auf die Wache bestellt, und Sissy hat auf betrogene junge Mutter gemacht und Rotz und Wasser geheult. Als sie denen die Nummer mit den Fotos erzählt hat, war ich geliefert. Danach konnte ich sagen, was ich wollte, ich war das Arschloch, sie war der Engel. Das war übrigens das einzige Mal, dass ich gesehen habe, dass sie weint. Damals bei den Bullen. Weil ich böser, hinterhältiger Bruder sie so kompromittiert hatte. Erst hatte sie die schreckliche Geschichte mit Marilenas Freund ertragen müssen und jetzt das. Das hat sie da natürlich wieder mal angedeutet und dann so getan, als sei ihr das so rausgerutscht, sie könne noch immer nicht drüber reden ... Ich könnte kotzen. Nicht mal, als Angelina gestorben war, hat sie geweint.«

Von dem Tag an waren waren Marilena und Simon endgültig Leidensgenossen gewesen, und die Fronten zwischen ihnen und Sissy und Oma Lilo waren mauerhoch.

Es war weit nach Mitternacht, als Ira endlich im Bett lag. Andy schlief schon, brummte etwas und zog sie an sich, als sie unter die Decke schlüpfte. Sie lag ganz still, bewegte sich nicht, um ihn nicht aufzuwecken. Aber sie konnte nicht einschlafen, ihre Gedanken kreisten ohne Unterlass um die Familie Heiland.

Wie hatte Sissy es geschafft, die Oma auf ihre Seite zu ziehen? Wieso hatte die alte Frau ihrer Enkelin alles geglaubt, ihrer eigenen Tochter hingegen nichts? Und warum tat Sissy so was überhaupt? Warum hatte sie ganz offensichtlich geplant, ihren Bruder und ihre Mutter zu vernichten? Was hatten sie ihr getan? Simon hatte in einem Nebensatz erwähnt, dass die Batterie in dem Babyphone, das Sissy Marilena gegeben hatte, leer gewesen war. War das aktenkundig? Sie wusste es nicht mehr. Hatte Sissy das womöglich gewusst? Sie musste André Heiland fragen. Er hatte ihr so viel verschwiegen. Natürlich ... Er schämte sich wahrscheinlich in Grund und Boden, er hatte als Vater total versagt. Andererseits ... er hatte Sissy, ohne zu zögern, bei sich aufgenommen, nachdem er denken musste, sie sei vom Freund ihrer Mutter missbraucht worden …

Sie löste sich aus Andys Umarmung, es war ihr zu warm, was aber nicht am Wetter lag, sondern an den Hitzewallungen, die ihr eine Löffelchenposition unmöglich machten. Sie drehte sich auf den Rücken und starrte an die Decke.

Draußen zwitscherte ein Vogel verschlafen, ein anderer antwortete.

Morgen wollte Ira die Akte Angelina noch mal lesen. Morgen, morgen früh …

Es war hell, als Ira endlich einschlief.

18

Andy ließ sie bis halb neun schlafen und weckte sie erst, als das Frühstück fertig war. Er bestand darauf, dass sie in der ersten Stunde des Tages kein Wort über die Arbeit verlor, sondern zuerst in Ruhe duschte, jetzt mit ihm frühstückte und sich dabei mit ihm nur über »schöne Dinge« unterhielt. Über das rote Wickelkleid zum Beispiel, das sie heute trug und das er so mochte, weil es ihre weiblichen Rundungen betonte. Er zog sie wegen ihres Rotfimmels schon lange nicht mehr auf. Sie ging nie ohne ein rotes Teil aus dem Haus.

Sie sprachen über den blauen Himmel und die Wettervorhersage, die tatsächlich ein lang anhaltendes Hoch namens Ira prophezeite. Als ihr Name im Radio genannt wurde, meinte sie zuerst, sie habe sich verhört.

»Ich dachte, Hochdruckgebiete haben Männernamen und Tiefs die weiblichen?«, fragte Andy.

»In geraden Jahren haben Hochs männliche Vornamen, in ungeraden Jahren ist es umgekehrt. Deswegen sind dieses Jahr Hochdruckgebiete weiblich und Tiefdruckgebiete männlich.«

»Du bist nicht nur schön, sondern auch schlau. Übrigens skype ich nachher mit Tessa. Magst du mit ihr sprechen? Schließlich bist du bald ihre Stiefmutter.«

»Mensch, das ist die Idee!«, rief Ira.

»Okay, ich weiß, dass du sie magst, aber so eine Begeisterung für meine Tochter ist neu …«

»Nein, ich meinte, das ist die Idee wegen André Heiland. Ich rufe ihn mit FaceTime an, damit ich ihm in die Augen sehen kann, wenn ich mit ihm darüber rede, dass seine Tochter missbraucht wurde beziehungsweise dass sie es quasi behauptet hat.«

Andy antwortete nicht. Ira brauchte fast eine Minute, um zu bemerken, dass er missmutig schaute.

»Entschuldige, Schatz! Ach Mann, ich werde die schlechteste Ehefrau der Welt sein, es tut mir leid. Aber dieser Fall ist so böse, ich kann an nichts anderes mehr denken.«

Er schürzte die Lippen und musterte sie von oben bis unten. Sie übersah den Schalk in seinen Augen, als er sagte: »Soso. Es tut dir also leid. Hm.«

»Ja, hab ich doch gesagt. Soll ich vor dir auf die Knie fallen, damit du mir glaubst?«

»Ja.«

»Was?«

»Komm her, geh auf die Knie und zeig mir, dass du durchaus eine wundervolle Ehefrau abgeben wirst.«

Sie grinste, als sie aufstand. »Gestern Mittag, heute morgen – ich kann kaum fassen, dass du mit Mitte fünfzig noch so rüstig bist …«

»Potent heißt das, meine Liebe, potent.«

Ira hatte sich zwei Gartenstühle unter einen Baum gestellt. Sie arbeitete mit dem Macbook auf den Oberschenkeln.

Neben ihr stand eine eisgekühlte Flasche Mineralwasser im Gras, ihr Handy lag daneben, Tante Erna döste ein paar Meter weiter auf der Wiese. Drüben im Hofladen stand die Tür weit offen, heute war besonders viel Betrieb. Eben hatte sie sich mit Thomas und Gundis unterhalten. Sie hatten im Internet einen alten Kirmeswagen ersteigert und wollten ihn am Abend aus Vlotho abholen. Es gab auf Eskendor bereits ein ähnliches Ding: Ein kunterbunt gestrichener alter Bauwagen stand im Hühnerhof und diente als Stall. Dieser war ein Verkaufswagen für Lebkuchenherzen und Paradiesäpfel gewesen. »Wir platzieren ihn unter die große Esche, es kommen zwei bequeme Gartenstühle und ein Tisch mit Aschenbecher davor, und dann werden Tante Sophie und Tante Friedchen Blumen verkaufen. Wir stellen die Vasen und Eimer mit den Blumen in den Wagen, die Leute sollen sich selbst bedienen, und die Tanten können draußen klönen und kassieren und dabei so viel rauchen, wie sie wollen.«

»Friedas und Sophies Blumenladen. Klasse. Was sagen die Tanten dazu?«

Thomas lachte. »Die freuen sich. Und haben einen großen wasserdichten Schirm bestellt, damit sie auch bei Regen draußen sitzen können und nie mehr was verpassen.«

Ira schmunzelte vor sich hin. Solange die beiden Alten am Hofleben teilnehmen konnten und eine Aufgabe hatten, würden sie geistig bestimmt weiterhin so fit bleiben. Hoffentlich. Sie dachte an Lilo Wolf, die mit Mitte siebzig im Nachthemd durchs Dorf gelaufen war. An welcher Krankheit war sie eigentlich gestorben? Das hatte sie noch immer nicht erfahren. Ira notierte die Frage und war sofort wieder im Thema.

Alle Daten und Infos, die sie über die Familie Heiland gesammelt hatte, trug sie gewissenhaft in die entsprechenden Dateien ein. Sie notierte, dass Marilena nach Angelinas Tod total abgestürzt war. Drei Jahre lang hatte sie sich in den Rausch geflüchtet, hatte Tabletten genommen, sich fast ins Koma gesoffen, unter Depressionen gelitten.

Dann bekam Sissy wieder ein Kind, Emily, und zwei Jahre später, also 2009, war Stella geboren worden.

Ira scrollte durch ihre Unterlagen. Offensichtlich war Marilena zwischen den Geburten der beiden Mädchen in Therapie gewesen. Man müsste die Patientenakte bekommen … Moment, war sie nicht bei der Juno-Versicherung Kundin gewesen? Ralf Merkenich hatte doch erwähnt, dass er sie kennengelernt hatte, weil er sie wegen einer Krankenversicherung beraten hatte. Aber ob sie dort noch versichert gewesen war, als sie in die Geschlossene ging? Würde Merkenich ihr die Akte … nein, natürlich nicht. Sie verwarf den Gedanken wieder. Und kehrte zu ihm zurück. SMS an Brück: *M. Heiland war in Psychiatrie Lübbecke, vermutlich 2008. Vielleicht kommen Sie an die Akte, ich hab keine Chance. Gruß, IrWi.*

Die Antwort kam prompt: *Gott sei Dank haben Sie keine Chance. Gebe es weiter an die MK.*

Was haben wir noch, dachte Ira. *Nach der Therapie lernt sie Karmann kennen. Aber was war vorher geschehen? Warum war das Verhältnis zwischen Marilena und Sissy so unfassbar böse? Ich kann mir ungefähr vorstellen, was es für eine 17-Jäh-*

rige bedeutet, die mit Anfang zwanzig geschieden ist und zwei kleine Kinder hat. Andere Frauen in ihrem Alter gehen in die Disco und haben Spaß, sie hockt mit den Kleinkindern zu Hause. Vielleicht hat sie zu der kleinen Sissy wirklich gesagt, es sei besser gewesen, wenn man sie abgetrieben hätte? Was macht das mit einem Kind?

Marilena wird also von André geschieden, der arbeitet viel, um den Unterhalt bezahlen zu können. Auch so ein verkrachtes Leben. Und nur, weil er... Tante Sophie würde sagen: »Weil er seinen nicht inner Hose lassen konnte«, und Tante Friedchen würde empört rufen: »Soffie, sach es nicht, nicht dieses Wort!«

Irgendwann müssen die Würfel gefallen sein, irgendwann in Marilenas Leben hat es einen Tag gegeben, an dem ihr Mörder beschlossen hat, sie zu töten, und begann, seinen Plan zu schmieden. Wenn es einen Plan gegeben hat. Vielleicht war es eine Affekthandlung. Aber von wem? Verdammt, warum können die sich in der Pathologie nicht beeilen, damit man endlich die Todesursache weiß.

Sie rief Horstmann an. »Moin. Sie deuteten vorgestern an, dass Sie vielleicht an die Polizeiakte über die Bewohner des Hellberger Hofes kommen können. Haben Sie da was erreicht?«

»Die Akte habe ich nicht, aber ein paar Infos, ich wollte Sie sowieso anrufen.«

Leider konnte der Redaktionsleiter Ira nichts erzählen, das sie nicht schon wusste. Es ging um den überfahrenen Hund von Karmann, um Ruhestörung und Lärmbelästigung, um Lilos Auto, das angeblich von Marilena mutwillig beschädigt worden war, um eine Anzeige wegen Betruges, die aber wieder zurückgezogen worden war, um die Anzeige eines Nachbarn wegen illegaler Altölentsorgung im Borstenbach.

»Stopp«, unterbrach Ira Horstmanns Aufzählungen. »Wissen Sie, welcher Nachbar diese Anzeige wegen des Altöls erstattet hat?«

»Natürlich, Wittekind, natürlich, die Polizei gibt der Presse immer alle Daten vertraulicher Akten raus, kein Thema…«

Davon ließ Ira sich nicht beeindrucken. Nach dem Gespräch rief sie Google Maps auf und suchte den Borstenbach. Wenn das entsorgte Altöl einen Nachbarn betroffen hatte, konnte das nur jemand gewesen sein, der in Fließrichtung wohnte. Es gab nur ein Grundstück, das infrage kam. Ira setzte sich in den Mini Cooper und fuhr hin.

Sie parkte vor einem mit Efeu bewachsenen Carport, in dem ein weinroter, tipptopp polierter Volvo stand. Ein hüfthoher Jägerzaun umschloss einen Garten mit weitläufigen Rasenflächen, an dessen Ende ein Winkelbungalow stand. Vereinzelt gab es akkurat gestutzte Buchsbaumhecken hinter Stauden und Rosenbeeten, entlang des geschwungenen Weges aus Waschbetonplatten, der mit dreieckigen Kantensteinen symmetrisch eingefasst war, blühten rosa Azaleen. Links neben dem Haus stand eine uralte Trauerweide, und Ira konnte den Bachlauf erkennen. Hier wohnte ein Gartenliebhaber, der es sich gewiss nicht bieten ließ, wenn jemand Altöl durch seine Wiese leitete.

»Ja?«, schnarrte eine Männerstimme aus den blanken Messingrillen neben dem ebenso blanken Klingelknopf und dem gravierten Namensschild, auf dem in geschwungener Schrift *Piepenbrink* stand.

»Ira Wittekind von *Tag 7*, ich möchte mit Ihnen über den Fall von Umweltverschmutzung im Zusammenhang mit der Familie Heiland reden, in dem Sie seinerzeit massiv geschädigt wurden.«

Mit einem Summen klickte das Tor auf, und Ira betrat den Garten, in dem kein Grashalm zu lang war, keine Blume ein braunes Blatt trug und in dem farbige Glaskugeln auf hohen Stielen zwischen Rosen steckten. Beim Näherkommen bemerkte sie die picobello gefegten Gehwegplatten, die Fensterscheiben, in denen sich der Himmel spiegelte, und ein türhohes Windspiel aus rostigem Eisen, an dem sich Kugeln und Scheiben wie in Zeitlupe bewegten.

Ein grauhaariger Mann stand in Jeans, Lederpantoffeln und Polohemd in der offenen Tür, hielt eine goldumrandete Brille in der Hand und winkte Ira damit zu sich.

Sie gab ihm die Hand, scannte dabei sein Gesicht. Ende sechzig, braun gebrannt, sah aus wie jemand, der viel an der frischen Luft war. Nettes Lächeln, teure Zähne, wacher Blick, imposante weiße Augenbrauen.

Er stellte sich vor. »Heinz Piepenbrink, Frau Wittekind, freut mich! Wir haben Ihre Zeitung seit dreißig Jahren abonniert, ich kenne Sie, meine Frau und ich lesen Ihre Kolumne. Es ist aber schon eine Weile her, dass wir den Ärger mit Heilands hatten, warum wollen Sie denn jetzt noch mal darüber schreiben?«

»Ehrlich gesagt trage ich zurzeit sämtliche Fakten über Ihre Nachbarn zusammen. Sie wissen, dass Marilena Heiland ermordet wurde?«

»Sicher, jeder weiß das, die Polizei war schon bei uns, die ganze Nachbarschaft wurde verhört.«

»Befragt.«

»Bitte?«

»Sie wurden befragt, nicht verhört.« Sie lächelte ihn an. »Ich recherchiere in diesem Fall und suche Zeugen. Jedes Detail aus der Vergangenheit ist wichtig, damit ich mir ein authentisches Bild von den Leuten machen kann. So bin ich auf Sie und die Sache mit dem Altöl gekommen. Haben Sie Zeit für mich?«

Piepenbrink hatte Zeit, bat sie herein, stellte sie seiner Frau Inge vor. Sie hatte die ganze Zeit in der Diele gewartet und führte sie in den Wintergarten auf der Rückseite des Hauses. Bei Kaffee und Keksen saßen sie in gediegenen Korbmöbeln zwischen gepflegtem Grünzeug, ein künstlicher Brunnen plätscherte in einer Ecke, auf zierlichen Beistelltischen standen rosafarbene, beleuchtete Salzsteine, in einem Käfig hüpften Kanarienvögel herum.

Die Geschichte mit dem Altöl interessierte Ira in Wahrheit wenig, sie hörte zwar zu, als die Piepenbrinks davon berichteten, machte sich aber keine Notizen. Sie hakte jedoch sofort ein, als Inge Piepenbrink erwähnte, wie unmöglich sie es fand, dass Sissy die alte Lilo, die an Diabetes gelitten hatte, nach der Geburt von Stella in den ersten Stock des Hauses verfrachtete. »Ich meine, da war Lilo doch schon Ende sechzig, musste das denn sein, dass sie mit ihrem kranken Fuß die Treppen steigen musste ... Aber Lilo hat sich von ihrer Enkelin allerhand gefallen lassen.«

»Kannten Sie sie gut?«

»Früher haben wir viel zusammen gefeiert, das war, als Hubert noch lebte, er und mein Mann sind zusammen zur Schule gegangen, die waren ein Jahrgang.«

Ira sah Heinz Piepenbrink erstaunt an: »Ich hab sie für viel jünger gehalten!«

Die Schmeichelei gefiel ihm, nein, er werde im Dezember fünfundsiebzig, er sei aber so fit, weil er den Garten allein in Schuss halte, sagte er.

Seine Frau bestätigte ihn durch eifriges Nicken. »Als Lilo herkam, da haben wir zusammen Schützenfeste gefeiert, im Turnverein waren wir, und außerdem traf man sich im Dorf beim Einkaufen. Da kannte man sich noch. Wir haben uns auch gegenseitig zum Geburtstag eingeladen. Dass Lilo komisch wurde, fing erst an, nachdem Hubert gestorben war.«

»Woran ist er gestorben?«, fragte Ira.

Der Frau war ihr Entsetzen anzusehen: »Plötzlicher Herztod. Im Schlaf. Geht abends ins Bett und ist morgens tot. Stellen Sie sich das mal vor!«

»So möchte ich auch mal abtreten, kurz und schmerzlos«, sagte Heinz Piepenbrink.

»Morgens neben einer Leiche aufzuwachen ist nicht lustig«, rief seine Frau.

Ira lenkte das Gespräch wieder auf Lilo.

Sie beschrieben sie als launische Person, die zu cholerischen Anfällen neigte, wenn nicht aufgeräumt war oder eine von ihr zubereitete Mahlzeit anderen nicht schmeckte. »Sie hatte einen richtigen Putzfimmel, wischte hinter jedem her«, sagte Inge Piepenbrink.

Ira dachte an das verdreckte Haus, von dem Simon, die Frau des Polizisten und die andere Nachbarin, Frau Knauer, erzählt hatten. Vielleicht war Marilena unter der Fuchtel dieser Frau zu einem Kind herangewachsen, das vergeblich versucht hatte, der Mutter alles recht zu machen? »Warum tust du uns das an?«, »Was sollen die Leute denken«, »Das tut man nicht« – mit solchen Sätzen war Ira aufgewachsen, aber sie hatte sich von ihrer Mutter lösen können. Marilena war das offenbar nicht gelungen.

Lilos erster Mann brach sich das Genick. »Im Vollrausch«, sagten Piepenbrinks hinter vorgehaltener Hand.

Lilo war dann an Diabetes erkrankt, kam nach Bad Oeynhausen ins Herz- und Diabeteszentrum und lernte Hubert Wolf kennen. 1992 wurde sie zum zweiten Mal Witwe, aber dieses Mal blieb sie nicht mittellos, sondern erbte, erzählte Inge Piepenbrink.

An dieser Stelle mischte ihr Mann sich ein: »Hubert und ich haben oft über Geschäfte gesprochen, weil wir denselben Banker hatten. Er hinterließ Lilo einen ordentlichen Schuldenberg und eine Hypothek von fast einer halben Million. Und weil sie keine Ahnung vom Geschäft hatte, musste Lilo Landwirtschaft und Sägewerk aufgeben, das Personal entlassen. Einige Geräte aus dem Sägewerk konnte sie verkaufen, der Rest ist später verrottet.« Sie behielt die Fremdenzimmer im Haupthaus, aber die Gäste blieben bald aus, weil Lilo einfach zu unfreundlich war. Laut Piepenbrinks

Erinnerung lebte sie in den folgenden Jahren davon, dass sie immer wieder Land verkaufte.

»Lilo holte Marilena und die Kinder auf den Hof, weil sie mit den täglichen Arbeiten überfordert war und kein neues Personal einstellen wollte«, erklärte Inge Piepenbrink.

»Wissen Sie etwas von dem Streit, nach dem Sissy wieder zu ihrem Vater gezogen ist?«

Die alte Dame wirkte eifrig: »Dass da was vorgefallen ist, wusste jeder, die Leute haben ja geredet, aber *was* genau passiert ist, weiß ich leider nicht.« Insgeheim schmunzelte Ira, sie nahm der alten Dame ihr Bedauern sofort ab.

»Dass ihre Enkelin weg war, kreidete Lilo dann ihrer Tochter an, dadurch wurde das Verhältnis so schlecht, dass sie kaum noch miteinander redeten.«

»Wissen Sie, wie das war, als Sissy zurückkam?«

Inge Piepenbrink rührte mit dem Löffel in ihrer Kaffeetasse. »Sissy benahm sich unmöglich. Überall im Dorf machte sie Andeutungen, dass ihre Mutter an etwas Schlimmem schuld sei. Die Leute haben getuschelt, Sie wissen ja, wie das ist, wenn keiner was Genaues weiß ...« Ira vermutete, dass Sissy ihre erfundene Story wahrscheinlich so lange wiederholt hatte, bis sie selber daran geglaubt und sie für die Wahrheit gehalten hatte.

Mit Lilo verstand Sissy sich hingegen gut, half im Haushalt, Lilo habe ihr sogar den Führerschein bezahlt, sagte Heinz Piepenbrink.

2007 bekam Sissy das nächste Kind vom nächsten Mann, 2009 die dritte Tochter vom dritten Vater. Ira sah den Nachbarn an den Nasenspitzen an, was sie davon hielten. Sie erzählten, Sissy habe Lilo, warum auch immer, überredet, in den ersten Stock zu ziehen. Der Diabetes war schlimmer geworden, sie hatte spritzen müssen und Probleme mit dem Fuß, aber sie hatte nachgegeben. Sissy hatte nun mit den Kindern im Erdgeschoss gewohnt. Irgendwann hatte sie Enno kennengelernt, war von ihm schwanger geworden und hatte ihn geheiratet. An den Bericht über die Hochzeit und die Fäkalien im Vorgarten konnte Ira sich noch gut erinnern.

»Wir sind auch nicht hingegangen, obwohl wir eingeladen waren«, gab Inge Piepenbrink zu. »Wir wollten nichts mehr mit denen zu tun haben.«

Kurz vor der Hochzeit war die Sache mit dem Altöl im Bach passiert. Piepenbrink war sich sicher, dass Sissy und Enno die »Umweltschweine« gewesen seien, und hatte Anzeige erstattet, aber man hatte ihnen nichts nachweisen können. Danach war der Umgang endgültig beendet, man grüßte sich nicht mal mehr, wenn man sich irgendwo begegnete. Nur Marilena grüßten sie ab und zu, aber meist bekamen sie keine Antwort.

»Als wäre sie immer in Trance gewesen, so sah sie aus. Es ist noch gar nicht lange her, da habe ich sie drüben gesehen, hab gerufen, wann sie den Müll vom Hof räumen wollte, weil die Ratten von denen auch zu uns rüberkamen, aber sie guckte mich nur an und ging weg«, sagte Heinz Piepenbrink. »Ähm, und was wir jetzt mit Ihnen besprochen haben, das kommt alles in die Zeitung?«, fragte er.

»Das weiß ich noch nicht, ich habe selber keine Ahnung, wohin die Reise geht. Aber wenn Sie erlauben, würde ich Sie gerne zitieren, wenn es nötig ist.«

»Das dürfen Sie, wir haben Ihnen die Wahrheit gesagt, wir haben nichts zu verbergen!«, betonte Frau Piepenbrink und bedankte sich anschließend bei Ira für den schönen Nachmittag.

So kann es einem gehen, wenn man alt und allein ist und die eigenen Kinder weit weg wohnen ... man erzählt einer Reporterin die Lebensgeschichte der Nachbarn und empfindet das als schönen Nachmittag, dachte Ira, als sie auf den pieksauberen Waschbetonplatten zurück zu ihrem Auto ging und die beiden alten Leute in der Tür des Bungalows standen und ihr winkten, als sei sie eine Freundin.

19

Sie hatten sich ein Glas Weißwein gegönnt und warteten draußen auf der Bank auf Coco. Als sie an der Klinkermauer vorbeifuhr, die Eskendor umgab, erkannte Ira sofort den Sound des Motorrades. Coco hatte es von ihrem Mann Heiko zum fünfzigsten Geburtstag bekommen. Seither wurde die chromblitzende Harley Davidson jedes Jahr von Mai bis Oktober angemeldet, und Coco fuhr damit, wann immer das Wetter mitspielte. Auf dem bauchigen Tank, mit Airbrush-Technik aufgetragen, prangte ein Rottweilerkopf. Darunter stand in verschnörkelter rosa Schrift: *Rocky.*

Coco parkte neben Andys Lieferwagen, nahm den Helm ab, schüttelte ihre kurzen Locken und kam grinsend auf die beiden zu. »Ihr sitzt da wie Oma und Opa …«

Sie öffnete den Reißverschluss ihrer Lederjacke, zog einen Schnellhefter heraus und wedelte damit vor Iras Gesicht herum. »Es ist alles geritzt! Jetzt kann ich euch endlich das Menü für die Hochzeit verraten.«

Sie gingen rein und setzten sich an den langen Holztisch.

Coco hatte in den letzten Wochen immer wieder Andeutungen gemacht, dass dieses Hochzeitsessen etwas ganz Besonderes sein würde, davon würden die Rehmer in zwanzig Jahren noch schwärmen.

Andy war zwar damit einverstanden gewesen, dass Coco sich um alles kümmerte, aber als es um das Essen ging, hätte er doch am liebsten selbst die Regie übernommen. »Soweit kommt das noch, dass du auf deiner eigenen Hochzeit brutzelst! Überlass alles mir, es wird geil!«, hatte Coco gesagt.

Jetzt öffnete sie den Schnellhefter und nahm ein gefaltetes Blatt heraus, das sich aufgeklappt als Plan von Hof Eskendor entpuppte. Coco strich die Karte glatt, sie grinste dabei übers ganze Gesicht. Viele Stellen des Plans waren mit Kreuzen markiert. Coco zeigte auf das erste: »Hier kommt die Tanzfläche hin, sechs mal sechs Meter unter einem weißen Pavillon. Beleuchtung, Lautsprecher, alles ist bestellt. Die Deko, also Schleifen, Luftballons, Girlanden komplett in Rot – ist auch geritzt.« Sie zeigte auf weitere Markierungen: »Auf den Wegen stehen die Tische und die Bänke, weil da der Untergrund fest ist, dann wackelt nix. Wir haben weiße Tischtücher, rote Servietten, weiße Windlichter mit roten Kerzen. Um deine gewünschten Feldblumen kümmern sich Gundis und ihre Kinder am Tag vor der Trauung. Auf der Obstwiese gibt es einen Sandkasten und jede Menge Spielzeug für die Kinder, ich hab ein kleines Karussell, eine Hüpfburg und ein Trampolin bestellt, meine Töchter wechseln sich mit dem Aufpassen ab, es wird also immer jemand bei den Kurzen sein. Kommen wir zum ersten Gang.« Sie zog Fotos aus der Gesäßtasche ihrer Lederhose und legte eins auf das Kreuz neben dem Hofladen. Auf dem Bild war eine hübsch bemalte und mit etlichen Glühbirnen beleuchtete historische Pommesbude zu sehen. Coco genoss ihre verdutzten Gesichter.

»Pommes?«, fragte Andy entgeistert.

Wie ein Kartenspieler, der sein Blatt auf den Tisch drischt, knallte Coco weitere Fotos auf den Plan. Jedes Mal, wenn sie eins auf die entsprechende Stelle pfefferte, sagte sie, was es bedeutete. »Bude für Vorspeisen: Crêpe-Röllchen mit Räucherlachs, Antipasti-Spießchen, gegrillte Auberginenröllchen, Kräuter-Artischocken-Herzen, Pumpernickeltaler mit Bärlauchcreme, pikante Mini-Burger, dicke Bohnen in Tomaten-Chili-Soße, Lauchcremesuppe mit Rettichschaum. Eine Bude für Hauptspeisen: kleine Roastbeef-Rouladen, Rumpsteak mit Pfefferbutter, Schweinefilet, gefüllt mit Parmaschinken, Garnelenspieße, Lachsmedaillons auf Baby-Spinat mit Limettenschaum, gegrillte Maispoularde. In der nächsten Hütte: Spaghetti, Quiche mit Spinat, Wok-Gemüse, Ofenkartoffeln, Kartoffelgratin, Süßkartoffelsticks. Und die Salatbar. Ach so, und natürlich gibt's auch Süßes: Lebkuchenherzen, auf denen eure Namen stehen, Zuckerwatte, Süßigkeiten aus den Sechzigerjahren, Leckmuscheln, Brausepulver, essbare Perlenketten, Storckies, Salino, Nappo, Lakritzschnecken, Katzenzungen, Schokoladenzigaretten. Und einen Eiswagen. Und ein Kuchenbuffet. Alles in diesen historischen Buden. Die öffnen mittags nach der Trauung, wenn wir auf dem Hof ankommen, und schließen abends gegen elf. Außer der Kuchenstand, der bleibt natürlich bis eins, weil wir die Hochzeitstorte ab Mitternacht essen. Das Personal trägt rot-weiße Schürzen, überall gibt es Stehtische mit weißen Hussen, in allen Bäumen hängen Girlanden, und bunte Lichterketten beleuchten den ganzen Hof. Die Musik steht vor dem Hofladen, da kommen sie mit dem

Strom am besten zurecht. Ich hab eine Band engagiert, die spielt von mittags bis abends um neun, dann kommt ein DJ, der macht bis Feierabend Musik. Ich habe alle Gäste gebeten, mir drei Lieblingslieder zu nennen, der DJ hat alles, was es an Musik gibt, auf seinem Computer.« Sie zog eine Grimasse: »Tante Friedchen hat bestellt: ›Noah‹ von Bruce Low, ›An einem Sonntag in Avignon‹ von Mireille Mathieu und ›Anita‹ von Costa Cordalis. Thomas will unbedingt Santana und Pink Floyd und Gundis will Reinhard Mey. Das wird der musikalische Wahnsinn!« Coco ließ sich auf einen Stuhl fallen und blickte Ira und Andy abwartend an. »Und? Was sagt ihr? Das Lied für euren Hochzeitstanz hab ich natürlich auch bestellt!«

Andy sah noch ziemlich fassungslos aus, aber Ira klatschte übermütig in die Hände. »Eine Kirmes-Hochzeit! Also ich find's gigantisch! Keine spießige Tafel, keine Tischordnung, keine Reden, jeder isst, wann er mag und was er will, und es wird die ganze Zeit getanzt.« Sie gab Andy einen Kuss. »Schatz, komm, entspann dich, das ist der Hammer!«

»Und ob!«, rief Coco. »Nach eurer Trauung auf der Werrekuss-Brücke werden alle Gäste Spalier stehen – und was sie dann machen, verrate ich nicht.«

Andy begann zu nicken. Erst zögernd, dann immer heftiger. Schließlich lächelte er. »Okay. Ja, okay, das ist alles wirklich schräg, aber es ist auch ziemlich cool.« Er stand auf, ging zum Kühlschrank und holte eine Flasche Sekt raus. »Darauf stoßen wir an.«

20

Um halb neun fuhr Ira auf den Hellberger Hof. Es war ein sonniger Morgen, blanker blauer Himmel, noch ein bisschen kühl, ohne Strickjacke war es ihr zu kalt, aber nachmittags sollten es wieder mindestens 25 Grad werden.

Sie ging zielstrebig auf das Haupthaus zu, stieg die Stufen zur Haustür hinauf, streckte den Finger aus – aber bevor sie klingeln konnte, wurde die Tür aufgerissen.

Vor ihr stand Sissy Heiland, eine mittelgroße Frau mit rabenschwarz gefärbtem, kinnlangem Bob. Nur am Scheitel sah man, dass sie eigentlich rothaarig war. Sie hatte schlanke Beine und schmale Hüften, aber im Verhältnis dazu breite Schultern, fleischige Oberarme und den größten Busen, den Ira je gesehen hatte. Unwillkürlich sah sie die Peep-Show-Szene am Fenster vor sich, die Simon beschrieben hatte.

Sissys Profilfoto bei Facebook war offenbar schon ein paar Jährchen alt, die Haare waren total anders, sie hatte zugenommen, Ira hätte sie in natura nicht wiedererkannt. In ihrem Gesicht fielen sofort die kohlrabenschwarz gefärbten Augenbrauen über hellgrünen Augen mit langen rotblonden Wimpern auf. In ihrem Nasenflügel steckte ein imposanter Glitzerstein. Ira fragte sich, wie es möglich war, so ein großes Ding in einem Nasenloch zu befestigen.

»Ja?«, fragte Sissy mit heller Stimme, die nicht zu diesem mächtigen Oberkörper passte.

»Guten Morgen, Wittekind von der Zeitung *Tag 7*, ich würde gern ...«

»Ich weiß, wer Sie sind. Sie schnüffeln seit Tagen hier rum und hetzen sämtliche Nachbarn gegen uns auf!«

»Das stimmt nicht. Wir müssen über den gewaltsamen Tod Ihrer Mutter berichten, und dazu möchte ich Ihnen mein aufrichtiges Beileid aussprechen. Ich versuche aber, nur gesicherte Fakten über die entsetzlichen Umstände zusammenzutragen.«

Sissy stemmte ihre Fäuste in die Seiten und reckte das Kinn vor. »Ach nee, ist es neuerdings euer Job, Mordfälle aufzuklären? Ich dachte immer, dafür wäre die Polizei zuständig und nicht die Presse.«

Ira ging nicht auf den aggressiven Ton ein. »Es ist wahr, dass ich mit Ihren Nachbarn geredet habe und ...«

Die Falte an Sissys Nasenwurzel vertiefte sich, ihre Augen funkelten zornig. Sie trat einen Schritt vor. »Sie haben sogar meinen Vater belästigt. Dachten Sie, ich erfahre das nicht?«

»Mir liegt nichts daran, etwas vor Ihnen zu verbergen, deswegen bin ich hergekommen. Ich war neulich schon hier und wollte Sie sprechen, aber ...«

Wieder fiel Sissy ihr ins Wort. »... und dann haben Sie eine Achtjährige verhört, das durften Sie überhaupt nicht, und ich überlege, ob ich dagegen Schritte einlege und meinen Anwalt einschalte!«

Ira zwang sich, im Stillen bis zehn zu zählen, um nicht

frech auf diese Unhöflichkeit zu reagieren. »Ich habe die Kleine nicht verhört. Ihre Tochter kam mir entgegen, und ich habe gefragt, ob jemand zu Hause ist, das war alles.«

Sissys Mine war feindselig. »Und jetzt?«

Ira atmete durch und schaffte es, ihren freundlichen Ton beizubehalten. »Jetzt bin ich hier, um Ihnen die Gelegenheit zu geben, mir die Zusammenhänge in dem Mordfall an Ihrer Mutter aus Ihrer Sicht zu schildern.«

»Warum sollte ich das tun?«

»Sie sollen nicht, aber Sie können.«

»Damit Sie sich 'ne goldene Nase verdienen?«

Langsam wurde Ira sauer. »Ich bekomme ein Festgehalt, egal, was ich schreibe.«

»Und warum kreuzen Sie jetzt erst hier auf? Sie hätten zuerst mit mir reden können und dann erst mit meinem Vater und mit denen.« Sie wies mit dem Kopf zu Simons Haus.

»Es war Zufall, dass ich vor dem Tod Ihrer Großmutter und Ihrer Mutter mit Ihrem Bruder Simon eine Reportage über das Sägewerk gemacht habe.«

»Pah. Über das Sägewerk ist das letzte Wort noch lange nicht gesprochen, mein Bruder hat das ganz bestimmt nicht zu entscheiden.«

Ira hakte sofort ein. »Also sind Sie es, die jetzt zu entscheiden hat, was hier geschieht?«

»Wenn Sie glauben, Sie könnten mich hintenrum mit Ihren Fangfragen austricksen, sind Sie aber so was von schiefgewickelt!«

Jetzt platzte Ira der Kragen. »Es geht hier doch nicht um

irgendwelche Kinderspiele, sondern um den Mord an Ihrer Mutter. Dass Sie und Ihre Familie sich im emotionalen Ausnahmezustand befinden, kann ich verstehen, und, wie gesagt, es tut mir wirklich leid, was Sie ertragen müssen. Natürlich berichten wir über so etwas, daran können Sie nichts ändern und ich auch nicht. Ich kann Ihnen aber anbieten, mir Ihre Version der Geschehnisse zu erzählen. Das müssen Sie nicht, ich sagte es eben schon, aber Sie können es. Heute haben Sie die Gelegenheit dazu.«

Sissys Blick wurde noch provozierender. »Was zahlen Sie denn so?«

»Meinen Sie das ernst?«

»Klar.«

Ira antwortete, ohne nachzudenken. »Sie werfen mir vor, ich wolle mir am Leid Ihrer Familie eine goldene Nase verdienen, und jetzt fragen Sie mich, was ich Ihnen zahle, wenn Sie darüber reden?«

Breitbeinig, mit verschränkten Armen unter der mächtigen Oberweite stand Sissy in der offenen Tür.

Aus dem dunklen Flur hinter ihr rief jemand: »He, wer is'n da?«

»Diese Pressetante, die seit Tagen hier rumschnüffelt.«

Ein Mann in karierten Hosen und mit nacktem Oberkörper tauchte auf, stellte sich neben Sissy und legte den Arm um ihre Schultern. Er war einen Kopf größer als sie, breitschultrig und auf den Oberarmen mit bunten Ornamenten tätowiert. Er hatte eine blaue Pudelmütze bis über die Ohren gezogen, aschblonde Strähnen lugten darunter hervor, sein krauser Vollbart hatte dieselbe Farbe wie die Haare.

Die Augen wirkten hinter der runden John-Lennon-Brille klein wie die einer Drossel.

Ira bemühte sich, weder auf seinen stark behaarten Bauch noch auf die nackten Füße in den Schlappen zu starren. »Sie müssen Herr Heiland sein, Sie sind ja fast schon berühmt. Ihr Video mit der Toten hat im Internet ganz schön für Furore gesorgt.«

Enno Heiland lächelte geschmeichelt, setzte an, um zu antworten, aber seine Frau sagte: »So, das reicht«, schob ihn zurück in den Hausflur, drehte Ira den Rücken zu und rief über die Schulter: »Und Sie verlassen das Grundstück. Wenn ich Sie hier noch einmal erwische, rufe ich die Bullen, und zwar sofort.«

Die Tür fiel ins Schloss.

Es war nicht das erste Mal, dass man ihr die Tür vor der Nase zuknallte, aber es wäre das erste Mal gewesen, wenn Ira sich davon hätte einschüchtern lassen.

Schnurstracks ging sie hinüber zu Simon und klingelte.

»Sie schon wieder ...«, sagte er anstelle einer Begrüßung.

»Ich bin drüben gerade rausgeflogen, ich glaube, Ihre Schwester hat mir so was wie Hausverbot erteilt.«

Er schnaubte. »Na, die bildet sich was ein ...«

Er führte sie in die Küche, mit einer Handbewegung bot er ihr einen Stuhl am Fenster an. Von hier aus konnte man den Hof gut überblicken.

Ira schilderte ihm die Begegnung mit Sissy.

»Typisch«, sagte er knapp.

»Wie verfahren wir jetzt? Ich würde gern weiter recherchieren, aber wenn ich hier Hausverbot habe ...«

Er winkte ab. Sissy habe zwar Vollmachten von Lilo gehabt, aber zurzeit seien die Besitzverhältnisse ungeklärt, und sie habe nichts zu sagen.

»Welche Vollmachten?«, hakte Ira nach.

»So eine Generalvollmacht, Patientenverfügung, Kontovollmacht, alles eben. Sie durfte Omas Post annehmen und ihr Auto fahren.« Simon zeigte auf den Kombiwagen, der drüben auf dem Hof stand. »Der Opel ist auf Oma angemeldet, aber die hatte gar keinen Führerschein, das Auto wird nur von Sissy und Enno benutzt.«

»Wissen Sie, was ich in der ganzen Geschichte nicht verstehe?«

»Nein, was?«

»Erstens: Warum hat Marilena für Sissy diesen Handyvertrag unterschrieben? Sie wurden erpresst, aber Ihre Mutter? Zweitens: Warum hat Sissy drei Kinder bekommen und dreimal den Vater nicht angegeben? Und warum hat sie Enno geheiratet?«

Simons Lachen klang verächtlich. »Kann ich alles erklären. Zum Handy: Als Sissy aus Travemünde zurückkam, hatte sie diesen Job beim Aldi. Sie hat erzählt, sie müsse immer erreichbar sein, dann gäbe es für sie mehr Schichten. Das sei Voraussetzung gewesen, dass sie den Job bekäme, behauptete sie.«

»Aber es gab gar keine weiteren Schichten …«

»Genau.«

»Ihre Mutter wollte Sissy unterstützen, in einem Beruf Fuß zu fassen.«

»Richtig, aber sie arbeitete bald nicht mehr, sondern

schnorrte sich bei Oma durch. Sie hat dann im Netz den ersten Typen kennengelernt und wurde ratzfatz schwanger.«

Ira rechnete rasch nach: »Das war Angelina und die Nummer mit dem Amt, das den Unterhalt übernahm.«

»Richtig. Sissy ist nicht doof, ganz im Gegenteil.« Er erklärte, dass Lilo ihr zu Geld verholfen hatte, indem sie einen Schein-Mietvertrag für die Räume abschlossen, die Sissy mit ihrer Tochter bewohnte. Sie bekam Wohngeld, Kindergeld und Unterhalt und hatte knapp achthundert im Monat. »Und sie hat jeden verachtet, der für diese Summe arbeiten geht«, sagte Simon. »Dann kam sie auf die Idee, Maschinen, Werkzeug und Möbel, die sie in den Gebäuden auf dem Hof fand, auf Flohmärkten zu verhökern. Da war die Oma oft dabei. Und dann passte Marilena auf Angelina auf. Wenn die beiden auf Verkaufstour waren, konnten sie die Kleine nicht gebrauchen. Sissy hatte also einen Nebenverdienst, von dem das Sozialamt nichts wusste. War ein lohnendes Geschäftsmodell.«

Ira beobachtete Simons Gesicht. So viel Hass, so viel Kummer! »Irgendetwas muss an Ihrer Schwester positiv sein, das gibt es doch nicht, dass ein Mensch gar keine guten Seiten hat. Wenn man sie so sieht, wirkt sie, als ob sie genau weiß, was sie will, aber ich habe sie mir ganz anders vorgestellt.«

Irgendwie asozialer, dachte sie, sagte das aber nicht. Sie dachte an Emily, die einen aufgeweckten und keineswegs verwahrlosten Eindruck auf sie gemacht hatte. Auch Sissy und ihr Mann hatten vorhin nicht ungepflegt gewirkt.

»Oh, Sissy mag Babys«, sagte Simon verächtlich. »Sie kümmert sich rührend um sie. Aber nur, bis sie zu laufen und zu sprechen beginnen. Sobald sie sich von ihr abnabeln, verliert sie das Interesse und kümmert sich nur noch um das Nötigste. Sie sagt immer, dass sie ihre Kinder zur Selbstständigkeit erzieht. Ich nenne es Ignoranz und Faulheit.«

»Wann eskalierte das? Vor Angelinas Tod, oder?«

»Lange vorher. Als sie Marilena und mir die Schulden angehängt hat, war schon nichts mehr zu kitten. Aber danach ging es hier ab wie in einem Horrorfilm.«

Sissy habe alles, was Marilena versuchte, hämisch und abfällig kommentiert, fertige Teile einfach kaputt gemacht, bis Marilena ihre Werkstatt in einem Schuppen unterbrachte, den sie abschließen konnte. Als sie regelmäßig Besuch von einem Mann bekam, wurde Sissy immer ausfallender. Graffiti-Schmierereien an den Hauswänden seien noch das Harmloseste gewesen.

»Aber warum das alles, Simon, warum?«

»Wenn ich das wüsste. Dass wir unser Leben im Griff hatten, hat Sissys Hass wohl geradezu herausgefordert. Sie war schon immer habgierig und missgünstig. Ich glaube, sie hat Enno bloß geheiratet, um uns zu zeigen, dass sie auch einen abkriegt.« Er lachte höhnisch. »Sie hat damals zu Oma Lilo gesagt: Das ist der Vater meines nächsten Kindes, er weiß es nur noch nicht. Mit ihrer Hochzeit hatte sie die Oma endgültig in der Hand.«

»Wieso?«

Simon stand auf, vergrub die Hände in den Taschen der viel zu weiten Jeans und lief im Zimmer hin und her.

»Sie wollte ihr fast den ganzen Hof vermachen. Es war Omas Hochzeitsgeschenk für Sissy, ihr Plan ging auf. Ich hab selber mal gehört, wie sie Oma eingeredet hat, es ginge ihr nur um die Mädchen, sie würden auf dem Hof so sorglos aufwachsen, Lilo sei moralisch dazu verpflichtet, dafür zu sorgen, dass die Kinder hierbleiben können, bis sie erwachsen sind. Sie hatte schon vorher darauf gedrängt, dass Oma ihnen Wohnrecht auf Lebenszeit einräumt, in dem Fall wäre das Erbe für jeden anderen völlig wertlos gewesen. Als Sissy dieses Testament zur Hochzeit bekam, sollte Marilena nur noch ihren Pflichtteil bekommen und ich nur die Schmiede erben. Wissen Sie, was Sissy auch zu Oma gesagt hat? Ob sie wirklich der Pechmarie ein Stück vom Hof überlassen wolle – die Kindsmörderin würde doch sofort dafür sorgen, dass sie und ihre Töchter obdachlos würden.«

»Und wo ist dieses Testament?«

»Keine Ahnung. Ich wette, Sissy hat es irgendwo gebunkert und rückt es erst raus, wenn sie es für richtig hält.«

Nachdenklich sah Ira den jungen Mann an, der jeden Tag mehr von dieser schrecklichen Familie preisgab und der selber dabei völlig unschuldig wirkte und irgendwie als ständiges Opfer dastand. Wenn es ein Testament gab, in dem Sissy als Alleinerbin eingesetzt war, hatte sie überhaupt kein Motiv gehabt, ihre Mutter zu töten. Und Simon? Für ihn stand viel auf dem Spiel. War er so unschuldig und korrekt, wie er vorgab? Warum hatte er das Innovationszentrum auf dem Hof geplant, wenn er wusste, dass seine Schwester fast alles erben sollte?

Ira fiel ein, dass er wegen des Erbes mal einen Meinungswechsel seiner Großmutter angedeutet hatte, und sprach ihn darauf an.

»Ja. Oma freute sich, dass ich das Sägewerk wieder aufbauen wollte. Sie hat ja immer wieder Land verkaufen müssen, den Rest hat sie ziemlich verkommen lassen. Und als Nikola und ich ihr erzählten, dass wir ein Baby haben wollen und uns unsere Zukunft auf dem Hof wünschten, wurde sie auf einmal ganz sanft. So hatte ich sie noch nie erlebt.«

»Das war, als Sie sie nach langer Zeit besucht haben, um ihr Okay für die Nutzungsänderung einzuholen?«

»Genau. Sie versprach mir, dass wir doch mehr bekommen sollten.« Er machte eine lange Pause. Und in derselben Nacht ist sie die Treppe runtergefallen und kam ins Krankenhaus. Ich traue Sissy zu, dass sie … dass sie Oma geschubst hat. Sie behauptete später, Oma hätte wieder gesponnen, wäre nachts aufgestanden und hätte kein Licht gemacht. Als sie nach Monaten aus der Reha zurückkam, wurde sie bettlägerig, sie hatte ja vorher schon Probleme mit dem Fuß. Wenn Sie mich fragen, war es unverantwortlich, sie überhaupt oben wohnen zu lassen. Von da aus ist sie ja auch mal abgehauen. Die Polizei hat sie nach Hause gebracht, aber ich glaube, das wissen Sie schon. Auch, dass Oma damals behauptete, Sissy würde sie einsperren.«

»Und Sie haben nichts unternommen?«, warf Ira ein.

Er sah aus dem Fenster, die Frage war ihm sichtlich unangenehm. »Nein. Da hatte ich selber gerade genug um die Ohren. Wir planten unsere Reise, Kanada, vier Wochen mit dem Wohnmobil. Das war unser Traum, den haben wir uns erfüllt, bevor wir Eltern werden.«

Ira ließ sich ihre Fassungslosigkeit nicht anmerken.

»In welchem Krankenhaus war sie?«

»Johanniter.«

»Und wo war die Reha?«

»Klinik im Rosengarten.«

Ira notierte beides. Vielleicht konnte sie dort jemanden finden, der Lilo gekannt hatte. Das alles hing doch irgendwie zusammen – der Hass, die Intrigen, der Mord. Es musste einen roten Faden geben, und natürlich gab es ein Motiv, niemand wurde ohne Motiv getötet. Aber warum Marilena? Sie war immer ein Opfer gewesen. Wer wollte sie aus dem Weg haben? Einer ihrer früheren Liebhaber? Georg Karmann? Ralf Merkenich? Warum? Die waren doch froh gewesen, dass sie nichts mehr mit ihr zu tun hatten. Ihr Ex-Mann, André Heiland? Unsinn, sie waren seit einer Ewigkeit geschieden. Simon? Konnte er seine Mutter getötet haben? Nein … sie hatten sich gut verstanden, zusammengehalten, planten eine geschäftliche Zusammenarbeit. Nikola? Sissy? Oder Enno? Konnte es sein, dass er Marilena nicht nur gefunden, sondern sie auch umgebracht hatte?

Draußen klappten Autotüren. Ira sah Sissy den Opel steuern, sie fuhr langsam an Iras Mini Cooper vorbei und hupte. Enno schaute aus dem Fenster der Beifahrerseite feindselig herüber. Auf dem Rücksitz saßen zwei kleine Kinder. Es war gleich neun, vielleicht brachten die Eltern sie zum Kindergarten. Emily, die Älteste, war sicher in der Schule. Plötzlich hatte Ira eine Idee. Vielleicht hatte sie Glück, und die beiden blieben länger weg.

Obwohl sie sich eigentlich noch mit Simon unterhalten wollte, verabschiedete sie sich rasch. »Ich muss los, Herr

Heiland. Darf ich Sie später noch mal anrufen? Ich habe einen wichtigen Termin vergessen.«

Das war gelogen.

Zügig verließ sie den Hellberger Hof, fuhr auf den Parkplatz des nahe gelegenen Immanuel-Kant-Gymnasiums und schloss ihre Kameratasche im Kofferraum ein. Sie nahm nur ihr iPhone und den Schlüssel mit und verließ den Parkplatz zu Fuß. Unterwegs rief sie auf dem Handy Google Maps auf und sah sich das Gebiet zwischen Weserstraße und Bahnlinie genau an.

Und dann hatte sie ihn gefunden, stand direkt vor dem schmalen Trampelpfad, der laut Satellitenbild nach einem kurzen Hohlweg auf der Rückseite des Hellberger Hofes enden musste. Angesichts der vielen schillernden Fliegen, die über großen und kleinen Scheißhaufen summten, wurde der Weg offensichtlich von Hundebesitzern und ihren Vierbeinern stark frequentiert. Jetzt war außer Ira niemand hier. Wäre ihr jemand begegnet, hätte sie so getan, als sei Tante Erna ausgebüxt und sie würde sie suchen.

Der Weg war eine Sackgasse. Nach einigen Metern wurden die Hundehaufen seltener, wahrscheinlich kehrten die Besitzer hier um und sparten sich so die Benutzung von Gassibeuteln.

Ira stand vor dem Maschendrahtzaun des Hellberger Hofes. Er diente wilden, dornigen Ranken und Flechten als Kletterhilfe, mannshoher, giftiger Riesen-Bärenklau wuchs hier, Brennnesseln reichten ihr bis zur Hüfte. Ratlos sah sie sich um. Hier kam sie nicht durch. Selbst wenn sie bis an den Zaun herankam, würde sie nicht rüberklettern können, ohne sich an den Dornen der Brombeeren zu verletzen und sich die Klamotten zu zerreißen. Dann sah sie den knorrigen Holunder, dessen längster Ast fast waagerecht über den Zaun gewachsen war. Er hing über dem Hellberger Grundstück. Das müsste sie schaffen! Vorsichtig trat sie kurz über dem Boden auf die Stängel der Brennnesseln und knickte sie zur Seite.

Schritt für Schritt kämpfte sie sich durch das Dickicht und verfluchte die Ballerinas, die sie heute trug. Sie kam nicht weiter, ohne Brennnesseln zu berühren, auf ihren nackten Fußrücken bildeten sich sofort brennende und juckende Quaddeln.

Es war gar nicht so schwer, den Ast über die untere Gabel des Stammes zu erreichen, aber als Ira ihn direkt vor sich hatte, war sie nicht mehr sicher, ob er sie wirklich halten würde. Egal. Im schlimmsten Fall brach das Ding ab, und sie würde anderthalb Meter tief fallen. Den ersten Impuls, auf dem Ast zu balancieren und sich dabei an den oberen Zweigen festzuhalten, verwarf sie sofort, als sie einen Fuß daraufstellte. Er gab federnd nach, als sei er aus Gummi. Vorsichtig setzte Ira sich hin und schob sich Zentimeter für Zentimeter auf dem Ast über den Zaun. Je weiter sie kam, desto weiter bog er sich nach unten, und nachdem sie fast mit den Füßen den Boden berührte, sprang sie ab. Der Ast schnellte erst hoch, dann zurück und schlug ihr schmerzhaft ins Kreuz. Sie fluchte.

Inzwischen lagen hier noch mehr Müllsäcke herum als bei ihrem letzten Besuch. Der Hinterhof war so verkommen, dass Iras Herz bis zum Hals schlug, weil sie erwartete, jeden Moment einer Ratte zu begegnen.

Aber es war alles still. Nur die Vögel zwitscherten, in der Ferne rauschte ein Güterzug. Sie stellte ihr iPhone auf lautlos und schaltete den Vibrationsalarm ab. Mit wenigen Schritten hatte sie die Hintertür erreicht und im Laufen ein Stoßgebet losgeschickt: *Himmel, lass die Tür nicht abgeschlossen sein!* Die Chancen standen gut, hier auf dem Dorf war es durchaus üblich, das Haus unverschlossen zu lassen. Ira hielt davon gar nichts, sie schloss immer doppelt ab und ging nie, ohne vorher sämtliche Fenster kontrolliert zu haben.

Die Hintertür war offen. Und sie quietschte auch nicht, als Ira sie aufschob. Von innen steckte ein Schlüssel. Instinktiv zog sie ihn ab und steckte ihn in die Hosentasche.

Sie hielt die Luft an und lauschte. Totenstille. Sie stand in einem breiten, dunklen Flur, in dem es nach alten Klamotten und klammer Wäsche roch. Links stand eine Tür einen Spalt offen, Ira lugte in ein Badezimmer, durch dessen Milchglasfenster kaum Tageslicht drang. Ein aufgeklappter Toilettendeckel, Stacheldraht in einer Klobrille aus durchsichtigem Kunstoff. Ein rosa Duschvorhang mit Disneyfiguren. Handtücher auf dem Boden. Ein Korb mit nasser Wäsche. Deswegen roch es hier so muffig. Geradeaus eine geschlossene Tür. Sie schlich daran vorbei.

Der Flur war gewiss fünfzehn Meter lang, ein billiger Läufer lag auf dunkelbraunen Fliesen. An den Wänden Tapeten in grafischem Muster, schief geklebt, das Muster passte fast nirgends, an etlichen Stellen prangten Kritzeleien. Eine offene Tür, ein Kinderzimmer, in dem so viel Zeug auf dem Fußboden lag, dass man nicht erkennen konnte, welche Farbe er hatte. Klamotten, Kissen, Puzzleteile, Malbücher, ein Puppenwagen, ein umgekippter Kaufladen. Ein Hochbett, aus dem schmuddelige Decken heraushingen.

Ira schlich weiter. Eine Wohnküche mit riesigem Tisch, auf dem das Frühstück für eine ganze Garnison stand. Wurstscheiben, die sich in offenen Plastikpackungen wellten, ein Behälter, auf dem »Erdbeerkäse« stand, ein offenes Glas Nutella, in dem ein Löffel steckte, Teller mit in Milchresten schwimmenden Schoko-Cornflakes, eine Dose Kakaopulver, eine Packung H-Milch, eine Literflasche Cola. Wut stieg in Ira auf. Musste man kleine Kinder mit solchem Zeug ernähren? Und dann in so einem Saustall! Konnte man verdammt noch mal nicht den Tisch abräumen und die Lebensmittel in den Kühlschrank stellen, bevor man aus dem Haus ging?

Eine Holztreppe führte nach oben, mit einer Kindersicherung durch ein verriegeltes Törchen aus Holzstäben. Sie stieg über das knapp hüfthohe Tor, huschte hinauf, stand oben in einer dämmrigen Diele. In einer Steckdose funzeliges Nachtlicht, ein Schlumpf. Eine Kommode aus dunklem Holz, darauf ein Läufer mit Brokatumrandung, eine gläserne Obstschale aus den Sechzigern. An den Wänden Ölschinken mit Wald- und Meermotiven in stumpfen, staubigen Prunkrahmen. Ein fleckiger Berberteppich auf Holzdielen. An der Decke ein fünfarmiger Messingleuchter mit schief sitzenden, bräunlichen Pergamentschirmchen, an denen sich die Kordelbordüren an vielen Stellen gelöst hatten. Sechs Türen. An einer ein altes Schild. BAD. Vielleicht ein Gemeinschaftsbad für die früheren Logiergäste?

Wo hatte Lilo gelebt?

Wenn es stimmte, dass sie hier eingesperrt worden war, musste es irgendetwas geben, das darauf hinwies.

Hinter der ersten Tür: offenbar eins der ehemaligen Fremdenzimmer. Ein altes Doppelbett mit Besuchsritze und dreiteiligen, blau geblümten Matratzen, ein Kleiderschrank mit einem ovalen, blinden Spiegel, verschossene Gardinen. Der muffige Geruch der fleckigen Rosshaarmatratzen überdeckte alles.

Der nächste Raum war komplett mit Gerümpel und Möbeln gefüllt. Man konnte ihn nicht betreten, so viel Zeug stand darin, nicht mal die Tür ließ sich weiter als einen Spalt öffnen.

Ira hielt inne, lauschte. Immer noch alles still.

Langsam drückte sie die Klinke der nächsten Tür herunter. Ja. Hier hatte Lilo gewohnt.

Sie betrat einen Wohnraum mit einem Durchbruch, in dem eine offene lindgrüne Falttür hing, die wie eine Ziehharmonika aussah. Rechts und links weinrote Samtvorhänge, mit Kordeln seitlich gerafft. Dahinter: ein Schlafzimmer. Sie musste würgen, so widerlich stank es hier. Nach Scheiße. Nach Urin. Nach Krankheit.

Sie fotografierte jedes Detail. Das dunkelgrüne Samtsofa mit den Fransen am unteren Rand und den passenden Fernsehsessel. Den schweren Marmortisch mit der dicken Staubschicht. Den Zeitungsständer aus Eiche, aus dem eine vergilbte *Hörzu* ragte. Die Schrankwand mit dem bleiverglasten Mittelteil und weit geöffneten Türen. Gläser, Geschirr, Blumenvasen darin. Aufgezogene Schubladen, Papiere, Fotos, Nähzeug, Kugelschreiber, auf dem Boden. Hier hatte

jemand ausgiebig herumgewühlt. War die Polizei nach Marilenas Tod auch hier oben gewesen, um nach Spuren des
Mörders zu suchen? Hatten sie das komplette Gelände und
jedes Gebäude durchkämmt? Oder hatte jemand, der ein
Testament finden wollte, dieses Chaos angerichtet? Eine Reihe Bücher mit Lederrücken und Goldschrift, allesamt Buch-
club-Ausgaben, nach Größen sortiert, etliche Bände lagen
auf dem Boden. Ira sah sich weiter um, ohne sich von der
Stelle zu rühren. Puzzle unter Glas an den Wänden. Motive:
Katzenbabys, spielende Fohlen, der Eiffelturm bei Nacht, ein
Holzsteg, der unter Palmen in ein Meer führt. Auslegware
in Beige, darauf rotbunte Perserbrücken mit struppigen
Fransen. Zwei Fenster an der Stirnwand, eine Balkontür an
der Seitenwand. Vorhänge mit braun-rosa Gobelinmuster.
Vor den Fenstern ein Fernseher auf einem modernen Glas-
tisch. Gegenüber ein Ofen, dunkel glasierte Kacheln, ein ver-
staubtes Gitter, ein schwarzes Ofenrohr in der Wand. So ein
Ding hatte es im Haus ihrer Großtante gegeben, dort war es
von der Küche aus befeuert worden. Dieser Kachelofen
schien ewig nicht benutzt worden zu sein. Textiltapeten,
braun meliert. Dieser Gestank! Sie betrat das Schlafzimmer.
Schleiflack, vergilbt. Ein sechstüriger Kleiderschrank. Eine
Frisierkommode mit dreiteiligem Spiegel. Ein Krankenbett,
das Kopfteil niedrig, die zerwühlten Decken zurückgeschla-
gen, das Laken vollgeschissen. Ein Toilettenstuhl. Hier war
Lilo Wolf gestorben? Und danach hatte niemand sauber gemacht oder wenigstens das Bett abgezogen? Mein Gott.

Ira fotografierte die Medikamentenschachteln auf dem
Nachttisch. Pantoprazol. Ibuprofen 800. Zoplicon. Allevyn

Wundversorgung. Insulin Fertigpens. Metoprolol. Simvastatin. Ein Teller mit schimmeligem Etwas, vielleicht ein Brotrest. Drüben entdeckte sie die schmale Tür neben dem Kachelofen. Sie schaute in den kleinen Raum. Eine Kochnische. Ein elektrischer Zweiplattenherd auf einem alten Vorwerk-Kühlschrank. Ein kleines rechteckiges Fenster, blind. Ein Regal, ein Korb mit schrumpeligen, verkeimten Kartoffeln, Töpfe, ineinandergestapelt. Ein Wandkalender aus der Apotheke, Monat Januar. Ein Hängeschrank, Eiche brutal, die Türen offen. Scherben auf dem Boden von einem kaputten Glas. Eine angelaufene Doppelspüle. Darin etwas Undefinierbares. Sie ging nah ran. Das konnte nicht wahr sein: In der Spüle lag eine Zahnprothese, eine für den Oberkiefer! Daneben eine verweste Maus. Löcher statt Augen. Ira atmete versehentlich durch die Nase. Und kotzte in hohem Bogen auf Maus und Gebiss.

Frische Luft, sie brauchte frische Luft!

Das Fenster. Es ging nicht auf. Schweißperlen auf ihrer Stirn. Dieser Gestank brachte sie fast um. Sie hastete zum nächsten Fenster, aber es ging auch nicht auf. Sie rüttelte daran, nichts zu machen. Dann bemerkte sie eine Art verhärteten Schaum, der um den Rahmen verlief. Der nächste Kotzanfall, Hilfe! Frische Luft, bitte! Die Balkontür. Die Gardine zur Seite, Ira öffnete sie – und blickte in die Tiefe. Mein Gott, das war die Tür ohne Balkon! Tiefe Atemzüge. Ein, aus. Ein. aus. Und noch einmal. Der Brechreiz ließ nach. Ein Auto. Balkontür zu. Luft anhalten. Autotüren klappten. Die Haustür. Stimmen.

Ira stand still wie eine Statue.

Ganz ruhig, bleib ganz ruhig. Von denen ist seit Wochen niemand hier oben gewesen, die werden jetzt auch nicht raufkommen. Die haben bereits alles durchsucht und nichts gefunden, warum sollten sie mich hier erwischen. Ich muss abwarten. Ich kann jetzt nicht ungesehen raus, es gibt nur diesen einen Weg durch die untere Wohnung. Es haben nur zwei Türen geklappt, also sind die Kinder nicht da. Sie werden nicht ewig unten bleiben, sie werden die Kinder wieder abholen müssen. Ich hab den Schlüssel für die Hintertür in der Hosentasche, warum eigentlich? Egal.

Neben dem Ofen stand ein Kamelhocker aus Leder. Ira ging auf Zehenspitzen hin, die Bodendielen unter dem Berberteppich knarrten, ihr Herzschlag übertönte das Knarren. Sie setzte sich wie in Zeitlupe. Atmete flach, immer durch den Mund. Lauschte.

Plötzlich Stimmen, ganz nah. Ihr Herz blieb fast stehen. Sie hörte Sissy sagen: »... eben schon gesagt, Emily kommt um drei, das schaffen wir locker ...«

Eine Männerstimme: »Und die Kleinen?« Das war Enno. Geschirr klapperte, jemand öffnete eine Kühlschranktür. Jetzt verstand Ira. Der Ofen! Sie hörte die Stimmen ganz deutlich durch das Gitter. Wahrscheinlich wurde er auch von der Küche aus befeuert, so wie der damals bei ihrer Großtante. Wenn unten die Klappe aufstand, konnte man hier oben jedes Wort verstehen.

Sie redeten über ein Trampolin, das sie ersteigert hatten und abholen wollten. Belangloses Zeug. Klang, als säßen sie vor einem Laptop und würden auf das Ende weiterer Ebay-Auktionen warten.

Ira sah auf ihr Handy. Halb elf. Gut, dass es lautlos war. Andy hatte versucht, sie anzurufen, dann eine SMS geschrieben: *Tante Sophie will dich dringend sprechen, sie hat was Wichtiges rausgekriegt.*

Bin unterwegs, melde mich!, tippte sie.

Neunundfünfzig Minuten lang saß Ira fast reglos da, dann endlich fuhren Sissy und Enno wieder weg.

Ihr Herz raste, als sie das Haus durch die Hintertür verließ. Dieses Mal kletterte sie nicht über den Baum im Hinterhof, das traute sie sich nicht noch mal zu, sondern sie rannte geradewegs zur Straße. Ungesehen. Zum Glück.

Im Auto merkte sie, dass der Schlüssel noch in ihrer Hosentasche steckte.

21

Sie hatte sich umgezogen und sich gründlich die Zähne geputzt, um den Kotzgeschmack loszuwerden. Die Tür zur Kate stand offen, es duftete nach gebratenem Fleisch. Ira klopfte an den Türrahmen, rief gleichzeitig »Moin moin!« und trat ein.

Tante Sophie stand vor dem Küppersbuschherd und briet »falsches Kotelett« – panierte Schweinebauchscheiben –, in einem Topf daneben dampften gekochte Kartoffeln, in einem anderen klein geschnittener Kohlrabi. »Kommst grade richtig, rühr mal die Soße um!«, befahl sie und hielt Ira einen Holzlöffel hin.

»Hm, das Fleisch riecht aber lecker!«

»Was so 'n richtiger Westfale is, der isst ja am liebsten, was Augen hat, nemmich Fleisch und Kartoffeln«, scherzte Tante Sophie.

Ihre Schwester hatte Besteck auf den Tisch gelegt und trug vier Teller zum Herd. »Hier, Soffie, mach die Teller gleich am Pott voll.«

Ira half Tante Sophie beim Auffüllen. Als sie den letzten Teller in der Hand hielt, kam Andy mit dem Hund herein.

»Pünktlich wie die Maurer«, lobte Tante Friedchen und tätschelte erst den Hund und dann Andys Wange.

Sophie blaffte: »Nu setzt euch endlich hin und lasst uns anfangen, ich muss euch was erzählen! Ich hab wegen der Bachleiche nemmich neue Erkenntnisse. Deswegen hat Andy dir ja auch in dein Handytelefon geschrieben, dassde kommen musst.« Sie aß in aller Ruhe ein Stück Fleisch und schaute dabei mit wichtigem Gesicht in die Runde.

Tante Friedchen hielt es nicht aus: »Ja, weil, heute morgen hatten wir 'n Stündchen drüben am Kriegerdenkmal auffe Bank gesessen und Leuten in'n Hintern geguckt...« Ihre Schwester machte einen langen Hals und schluckte eilig. »*Ich* erzähle das, Frieda, *ich* habe das ja auch rescheschiert.«

Die beiden hatten Erika Windmöller getroffen, eine Bekannte, die als »Grüne Dame« unterwegs war.

»Was ist das?«, fragte Andy.

»Das sind ehrenamtliche Leute, meistens vonner Kirche, die besuchen Alte und Kranke, machen für die auch Besorgungen und gehen mit denen spazieren, wenn sie das wollen«, erklärte Tante Friedchen und schnitt eine Grimasse, weil ihre Schwester wütend schnaubte und sofort wieder das Wort ergriff: »Ja, und grün, weil sie grüne Kittel anhaben. Jedenfalls...« Sie warf Frieda einen unmissverständlichen Blick zu.

Die widmete sich brav ihrem Kohlrabi und schwieg artig.

»Jedenfalls kamen wir mit Erika ins Gespräch über Lilo und ihre tote Tochter. Stell dir vor: Erika hat Lilo im Krankenhaus besucht. Und zwar oft.«

Sofort hatte Tante Sophie Iras volle Aufmerksamkeit. Die Grüne Dame hatte viel zu erzählen gehabt, und als Sophie ihren Bericht beendet hatte, verstand Ira, warum sie so aufgeregt gewesen war, dass sie Andy aufgefordert hatte, ihr sofort mit dem »Handy-Telefon« Bescheid zu geben. Allerdings fragte sie sich, ob für solche ehrenamtlichen Tätigkeiten keine Schweigepflicht galt, war aber froh, dass Erika Windmöller sich nicht daran gehalten hatte – denn was Ira nun erfuhr, veränderte noch einmal alles.

Die Grüne Dame hatte an Lilos Bett gesessen, mindestens zwei Mal in der Woche. Lilo war total abgemagert gewesen, hatte am ganzen Körper blaue Flecken gehabt. Sie hatte sich den Arm und den Oberschenkelhals gebrochen. Drei Mal war sie laut Tante Friedchen »mit K.-o.-Narkose!« operiert worden, dann sei sie auch noch in die Reha gekommen.

»Vermutlich war das nach dem Treppensturz, den Simon heute morgen erwähnte«, sagte Ira.

Tante Sophie fiel ihr streng ins Wort und atmete absichtlich zwischen den Worten langsam ein und aus: »Ich … war … noch nicht … fertig … gewesen! Hast du denn auch gewusst, dass Lilo … von … Marilena … besucht worden war?« Ihr Blick war purer Triumph.

»Was sagst du da?«

»Getz biste platt, was?«

»Allerdings. Die waren total zerstritten, die haben sich mit'm Hintern kaum angesehen.«

»Is aber so. Aber das is nicht das Wichtigste! Lilo hat der Erika immer wieder erzählt, sie wär eines Nachts durch ein unheimliches Geräusch wach geworden, und dann wollte sie neben dem Bett das Licht anmachen, aber es ist dunkel geblieben. Das Licht ging einfach nicht. Dann isse aufgestanden, sie war ja nicht mehr gut zu Fuß, das war also nicht so einfach, wie es getz klingt. Jedenfalls hat sie sich durch die Wohnung getastet, bis anne Treppe, und dann wär sie runtergeschubst worden! Tja, und dann sind die alten Knochen inne Dutten gegangen.« Tante Sophie beugte sich vor und wiederholte: »Hörste? Geschubst!«

Ira dachte daran, dass Simon seine Oma in ihrer Wohnung besucht hatte. Sie hatte ihm versichert, dass er mehr erben sollte, als geplant gewesen war. Und in genau dieser Nacht war Lilo gefallen. Oder gestoßen worden. Ira hatte neben dem Kachelofen jedes Wort von Sissy und Enno verstehen können. Wenn man oben hörte, was unten gesprochen wurde, galt das auch umgekehrt? Hatte Sissy in der Küche mitgehört, dass sie das Erbe mit ihrem Bruder teilen sollte, und hatte daraufhin versucht, die Oma aus dem Weg zu räumen, bevor die ihren Plan schriftlich festhalten konnte?

»Und die Grüne Dame hat das nicht ernst genommen?«, fragte Andy.

Tante Sophie blickte nachdenklich. »Meinste, weil die das keinem gesagt hat? Alte Leute spinnen sich oft was zusammen, besonders, wenn sie viele Medikamente nehmen, da könnt ich dir aus meiner Zeit als Krankenschwester Geschichten erzählen …« Sie winkte ab. »Aber das bringt uns getz nich weiter.«

Ira erinnerte sich genau an Simons Worte: »Ich traue Sissy zu, dass sie Lilo die Treppe runtergeschubst hat. Sie sagte, Oma hätte wieder gesponnen …«

Wie ist er eigentlich darauf gekommen, wenn er sie danach nicht mehr besucht hat? Was ist das überhaupt für eine Art,

erst um finanzielle Unterstützung zu betteln, dafür eine Zu-
sage zu bekommen und das Versprechen einzukassieren, beim
Erbe großzügiger als geplant bedacht zu werden – und sich
dann nicht mehr blicken zu lassen? Die alte Frau fällt die
Treppe runter, bricht sich fast den Hals, und er kümmert sich
nicht darum, sondern macht mit seiner Braut Urlaub in
Kanada? Und dafür war genug Geld da? Mein lieber Schwan,
der ist nicht so harmlos, wie er tut.

Sie fragte nach der Adresse der Grünen Dame.

Tante Friedchen schleppte ein gelbes Telefonbuch an.
»Das ist das ganz neue.«

Ira hatte gar nicht gewusst, dass solche Telefonbücher
überhaupt noch gedruckt wurden.

Erika Windmöller stand drin, mit vollständiger Adresse
und Telefonnummer. Und nachdem Tante Sophie bei ihr
angerufen und in wichtigem Ton erklärte hatte: »Die Ira von
unserm Andy, die arbeitet bei der Zeitung und leitet die Ermittlungen im Fall Bachleiche, und die müsste unbedingt
sofort bei dir vorbeikommen«, sagte Erika Windmöller,
dass der Kaffee so gut wie fertig sei.

Eine halbe Stunde später saß Ira einer zierlichen, grauhaari-
gen Dame gegenüber und versuchte, sich zu konzentrieren.
Was für ein Tag! Zuerst die Begegnung mit Sissy und Enno,
dann das Gespräch mit Simon, ihr Einbruch in das versiffte
Haus und der unfreiwillig lange Aufenthalt in der schrecklichen Wohnung, der Kotzanfall über Mausleiche und Gebiss, das Mittagessen auf Eskendor – und nun saß sie hier
und trank Filterkaffee mit Büchsenmilch. Hoffentlich half

der ihr ein bisschen auf die Sprünge, um den Gedankensalat in ihrem Kopf in den Griff zu kriegen.

Erika Windmöller war Ende sechzig und hatte ein gütiges Gesicht mit freundlichen Augen. Sie trug helle Hosen und eine bunte Tunika, ihre Füße steckten in bequemen Schuhen. Ira ließ sie erzählen, wie sie dazu gekommen war, sich bei den Grünen Damen ehrenamtlich zu engagieren, dann erst begann sie zu fragen.

»Haben Sie Lilo Wolf im Krankenhaus kennengelernt?«

»Ja, sie lag auf Station vier, Zimmer Vierhunderteinundvierzig.«

»War das ein Einzelzimmer?«

»Nein, auf der Vier gibt es keine Einzelzimmer.«

»Aber Sie wissen nicht zufällig, wer mit Lilo auf dem Zimmer lag? Vielleicht hat sie sich ja auch mit ihren Bettnachbarn unterhalten.«

»Das müssten Sie die Schwestern fragen.«

Die würden ihr gewiss keine Auskunft geben. Ira lenkte von dieser Frage ab. »Und die Tochter, Marilena Heiland, die haben Sie auch im Krankenhaus kennengelernt?«

»Genau.«

»Sie besuchte also ihre Mutter?«

»Wohl nicht von Anfang an, nach einer Zeit erst. Vorher war die Enkelin jeden Tag da gewesen.«

»Ah, Sie meinen die Sissy.«

»Genau. Obwohl Lilo nicht viel mit ihr gesprochen hat. Das war 'ne ganz komische Stimmung …«

»Wie schätzen Sie das Verhältnis zwischen Lilo und ihrer Tochter Marilena ein? Haben die beiden sich gut verstanden?«

Erika Windmöller zuckte mit den Achseln. »Na, normal eben, die Marilena war ja mehr so eine stille, die sagte nicht viel. Aber ich hatte den Eindruck, dass sie sich sehr fürsorglich um die Lilo kümmerte.«

Jetzt verstand Ira gar nichts mehr. Sie versuchte sich vorzustellen, wie es zu einer Art Versöhnung gekommen sein konnte. Marilena war doch nicht einfach eines Tages ins Krankenhaus marschiert und hatte sich mit ihrer Mutter vertragen, nachdem sie ihr ganzes Leben lang nicht miteinander klargekommen waren?! Ausgeschlossen.

»Und später in der Reha waren Sie auch bei Lilo?«

»Ja, und im Pflegeheim habe ich sie danach besucht, aber eines Tages kam ich hin, und das Bett war leer. Da habe ich erst einen Schrecken bekommen und gedacht, sie wäre gestorben. Aber die Schwestern erklärten, sie sei auf eigenen Wunsch entlassen worden, die Enkelin wolle sie selber pflegen, zu Hause.«

Ira schnappte nach Luft. »Welches Pflegeheim war das?«

»Das Maternus-Heim. Aber da war sie ja nicht lange gewesen.«

Das wurde immer verworrener. Lilo Wolf war in einem Pflegeheim gewesen, und Sissy hatte sie nach Hause geholt? Und das sollte Lilo sich gewünscht haben? Erika Windmöller sagte, da sei noch etwas gewesen, eine ziemlich unangenehme Situation, sie wisse aber nicht, ob die wichtig sei. Sie druckste herum.

Ira ermutigte sie: »Es geht um Mord, da ist alles wichtig.«

»Die hat das eines Tages rausgefunden.«

»Wer hat was rausgefunden?«

»Die Enkelin, dass die Tochter auch zu Besuch kam.«

Ira setzte sich kerzengrade hin. »Das ist interessant!«

Sie habe an Lilos Bett gestanden, da sei die Enkelin ins Zimmer gekommen.

»Also die Sissy?«, warf Ira ein.

»Genau. Marilena war gegangen, kurz bevor ich kam, sie hatte Blumen mitgebracht, einen herrlichen Strauß Gerbera in allen Farben, und ich bin raus, um eine Vase zu holen. Lilo konnte ja nicht aufsehen. Unterwegs habe ich im Flur eine Bekannte getroffen und mich ein bisschen festgequatscht, aber wirklich nur ein paar Minuten, und als ich zurückkam, habe ich zufällig mitgehört, wie sie sich gestritten haben.« Erika Windmöller suchte nach Worten, es fiel ihr schwer, Sissy zu zitieren. Sie sagte, sie sei ihrer Großmutter gegenüber sehr ausfallend gewesen, erinnerte sich an Worte wie: »… die Kindsmörderin würde nur herkommen, weil sie hoffte, Lilo würde bald abkratzen, und dann wollte sie absahnen. Aber da hätten sie ja bereits vorgesorgt. Sie hat gesagt, wie gut, dass es unser Testament gibt.«

Ira kannte das Maternus-Heim. Sie hatte mehrfach Artikel über Bewohner geschrieben, die den hundertsten Geburtstag gefeiert hatten, und über den alljährlich stattfindenden »Tag der offenen Tür«, im Reporterjargon kurz »ToT« genannt, berichtet.

Nachdem sie das Haus von Erika Windmöller verlassen hatte, rief Ira schon auf dem Weg zum Auto die Heimleiterin, Frau Schulz, an.

Die hatte natürlich längst von dem Mord auf dem Hellberger Hof gehört. Frau Schulz erklärte: »Sagen wir mal so, ich darf Ihnen natürlich keinerlei Informationen über unsere Bewohner geben, auch nicht über solche, die nur einen Monat bei uns waren. Manchen Angehörigen sind nämlich die monatlichen Kosten zu hoch, und dann denken sie, dass man das, was wir hier tagtäglich für unsere Bewohner leisten, zu Hause mit dem Pflegedienst wesentlich billiger, aber genauso hochwertig haben könnte.«

Ira verstand den Hinweis sofort. »Danke, Frau Schulz, Sie haben bei mir einen gut!«

Dann rief sie Ralf Merkenich bei der Krankenkasse an. »Ich weiß, dass Lilo Wolf nach der Reha in ein Pflegeheim kam. Und ich weiß auch, dass Sissy sie da ziemlich schnell wieder rausgeholt hat.«

Merkenich brummte unmutig. »Was soll ich denn dazu sagen?«

»Keine Interna, keine Daten über Mitglieder Ihrer Krankenkasse, natürlich nicht. Aber vielleicht wissen Sie zufällig, wie teuer so ein Heimplatz im Allgemeinen ist?«

»Kommt unter anderem darauf an, wie vermögend jemand ist.«

»Nehmen wir an, jemand, der ein passables Gebäudeensemble auf einem großen Areal besitzt, zu dem auch Baugrundstücke und Ackerland gehören, wie viel müsste so jemand zum Beispiel im Maternus-Heim zahlen?«

Merkenich hatte ihre Taktik durchschaut und lachte auf.

»Sie sind ein Schlitzohr … also fünf bis sieben Mille im Monat müssen Sie als Eigenanteil schon hinlegen.«

»Okay, das sind sechzig- bis achtzigtausend im Jahr. Wenn eine pflegebedürftige Person, sagen wir mal zehn Jahre, in einem solchen Heim lebt, ist das fast eine Million. Und die Pflege eines Angehörigen zu Hause? Mit einem Pflegedienst? Wie teuer ist das?«

»Das kommt auf den Pflegegrad an.«

»Aber es ist viel billiger?«

Merkenich leierte die folgenden Sätze herunter: »Nehmen wir an, eine Person mit Pflegegrad drei nimmt eine 24-Stunden-Pflegekraft in Anspruch. Der Einsatz einer solchen Kraft kostet inklusive Fahrtkosten um die zweitausendzweihundert monatlich. Zieht man die Zuschüsse der Pflegekasse ab, Pflegegeld und Steuervorteil und so weiter, ergibt sich ein Betrag von ungefähr dreizehnhundert, das ist aber bloß übern Daumen gepeilt und keinesfalls eine rechtsverbindliche oder zitierfähige Auskunft!«

»Danke.« Ira hatte erfahren, was sie wissen wollte. Der Rest war einfach auszurechnen. Die Kosten einer Betreuung zu Hause würden das Erbe kaum schmälern. Besonders nicht, wenn die pflegebedürftige Person schnell starb.

Ihr nächster Anruf galt Simon. Sie lief neben ihrem Auto auf und ab, während das Freizeichen tutete. »Geh ran, komm schon«, murmelte sie.

Endlich meldete er sich. »Sorry, bin im Sägewerk, hab das Klingeln nicht sofort gehört.«

Ira kam sofort zur Sache. »Wann ist Lilo die Treppe runtergestürzt?«

»Meinen Sie das genaue Datum? Das weiß ich nicht.«

»Sie sagten, sie sei in der Nacht gefallen, nachdem Sie bei

ihr waren und sie Ihnen zugesichert hatte, dass Sie mehr als die Schmiede erben sollen, wann war das?«

»Schreien Sie mich doch nicht an! Ich weiß es wirklich nicht, irgendwann letztes Jahr, vielleicht im April. Wofür ist das denn auf einmal so wichtig?«

»Woher wussten Sie, dass Ihre Oma gestürzt und im Krankenhaus war? Hatten Sie das mitgekriegt?«

»Nein, ich nicht, aber Nikola. Warum sind Sie denn so hektisch?«

Sie fuhr einfach fort: »Und woher wusste Marilena, wo Lilo untergebracht worden war?«

»Auch von Nikola, warum wollen Sie …«

»Wussten Sie, dass Lilo nach ihrer Behandlung in einem Pflegeheim gelegen und Sissy sie da rausgeholt hat?«

»Äh, ja.«

»Und dass Marilena Lilo oft im Krankenhaus besucht hat, wussten Sie demnach auch?«

Er schnappte nach Luft. »Was sagen Sie? Meine Mutter? Oma Lilo besucht? Nein, das ist ausgeschlossen. Wie kommen Sie auf so was?«

»Erzähle ich Ihnen später«, sagte Ira und legte auf.

Sie setzte sich ins Auto, befestigte ihr Handy und schaltete um auf Freisprechen. »Siri, ruf Thomas Weyer an.«

»Schwägerin, wenn du mich schon mal anrufst, muss es wirklich wichtig sein. Was ist los?«

»Thomas, du hast mir neulich von einem Pfleger erzählt, der im Hofladen davon sprach, dass er Lilo Wolf gut kannte. Weißt du noch, wie der Typ heißt?«

»Klar, Steffen Deutz.«

»Weißt du zufällig auch, für welchen Pflegedienst er arbeitet?«

»Heinemann.«

»Danke, Thomas, das war's schon!«

Die Dame am Telefon des Pflegedienstes Heinemann notierte Iras Handynummer und versprach, Steffen Deutz auszurichten, dass er sie zurückrufen solle.

Ira war gerade auf Eskendor angekommen und aus dem Auto gestiegen, als ihr Handy klingelte. Es war Steffen Deutz. Eigentlich hatte sie das Gefühl, dass ihr Kopf voll war und ihr Gehirn nach diesem turbulenten Tag absolut keinen Speicherplatz mehr hatte, aber als sie mit dem Krankenpfleger redete, war sie augenblicklich im Reportermodus. Das Jagdfieber sorgte dafür, dass sie sich sofort wieder konzentrieren konnte. Telefonierend ging sie ins Haus, stellte ihre Tasche ab und warf den Schlüssel auf den Tisch, küsste Andy, der Zeitung lesend im Sessel saß, kraulte Tante Erna hinter den Ohren, kickte ihre Schuhe in der Diele in die Ecke. Sie telefonierte, während sie sich eine Scheibe Käse in den Mund steckte, ein Glas Wasser trank, auf Andys Handzeichen reagierte und mit heftigem Nicken bejahte, dass sie Hunger habe. Sie telefonierte, während sie ein Mettwurstbrot und ein paar Radieschen aß, und als Andy ihr ein Glas Weißwein hinstellte und sich mit dem Kopfhörer vor den Fernseher setzte, um ungestört die Tagesschau zu gucken, telefonierte sie immer noch. Ab und zu stieß sie einen erstaunten Laut aus, einmal schrie sie sogar erschrocken auf. Und einmal rief sie: »Obwohl Sie von diesen unmöglichen Zuständen wussten, haben Sie niemanden verständigt? Die

Polizei? Ihre Pflegedienstleitung? Was Sie mir da schildern, ist unterlassene Hilfeleistung!«

Immer wieder lief sie zum Tisch und machte sich Notizen. Nach einer Stunde hatte sie nicht nur ein heißes Ohr, sondern auch jede Menge Neuigkeiten auf dem Zettel.

Den zweiten Wein tranken sie auf dem Sofa, in ihrer Lieblingsposition: Ira saß auf der einen Seite, Andy ihr gegenüber. Sie hatte viel zu erzählen, begann mit ihrem Besuch bei Sissy und ihrem anschließenden Einbruch in das Haus. Andy wollte schon meckern, aber sie wehrte ungehalten ab: »Weiß ich, war illegal, war gefährlich, hätte in die Hose gehen können. Wenn Sissy die ist, für die ich sie halte, wäre es übel gewesen, wenn sie mich da oben erwischt hätte. Hätte hätte Fahrradkette, ist aber gut gegangen, und wir müssen jetzt nicht drüber reden.«

Sie zeigte ihm die Fotos, die sie in Lilos Wohnung gemacht hatte. Andy stimmte ihr angesichts der herumliegenden Dinge und der offenen Schränke zu, dass jemand etwas gesucht haben musste.

Als sie berichtete, dass Marilena ihre Mutter im Krankenhaus besucht hatte und die beiden sich offenbar versöhnt hatten, meinte er: »Dass die sich gehasst haben und nicht miteinander gesprochen haben, weißt du doch eigentlich nur von Simon und Nikola, oder?«

»Nein, das hatte auch André Heiland angedeutet, und Ralf Merkenich, Georg Karmann und die Nachbarn haben es mir auch erzählt. Außerdem, erinnere dich an die Party bei Gerd Karsten, du hast doch selber mit der Frau des Polizisten gesprochen und die Story von Lilos Ausflug im

Nachtgewand gehört. Und jetzt pass auf, der ehemalige Pfleger hat eben nämlich ganz schön geplaudert.«

Sissy hatte ihre bettlägerige Großmutter aus dem Pflegeheim geholt und wieder ins Obergeschoss verfrachtet. Dann war der Pflegedienst engagiert worden – und Steffen Deutz ins Spiel gekommen. Ira hatte am Telefon den Eindruck gehabt, dass er Lilo gemocht hatte und sie ein ziemlich enges Verhältnis gehabt hatten. Er erzählte, Lilo habe sich über die neue Balkontür gewundert, die in ihrer Abwesenheit in der Fassade angebracht worden war, allerdings ohne Balkon. Fast wäre sie hinabgestürzt. Dann hatte sie festgestellt: Ihre Telefonleitung war durchgeschnitten worden, die Klingel abgeklemmt, die Fenster mit Bauschaum verschlossen worden und konnten nicht mehr geöffnet werden. An dieser Stelle hatte Ira sich daran erinnert, dass sie die Fenster in der Wohnung auch nicht hatte öffnen können und dass ihr dieses komische Zeug an den Rahmen aufgefallen war. Bauschaum also. Auf was für Ideen Menschen kamen. Deutz hatte bestätigt, dass Lilo ihre Wohnung nicht verlassen konnte. Er hatte sich natürlich gewundert und sofort bei Sissy nachgefragt, was es mit den Fenstern und der Tür auf sich habe. Die hatte erklärt, alles diene nur Lilos Schutz, damit die Kindsmörderin Marilena nicht noch einmal heimlich ins Haus kommen könne, um sie umzubringen.

»Was? Marilena war im Haus und wollte Lilo umbringen?«, rief Andy.

Ira winkte ab. »Das hat Sissy behauptet. Lilo hatte bei verschiedenen Gelegenheiten beteuert, sie sei in jener Nacht absichtlich die Treppe runtergestoßen worden, und Sissy beschuldigte Marilena.«

»Und niemand hat eingegriffen? Man hätte die Polizei einschalten müssen«, brauste Andy auf.

»Und das ist der Punkt. Ich habe gesehen, wie viele verschiedene Medikamente auf Lilos Nachtschrank lagen. Wenn sie die alle einnehmen musste … weiß der Teufel, welchen Cocktail das ergab und wie klar sie im Kopf war. Natürlich habe ich gedacht, sie habe sich vielleicht doch alles nur eingebildet und Sissy habe sie tatsächlich beschützt. Aber dann … Steffen Deutz hatte zunächst auch den Eindruck, dass Lilo fantasierte, wenn sie behauptete, sie würde von ihrer Enkelin beschimpft und geschlagen und bekäme manchmal tagelang nichts zu essen und zu trinken. Steffen tat das, was er für richtig hielt: Er beriet sich mit Sissy. Ausgerechnet. Die fiel augenscheinlich aus allen Wolken, ging unverzüglich mit ihm hinauf in die Wohnung, stand mit ihm an Lilos Bett und sagte: »Omilein, was erzählst du für Sachen! Hast du wieder vergessen, dass wir gestern so schön über früher erzählt haben? Und gesungen haben wir, im Frühtau zu Berge wir zieh'n fallera, und nun sagst du, ich würde dich hungern lassen und dich hauen? Wie kannst du mir so was nur antun, nach allem, was ich für dich …«

Lilo hatte die Hände vors Gesicht geschlagen und den Kopf weggedreht.

Solche Situationen habe es mehrfach gegeben, hatte Steffen gesagt. Lilo sei immer aggressiver geworden. Einmal hatte sie geflüstert, Sissy hätte sie abends im Bett festgebunden – sie aber am nächsten Tag wieder losgemacht und so getan, als habe Lilo sich alles eingebildet. Ira hatte Steffen Deutz unterbrochen und gefragt, ob ihm keine Fesselspuren, zum Beispiel an Lilos Handgelenken, aufgefallen waren. Nein, da sei nie etwas zu sehen gewesen, hatte er geantwortet, sonst hätte er doch sofort reagiert. Aber Lilo hatte auch behauptet, Sissy hätte plötzlich nachts an ihrem Bett gestanden und an ihren Haaren gezogen, bis sie geschrien habe – und dann sei sie am nächsten Tag ganz lieb gewesen und hätte sie getröstet, weil sie wieder schlecht geträumt habe. Sie hatte in Steffens Gegenwart bald nur noch geflüstert und gesagt, Sissy könnte alles hören, die Wände hätten Ohren. Spontan dachte Ira an den Kachelofen.

Steffen Deutz hatte gesagt: »Als Lilo zum ersten Mal auf den Trichter kam abzuhauen, stellte sie fest, dass die Treppe unten mit einem Holzgitter gesichert war. Sie dachte, sie müsse darüberklettern, was natürlich unmöglich war. Sie schleppte sich wieder ins Bett. Dann wurde ihr klar, dass dieses Gitter wie eine Tür funktionieren musste. Eines Tages, als niemand zu Hause war, haute sie ab, barfuß, im Nachthemd.«

»Die Story kennen wir ja«, sagte Andy. »Und die Polizei hat sie ausgerechnet bei Sissy wieder abgegeben.«

»Ja, aber was wir nicht kennen, ist der Polizeibericht von diesem Tag, an dem sie aufgegriffen wurde. Darin muss protokolliert worden sein, was Lilo denen erzählt hat. Das können die Bullen nicht ignoriert haben?«

Steffen Deutz hatte in seiner Version dieser Ereignisse berichtet, die Beamten seien mit hinauf in Lilos Wohnung gegangen. Als einer der Polizisten ein Fenster hatte öffnen wollen, hatte er den Bauschaum bemerkt. Sissy hatte erklärt, ihre Großmutter wäre phasenweise verwirrt und würde immer wieder aus dem Fenster klettern wollen, daher habe sie die Fenster auf diese Weise gesichert. Der Polizist hatte daraufhin die Balkontür geöffnet und war erschrocken zurückgesprungen, als er bemerkte, dass es davor keinen Balkon gab und er unmittelbar in die Tiefe schaute. Ja, hatte Sissy erklärt, sie habe den Baustopp veranlasst, als die Oma immer verrückter wurde. Auf die Nachfrage, warum ausgerechnet diese lebensgefährliche Falle nicht anständig gesichert worden war, hatte sie geantwortet, dass Lilo schreckliche Höhenangst habe und sich nicht mal in die Nähe der Tür wage.

»Und die Bullen haben ihr das abgenommen? Ich fasse es nicht. Da fällt mir die Situation mit ihrem Bruder ein: Simon hatte Sissy wegen des Handyvertrages und der Erpressung angezeigt, aber sie haben ihr geglaubt und nicht ihm. Vielleicht ist sie tatsächlich sehr überzeugend, wenn sie will.«

Andy war sauer. »Aber so was muss man trotzdem ernst nehmen, dieser Krankenpfleger hätte reagieren müssen!«

»Dazu kam es nicht mehr. Sissy hat ihn kurz nach dem Gespräch aus heiterem Himmel beschuldigt, Lilo bestohlen zu haben, und ihn gefeuert.«

Andy klappte die Kinnlade runter. »Hat sie ihn angezeigt?«

»Nein. Aber er bekam Hausverbot. Und das war für Deutz der Beweis, dass Lilo die Wahrheit sagte.«

»Und dann?«

»Hat er sich mit Marilena zusammengetan.«

»Wie kam er denn darauf?«

»Angeblich hat Lilo ihn eines Tages angefleht, ihrer Tochter auszurichten, dass sie sie unbedingt sehen müsse und Sissy davon auf keinen Fall etwas merken dürfe. Marilena schlich sich daraufhin durch die Hintertür ins Haus. Der Schlüssel für diese Tür war irgendwann verloren gegangen, und lange Zeit hatte es niemand für nötig gehalten, ihn zu ersetzen.«

Ira kannte diese Tür, sie selbst hatte sie heute Morgen benutzt. Sie war offen gewesen, aber von innen hatte ein Schlüssel gesteckt. Siedend heiß war ihr eingefallen, dass sie ihn abgezogen und in die Hosentasche gesteckt hatte. Während sie Steffen Deutz am Telefon weiter zugehört hatte, war sie ins Bad gegangen, hatte ihre Jeans aus dem Wäschekorb gefischt und den Schlüssel aus der Hosentasche genommen. Er lag jetzt vor ihr auf dem Tisch.

Andy nahm ihn in die Hand und schaute Ira fragend an. Sie fuhr fort: »Immer, wenn Sissy und Enno einkaufen waren – und das sei häufig gewesen, weil sie auf Flohmärkten und übers Internet allerhand Zeug kauften und in allen Zimmern horteten, meinte Deutz –, kam Marilena heimlich ins Haus und brachte Lilo was zu essen und zu trinken. Dabei achtete sie darauf, dass sie keine Spuren hinterließ, Geschirr und Essenreste nahm sie wieder mit.«

Eines Tages allerdings war Marilena erwischt worden. »Assi-Oma, ich sag's der Mama, dass du uns besucht hast, das ist nämlich verboten!«, hatte Emily geplärrt. Danach sei die Hintertür immer abgeschlossen gewesen.

Marilena hatte es geschafft, einen Zweitschlüssel machen zu lassen, aber da war Deutz schon gefeuert.

»Und dann«, sagte Ira, »kam ein neuer Pflegedienst.«

»Weißt du, welcher das war?«, fragte Andy.

»Ja, Raderbergs mobile Pflege, für Lilo war ein Oliver Seeberg zuständig.« Ira hatte nach ihrem Telefonat mit Deutz sofort dort angerufen. Seeberg war im Urlaub.

Andy hielt immer noch den Schlüssel der Hintertür zu Sissys Haus in der Hand. »Und das ist der Schlüssel, zu dem Marilena später einen Nachschlüssel hatte?«

»Genau der.«

»Was für eine Story. Lilo liegt oben krank im Bett und behauptet, ihre Enkelin würde sie quälen und schlagen. Niemand glaubt ihr. Auch der Pfleger nicht, der wendet sich an Sissy und wird gefeuert. Lilo muss total verzweifelt gewesen sein – so verzweifelt, dass sie den Kontakt zu ihrer Tochter suchte, mit der sie sich aber noch nie verstanden hat, die mit Sissy und ihr zutiefst verfeindet war, die sie selber in ihrem Testament zugunsten der Enkelin außen vor lassen wollte. Und ausgerechnet diese Tochter bittet Lilo um Hilfe? Warum? Sie hätte Simon ansprechen können, der war doch bei ihr gewesen. Oder Nikola. Warum hat Lilo sich nicht an sie gewandt, an die einzige einigermaßen neutrale Person auf dem Hof? Warum ausgerechnet Marilena?«

Ira führte seinen Gedankengang fort: »...und die schleicht sich hinter Sissys Rücken ins Haus und kümmert sich um ihre Mutter, zu der sie noch nie eine Beziehung hatte und die sie eigentlich sogar hassen musste ...«

Dann fiel ihr ein, dass diese Hass-Beziehung sich ja schon

vorher verändert hatte, als Lilo noch im Krankenhaus gelegen hatte. Vielleicht war Marilenas Besuch bei der kranken Mutter ein Versöhnungsversuch gewesen, der von ihr ausgegangen war, weil sie vom Familienkrieg mürbe geworden war. Was, wenn Lilo sich darauf eingelassen hatte und die beiden sich daraufhin ausgesprochen hatten? Was, wenn Lilo nie verwirrt gewesen war und immer die Wahrheit gesagt hatte? Wenn Sissy sie wirklich eingesperrt und gequält hatte? Sissy, die über alle Vollmachten verfügt und Lilo aus dem Pflegeheim nach Hause geholt hatte. Warum hatte Sissy diese Szene gemacht, von der die Grüne Dame erzählt hatte? Hatte Sissy ihre Mutter derart eingeschüchtert, dass sie sich nicht mehr ins Krankenhaus getraut und Lilo auch später im Pflegeheim nicht besucht hatte?

Ira war aufgestanden und lief im Zimmer hin und her, ihr Gedankenkarussell nahm immer mehr Fahrt auf. Sie kombinierte weiter.

Nachdem Lilo zurück auf dem Hellberger Hof gewesen war, hatte Marilena mit Sicherheit versucht, ihre Mutter zu erreichen. Was nicht möglich gewesen war, ohne Telefon und ohne Klingel. Hatte sie nicht annehmen müssen, Lilo habe sich alles anders überlegt und sei wieder ganz dicke mit Sissy? So wie früher, so wie immer. Aber als Steffen Deutz ihr die Nachricht von Lilo ausrichtete, hatte sie sofort reagiert. Warum hatte Marilena niemanden zu Hilfe gerufen, als es ihrer Mutter schlecht ging? Wollte Lilo das nicht? Vielleicht hatte Sissy ein weiteres Druckmittel gehabt. Vielleicht hatte sie gedroht, Lilo in die Psychiatrie einweisen zu lassen.

Woran war Lilo gestorben? Wer hatte sie gefunden? Marilenas Tod musste etwas damit zu tun haben, es gab einen Zusammenhang, ganz sicher. Sissy war die Schlüsselfigur. Und die redete nicht.

Ira fasste einen Entschluss. »Morgen früh rufe ich Zander von der Mordkommission an. Vielleicht weiß er nicht alles, was ich weiß. Marilenas Mörder ist schließlich noch nicht gefasst.« Der folgende Gedanke kam mit einer solchen Wucht, dass sie tief durchatmen musste. »Vielleicht hatte Sissy einen Grund, ihre eigene Mutter umzubringen.«

22

Um kurz vor fünf Uhr in der Früh schreckte Ira schweißgebadet aus einem Traum auf, an den sie sich nicht erinnern konnte. Vorsichtig, um Andy nicht zu wecken, stand sie auf, nahm ihren Bademantel, schlich an Tante Ernas Körbchen vorbei und ging in die Küche. Sie schaltete das Radio ein und setzte Kaffeewasser auf, öffnete das Fester, atmete die frische, kühle Luft ein und schloss die Augen. In den Büschen und Bäumen zwitscherten die ersten Vögel, die milchige Morgendämmerung ließ den bewölkten Tag erahnen, den sie soeben im Radio vorhersagten. Ira setzte sich an den Tisch und fuhr ihr MacBook hoch.

Sie hatte zwölf neue E-Mails. Eine davon kam von André Heiland. Betreff: *Erkenntnisse.*

Ira las sie sofort.

Sehr geehrte Frau Wittekind,
nach unserem letzten Gespräch am 19. Mai wurde ich nachdenklich. Sie warfen mir vor, mich nicht dafür zu interessieren, dass meine Ex-Frau getötet wurde, dass Sissy und Simon zwangsläufig tatverdächtig sind und dass meine Enkelkinder unter dieser Situation leiden könnten. Das hat mich getroffen, ebenso wie Ihr Vorwurf, dass ich meine

Arbeit vorschiebe, anstatt mich um meine Familie zu kümmern. Ich bin kein großer Briefschreiber, aber ich will Ihnen etwas erklären. Vielleicht verstehen Sie mich dann besser. Dieses Schreiben ist vertraulich, unter keinen Umständen dürfen Sie von seinem Inhalt etwas in einem Artikel verwenden oder irgendwo veröffentlichen. Aber wenn Sie diese Familie verstehen wollen, müssen Sie hinter die Fassade blicken und dürfen nicht vorschnell ein Urteil fällen.

Marilena und ich waren noch halbe Kinder, als wir Eltern wurden, und wir waren dem, was dann kam, in keinster Weise gewachsen.

Ich hatte nach der Trennung kaum Einfluss auf die Erziehung der Kinder, sie fiel in die Verantwortung meiner Ex-Frau. Ich war für den Unterhalt zuständig, sie hatte nichts anderes zu tun, als die Kinder großzuziehen. Sie ist mit Sissy nie fertiggeworden. Als Sissy eingeschult wurde, hatte sie die Angewohnheit, andere anzustarren und dabei den Mund offen zu halten, was ihr die Hänseleien der anderen Kinder einbrachte. Zu ihrer Klassenlehrerin entwickelte sie ein besonderes Verhältnis, sie konnte mit ihr umgehen. Sissy hat eifrig gelernt, um Frau Dreier zu gefallen. Zu Hause war sie frech und unverschämt, einmal sagte sie zu meiner Ex-Frau: »Ich wünschte, Frau Dreier wäre meine Mutter und nicht du!«

Mit Beginn der Pubertät wurde sie adipös. Später sagte sie: »Pechmarie hat mir keine Wahl gelassen, ich musste mir einen Panzer anfressen, um ihre Lieblosigkeit auszuhalten und mir eine Statur zulegen, um gesehen zu werden.« Daraufhin reagierte meine Ex-Frau leider nicht ganz kor-

rekt, ich weiß, dass sie Sissy einen »tragischen Unfall«
nannte, der ihr ganzes Leben »versaut« hätte. Eines Tages
zogen die drei aus Travemünde weg und gingen nach Bad
Oeynhausen. Der Ehemann meiner Ex-Schwiegermutter
war gestorben, und Lilo bot Marilena kostenfreies Wohnen
gegen Hilfe auf dem Hof an.

Sissy musste zur Realschule wechseln, weil sie den Leis-
tungsdruck am Gymnasium nicht aushielt. Heute denke
ich, der Schulwechsel war ein einschneidendes Erlebnis,
denn meine Tochter schaffte es nicht, Teil der Klassen-
gemeinschaft zu werden. Durch ihr ruppiges Verhalten
blieb sie eine Außenseiterin. Nur ein paar Jungs zeigten an
ihr unverhohlenes Interesse. Sie müssen wissen, dass Sissy
für ihr Alter körperlich weit entwickelt war. Ich erinnere
mich genau an das Datum: Es war der 5. Juli, ein Freitag.
Es hatte Zeugnisse gegeben, das Schuljahr war zu Ende. An
diesem Wochenende wurde in Bad Oeynhausen ein Stra-
ßenfest gefeiert. Die Jugendlichen trafen sich an einem be-
stimmten Ort, auch Sissy wollte hingehen. Sie war in irgend-
einen Burschen verliebt und wollte ihn dort treffen.

Ira trank einen Schluck Kaffee. Was sollte diese Mail? Worauf wollte André Heiland hinaus, was wollte er bewirken?
Sich für irgendwas rechtfertigen? Sich von der Verantwortung von der, aus seiner Sicht offensichtlich misslungenen,
Erziehung seiner Tochter freisprechen? Wollte er Sissy in
die Pfanne hauen, um selber gut dazustehen?

Ira dachte an die Innenstadtfete. Zigtausend Besucher
bevölkerten dann die Fußgängerzone und die Nebenstraßen,

es gab Bands und Bühnen, Buden und Bars, es war eine riesige Party, die alle Generationen zwei Tage lang feierten. Die Jugendlichen hatten sich früher an der Rock-Wiese vor der Auferstehungskirche getroffen, im nahen Kurpark gab es damals wie heute reichlich dichtes Gebüsch und hohe Hecken, perfekte Orte, um ungesehen zu knutschen und zu fummeln. War Sissy dort mit dem Jungen verabredet gewesen? Hatte sie auf dem Schulhof mit ihm geflirtet und ihm zu verstehen gegeben, dass sie auch zu »mehr« bereit war? Wenn sie eine Außenseiterin gewesen war, deren weibliche Reize sichtbar entwickelt waren, hatte sie vielleicht gespürt, dass ihr Körper und ihre Bereitwilligkeit der Schlüssel zu einer Art Nähe waren? Ira dachte an die Szene am Fenster, daran, dass Sissy ihrem Bruder eine Peepshow geboten hatte, durch die sie ihn später erpressen konnte. Wollte André Heiland auf diesen Tag hinaus, der in der Familie alles für immer veränderte? Ira las weiter. Ja, André Heiland beschrieb in seiner Mail denselben Tag.

Es war heiß, Sissy hatte sich entsprechend gekleidet. Als ihre Mutter ihr verbot, so loszuziehen, lachte Sissy sie aus und warf ihre Zimmertür hinter sich zu. Marilena schloss sie ein.

Ira versuchte sich vorzustellen, was in dem jungen Mädchen vorgegangen sein musste. Hatte sie die ganze Nacht geheult? Hatte sie ständig auf die Uhr geschaut und befürchtet, dass ihr Date sie nach den Ferien in der ganzen Schule lächerlich machen würde, weil sie nicht gekommen war? Sie war immer unbeliebt gewesen, mit Sicherheit hatte sie Angst davor gehabt, noch weiter ins Abseits gedrängt zu werden. Ira konnte sich vorstellen, wie Sissys Hass auf die Mutter, auf die Mitschüler, auf die ganze Welt sich ins Uferlose steigerte. Und dass sie einen Plan schmiedete.

Gespannt las sie weiter, was ihr Vater geschrieben hatte:

Am nächsten Tag rief meine Tochter mich an und überzeugte mich davon, dass etwas vorgefallen sei, sie könne nicht länger auf dem Hof leben. Ich sagte, sie solle ihre Mutter ans Telefon holen, ich wollte mit ihr reden. Aber Sissy weigerte sich. Ich bot ihr schließlich an, zu mir nach Travemünde zu kommen und die Ferien hier zu verbringen, bis sich alles wieder beruhigt hatte. Ich versprach ihr, dass ich mit Marilena reden würde und dass nach den Ferien alles wieder gut sei.

Vier Jahre blieb meine Tochter bei mir. So viel zu Ihrer Unterstellung, dass ich mich nicht um meine Kinder kümmere. In dieser Notsituation ich war sofort für sie da. Ich musste mein Zimmer im Personalhaus des Hotels aufgeben und für uns eine Wohnung mieten. Meine Ex-Frau hatte mir später am Telefon erklärt, dass ich Sissy behalten solle, sie würde mit ihr sowieso nicht fertig und sie sei froh, wenn sie eine Weile nicht da sei. Sissy ging hier zur Schule.

All die Jahre hat sie sich geweigert, ihre Mutter anzurufen oder sie zu sehen. Wenn jemand sie auf Marilena ansprach, wurde sie hysterisch. Dennoch glaubte ich meiner Ex-Frau, dass nichts von dem passiert ist, was Sissy immer wieder andeutete. Ich war mit ihr sogar bei einer Psychologin, ohne Ergebnis. Ich bin davon überzeugt, dass Sissy sich dermaßen in ihre eigene Story hineingesteigert hat, dass sie nicht mehr herauskam.

In der 10. Klasse stand fest, dass sie das Jahr wiederholen musste. Sie war schon einmal sitzen geblieben. Dazu hatte sie keine Lust. Sie ging einfach nicht mehr zur Schule und entschloss sich, nach ihrem 18. Geburtstag wieder nach Bad Oeynhausen zu ziehen. Ich konnte sie nicht umstimmen, wenigstens den Schulabschluss zu machen. Sie nahm Kontakt zu ihrer Großmutter auf, erzählte ihr, sie würde es hier nicht aushalten, würde gemobbt, ich hätte sowieso nie Zeit, nun wolle sie zurück, sie habe sich eine Lehrstelle besorgt. Lilo nahm sie auf. Die Lehrstelle hat es nie gegeben, Sissy hatte zahlreiche Erklärungen dafür. Ihre Oma war froh, dass sie wieder da war, sie war damals um die sechzig und hatte gesundheitliche Probleme. Seither hatten meine Tochter und ich nur noch sporadisch Kontakt. Ich erzähle Ihnen das, weil ich es nicht auf mir sitzen lassen will, dass Sie denken, ich hätte mich nicht um sie gekümmert ...

Wütend klappte Ira das Macbook zu. *Und wo warst du, als deine Tochter ihr erstes Kind verlor? Hast du dich je um deine Enkelin Angelina gekümmert? Hast du Sissy getröstet, als ihr Kind starb? Wo warst du, als sie die nächsten drei Kinder bekam? Als sie alleinerziehend war? Als sie geheiratet hat? Verdammte Scheiße, André Heiland, du machst es dir verflucht einfach! Es ist so leicht zu sagen, wir waren zu jung, wir hatten keine Ahnung, wir haben es nicht geschafft. Und jetzt? Was war mit Sissy geschehen, als sie ein kleines Mädchen war? Hat sie die Abneigung ihrer Mutter gespürt, wenn sie bloß versorgt, gefüttert, gewaschen und gewickelt wurde? Kann sich jemand, der von niemandem geliebt wird, überhaupt normal entwickeln?* Ira fiel eine Reportage über ein Experiment ein, die sie mal gelesen hatte. Ein Kaiser hatte die Ursprache der Menschheit herausfinden wollen. Er benutzte dafür Babys, die er den Müttern unmittelbar nach der Geburt wegnahm und von Ammen versorgen ließ. Sie sollten die Kinder aber nur füttern und säubern. Liebevolle Zuwendung wurde ihnen verboten. Der Kaiser konnte mit den Ergebnissen des Experimentes nicht viel anfangen, weil sämtliche Kinder starben. Immerhin gab es die Erkenntnis, dass Säuglinge liebevolle Zuwendung brauchen. Wenn Marilena sich Sissy gegenüber nur halb so lieblos verhalten hatte wie die Ammen im Experiment – was hatte das in ihrer Kinderseele angerichtet?

Ira duschte eine gefühlte Ewigkeit, stand regungslos unter dem warmen Wasser, ließ es minutenlang auf Kopf und Schultern prasseln, als könne es den ganzen Dreck, das Böse, das Negative, das sich in ihren Gedanken immer breiter machte, abwaschen. Heilands Mail machte sie aggressiv, sie empfand sie als gewissenlose Rechtfertigung für sein Versagen als Vater.

Ira beschloss, ihm nicht zu antworten.

Der furchtbare Verdacht, dass Sissy ihre Mutter getötet haben könnte, ließ sie nicht mehr los.

Kommissar Zander hörte Ira aufmerksam zu, als sie um zehn nach neun am Telefon berichtete, was sie durch ihre

Recherchen erfahren hatte. Sie sprach ihren Verdacht gegen Sissy offen aus. Zander ließ sich nicht anmerken, ob er irgendetwas gewusst hatte, auch zum Stand der Ermittlungen im Mordfall Marilena Heiland sagte er keinen Ton. Er fragte aber nach, worauf sich ihr Verdacht stütze, und Ira erzählte ihm von den Gesprächen mit Steffen Deutz, der Grünen Dame, der Leiterin des Pflegeheims, den Nachbarn und Simon Heiland. Auch ihre Treffen mit den Ex-Freunden Georg Karmann und Ralf Merkenich schilderte sie. Ihren Einbruch in Lilos Wohnung ließ sie allerdings aus. Zander bedankte sich, kommentierte ihre Ausführungen aber nicht und legte auf.

Um zehn Uhr rief Ira Kommissar Brück an. »Wissen Sie was Neues im Mordfall Heiland?«

»Nee, aber Sie wissen, dass die MK ermittelt und dass ich damit nichts zu tun habe«, brummte er.

»Ja, ja, ja. Ich hab eben mit Zander telefoniert und ihm eine ganze Reihe wichtige Infos verschafft. Könnte ja sein, dass es bald einen Haftbefehl gibt und Sie dann darüber Bescheid wissen …«

Sie musste den Satz nicht beenden, sie hatten beide oft genug zusammengearbeitet, um sich auch wortlos zu verstehen.

»Wittekind, ich gebe Ihnen mit Sicherheit keine Auskunft … da müssen Sie schon … vor Ort … selber aufpassen.« Der Wink war mehr als deutlich.

Um elf Uhr dreißig parkte Ira ihren Mini Cooper gegenüber der Einfahrt des Hellberger Hofes, bezog Stellung und wartete.

Um dreizehn Uhr wurde Sissy Heiland verhaftet.

Ira fotografierte den Wagen, in dessen Fond sie saß, und wartete wenige Minuten. Dann startete sie die Aufnahmefunktion ihres Smartphones, stieg aus, lief über die Straße, betrat den Hellberger Hof, nahm vor der Tür des großen Hauses zwei Stufen auf einmal und klingelte Sturm.

Enno Heiland riss die Tür auf und stand mit hysterischem Gesichtsausdruck vor ihr. Ira überrumpelte ihn und hielt ihm das Smartphone wie ein Mikrofon entgegen, sie ließ ihre Stimme scharf und dominant klingen: »Enno Heiland, Ihre Frau wurde soeben von der Polizei mitgenommen, wurde Sie wegen Mordes verhaftet? Was können Sie mir dazu sagen? Wie geht es Ihren Kindern? Hat Sissy Ihre Mutter Marilena Heiland getötet?«

Er knallte ihr die Tür vor der Nase zu.

23

Ira klingelte sofort noch mal, aber die Tür blieb geschlossen. Im Haus weinte ein Kind, sie hörte Enno brüllen, das Weinen wurde lauter, das Brüllen auch, dann war es still.

»Hallo«, rief jemand.

Drüben stand Nikola und winkte sie heran.

In diesem Moment bog eine Frau um die Ecke, die Ira als Frau Knauer von gegenüber erkannte. Mit eifriger Miene eilte sie auf die beiden zu. Sie wirkte aufgeregt. »Was ist denn passiert? Kann man was helfen? Ich hab gesehen, dass die Sissy mitgenommen wurde, was hat sie denn … Die armen Kinder, was wird denn jetzt aus ihnen?«

»Regen Sie sich nicht auf, Frau Knauer, wahrscheinlich wird Sissy nur noch mal zum Tod ihrer Mutter befragt«, beschwichtigte Ira. Sie hatte keine Lust, sich mit der neugierigen Alten auseinanderzusetzen.

»Aber wenn sogar die Presse dabei ist …«, begann die Nachbarin und machte eine Kopfbewegung in Iras Richtung.

Dieses Mal schnitt Nikola ihr das Wort ab: »Frau Wittekind war mit mir verabredet, reiner Zufall, dass Sissy zeitgleich … äh … gefahren ist.«

Frau Knauer blieb hartnäckig. »Mir können Sie nix vormachen. Ich hab gesehen, was ich gesehen hab, das war genau wie im Tatort, ich weiß wohl, was eine Verhaftung ist. Und das war eine. Haben sie also doch rausgekriegt, was für ein Luder sich die Lilo ins Haus geholt hatte. Und Marilena hat auch genau gewusst, dass da was im Busch war. Über Tote soll man ja nichts Schlechtes sagen, aber ...« Sie unterbrach ihren Redeschwall und schaute mit triumphierendem Blick von einem zum anderen.

Ira tat ihr den Gefallen und gab sich interessiert: »Haben Sie eine Beobachtung gemacht, die für den Fall wichtig ist?«

Frau Knauer druckste ein bisschen herum. »Ich hatte gar nicht mehr daran gedacht, aber eben ist es mir wieder eingefallen, nun muss ich aber überlegen, ob ich damit nicht lieber doch zur Polizei gehen soll ...«

»Ich kann Sie gerne mitnehmen, ich wollte sowieso zur Mordkommission nach Bielefeld, dann können Sie dort gleich Ihre Aussage machen«, log Ira genervt.

Frau Knauer stotterte: »Nach Bielefeld ... äh ... das geht aber nicht, weil, ich hab ja Essen auf dem Herd, jedenfalls so gut wie ... ob das getz wirklich so wichtig für die Mordkommission ist ... und außerdem wollte ich noch zum Arzt ...«

»Dann sagen Sie mir doch einfach, was Sie sagen wollen, und ich gebe es an den zuständigen Kommissar weiter.«

»Also, ich meine, ich weiß nicht ...«

Ira verdrehte die Augen. »Dann lassen Sie es.«

Frau Knauer fasste einen Entschluss. »Na gut, dann sag ich es Ihnen ... weil ich Ihre Mutter schon so lange kenne ... vielleicht hat es ja auch nix zu bedeuten ... können Sie ja selber entscheiden ...«

Ira tat so, als sei es ihr piepegal, was und ob Frau Knauer

etwas sagte. Die schaute ein paarmal nervös zwischen Ira und Nikola hin und her. »Also auf der Beerdigung von Lilo, da hab ich gehört, dass Marilena gesagt hat: ›Wie gut, dass Mutter ihr Testament geändert hat, das Monster wird bekommen, was es verdient.‹« Zur Bekräftigung warf Frau Knauer den Kopf nach hinten und reckte das Kinn energisch vor.

Ira wurde sofort hellhörig, ließ es sich aber nicht anmerken und zuckte lässig mit den Schultern. »Zu wem hat sie das gesagt?«

Frau Knauers Augenbrauen schnellten in die Höhe. »Das weiß ich nicht mehr. Aber ich weiß genau, dass Sissy das gehört hat, die stand nämlich genau hinter Marilena.« Ihr Gesicht nahm wieder diesen bauernschlauen Ausdruck an. »Wenn sie mit Monster Sissy gemeint hat … und getz ist die Marilena tot, und Sissy ist verhaftet worden … Mir brauchen Sie nix zu erzählen, ich kann immer noch ganz gut eins und eins zusammenzählen.«

Jetzt hakte Ira nach. »Sie sind sicher, dass Sie das richtig verstanden haben?«

»Ja ja, ich hab am Kuchenbuffet gestanden, da konnte man von beiden Seiten drangehen, wissen Sie, es war so ein langer Tisch mitten im Raum, und Marilena stand mir genau gegenüber und hatte sich Streuselkuchen genommen, und da sagte sie das. Ich hab jedes Wort verstanden, war ja nur ein Meter zwischen uns, und sie hatte nicht geflüstert, im Gegenteil.«

Ira wiederholte: »Wie gut, dass Mutter ihr Testament geändert hat, das Monster wird bekommen, was es verdient?«

»Ganz genau. Ist das nun wichtig für den Fall oder nicht?«

»Das wird die Polizei entscheiden. Mich würde aber brennend interessieren, mit wem sie sich unterhalten hat.«

»Wie gesagt, das weiß ich leider nicht mehr.«

Ira versicherte, dass sie sich um alles kümmern und diese Information weitergeben würde. Die Alte verließ den Hof mit kurzen, o-beinigen Schritten.

»Sie haben mich gerufen?«, fragte Ira Nikola.

Es sei nichts weiter gewesen, sagte Nikola, sie habe sich nur bemerkbar machen wollen, nachdem sie beobachtet hatte, dass Enno Ira draußen stehen gelassen hatte.

Nikola hatte vom Fenster aus gesehen, dass ein dunkelgrauer Passat auf den Hof gefahren war, zwei Männer und eine Frau ausgestiegen waren.

»War der eine Mann groß, um die fünfzig, komplett weißhaarig?«, fragte Ira.

Der Beschreibung nach war es Kommissar Zander gewesen. Sissy hatte ihnen die Tür geöffnet, sie waren ins Haus gegangen und nach einer Weile zu viert wieder herausgekommen. Sie hatten Sissy hinten einsteigen lassen, berichtete Nikola, außerdem hatten sie einen Computer und eine Kiste mitgenommen. Enno hatte im Türrahmen gestanden und dem Auto nachgeschaut, auf dem Arm die schreiende Jule, an der Hand ihre heulende Schwester Stella.

Ira bedankte sich und wandte sich zum Gehen. »Ich muss dringend telefonieren, aber danach werde ich Enno einen zweiten Besuch abstatten.«

Sie verließ den Hellberger Hof, setzte sich auf der anderen Straßenseite ins Auto und rief Georg Karmann an. Ihr war nämlich etwas eingefallen. »Sissy ist soeben verhaftet worden.«

Er wirkte erschüttert. »Oh nein. Hat sie Marilena getötet?«

»Das weiß ich nicht, wäre ja schön, wenn die Polizei eine Standleitung zur Presse hätte und man uns immer alles erzählen würde … Scherz beiseite. Herr Karmann, ich habe noch eine ganz wichtige Frage.«

»Was denn? Ich habe der Polizei alles erzählt, die haben mich durch die Mangel gedreht, als ob ich ein Verbrecher wäre.«

»Da Sie der letzte Mensch waren, mit dem Marilena vor ihrem Tod geredet hat, sind Sie ja auch ein wichtiger Zeuge.«

»Unsinn, ich kann überhaupt nichts bezeugen, ich war ja nicht dabei, als sie umgebracht wurde.«

»Dann sind Sie eben eine wichtige Person in den Ermittlungen«, verbesserte Ira sich. »Ich frage mich immer noch, warum Marilena Sie anrief. Sie hatten schon ewig nichts mehr miteinander zu tun gehabt, aber nach der Beerdigung ihrer Mutter rief sie ausgerechnet bei Ihnen an. Sorry, aber dafür finde ich keine Erklärung.«

Karmann lachte auf. »Wenn Sie mit dieser Frau mitgemacht hätten, was ich mit ihr mitgemacht habe, würden Sie es besser verstehen. Dieser jahrelange Psychoterror von Sissy hat uns irgendwie zusammengeschweißt; wenn es den nicht gegeben hätte, wären wir vielleicht noch immer zusammen. An wen sollte sie sich denn sonst wenden in ihrer Angst.«

»Marilena hatte Angst?«

»Na ja, Angst ist vielleicht übertrieben, sie war ja auch ziemlich betrunken, hat rumgefaselt, dass sie sich nicht sicher fühlt, weil jemand Lilo was angetan hätte und so ein Zeug.«

Ira bemühte sich, ihn nicht anzuschreien. »Was sagen Sie? So ein *Zeug*? Lilo ist tot, und Marilena wurde kurz danach ermordet, und Sie nennen ihre Angst *Zeug*?«

»Nun bleiben Sie mal auf'm Teppich, Sie kannten sie doch gar nicht. Marilena konnte ganz schön dramatisch werden, und wie gesagt, sie war besoffen.«

Ira dachte daran, dass Marilena eine Therapie gemacht hatte und seitdem trocken gewesen war. Konnte der Tod ihrer Mutter einen Rückfall ausgelöst haben? Wenn sie bei dem Gespräch mit Karmann tatsächlich betrunken gewesen war, hatte man das bei der Obduktion herausgefunden? So ein Mist, dass sie immer noch nicht wusste, woran Marilena gestorben war! Personalmangel hin oder her, das Obduktionsergebnis ließ ungewöhnlich lange auf sich warten. Heute war der zweiundzwanzigste, am zehnten Mai war sie gestorben. Oder war Sissy genau deswegen verhaftet worden, weil man das Ergebnis jetzt endlich kannte? Gab es Beweise?

Sie konzentrierte sich noch einmal auf Karmann. »Sie haben bei der Polizei natürlich längst ausgesagt, dass Marilena sich bedroht fühlte und glaubte, jemand habe ihrer Mutter etwas angetan.«

»Äh. Nein.«

Ira traute ihren Ohren nicht. »Nein?« Aber dann verstand sie. »Natürlich haben Sie nichts gesagt. Weil Sie den Mord vielleicht hätten verhindern können, wenn Sie Marilena ernst genommen hätten.«

»Nee, so was muss ich mir von Ihnen nicht unterstellen lassen!« Er legte einfach auf.

Sie ging wieder auf den Hellberger Hof und klingelte bei Enno Heiland Sturm.

Er riss die Tür auf, und Ira legte sofort los. »Herr Heiland, ich schreibe den Artikel über die Verhaftung Ihrer Frau mit oder ohne Ihre Hilfe, es liegt an Ihnen, ob die Leute die Wahrheit erfahren oder nur Vermutungen und Spekulationen.«

Die runden Brillengläser vergrößerten seine Augen zu Eulenaugen, er wirkte fahrig und gestresst.

Der ist total durch den Wind, konstatierte Ira und ließ ihm keine Chance nachzudenken. »Heute ist Freitag, wenn ich meinen Artikel bis zweiundzwanzig Uhr abgebe, steht er morgen in der Gesamtausgabe von *Tag 7*. Samstags haben wir eine Auflage von zweihunderttausend, das heißt, zweihunderttausend Menschen werden morgen lesen können, dass Ihre Frau verhaftet wurde und dass diese Verhaftung mit dem Fall Bachleiche zu tun hat. Wussten Sie das eigentlich? Dass Ihre Schwiegermutter bei den Leuten ›Fall Bachleiche‹ genannt wird? Die Frau, die Sie tot aufgefunden haben, die Sie gefilmt haben, lange bevor Sie die Polizei gerufen haben … werden Sie deswegen eigentlich noch zur Rechenschaft gezogen? Ich bin sicher, da kommt noch was … was passiert eigentlich mit Ihren Kindern, wenn Sie auch verhaftet werden?«

Der Schock war ihm anzusehen. Ira konnte ihn nicht schonen, sie musste dranbleiben, das war jetzt ihre Chance, an Infos zu kommen.

»Ich? Wieso denn ich?«, stammelte er.

Sie dachte nicht nach, reagierte spontan. »Wenn Marilena bereits tot war, als sie im Bach lag ... vielleicht ist sie ja auch erst gestorben, während Sie Ihr Facebook-Video gedreht haben? Vielleicht muss ich die Kripo noch mal darauf aufmerksam machen? Oder hat Ihre Frau doch etwas mit dem Mord zu tun? Ist Sie wegen Tatverdachts verhaftet worden?«

»Nein, nein, nein! Sie haben Sissy mitgenommen, weil der Abschiedsbrief von Marilena auf unserem Computer geschrieben worden war!« Er begann zu zittern.

Iras Stimme wurde sanft, ihr Ton verständnisvoll, aber in Gedanken kombinierte sie blitzschnell. »Ach du liebe Güte. Heißt das, dass der Brief gar nicht von Marilena stammte, sondern von Sissy? Oder von Ihnen?«

Enno Heiland schob sich die Wollmütze aus der Stirn. Seine Haare waren strähnig. Er schwitzte. »Von mir? Wieso denn von mir? Nein! Ich weiß es doch nicht! Jetzt ist sie erst mal weg, und ich sitz hier mit den Kindern, was soll ich denn bloß ...« Er presste die Lippen zusammen, als wolle er sich selbst daran hindern weiterzusprechen.

Drinnen ertönte eine piepsige Stimme. »Papa, komm mal ...«

Ira sagte: »Darf ich hereinkommen? Können wir reden?« Er schlug ihr wieder die Tür vor der Nase zu.

»Scheiße!«, fluchte Ira. Sie wandte sich ab, um den Hof zu

verlassen, eine weitere Chance würde es heute wohl nicht geben.

Ein Mädchen kam hinter dem Haus her, hüpfend, auf einem Bein. Sie hatte kurze, rotblonde Haare und war fünf oder sechs Jahre alt. Das musste Stella sein.

Ira improvisierte. »Hallo Stella, du kannst ja toll hüpfen.«

Die Kleine blieb stehen und sah Ira aus wasserblauen Augen an. »Wo willst du hin?«, fragte sie und fügte hinzu: »Mama ist nicht da, nur Papa.«

»Wo ist denn deine Mama?«

»Die muss der Polizei helfen, weil unsere Assi-Oma tot ist.«

»Dass deine Oma gestorben ist, ist traurig«, sagte Ira.

Die Kleine empörte sich: »Ja, aber die war doch total verrückt geworden!«

Schätzchen, dich hat der Himmel geschickt, dachte Ira, ging vor dem Kind in die Hocke und bestätigte mitfühlend: »Verrückt geworden. Herrje. Ich habe noch nie jemanden gesehen, der verrückt geworden ist. Wie war das denn bei deiner Oma?«

Die Kleine begann eifrig zu plappern, Ira musste sich Mühe geben, um ihr folgen zu können: »Weil, die hat die Pfandflasche geklaut, und dann hat sie mein Fahrrad in den Bach geschmissen, und dann hat sie sich versteckt, aber wir haben das alle gesehen, und Mama hat geschimpft, da war Assi-Oma selbst schuld, weil, Rad in den Bach schmeißen, das ist verboten, und die Mama hat Drecksau zu ihr gesagt, das darf man auch nicht, aber die Mama hatte Angst, und dann musste ich reingehen, weil die Assi-Oma mich umbringen wollte.«

»Das hat alles deine Mama gesagt?«, fragte Ira langsam.

»Hey, was wollen Sie von meiner Tochter?« Ennos Stimme schallte über den Hof.

Ira stand auf und ging ihm entgegen. »Das ist ja schrecklich, Herr Heiland! Sie hat das Kinderrad in den Bach geschmissen? Meine Güte, Sie haben es mit ihr aber wirklich nicht leicht gehabt!«

Er machte mit der flachen Hand eine Bewegung vor dem Gesicht. »Das könn' Sie laut sagen. Die war voll balla balla!«

»Sie hat das Kind tatsächlich angegriffen?« Ira wies auf Stella, die sich jetzt an Ennos Bein geschmiegt hatte und mit dem Zeigefinger gedankenverloren in ihrem Ohr bohrte. »Und sie hat Stellas Rad in den Bach geworfen?« Dabei versuchte Ira, sich die schüchterne, ruhige Frau vorzustellen, die sie vor knapp vier Wochen mit ihrem Sohn Simon zusammen in ihrer Werkstatt fotografiert hatte. »Marilena als Furie? Das passte doch gar nicht zu ihr«, provozierte sie.

Enno sprang sofort darauf an: »Das hätten Sie aber mal an dem Samstag sehen sollen! Wir ham draußen gesessen, meine Frau und ich, da vorne auf der Bank und ham ne Cola getrunken und eine geraucht. Dann wollt'n wir reingehen und ham die Cola stehen lassen, und zack, reißt die drüben ihre Tür auf, kommt rüber, packt sich die Flasche und haut wieder ab. Wie 'ne Bekloppte, ich sag's Ihnen. Meine Frau meinte noch, nu dreht die komplett durch, jetzt klaut sie uns schon die Pfandflaschen. Wir sind rein, und dann fing die Lüttje draußen an zu brüllen.«

Stella blickte zu Enno hinauf und verteidigte sich empört: »Ja, weil Assi-Oma mein Rad ins Wasser geschmissen hat, das durfte sie nicht!«

»Und dann ist Ihre Frau hin und hat das Fahrrad wieder rausgeholt?«, fragte Ira.

»Ja. War doch klar, was die Alte vorhatte: Sie wollte Stella zum Bach locken, damit sie da genauso zu Tode kommt wie Angelina.« Enno nahm Stella auf den Arm und wandte sich zum Haus. »Ich muss mich um die Kleinen kümmern, außerdem kommt Emily gleich aus der Schule.«

»Dürfen Sie Ihre Frau besuchen?«

Er antwortete nicht.

»Nur eine Frage noch: Wann war das mit dem Rad?«

»An dem Tag, als Lilo beerdigt worden war.« Dann verschwand er im Haus, und die Tür fiel zu.

Nachdenklich ging Ira zum Auto. Lilo war am neunten Mai beerdigt worden. Am nächsten Tag, Muttertag, hatte Enno ihre Leiche gefunden.

Hatte sie recht mit ihrem Verdacht? Hatte Sissy ihre Mutter umgebracht? War der Streit wegen des Kinderrades der Auslöser gewesen?

Am Abend trafen Ira und Andy sich bei den Tanten zum Essen. Es gab deftigen Eintopf aus dicken Bohnen, Möhren, Kartoffeln, gekochtem Speck und westfälischen Rauchendchen. Zum Nachtisch hatte Tante Friedchen Rhabarberkompott mit Vanille-Zimt-Pudding zubereitet.

Tante Sophie hielt es aber nicht bis zum Nachtisch aus. Trotz des Protestes ihrer Schwester: »Nich beim Essen von

Mord und Totschlach reden, Soffie!«, fragte sie nach Iras Ermittlungen im Fall Bachleiche.

»Du bist so was von neugierig!«, schimpfte Tante Friedchen.

»Nee, nich neugierig, Frieda, ich bin inte-res-siert. Das is was anderes.«

Als Ira von Sissys Verhaftung berichtet hatte, war es still in der Küche. Nur die Schrankuhr auf dem Buffet tickte, und ab und zu klirrte leise ein Löffel in einem Teller.

Tante Friedchen sprach zuerst. »Die eigene Tochter. Also, die eigene Mutter.«

»Frieda, kannste nich mehr in ganzen Sätzen sprechen? Die Tochter hat ihre Mutter umme Ecke gebracht, so einfach is das.«

»Na, ob es wirklich so einfach ist, weiß ich gar nicht«, widersprach Ira nachdenklich.

»Wieso, wenn se doch verhaftet is? Die nehmen doch keine Mutter von drei kleinen Kindern mit, wenn die sich nich sicher sind«, sagte Tante Sophie.

Ira erzählte, dass man Marilenas Abschiedsbrief auf Sissys Computer gefunden hatte.

Tante Friedchen verstand das nicht. »Wie sind die da denn draufgekommen?«

Andy vermutete, dass man den Brief, der in Marilenas Wohnung in einem Aktenordner gefunden worden war, auf DNA-Spuren und Fingerabdrücke untersucht hatte. So musste man auf Sissy aufmerksam geworden sein. »Wenn sie den Brief geschrieben und ihn anschließend heimlich bei Marilena deponiert hat, wollte sie damit natürlich von sich ablenken. Das ist ein wichtiges Indiz. Und es bedeutet auch, dass sie den Mord geplant haben musste. Dann war es nämlich keine Affekthandlung nach einem Streit, und die bizarre Szene am Samstag nach Lilos Beerdigung kann nicht der Auslöser gewesen sein. Aber ich möchte mal wissen, was in Marilena gefahren war, als sie diesen Unsinn mit dem Fahrrad und der Pfandflasche veranstaltet hat.«

Tante Sophie sagte: »Andy, komm, schütt uns mal 'nen Kurzen ein, damit ich besser nachdenken kann.«

»Das hat bei dir aber noch nie beim Denken geholfen!«, lästerte Tante Friedchen, und Tante Sophie schenkte ihr einen besonders verächtlichen Blick.

»Wohlsein.« Dann sagte sie: »So, getz noch mal von vorne. Marilena liegt tot im Bach. Der Schwiegersohn findet sie, und anstatt sie direkt aus dem Wasser zu fischen und sich um Hilfe zu kümmern, macht er diesen Videofilm mit sei'm Telefon, und dann kommt der Film ins Internetz. Da konnten den dann alle begucken. Richtig?«

»Ja«, bestätigte Ira.

Tante Sophie fuhr fort: »Ganz am Anfang denkt man, dass sie ins Wasser gefallen ist, dass es ein Unfall war. Dann findet die Polizei den versteckten Brief, und getz denken alle, dass es Selbstmord gewesen sein muss. Auch richtig?«

»Ja.«

»Dann untersuchen sie die Tote und finden raus, dass es wohl doch Mord gewesen ist, aber sie wissen auch nach fast vierzehn Tagen noch nicht, wie sie totgegangen is. Sicher ist bloß, dass sie schon tot war, als sie ins Wasser gefallen is. Sie is also nicht ertrunken. Aber!« Bevor Tante Sophie fortfuhr, sah sie nahezu triumphierend von einem zum anderen. »Wie is die Frau denn überhaupt in den Bach gekommen, wenn se schon vorher tot gewesen war?« Sie zog ihr Unterlid mit dem krummen Zeigefinger runter. »Nech, Holzauge sei wachsam. Da muss sie also einer hingebracht haben. So, und getz hat sich rausgestellt, dass der Abschiedsbrief gar nicht von Marilena, sondern von ihrer Tochter, also von Sissy, geschrieben worden ist. Und getz erkläre mir mal einer, wie das alles vonstatten gegangen sein soll.«

Tante Friedchen stand auf und holte den großen Porzellan-Aschenbecher mit der Dornkaat-Reklame, in dem zwei angerauchte Zigarren lagen. »So isses«, murmelte sie. »Dann wird sie es wohl gewesen sein. Die eigene Tochter, die eigene Mutter.« Sie setzte sich wieder, zündete ihren Stumpen an und blies den Rauch in Zeitlupe aus.

»Um wie viel Uhr war das eigentlich, als Enno Marilena entdeckt hat?«, fragte Andy.

»Laut Polizeibericht am frühen Sonntagmorgen«, antwortete Ira.

»Das Video hat er aber erst am Vatertag ins Netz gestellt, und der war Donnerstag. Warum erst dann? Warum hat er es nicht sofort hochgeladen? Hat er sich den Film zu Hause immer wieder angesehen, bevor er ihn veröffentlicht hat?«

»Gute Frage«, meinte Ira. »Ich versuche, das rauszufinden. Lasst uns jetzt mit den Fakten arbeiten, die wir haben. Sonntagmorgen hat er sie gefunden. Also ist sie nachts gestorben. Nehmen wir an, Sissy hat es getan, dann muss sie Marilena in der Nacht umgebracht und anschließend in den Bach geschafft haben. Kraftmäßig traue ich ihr das zu,

Marilena war schlank, fast mager, und Sissy ist ein ordentliches Kaliber. Wo hat sie es getan? Und wie? Wenn sie ihr eins über den Schädel gezogen oder sie erwürgt hat, wäre die Todesursache längst klar gewesen, dann hätten die nicht so lange daran rumgedoktert. Aber so ist das echt merkwürdig.«

Andy gab noch etwas anderes zu bedenken: »Glaubst du im Ernst, Sissy steht nachts auf, bringt ihre Mutter um und legt sich dann wieder zu ihrem Mann ins Bett und schläft weiter? Und der merkt nichts, geht im Morgengrauen eine rauchen und findet die Tote?«

Ira gab ihm recht. Das konnte nicht stimmen. Nach kurzem Nachdenken sagte sie: »Eigentlich kann es nur eine Erklärung geben: Sie müssen es gemeinsam getan haben.«

24

Die Pressemitteilung der Polizei war am nächsten Morgen in Iras Maileingang und brachte jede Menge Neuigkeiten.

32-jährige Frau in Untersuchungshaft
Haftrichter erließ gestern Haftbefehl
Bad Oeynhausen Die Frau steht im Verdacht, in der Nacht zum Sonntag, den 10. Mai, ihre Mutter (50) in deren Haus in der Hermann-Löns-Straße getötet zu haben.

Der Ehemann der Verdächtigen fand die 50-Jährige gegen 6:00 Uhr am 10. Mai leblos in einem Bach auf dem Grundstück der Familie.
Sowohl ein Unfall als auch eine Selbsttötung schieden nach polizeilichen Ermittlungen bald aus.
Die Obduktion hat ergeben, dass die 50-Jährige vergiftet wurde, Reste der tödlichen Substanz wurden von den Ermittlern sichergestellt.
Die Tochter der Toten wurde gestern festgenommen. Die Frau, die aus Schleswig-Holstein stammt, aber schon lange in Bad Oeynhausen lebt, hat sich vor den Ermittlern noch nicht zur Tat geäußert. Ihr wird Mord vorgeworfen.
Die Ermittlungen dauern weiter an.

Ermittler der Kriminalpolizei verbrachten gestern den gesamten Tag in der Wohnung der Festgenommenen, um Spuren zu sichern. Hierbei wurden sie von Spezialisten des Landeskriminalamtes unterstützt.

Oha, also war die Kripo gestern noch mal bei Enno gewesen und hatte das Haus durchsucht? Dann hatte es auf dem beschlagnahmten Computer wohl weitere Hinweise gegeben, denen man hatte nachgehen müssen.

Ira trommelte mit den Fingern auf die Tischplatte. Wer konnte ihr jetzt weiterhelfen? Die Pressemitteilung der Polizei war allgemein formuliert, enthielt keine verwertbaren Fakten und warf nur weitere Fragen auf. Um welches Gift ging es? Wo hatte man es sichergestellt? Sissy hatte sich nicht zur Tat geäußert, gab es also kein Geständnis? Die Polizei konnte keine weiteren Details rauslassen, das war Ira klar. Wie konnte sie jetzt weitermachen? Sollte sie schon wieder auf dem Hellberger Hof aufkreuzen und Enno erneut überrumpeln?

Sie rief Simon Heiland an.

Nein, sagte der, er habe keine Neuigkeiten für sie. Dass seine Schwester verhaftet worden sei, wisse sie ja schon, und dass Enno jede Stunde vor seiner Tür stehe, weil er mit den Mädels nicht klarkomme, sei bestimmt keine verwertbare Nachricht für die Zeitung.

»Simon, ich verstehe, dass es Ihnen schlecht geht«, sagte Ira. »Aber glauben Sie, dass Sissy es getan hat?«

Sein Lachen klang verbittert. »Ja, das glaube ich. Was nicht heißt, dass ich es nachvollziehen kann. Aber wer soll es sonst gewesen sein? Enno? Der ist doch viel zu dämlich. Ich? Absurd. Ich war es nicht, das müssen Sie mir glauben. Es sieht ja wohl so aus, als hätte meine Schwester den Brief geschrieben, den sie bei Marilena gefunden haben. Warum? Weil sie falsche Spuren legen wollte. Warum? Weil sie meine Mutter vergiftet hat. Warum? Sissy hatte Generalvollmacht und sollte den Hof erben. Meine Mutter und ich sollten doch sowieso nur einen kleinen Anteil vom Kuchen bekommen.«

Ira versuchte, in kleinen Schritten zu denken. Lilo und Marilena hatten sich heimlich versöhnt. Lilo hatte Angst vor ihrer Enkelin gehabt. Da lag es nahe, dass sie ihren letzten Willen zu Marilenas Gunsten geändert hatte. Aber wo war dieses neue Testament? Sissy war vielleicht erst durch Marilenas Bemerkung draufgekommen, dass es eine neue Verfügung gab … Hatte Lilo sie in ihrer Wohnung aufbewahrt? War dort deswegen alles durchwühlt worden?

»Simon, hat die Polizei sich eigentlich auch Lilos Wohnung vorgenommen?«

»Keine Ahnung. Die waren jetzt mit einer ganzen Crew drüben, aber was sie da genau gemacht haben, weiß ich nicht.«

Sofort dachte Ira an ihr Erbrochenes im Spülbecken. Egal, wenn jemand das Zeug untersuchen würde, konnte sie es erklären. Nachdenklich kritzelte sie auf dem Zettel herum, der vor ihr lag. Was, wenn es Simon gewesen war, der Lilos Wohnung durchsucht hatte? Für ihn hing doch viel von diesem Erbe ab. Wenn dieses neue Testament nicht aufzufinden war, würde dann doch das alte gelten, das Sissy irgendwo verwahrte und noch nicht rausrückte?

Sie erzählte Simon von Frau Knauer. Fassungslos wiederholte er Iras Worte. »…ihr Testament geändert hat, das Monster wird bekommen, was es verdient. Zu wem soll Marilena das gesagt haben?«

»Das weiß die Knauer nicht, sie erinnert sich aber ganz genau daran, dass Sissy es gehört hat.«

»Marilena und ich wussten, dass Oma ihre Meinung wegen des Erbes geändert hatte, aber warum sollte Marilena das herausposaunen, und dann auch noch so, dass ausgerechnet Sissy es hört?«

Er hatte recht. Das ergab alles überhaupt keinen Sinn.

Iras Handy klingelte am Sonntag morgen um zehn.

Es war Horstmann. »Wittekind, sortieren Sie Ihre Unterlagen. Polizei und Staatsanwaltschaft haben für morgen eine Pressekonferenz angesetzt. Dann gibt es im Fall Bachleiche endlich weitere Details. Ich gebe Ihnen Piet Stein als Fotografen mit, damit Sie sich ausschließlich um den Text kümmern können.«

Ira musste nichts sortieren. Dennoch ging sie alle Notizen und Gesprächsprotokolle noch mal durch. Irgendwas stimmte nicht. Es war das Gefühl, dass sie etwas übersah, einen falschen Schluss gezogen hatte. Ein Puzzleteil passte nicht ins Bild, aber sie kam nicht drauf. Wieder und wieder las sie die Aufzeichnungen und Notizen, aber sie fand nichts.

Mittags räumte sie ihre Unterlagen weg. Es hatte keinen Sinn, sie musste morgen einen klaren Kopf haben und fit sein. Sie holte ihre rote Jacke, es war wieder kühl geworden. »Komm, Tante Erna, wir gehen spazieren!«

25

Verhaftung im Fall Bachleiche
von Ira Wittekind

Das Gewaltverbrechen an Marilena H. sorgt seit Tagen in der Region für großes Aufsehen. Die 50-Jährige war in der Nacht zum Muttertag einem Gewaltverbrechen zum Opfer gefallen.
Am Freitag wurde die Tochter der Toten in ihrer Wohnung verhaftet. Marius Zander, Erster Kriminalhauptkommissar aus Bielefeld und leitender Ermittler, bezeichnete den Fall nach nur zehn Tagen Ermittlungsarbeit als aufgeklärt. »Die Indizienkette verdichtete sich zusehends.« Im Haus der Tatverdächtigen wurden Beweismittel sichergestellt, die sie schwer belasten. Marilena H. wurde vergiftet. Zander erklärte: »Im Blut des Opfers wurde eine Substanz gefunden, die nur zwölf Stunden im Urin und acht Stunden im Blutplasma nachzuweisen ist, weil die metabolischen Endprodukte CO_2 und Wasser sind. Das hat die Untersuchungen erschwert. Wir konnten aber in der Nähe des Tatortes eine Flasche sichern, an der wir die DNA des Opfers nachweisen konnten.«
In dieser Flasche befanden sich Reste einer tödlichen

Mischung aus einer giftigen Substanz und einem hochpro-
zentigen alkoholischen Getränk. Die Flasche war von der
Strömung mitgerissen worden, verfing sich aber an einer
Wurzel. Dort blieb sie hochkant klemmen. Es wurden von
der Polizei außerdem Schleifspuren gesichert und aus-
gewertet. Jemand hatte versucht, sie zu verwischen. Die
Ermittler fanden Fußspuren der Verdächtigen am Bach, in
der Wohnung des Opfers gab es Spuren einer Rangelei.
Auch dort wurden Fingerabdrücke der Tatverdächtigen
gesichert. In einer Getränkeflasche fanden die Ermittler
dieselbe Mischung aus Wodka und Gift, mit der Marilena
H. vergiftet wurde – und dieselbe, die sich in der Flasche
aus dem Bach befand. Die Verdächtige hat sich bisher nicht
zu den Tatvorwürfen geäußert.

Als Ira ihre Aufzeichnungen in den Entwurf ihres Artikels
übertrug, stockte ihr plötzlich der Atem. Moment mal. Eine
Getränkeflasche? War das vielleicht die Pfandflasche, die
Marilena am Nachmittag ihres letzten Tages auf dem Hof
»geklaut« hatte, bevor sie das Kinderfahrrad in den Bach
geworfen hatte? Und wenn, was bedeutete das?

Vorhin, bei der Pressekonferenz hatte Ira nur rasch mit-
geschrieben, aber jetzt hatte sie das Gefühl, dass es in ihrem
Unterbewusstsein eine wichtige Information gäbe. Irgendwas war da noch, sie hatte ein diffuses Bild einer Flasche im
Wasser vor Augen.

Plötzlich fiel es ihr ein. Rasch rief sie den Ordner mit den
Bildern auf und scrollte durch die Fotos. Sie hatte am Abend
des zwölften Mai mit dem Handy Fotos von Angelinas Grab-

kreuz gemacht, dabei war auch ein Bild vom tosenden Wasser gewesen. Dann hatte sie es. Sie vergrößerte die Details. Da war es, eine Art Nest aus verkeilten Zweigen, darin steckte eine leere Colaflasche aus Plastik. Das musste die Flasche sein, von der in der Pressekonferenz die Rede gewesen war.

So langsam verdichteten sich die Indizien zu einem Bild. Das verschwundene Testament, das Sissy offenbar in Lilos Wohnung gesucht hatte, das Geschrei und der Streit wegen des Kinderfahrrades, Marilenas Reisepläne, das Mietangebot. Nach Meinung der Polizei war Marilena in ihrem Haus überwältigt worden, dort hatte Sissy ihr den tödlichen Cocktail eingeflößt und sie dann in den Bach geschleift.

Nein, dachte Ira, nein, so geht das doch gar nicht.

Wenn Marilena aus dieser Flasche getrunken hatte, die Ira zufällig fotografiert und die von der Polizei im Bach sichergestellt worden war – wie war die Flasche da hingelangt? Wenn Sissy ihrer Mutter in deren Haus einen tödlichen Giftcocktail eingeflößt hatte und die leblose Marilena anschließend zum Wasser zerrte, stellte sich dieselbe Frage erneut: Wie kam die Flasche in den Bach? Vielleicht hatte Sissy sie weggeworfen und nicht damit gerechnet, dass sie gefunden werden würde. An welchem Gift könnte Marilena gestorben sein?

Von der Polizei würde sie jetzt keine weiteren Infos bekommen, die über den Inhalt der Pressekonferenz hinausgingen. Also musste sie doch noch mal zu Enno.

Als er die Tür öffnete, wirkte er auf den ersten Blick, als sei er betrunken. Seine Mütze – heute er trug er eine in Lindgrün – saß schief auf dem Kopf, sein Blick flackerte, die Augen hinter den Brillengläsern waren rot gerändert, die Schatten darunter dunkel. Er glotzte Ira an, als habe er sie noch nie gesehen. Drinnen lief ein Fernseher, laut, die Stimmen klangen nach Zeichentrickfiguren, Kinder lachten.

»Herr Heiland, ich habe gehört, was geschehen ist …«

Er unterbrach sie verzweifelt: »Sie war es nicht, Sissy war es nicht, sie war die ganze Nacht bei mir im Bett, ich hätte gemerkt, wenn sie aufgestanden wäre und das getan hätte. Ich war doch morgens früh draußen, und da hat Sissy tief und fest geschlafen, warum glaubt mir denn keiner?«

»Weil Sie der Ehemann sind. Und weil leider alles gegen Ihre Frau spricht.«

Er schniefte. »Die können das doch nicht machen, sie unschuldig einbuchten, und was soll denn aus uns werden, wenn sie nicht wiederkommt?«

»Bitte beruhigen Sie sich. Mögen Sie mir sagen, was passiert ist? Darf ich reinkommen?«

Er warf über die Schulter einen Blick auf das Chaos im Flur. Dann trat er einen Schritt vor und setzte sich auf die Bank neben der Tür. Ira nahm neben ihm Platz. Mit bebenden Händen bot er ihr eine Zigarette an, sie lehnte ab. Er rauchte hastig, zog so lange, bis die Glut einen Zentimeter lang glühte.

Irgendwie tat er ihr leid. Er war sowieso nicht der Hellste, ohne seine Frau schien er völlig hilflos zu sein. Dennoch nutzte Ira seinen Zustand aus. »Wissen Sie inzwischen, was die Polizei auf dem beschlagnahmten Computer gefunden hat?«

Er zog wieder an der Zigarette, seine Fingerkuppen waren gelb, die Nägel viel zu lang. Die Worte kamen abgehackt, manches klang konfus, so, als habe er überhaupt nicht richtig kapiert, was geschehen war, und plappere nur nach, was man ihm erklärt hatte. Er wirkte treuherzig und verschlagen zugleich. Ira hakte immer wieder nach, dabei bemühte sie sich, auf seinem Niveau mit ihm zu kommunizieren.

Mit ihren Worten wiederholte sie, was er ihr versucht hatte zu erklären. »Die haben also auf Ihrem Computer gesehen, dass jemand nach Wörtern wie Abschiedsbrief und Selbstmörder gesucht hat?«

»Ja. Aber das war dann wieder weg.«

»Okay, Sie meinen, dass jemand diese Begriffe gesucht hat, dass der Suchverlauf gelöscht wurde, dass die Polizei ihn aber wieder herstellen konnte. Und dann gab es auf Ihrem Computer diesen versteckten Ordner, in dem Abschiedsbriefe von Selbstmördern gespeichert waren?«

»Ja, genau.«

»Und ein Abschiedsbrief war dabei, der soll von Marilena gewesen sein.«

Enno schlug sich mit der Hand an die Stirn. »Ja. So, und das kann nämlich gar nicht sein! Die Alte war noch nie bei uns in der Wohnung, und Sissy hat das auch ganz sicher nicht getan.«

Sanft sagte Ira: »Aber dieser Brief, der nachweislich auf Ihrem Computer geschrieben wurde, der steckte ausgedruckt in Marilenas Haus in einem Aktenordner, wo die Polizei ihn gefunden hat.«

»Ja.«

»Wissen Sie, was drinstand, Enno?«

Er senkte den Kopf. »Dass Marilena freiwillig aus dem Leben gehen will, weil sie eine Kindsmörderin ist und damit nicht fertigwird.« Plötzlich schien er sich darauf zu besinnen, dass Ira keineswegs eine Freundin der Familie, sondern die Frau von der Zeitung war. Panisch sprang er auf: »Das dürfen Sie nicht schreiben! Kein Wort! Dafür brauchen Sie mein Okay, Sie haben bloß ausgenutzt, dass es mir so scheiße geht, weil die meine Frau verhaftet ham ...« Er warf die Zigarette auf den Boden und trat hektisch drauf herum.

Ira versuchte ihn zu beruhigen: »Wenn Ihre Frau unschuldig ist, wird sich das herausstellen. Aber wenn nicht, wenn sie ihre Mutter getötet hat, dann müssen Sie und Ihre Töchter damit leben ... Haben Sie wirklich nichts mitgekriegt?«

Er sprang auf. »Ja, lecken Sie mich doch am Arsch!«

26

Andy kochte auf einer Veranstaltung und hatte bis Mitternacht zu tun. Ira verbrachte den ganzen Abend am Macbook und recherchierte.

Zuerst versuchte sie herauszukriegen, an welchem Gift Marilena gestorben sein konnte. Als Suchbegriffe benutzte sie die Worte aus der Presseerklärung: *Im Blut des Opfers wurde eine Substanz gefunden, die nur zwölf Stunden im Urin und acht Stunden im Blutplasma nachzuweisen ist, weil die metabolischen Endprodukte CO_2 und Wasser sind.* Natürlich veröffentlichte die Polizei den Namen der Substanz nicht, um keine Nachahmer zu motivieren.

Nach etlichen Klicks fand Ira den Hinweis auf ein Lösungsmittel, das man unter anderem zur Reinigung von Felgen und zum Entfernen von Farben und Graffiti benutzen konnte. »Na, da kommen wir der Sache doch schon näher«, murmelte sie vor sich hin.

Marilena hatte Möbel restauriert. Dazu gehörte auch, dass sie alte Farbschichten entfernen musste. Rasch suchte Ira das Foto raus, auf dem Marilena und Simon vor dem Tisch in der Werkstatt posiert hatten, und vergrößerte es. Sie entzifferte den Namen auf einem der Behälter, gab ihn in die Suchmaschine ein – und fand einen Shop, der einen

Liter dieser Substanz für über hundert Euro anbot. Es dauerte nicht lange, bis sie herausgefunden hatte, dass es sich offiziell um das Mittel ZZZ handelte, das in vielen Bereichen der Industrie verwendet und häufig auch als Lösungsmittel für Farben benutzt wurde. Alle Shopbetreiber wiesen ausdrücklich darauf hin, dass Privatpersonen ZZZ nur noch im Internet kaufen konnten. Die Händler beteuerten im Kleingedruckten, dass ZZZ in Deutschland trotz seiner hohen Missbrauchsgefahr nicht illegal sei, es könne auch von Privatpersonen genutzt werden.

Genau das hatte Marilena offensichtlich getan. Und laut Annahme der Polizei hatte Sissy ihr genau dieses Zeug in einer tödlichen Mischung aus Wodka verabreicht. Aber wie hatte sie das schaffen können? Hatte sie bei ihrer Mutter an die Tür geklopft und sie überwältigt – ohne blaue Flecken, Beulen oder Kratzspuren zu hinterlassen? Die hätte man an ihrem Körper schnell gefunden, aber Marilena war relativ unverletzt aus dem Bach geborgen worden.

Ira sah auf die Uhr. Viertel nach neun. Egal, sie rief trotzdem noch bei Kommissar Brück an.

»Wittekind, Sie gönnen mir einfach keinen freien Abend, oder?«

»Sorry, aber ich muss mit Ihnen reden. Haben Sie heute die Pressekonferenz mit Zander mitgekriegt?«

Natürlich war Brück im Bilde. Auch wenn er als Bad Oeynhausener Polizeihauptkommissar nicht in die Ermittlungen der Bielefelder Mordkommission eingebunden war, so hatte er den Fall dennoch die ganze Zeit verfolgt. Dass Sissy den Abschiedsbrief für ihre Mutter entworfen hatte, fand er schlüssig, und er ließ durchblicken, dass Sissy nach der Beerdigung in Marilenas Haus nach dem neuen Testament der Oma gesucht haben musste. »Sie behauptet zwar, dass sie keine Unordnung gemacht hat, es gab aber eindeutige Spuren eines Kampfes.«

»Wo sind denn Lilos Testamente?«, fragte Ira. »Es muss ein altes geben, das Sissy versteckt hat, ihr Bruder Simon deutete das an. Und ein zweites, dieses neue, von dem Marilena sprach, muss auch irgendwo sein.«

Brück sagte: »Das erste haben die Kollegen gefunden, das zweite nicht.«

»Das erste ist das, in dem Sissy alles erbt, aber Marilena und Simon so gut wie leer ausgehen?«

»Vermutlich. Ich kenne den Inhalt nicht, und wenn, dann würden Sie es von mir bestimmt nicht erfahren.«

»Schon klar.«

»Aber warum hat Sissy das erste Testament versteckt?«

Brück antwortete nicht – natürlich nicht, woher sollte er die Antwort wissen?

»Finden Sie nicht, dass man sich ziemlich schnell auf Sissy Heiland eingeschossen hat?«

»Na ja … alles deutet auf sie hin. Beweise, Motiv, Gelegenheit, passt schon.«

»Aber es gibt kein Geständnis.«

»Wittekind! Was soll denn das? Rufen Sie Zander an, wenn Sie was wissen wollen. Aber machen Sie hinne, der geht bald nach Düsseldorf.«

»Was macht er denn da?«

»Karriere, Wittekind, Karriere. Er wechselt zum LKA in

die Abteilung für Ermittlungen, Auswertung und Analyse Organisierte Kriminalität. Wie das eben so ist bei den Kollegen mit Abitur, bei denen geht auch mit über fuffzig noch was.«

Sie legten auf.

Ira blickte aus dem Fenster. Halb zehn, Dämmerung, die blaue Stunde. Sie klappte das Macbook zu, stieß einen leisen Pfiff aus, auf den die Hündin sofort reagierte, nahm die Leine und machte sich mit Tante Erna auf den Weg durchs Dorf.

Sie musste nachdenken, das Chaos ordnen oder, noch besser, es abschalten, Feierabend machen und sich auf Andy freuen, der in spätestens zwei Stunden zu Hause sein würde. Noch neunzehn Tage bis zur Hochzeit.

27

Mittwochvormittag um halb zehn saßen Ira und Andy auf der Terrasse und frühstückten, als drinnen das Handy klingelte.

Andy verdrehte genervt die Augen. »Schon beim Frühstück ... lass es dieses Mal klingeln, langsam geht's mir auf den Sack.«

Sie stand auf, wuschelte ihm mit beiden Händen durch die Haare und gab ihm einen Schmatzer auf die Stirn.

»Lass dich doch scheiden!«

Er hielt sie am Arm fest. »Bist du so übermütig, weil du gestern großartigen Sex mit mir hattest – oder weil es dir noch nicht gereicht hat?«

Sie musste lachen. »Angeber!«

Das Klingeln hörte nicht auf. Sie entzog Andy ihren Arm und ging rein.

Es war Nikola. »Langsam drehe ich durch. Können Sie sich vorstellen, dass sie unser Haus durchsucht haben?«

»Wer?«

»Die Polizei!«

»Wonach haben sie gesucht?«

»Nach K.-o.-Tropfen, die per Nachnahme von Sissys Computer aus bestellt wurden. Enno sagt, Sissy hätte das Päckchen aber nicht angenommen, weil sie es gar nicht bestellt hatte. Dann haben die Polizisten bei uns alles durchsucht. Es hätte ja sein können, dass wir es angenommen haben.«

»*Haben* Sie es angenommen?«

»Nein!«

»Wenn Sissy die Annahme verweigert hat, ist das leicht nachzuvollziehen, es genügt ein Anruf beim Versender. Aber wenn sie lügt ... wieso bestellt sie etwas und nimmt es dann nicht an?«

Nikolas Stimme kippte in eine schrille Tonlage. »Vielleicht aus demselben Grund, aus dem sie Simon jetzt beschuldigt, Marilena ermordet zu haben!«

Ira machte sich gerade. »Was hat sie?«

»Sie sagt, dass sie es nicht war und dass nur Simon ein Motiv hat, dass nur er es gewesen sein kann, weil er an die Hälfte des Vermögens will. Simon ist total fertig, er denkt, dass Sissy mit ihrer Lügerei wieder durchkommt, wie schon so oft, dann hätte sie wieder gewonnen. Was soll ich denn jetzt tun?«

Ira versuchte sie zu beruhigen. »Geben Sie mir eine halbe Stunde, ich komme mit meinem Mann zu Ihnen.«

Sie legte auf, drehte sich um und stieß mit Andy zusammen.

Er lächelte. »Genau, dein Mann räumt den Tisch ab, während du dir Schuhe anziehst, und dann fährt dein Mann mit dir los. Weil dein Mann der bestmögliche Mann für dich ist, du musst das gar nicht extra betonen.«

Sein Grinsen wurde noch breiter. »Das wolltest du doch gerade sagen, oder?«

»Dass du der Beste bist? Ja.«

Simon öffnete ihnen. Er wirkte auf den ersten Blick gefasst, aber dann war ihm die Aufregung deutlich anzumerken. Die Polizei hatte am Tag zuvor erneut Marilenas Werkstatt durchsucht und einen Brief gefunden. Er hatte in einer Plastikfolie unter der Schublade eines Schrankes geklebt. Simon zitierte den Inhalt: ... *setze ich meinen Sohn Simon Heiland als Alleinerben ein. Hiermit enterbe ich meine Tochter Sissy Heiland. Gleiches gilt für ihre Abkömmlinge. Ich enterbe sie, weil davon auszugehen ist, dass sie mich umgebracht hat, wenn dieses Schriftstück verlesen wird. Ich glaube, dass sie auch meine Mutter ermordet hat.*

Er hatte Tränen in den Augen, als er rief: »Das ist doch kein Testament, das ist der Beweis! Sissy hat Oma Lilo *und* Marilena auf dem Gewissen!«

Andy und Ira sahen sich an. Sie dachten dasselbe.

Sissy beschuldigte Simon, er beschuldigte Sissy. Und Marilena hatte geahnt, dass ihre Tochter sie umbringen wollte.

Wow. Moment. Ira versuchte, einen klaren Kopf zu behalten. Lilo sollte auch ermordet worden sein? Wie denn? Warum denn? Von Sissy? Aber dazu gab es doch keinen Grund! Außerdem hatten sie es jetzt mit drei Testamenten zu tun. In Testament eins war Sissy Alleinerbin. Testament zwei war nicht auffindbar, darin sollten angeblich Marilena und Simon viel mehr bekommen, und nun gab es ein drittes, Marilenas Testament. Samt Beschuldigung. Das dritte ergab nur Sinn, wenn Marilena ein Vermögen besessen hätte. Und das wiederum war nur der Fall, wenn sie Alleinerbin von Lilos Vermögen gewesen wäre. Wenn Sissy von dem zweiten, neuen Testament ihrer Großmutter auf der Beerdigung gehört hatte, hatte sie ein handfestes Motiv. Dann konnte sie annehmen, dass Marilena alles bekam – und dass sie und ihr Bruder Marilena nach deren Ableben beerben würden. Aber: Das war nur logisch, wenn Sissy davon ausgegangen war, dass Marilena nichts weiter verfügt hatte, dass es von ihr kein Testament gab, sodass in diesem Fall beide Geschwister Haus und Hof bekamen. Dasselbe galt für Simon.

War der Besitz von Lilo Wolf denn wirklich so viel wert, dass man dafür zwei Menschen ermorden würde?

Ira wandte sich wieder an Simon: »Nehmen wir mal an, Ihr Verdacht und die Anschuldigung Ihrer Mutter stimmen. Ihre Schwester hat es getan. Wie muss ich mir das vorstellen? Hat Marilena die Tür geöffnet? Hat Sissy sie dann überwältigt? Oder hat Sissy ihr drinnen aufgelauert? Kann sie irgendwie in das Haus Ihrer Mutter gekommen sein?«

Nikola und Simon starrten sich an.

»Oh mein Gott, der Schlüssel ...«, flüsterte Nikola.

»Welcher Schlüssel?«, fragte Ira.

»In Marilenas Garten, das Vogelhäuschen am Fliederbusch, darin liegt ihr Ersatzschlüssel ...«

Simon war aufgesprungen und hinausgelaufen. Er kam kurz darauf kopfschüttelnd zurück. »Da ist kein Schlüssel.«

Ira beobachtete ihn und Nikola genau. Entweder lag wirklich kein Schlüssel in diesem Versteck, dann konnte es sein, dass Marilenas Mörder oder Mörderin damit aufgeschlossen und in ihrem Haus auf sie gewartet hatte. Oder Simon hatte den Schlüssel soeben an sich genommen. Oder die Polizei hatte ihn längst gefunden und die Spuren daran ausgewertet.

Ira verabschiedete sich abrupt. »Ich habe einen Termin, wir müssen los.«

Andy ließ sich seine Verwunderung nicht anmerken.

Sie fuhren geradewegs in die Blücherstraße, und Ira suchte Kommissar Brück auf. Andy wartete im Auto.

Sie sparte sich die Begrüßung. »Ich habe einen schrecklichen Verdacht, ich glaube nämlich, dass Marilena …«

»Wittekind, ich bin nicht zuständig, wie oft soll ich Ihnen das noch sagen.«

»Nein, bitte, ich muss erst mit Ihnen reden, nicht mit Zander, noch nicht. Sie wissen genau, dass ich nicht hier wäre, wenn es nicht wichtig wäre.«

»Okay. Schießen Sie los.«

Ira stand mit dem Rücken zum Fenster und lehnte sich an die Fensterbank. »Fakt ist, dass Sissy Heiland sich irgendwann im Haus von Marilena aufgehalten hat. Ich denke, sie ist mit dem Schlüssel aus dem Vogelhäuschen reingekommen. Weiß die Kripo von diesem Versteck?«

Brück hatte die Arme vor dem Bauch verschränkt und drehte sich beim Zuhören mit seinem Schreibtischstuhl langsam hin und her. »Weiter«, sagte er nur.

»Wann genau war sie in dem Haus?«

»Worauf wollen Sie hinaus?«

»Samstags war die Beerdigung von Lilo. Dort hörte Sissy Heiland ihre Mutter von einem weiteren Testament reden. Sie musste nun glauben, dass sie nach dem Tod der Großmutter leer ausgehen würde. Das musste sie verhindern. Sie dachte, wenn sie dieses Testament finden und vernichten würde, sei sie aus dem Schneider. Könnte so gewesen sein,

oder? Sie holte den Schüssel aus dem Versteck im Vogel-
haus, durchsuchte das Haus, fand aber nichts. Letzte Lö-
sung: Mord. Wenn ihre Mutter jetzt erben und dann sterben
würde, wäre Sissy in der Erbfolge wieder im Rennen. Sie
lauerte Marilena in der Nacht auf, hatte Gift und Wodka
parat und brachte sie um. Dann legte sie sich ins Bett und
schlief. Zeuge: der Ehemann.« Ira tippte sich mit dem Finger an die Stirn. »Klingt völlig absurd, ist es auch.«

Kommissar Brück nickte.

»Warum nicken Sie?«

Er sprach leise, Ira musste sich vorbeugen, um ihn verstehen zu können. »Sissy hat zugegeben, Lilos Beerdigung
frühzeitig verlassen zu haben. Sie hat tatsächlich unverzüglich das Haus ihrer Mutter wegen des Testamentes durchsucht, dann aber alles ordentlich verlassen und den Schlüssel wieder in das Versteck zurückgelegt.«

»Die Beerdigung war vormittags. Es gab an jenem Nachmittag diese alberne Szene mit dem Kinderfahrrad und der
geklauten Pfandflasche. Marilena ist erst nachts gestorben.«

Brück stand auf und ging zwei Schritte auf sie zu. Er
stand jetzt vor ihr und sah ihr in die Augen. »Genau. Ich
denke, dass Sissy lügt. Denn erstens war die Bude nach ihrer
Suche alles andere als aufgeräumt, und der Schlüssel lag keineswegs wieder im Versteck, sondern er lag in der Küchen-
schublade. Und es waren keine Fingerabdrücke drauf.«

»Keine?«

»Keine.«

Ira ging zum Besucherstuhl und ließ sich darauffallen.
Sie wusste, dass sie von Brück soeben Informationen erhal-

ten hatte, die er nicht hätte rausgeben dürfen. »Jetzt verstehe ich gar nichts mehr!«

Brück wirkte nachdenklich. »Geht mir genauso.«

»Dieser Brief von Marilena, der jetzt gefunden wurde ... sie beschuldigt Sissy des Mordes an sich selbst und an ihrer Mutter Lilo. Wie kommt sie darauf? Wie konnte sie wissen, was Sissy vorhatte – und wie kommt sie darauf, dass auch Lilo ermordet wurde? Woran ist Lilo überhaupt gestorben?«

Brück hatte sich wieder gesetzt und rollte mit dem Stuhl an den Schreibtisch heran. Er nahm einen Stift in die Hand und haute damit gedankenverloren auf die Tischkante. Dann stand er wieder auf. »Sie müssen jetzt gehen, Wittekind, ich kümmere mich drum, wir bleiben in Kontakt. Ich melde mich bei Ihnen!«

Ira traf sich mit Coco im Eiscafé am Inowroclaw-Platz. Sie kamen gleichzeitig an und ergatterten zwei Korbstühle samt Fleecedecken unter einem der Heizpilze. »Schweißwetter«, motzte Coco, während sie sich die graue Decke über die Beine legte. »Warm, kalt, warm, kalt, und jetzt haben wir Ende Mai und nur vierzehn Grad, das ist doch zum Auswandern ... Ich brauch was Warmes, willst du auch ʼnen Kakao?«

»Nee, ich muss immer noch aufpassen, sonst passt mir das Hochzeitskleid nicht!«

»Wenn das Sauwetter so bleibt, kannst du dir sowieso ʼne Daunenjacke überziehen.«

»Was gibtʼs Neues in deiner Großfamilie?«, fragte Ira. Sie war froh, Anekdoten aus Cocos Alltag zu hören, liebte deren trockene Art zu erzählen, und wieder riet sie ihrer Freundin, über ihre Erlebnisse als Taxifahrerin eines Tages ein Buch zu schreiben.

Coco winkte ab. »Ja ja, wenn ich mal in Rente bin, schreib ich auch 'n Buch.« Sie wechselte das Thema. »Ich hab gehört, die Büchsenmacherin ist verhaftet worden. Hat sie echt ihre Mutter und die Omma umme Ecke gebracht?«

»Jedenfalls spricht im Moment alles dafür.«

Coco grinste sie herausfordernd an. »Nee, komm, nicht nur Andeutungen machen, gib mal Butter bei die Fische. Was hast du rausgekriegt?«

Ira versuchte, den kompletten Fall zusammenzufassen, aber während sie erzählte, fand sie, dass alles total konfus und unlogisch klang.

Coco hatte ihr genau zugehört. »Warte mal … nehmen wir an, Lilo hat ein neues Testament gemacht, in dem sie Marilena als Universalerbin eingesetzt hat und nicht mehr Sissy – gibt es für die Enkel so etwas wie einen Pflichtteil?«

»Ich glaube nicht. Marilena war ihr einziges Kind, andere Verwandte hat sie nicht. Von einem Pflichtteil für Enkel hab ich noch nie was gehört.«

»Nehmen wir weiter an, Lilo stirbt und Marilena weiß, dass sie Alleinerbin ist, dann, und nur dann, ist es möglich, dass sie Sissy überhaupt enterben kann.«

Ira griff mit beiden Händen in ihre Locken und raufte sich die Haare. »Ich steig da nicht mehr durch. Coco, du weißt, dass ich ein logischer Mensch bin, es ist seit dreißig Jahren mein Job, komplizierte Zusammenhänge einfach und für jedermann verständlich zu erklären, aber hier stoße ich an meine Grenzen.«

»Nun bleib mal ganz ruhig. Wir gehen das jetzt zusammen durch. Also: Die haben Sissy verhaftet. Ich meine, das ist ja schon immer 'ne oberfiese Tussi gewesen, sie hat jeden gegen jeden ausgespielt und sich schon viele Klopper geleistet. Zuerst brauchen wir mal ihr Motiv. Wenn du mich fragst, Habgier, ganz klar. Oder Hass auf ihre Mutter, sie hat ihr die Schuld an Angelinas Unfall gegeben. Kann ich sogar nachvollziehen. Oder beides, Hass und Habgier. Aber wie hat sie es getan? Wie ist diese verdammte Schose abgelaufen?«

Ira und Coco steckten fast drei Stunden lang die Köpfe zusammen und entwarfen verschiedene Szenarien. Als es ihnen draußen zu kalt wurde, suchten sie sich drinnen im Café einen Platz. Die Indizienlage war eindeutig: Es gab einen gefälschten Brief, der auf Sissys Computer geschrieben worden war, zuvor hatte sich jemand im Internet Vorlagen für solche Briefe zusammengesucht. Vom selben Computer waren K.-o.-Tropfen bestellt worden, das war in etwa dasselbe Zeug, mit dem Marilena vergiftet worden war. Sie musste gezwungen worden sein, den Giftcocktail zu trinken, wahrscheinlich war sie sofort tot gewesen. Dann wurde sie zum Bach geschleppt, wo Enno sie am Morgen fand, während seine Frau, die mutmaßliche Mörderin, friedlich neben ihm schlief.

Und wenn Sissy es nicht war? Traute sie Simon diese Tat zu? Er wirkte immer sanft und freundlich, aber vielleicht war das nur eine Maske.

Nikola? Konnte eine Schwangere so etwas tun? War sie körperlich dazu in der Lage? Hatte sie ein Motiv?

Georg Karmann. Er war der Letzte, mit dem Marilena gesprochen hatte, behauptete, sie habe ihn angerufen, sei betrunken gewesen, habe gesagt, sie hätte Angst. Und wenn er log? Hatte die Polizei nachgeprüft, ob und wann dieses Telefongespräch überhaupt stattgefunden hatte? Hatte Karmann ein Alibi? Brauchte er eins, hatte er ein Motiv?

Coco sagte: »Wenn Marilena ihre Mutter heimlich besucht hat, war sie immer allein im Haus, oder?«

»Ja, sie konnte von ihrem Fenster aus sehen, wenn Sissy und Enno weg waren, dann ging sie hintenrum rein.«

»Theoretisch hatte sie also viele Gelegenheiten, an Sissys Computer zu kommen und den Abschiedsbrief darauf zu schreiben, oder?«

Das war es! Adrenalin schoß plötzlich durch Iras Körper. Sie schlug sich die Hand vor den Mund, weil sie sonst laut aufgeschrien hätte.

»Hat dich was gebissen?«, fragte Coco trocken.

Ira winkte ab, holte ihr Handy raus und suchte hektisch nach einer Nummer. Sie wählte. Freizeichen.

»Piepenbrink.«

»Ira Wittekind, ich war Mittwoch bei Ihnen, und wir hatten dieses interessante Gespräch, das mir wirklich geholfen hat. Mir ist noch was eingefallen.«

»Ja?«

»Sie erzählten, dass Sie mit Familie Heiland nichts mehr zu tun hatten.«

»Ja, genau.«

»Und Sie sagten, es sei noch nicht lange her gewesen, da haben Sie Marilena drüben gesehen. Sie haben sie gefragt,

wann sie was wegen der Ratten unternehmen würde, erinnern Sie sich?«

»Ja, sicher.«

»Wissen Sie zufällig noch, wann das war?«

Er überlegte. »Das muss ungefähr Anfang April gewesen
sein, ich habe hinten den Rindenmulch aufgebracht, und
der war am Tag vorher geliefert worden. Ich kann gern die
Rechnung suchen und nachschauen, dann weiß ich das
genaue Datum.«

»Das wäre großartig!«

»Muss ich erst raussuchen, ich rufe zurück.«

Ira legte auf.

»Wie bist du jetzt auf den gekommen?«, fragte Coco.

»Wenn Piepenbrink Marilena in dem Bereich des Hofes
gesehen hat, in dem der meiste Müll rumliegt und Ratten
rumlaufen, ist das an der Hintertür, das ist von seinem Garten aus die einzige einsehbare Grundstücksgrenze.«

»Und was hast du davon, wenn du weißt, an welchem
Datum er sie da gesehen hat?«

»Ganz einfach: Die Polizei kann nachvollziehen, wann
der Abschiedsbrief auf Sissys Computer verfasst wurde.«

Coco stieß einen anerkennenden Pfiff aus. »Jau! Ich verstehe! Wenn das zufällig der Tag war, an dem der Nachbar
Marilena hinterm Haus gesehen hat, ist das vielleicht der
Beweis, dass sie im Haus war und da den Brief selber geschrieben hat!«

Piepenbrink rief zurück und nannte das Datum. Ira
notierte es und bedankte sich.

Coco musste weg, sie verließen das Café. »Halt mich bloß

auf dem Laufenden!« rief sie und verschwand Richtung Parkhaus.

Ira lief unruhig auf dem Inowroclaw-Platz hin und her, während sie mit Zander telefonierte. Ihre Neuigkeiten waren für den ermittelnden Kommissar wichtig. Auch wenn sie sich eigentlich nicht verstanden, verzichtete Ira sich jetzt den Umweg über Brück.

»Ich muss Sie darüber informieren, dass jemand Marilena Heiland am Hintereingang des Haupthauses gesehen hat. Wenn das zufällig der Tag war, an dem die Abschiedsbriefe auf Sissys Computer gesucht und gespeichert wurde … Können Sie feststellen, wann und auf welchem Drucker der Schrieb ausgedruckt wurde?«

»Ich ahne, worauf Sie hinauswollen …«, sagte Zander. »Sparen Sie sich Ihre absurden Theorien, Wittekind. Das ist nicht Ihre Aufgabe, wir machen das schon.«

28

Am Donnerstag standen sie früh auf. Ira musste einen weiteren Artikel von mindestens zweihundertfünfzig Zeilen über den Mordfall Bachleiche schreiben, Andy hatte seinem Bruder Thomas versprochen, mit ihm gemeinsam den Kirmeswagen zu lackieren, der inzwischen an seinem endgültigen Platz neben dem Hoftor stand. Bis zur Hochzeit sollte er fertig sein, damit der Tisch mit den Geschenken darin untergebracht werden konnte. Danach sollte der Blumenverkauf für die Tanten losgehen.

Um halb acht klingelte das Festnetztelefon. Andy ging ran. Er stutzte, schaute erstaunt, sagte: »Ja, sie ist hier, Moment«, und reichte Ira den Hörer.

Es war Andys Anschluss, sie hatte diese Nummer noch nie weitergegeben. Verwundert meldete sie sich.

»Brück hier, wir müssen uns treffen.« Bevor sie ihn fragen konnte, warum er nicht auf dem Handy, sondern mit unterdrückter Nummer bei Andy anrief, sagte er hastig: »Kommen Sie in den Kurpark, bin in dreißig Minuten vor der Wandelhalle.«

Ira parkte an der Auferstehungskirche, nahm den östlichen Eingang in den Kurpark und eilte über den ersten Weg, der rechts abging, bis zum Haus des Gastes. Sie war viel zu gespannt auf das Treffen, um einen Blick für die herrlichen Parkanlagen übrig zu haben, deren Beete in knallbunten Farben leuchteten. Es waren um diese Zeit nur wenige Spaziergänger unterwegs. Um zwanzig nach acht erreichte sie den Säulengang der Wandelhalle. Brück wartete schon auf sie.

»Moin. Das ist ja ein richtig konspiratives Treffen.«

Er war nicht zum Scherzen aufgelegt. Sie gingen stumm nebeneinander her, bis er sagte: »Wittekind, wir kennen uns jetzt schon ein paar Jahre, und ich hab mich immer auf Sie verlassen können. Das tu ich auch jetzt. Es ist so: Was Sissy Heiland angeht ... Ich ... glaube nicht mehr, dass sie es war. Aber damit laufe ich bei Zander vor die Wand, der stützt sich auf die Indizien und vor allem: Er braucht diesen Erfolg. Ein gelöster Mordfall kurz vor der Beförderung ist gut für seine Personalakte – und für die Statistik sowieso. Aber er irrt sich, dafür verwette ich meinen Arsch. Das ist nämlich alles viel zu glatt und viel zu einfach. Dass die Frau ein Alibi hat, Enno Heiland hat ausgesagt, dass sie neben ihm geschlafen habe, ignoriert Zander. Dass der Typ nur mit Ohropax schläft, weil seine Alte wohl schnarcht wie ein Tier, ist für Zander Beweis genug, dass Sissys Alibi keins ist. Er ist davon überzeugt, dass Enno einfach nichts mitgekriegt hat, weil er zu tief geschlafen hat. Ich kann in dieser Sache nicht ermitteln, aber Sie, Sie können es.«

Hatte er je so lange am Stück mit ihr geredet? Ira wusste nicht, worauf er hinauswollte, aber sie spürte, dass es ihm sehr ernst war.

Brück sprach sachlich und mit nahezu emotionsloser Stimme. Gestern sei ein Mann in der Polizeiwache an der Blücherstraße aufgetaucht und habe erklärt, er wolle einen Brief von Lilo Wolf abgeben. Der Brief sei an die Polizei Bad Oeynhausen adressiert gewesen. »Der Kollege, der den Posteingang bearbeitet, leitete das Ding unverzüglich an mich weiter.«

Lilo hatte an die Polizei geschrieben? Ira hielt gespannt die Luft an.

»Der Umschlag enthielt ein handschriftliches Testament von Lilo Wolf, in dem sie ihren gesamten Besitz der Tochter Marilena vermacht. Sie hat es am zwanzigsten April, also wenige Tage vor ihrem Tod, verfasst, in das adressierte Kuvert gesteckt und dem Mann aufgetragen, es erst nach seinem Urlaub zu uns zu bringen.«

»Jetzt bin ich raus, ich verstehe gar nichts mehr! Wer war denn dieser ominöse Bote?«

»Ihr Krankenpfleger.«

Sie blieb stehen und sah Brück ins Gesicht. Ein Krankenpfleger, der im Urlaub war? Kein Zweifel, da war jeder Irrtum ausgeschlossen. »Heißt er zufällig Oliver Seeberg?«

»Dachte ich mir schon, dass Sie bereits von ihm gehört haben. Was wissen Sie über ihn?«

»Er war der Nachfolger von Lilos Pfleger Steffen Deutz, den hatte Sissy des Diebstahls beschuldigt und deswegen gefeuert. Ich habe bereits versucht, Kontakt zu Seeberg aufzunehmen, aber er war im Urlaub und nicht zu erreichen.«

Seit gestern war er also wieder da, und sein erster Weg hatte ihn mit Post von Lilo zur Polizei geführt. »Wusste dieser Seeberg, dass Lilo während seiner Abwesenheit gestorben ist?«, fragte Ira.

»Hat er erst nach seiner Rückkehr erfahren. Er hat eine Trekking-Tour durch Island gemacht und war wochenlang nicht online.«

»Und er fand diesen Brief und ihren Auftrag, ihn erst nach seiner Reise zur Polizei zu bringen, nicht merkwürdig? Also, ich wäre stutzig geworden.«

»Offensichtlich nicht merkwürdig genug, um den Wunsch der alten Frau zu ignorieren und eigenmächtig zu handeln«, sagte Brück. »Aber: Er hat gestern eindringlich von Lilos Todesangst berichtet.«

»Erst gestern? Eindringlich? Es gab für ihn keinen Grund, vorher zu handeln? Ich bitte Sie, der muss doch eins und eins zusammengezählt haben: Eine alte Frau, die überall erzählt, dass sie Angst vor ihrer Enkelin hat, die in einer Bude lebt, in der die Fenster zugeklebt sind, in der es keine Klingel gibt und kein Telefon, ein Job als Pfleger, den er nur bekommen hat, weil sein Vorgänger aus fadenscheinigen Gründen gefeuert wurde … Brück, so blind oder ignorant kann man doch gar nicht sein!«

Brück meinte, dass Seeberg die Situation auf dem Hellberger Hof durchaus von Anfang an als »merkwürdig« empfunden habe. Lilo hatte ihm gegenüber behauptet, Sissy drohe, sie in die Irrenanstalt zu stecken, wenn sie weiter so »schreckliche Dinge« tue und die Kindsmörderin in ein Haus hole, in dem drei kleine Mädchen wohnten.

»Das war also ihr Druckmittel, um die alte Frau einzuschüchtern?«, entfuhr es Ira.

»Ja, und sie bläute ihr angeblich ein, dass sie in die Klapse komme, wo man sie in eine Zwangsjacke stecken und in einem Becken mit eisigem Wasser schlafen lassen würde. Und sie sagte, O-Ton Seeberg: ›Pass bloß auf, dass ich nicht eines Tages ein Kissen auf deinem Gesicht vergesse.‹«

Ira wurde laut. »Der Typ hat sie nicht alle! Könnt ihr den wegen unterlassener Hilfeleistung rankriegen?«

Eine ältere Frau, die mit einem kleinen weißen Hund an ihnen vorbeiging, schüttelte missbilligend den Kopf.

»Seeberg sagt, er habe Sissy eigentlich als fürsorglich erlebt, daher hat er Lilo Wolf wohl nicht für voll genommen.«

Ira dachte daran, dass Sissy es bei Kontakten mit Ämtern, beim Jugendamt und auch bei der Polizei, immer verstanden hatte, einen seriösen Eindruck zu hinterlassen.

»Jedenfalls hat sie Seeberg beschworen, den Brief unter keinen Umständen früher zu uns zu bringen, unbedingt erst nach seinem Urlaub. Er hielt es für eine schräge Idee einer verwirrten Alten und hinterfragte nichts. Wörtlich meinte er, er sei halt nicht lange genug im Haus gewesen, um zu checken, was da wirklich abging. Lilo habe zwar stets in deutlichen, ganzen Sätzen gesprochen, er hatte allerdings den Eindruck, dass sie sich in etwas reingesteigert hatte. So was habe er aber in dem Heim für Demenzkranke, in dem er vorher gearbeitet hatte, öfter erlebt, und er maß Lilos Verhalten daher keine weitere Bedeutung zu. Aber als er zurückkam und erfuhr, dass Lilo und Marilena gestorben sind und Sissy verhaftet worden ist, bekam er richtig Muffensausen. Da muss ihm schlagartig klar geworden sein, dass er das Unglück vielleicht hätte verhindern können.«

Iras Gedanken überschlugen sich. Das war also das verschwundene Testament! Marilena hatte auf der Beerdigung ihrer Mutter die Wahrheit gesagt, und Sissy hatte allen Grund gehabt, es vor allen anderen zu finden, um es sofort verschwinden zu lassen. Pech gehabt. Lilo hatte ein geniales Versteck gefunden, indem sie es dem Pfleger anvertraute. Aber wieso hatte sie so einen Aufwand betrieben? Warum dieses Zeitfenster? Warum hatte sie Seeberg, der wochenlang nicht zu erreichen gewesen war, als eine Art Kurier eingesetzt? Ihr fiel noch etwas auf. Sie sah Brück nachdenklich an. »Ist schon ein komischer Tag heute. Normalerweise muss ich Ihnen jedes Wort aus der Nase ziehen, aber heute reden Sie wie ein Wasserfall.« Sie blieb stehen und suchte seinen Blick. »Warum weihen Sie mich ein? Dafür können Sie Ihren Job verlieren.«

Er wich ihrem Blick nicht aus. Ruhig sagte er: »Zander hält den Fall für gelöst. Für ihn ist Sissy Heiland eine Doppelmörderin. Aber für mich ist das zurzeit nur ein Anfangsverdacht, mehr nicht.«

»Doppelmörderin? Er glaubt also Marilena, dass Sissy auch Lilo getötet hat?«

»Ja. Er lässt sie exhumieren.«

»Wen, Lilo? Oh. Wann?«

»Morgen Vormittag wird sie ausgegraben.«

Ira fragte sich erneut, warum Brück gegen alle Vorschriften handelte, warum er sie so geheimnisvoll kontaktiert und herbestellt hatte. Um ihr einen Gefallen zu tun? Wohl kaum. Wenn er nicht daran glaubte, dass sich alles so abgespielt hatte, wie es schien, wäre der richtige Weg gewesen, seine

Beobachtungen Kommissar Zander mitzuteilen. Stattdessen weihte er sie – und somit die Presse – ein? Brück handelte normalerweise korrekt, hielt sich an Dienstwege und Vorschriften und war überall als loyaler Kollege bekannt. Augenblick. Loyal? Er fiel Zander jetzt total in den Rücken, indem er ihr diese Infos gab.

»Warum tun Sie das?«, wiederholte sie.

Statt einer Antwort zog er ein Gesicht. Ira fiel sein Hinweis ein, dass Zander mit seiner Vorbildung bessere Aufstiegschancen hatte. Brück gehörte noch zu der Generation, die mit Mittlerer Reife in den Polizeidienst einsteigen konnten, aber das Ende seiner Karriereleiter war längst erreicht.

Sie ließ nicht locker. »Sie arbeiten in diesem Fall gegen Zander. Weil Sie anderer Meinung sind?«

»Auch. Wir müssen unbedingt beweisen, dass er sich irrt.«

»Oder ist es eine persönliche Sache? Hat es damit zu tun, dass er nach Düsseldorf geht, die Dienststelle wechselt und dass Sie eine solche Chance nicht haben?«

»Nein.«

Da war sie wieder, die typische ostwestfälische Freundlichkeit und Kommunikationsstärke, die Brück perfekt beherrschte.

»Nein? Was dann?«

»Er hat vor zwölf Jahren meine Frau geheiratet.«

Das saß.

Es war das erste Mal, dass Brück sich Ira gegenüber zu einem so privaten Satz hinreißen ließ, und sie wusste genau, dass es der einzige bleiben würde.

»Verstehe.« Sie suchte nach den richtigen Worten, um angemessen zu reagieren. Sie hatte nicht mal gewusst, dass er verheiratet gewesen war …

Ihr Ton klang bewusst geschäftsmäßig. »Damit wir uns richtig verstehen: Sie wollen mit mir gemeinsam herausfinden, ob die Indizien gegen Sissy tatsächlich über den Tatverdacht hinausgehen?«

Er behielt sein Pokerface bei und sagte nichts. Nur seine linke Augenbraue hob sich leicht.

Ira sagte: »Okay, ich kann noch konkreter werden. Sie glauben nicht, dass Sissy die beiden Morde begangen hat, im Gegensatz zu Zander, zu dem Sie eine, sagen wir mal, besondere Beziehung haben. Aber wenn es nicht Sissy war, wer war es dann?«

Seine Antwort klang wohlüberlegt. »Erstens. Zander erliegt einem dramatischen Irrtum. Das würde ich gerne nachweisen. Zweitens. Ich bin felsenfest davon überzeugt, dass jemand unbedingt will, dass es so aussieht, als sei es Sissy gewesen.«

»Und ich soll Ihnen helfen herauszufinden, wie es wirklich gelaufen ist?«

»Korrekt.«

»Aber was ist, wenn die Exhumierung ergibt, dass Lilo tatsächlich ermordet wurde, dass Marilena – zumindest mit diesem Teil ihrer Anschuldigung – recht hatte, was dann?«

»Dann sehen wir weiter.«

»Was habe ich davon, dass ich Ihnen helfe?«

»Nee, Wittekind, vergessen Sie's. Sie waren noch nie berechnend, ich weiß, wie Sie ticken. Ihnen liegt genauso viel daran wie mir, dass keine unschuldige Person für etwas büßen muss, das sie nicht getan hat.«

»Wenn Sie sich in diesem Fall mal nicht täuschen. Vielleicht haben Sie recht, und Sissy ist nicht die Mörderin ihrer Mutter, aber die Frau ist unter gar keinen Umständen unschuldig. Sie hat allen in der Familie ziemlich viel angetan, sie hat gemobbt, betrogen, erpresst, beleidigt und gedemütigt.«

Brück sah auf seine Armbanduhr. »Ich muss los. Kann ich mich auf Sie verlassen?«

»Ja, können Sie. Unter zwei Bedingungen.«

»Bedingungen?« Jetzt zog er beide Augenbrauen hoch.

»Ehrlichkeit, Offenheit und zügiger Informationsfluss.«

Er drehte sich um und sagte im Weggehen: »Wenn Frauen versuchen, bis zwei zu zählen … Okay.«

Kaum war Brück weg, simste Ira an Horstmann. *Lilo Wolf wird morgen exhumiert, wenn ich früh genug da bin, haben wir Exklusivbilder.*

Später, als Ira wieder auf Eskendor war und die Tanten sich zum »Probesitzen« vor den Verkaufswagen gepflanzt hatten, forderte Tante Sophie sie zur »Kurzberichterstattung« auf.

»Nee! Sach bloß! Die buddeln die Hanseatin wieder aus? Is ja nich zu fassen. Frieda, wollten wir nich sowieso nach'n Friedhof hin? Es soll ja wieder wärmer werden, da könnten wir doch morgen schon zum Gießen hin, oder?« Tante Friedchen versuchte gar nicht erst, ihrer Schwester zu widersprechen oder desinteressiert zu wirken. »So was sieht man ja nicht alle Tage, das muss ich wohl zugeben …«

Andy parkte den Kombi am nächsten Morgen um halb acht vor dem Friedhof. Auf dem Parkplatz stand um diese Zeit noch kein einziges anderes Auto.

Tante Sophie schob ihren Rollator erhobenen Hauptes durch das Eisentor, Tante Friedchen hatte sich bei ihr untergehakt. Es war ein Bild wie in einem französischen Film: Zwei weißhaarige Frauen in knielangen dunklen Röcken und dünnen Strickjacken, eine mit Nackendutt, eine mit frischer Krause, zockelten o-beinig über den Kiesweg eines Friedhofes.

Blauer Himmel, Morgentau auf Stiefmütterchen und Efeu, singende Amseln auf marmornen Grabsteinen, huschende Eichhörnchen an rissigen Baumstämmen, fliehende Karnickel zwischen Beeten und Büschen – die Tanten wussten genau, wo Lilo Wolfs Grab zu finden war. Sie setzten sich auf eine Bank, von der aus sie gute Sicht darauf hatten, und taten so, als würden sie die Morgensonne genießen. Beide hatten dunkel getönte Sonnengläser vor ihre Brillen gesteckt, Tante Sophie klappte ihre Vorrichtung hoch, sodass die Gläser waagerecht abstanden, und schaute sich neugierig um. Ira und Andy bezogen Stellung hinter einer Hecke, hier konnten sie alles sehen, und Ira konnte unbemerkt fotografieren.

Als die Kolonne mit dem Friedhofsbagger und einem kleinen Lkw anrückte und mit der Arbeit begann, klappte Tante Sophie die Sonnenbrille wieder runter und machte ein Pokerface. Die Schwestern reckten die Hälse, als jemand von der Polizei dazukam, sich an den Rand der Grube stellte und das Geschehen beobachtete. Ira fotografierte mit Teleobjektiv, sie würde später, wenn die Leiche sichergestellt und abtransportiert worden war, noch Nahaufnahmen von der offenen Grube machen.

Auf dem Weg nach Hause schwiegen sie. Nachdem sie in Andys Wohnung auf den Kaffee warteten, für den er Wasser aufgesetzt hatte, sagte Tante Friedchen: »Das musste erst mal wechstecken. Da denkste, du hast ewige Ruhe, und denn wirste wieder ausgebuddelt, auf'n Laster geladen und aussenandergepult. Mannomann, was für'n Schauspiel ...«

Ira verabschiedete sich nach dem Kaffee, zog sich in den Garten zurück und schrieb ihren Artikel, fügte die Fotos ein und schickte beides zwei Stunden später in die Redaktion. Der Artikel sollte morgen, am Samstag, in der Gesamtausgabe mit der Überschrift erscheinen:

Wenn es Mord war ... – keine Ruhe für Lilo W.

29

Brück rief am Samstag schon wieder bei Andy auf dem Festnetz an. Nachdem er sich gemeldet hatte, reichte Andy den Hörer wortlos an Ira weiter.

»Wittekind, können wir uns treffen?«

»Kommen Sie doch vorbei, der Kaffee ist noch heiß«, antwortete Ira.

»Das ist kein privater Termin. Können Sie in einer halben Stunde am Hellberger Hof sein?«

»Okay.«

»Gehen Sie unter keinen Umständen ohne mich rein, wir reden gleich.«

Aufgelegt.

Ira parkte ihren Mini ein paar Straßen weiter und ging zu Fuß zum Hof.

Brück wartete in einem schwarzen Citroën Kaktus. Es musste sein Privatwagen sein; Ira erkannte Brück, weil er sich durch Lichthupe bemerkbar machte. Die Beifahrertür wurde von innen geöffnet, Ira stieg ein, und der Kommissar begann ohne Umschweife: »Moin. Die Exhumierung ist durch. Info zur Lage: Der Arzt hat Mist gebaut, kein Herzversagen, Lilo Wolf ist erstickt worden. Was verdächtig ist: Sie hat sich nicht gewehrt.«

Ira stieß einen Pfiff aus. »Sie hat sich ohne Gegenwehr im Schlaf ersticken lassen? War sie betäubt?«

»Ja, sie hatte vermutlich dasselbe Zeug intus wie ihre Tochter.«

»Heilige Scheiße.«

»Es gibt keine Anzeichen dafür, dass sie gezwungen wurde, das Betäubungsmittel zu trinken, aber nach der Spurenlage befand es sich in einem Wasserglas neben ihrem Bett, und sie scheint es selbst eingenommen zu haben.«

»Aber sie hat sich das Zeug nicht selber besorgt und in das Glas geschüttet?«

»Selber besorgt eher nicht, sie konnte ja nicht allein aufstehen. Ins Glas geschüttet, auch unwahrscheinlich, es sei denn, sie *wollte* sich vergiften. Aber sie wird sich wohl kaum anschließend selber erstickt haben.«

Ira kombinierte: »Das heißt, jemand hat ihr das Zeug verabreicht und sie dazu gebracht, es zu trinken?«

»Scheint so.«

»Und dann? Lassen Sie sich doch nicht wieder jedes Wort mit 'nem Kniefall rauskitzeln! Sie haben gesagt, sie ist erstickt worden, dann wurde sie vergiftet, was denn nun?«

»Mit dem ZZZ betäubt und dann erstickt, bevor sie daran gestorben ist.«

»Und Sie glauben nicht, dass es Sissy war?«

Er schüttelte den Kopf.

»Sie hatte immer Zugang zu Lilo, sie hat sie versorgt!«

»Marilena war auch in Lilos Wohnung.«

Nachdenklich sagte Ira: »Aber Zander glaubt weiterhin, dass es nur Sissy gewesen sein kann?«

»Exakt.«

»Und jetzt?«

Er wies mit dem Kopf hinüber zum Hellberger Hof. »Gehe ich da rein und rede mit Enno Heiland.«

»Dürfen Sie das?«

»Nee. Ist nicht meine Abteilung.«

»Was versprechen Sie sich davon?«

»Die Wahrheit. Das schwächste Glied in der ganzen Kette ist er, ihn müssen wir packen. Wir müssen nur schnell sein, schneller als Zander. Und ich muss ihm irgendwie erklären, warum Sie dabei sind und mitschreiben. Er kennt Sie, oder?«

»Ja, klar, ich hab ein paar Mal mit ihm geredet. Brück, ich hab ziemliches Herzklopfen … Was ist, wenn Enno uns gar nicht reinlässt?«

»Ich hab 'nen Dienstausweis, natürlich lässt der uns rein. Ich will rekonstruieren, wie Marilenas letzter Tag und die Nacht hier abgelaufen sind. Wir beide können uns jetzt alles Mögliche zusammenreimen – wenn Zander schneller ist, wird es nur eine Wahrheit geben, nämlich seine.«

Ira war skeptisch. Das klang ihr zu sehr nach TV-Krimi. »Wir sind doch nicht bei der Mafia! Wenn Sissy nicht schuldig ist, ist es in Zanders Sinne, dass sie nicht verurteilt und die ganze Wahrheit ermittelt wird.«

»Nee. Eben nicht. Der geht nach Düsseldorf und will mit einem spektakulären Erfolg abschließen. Sie ahnen gar nicht, wie wichtig Erfolgsstatistiken bei der Polizei sind. Er lässt die Möglichkeit, dass jemand anders in diesem Fall einen perfiden Plan ausgeführt haben könnte, gar nicht zu. In diesem Sinne müssen wir zwei Fragen klären: Warum gibt es in Marilenas Schrieb den Mordvorwurf gegen Sissy? Und wieso hat Sissy ihre Spuren so stümperhaft verwischt, dass sie schon fast zu verdächtig ist? Es geht auf meine Kappe, wenn ich schiefliege. Ihnen passiert nichts, und was mit mir ist, wenn ich mich irre, darüber denke ich nach, wenn es so weit ist.« Er öffnete die Autotür und wollte aussteigen.

Aber Ira hielt ihn am Ärmel seiner Jeansjacke fest. »Warten Sie mal.« Dann kramte sie im vorderen Fach ihrer Fototasche und zog einen Schlüssel hervor. Sie hielt ihn hoch. »Der gehört zur Hintertür des Haupthauses. Wenn Sie Enno für ein paar Minuten vor die Haustür locken, kann ich versuchen, ungesehen in die obere Wohnung zu kommen. Dann müssen Sie ihm meine Anwesenheit nicht erklären. Ich vermute nämlich, dass er sofort mauert, wenn er mich sieht. Ich kann nur hoffen, dass die Kinder mich nicht bemerken und Alarm schlagen. Oben gibt es einen Kachelofen, der wie ein Megafon wirkt. Wenn Sie mit Enno in der Küche reden könnten, kann ich oben alles mithören und mit dem iPhone aufnehmen.«

»Mit so einer Aufnahme können wir vor Gericht nichts anfangen.«

Ira sah ihn an. »Ich kann aber was damit anfangen, wenn ich meinen Artikel schreibe. Vielleicht unterschätzen Sie mein Paparazzi-Gen ein bisschen.«

»Woher haben Sie den Schlüssel?«

Ira winkte ab. »Das wollen Sie nicht wirklich wissen.«

»Und wie kommen Sie ungesehen zum Hintereingang?«

»Geheimweg. Müssen Sie auch nicht wissen. Ich schick 'ne WhatsApp, wenn ich vor der Tür stehe.«

»O. k., danach rufe ich Sie an und stecke mein Handy in die Brusttasche, damit Sie hören können, wann Sie ins Haus gehen können. Dann haben Sie eine Minute, bevor ich auflege.«

Sie verstand sofort, warum er nicht die ganze Zeit in der Leitung bleiben wollte: Nur, wenn sie aufgelegt hatte, konnte sie das Gespräch mit dem Handy aufzeichnen.

Ira fuhr mit ihrem Auto bis vor den Trampelpfad, parkte auf dem Grünstreifen und hastete durch den Hohlweg. Wieder begegnete ihr niemand, Gott sei Dank, und diesmal wusste sie sofort, wo sie langgehen musste, wie sie am besten über den Ast balancieren und hinter dem Zaun in den Garten springen konnte. Ihr Herz schlug bis in die Haarspitzen, als sie das Grundstück betrat. *Bin da*, simste sie an Brück.

Sie zuckte zusammen, als das Handy vibrierte. Sie hielt es ans Ohr und hörte seine Schritte. Dann seine Stimme: »Polizei Bad Oeynhausen, mein Name ist Brück. Enno Heiland?«

Sie hörte keine Antwort, vielleicht hatte Enno genickt, denn Brück fuhr fort: »Ich muss Sie unter vier Augen befragen. Sind Ihre Kinder im Haus?«

Zwei Sekunden Stille.

»Wo sind sie?«

»Im Wohnzimmer, warum?«

»Können Sie dafür sorgen, dass sie uns nicht stören?«

»Die gucken Bibi und Tina, da kriegen die nix mit.«

»Wie lange dauert das?«

»Was?«

»Bibi und ... diese Fernsehsendung?«

»Is 'ne DVD, hab ich eben erst reingelegt, die geht anderthalb Stunden. Ich muss ja auch mal ein bisschen Ruhe haben.«

Ira hörte wieder Brück: »Zigarette? Ich hab seit Stunden nicht geraucht …«

Bot er Enno eine an? Sie hatte gar nicht gewusst, dass Brück Raucher war.

»Danke. Die müssen wir aber hier rauchen, nicht im Haus«, sagte Enno.

Ira schmunzelte. Okay, so hielt Brück ihn draußen fest.

Konnte sie jetzt rein oder nicht? Sie atmete tief ein und aus, spürte das Adrenalin im ganzen Körper.

»So eine Bank vor dem Haus ist gut, da kann man den ganzen Hof nach vorne raus überblicken«, sagte Brück.

Okay, Ira verstand, das war ihr Zeichen, mit drei, vier Schritten war sie an der Tür, hatte den Schlüssel ins Schloss gesteckt, umgedreht, die Tür geöffnet, lautlos hinter sich geschlossen, aber nicht abgeschlossen. Sie huschte durch den klammen dunklen Flur, überall lagen Kinderschuhe und Spielzeug herum.

Mein Gott, wenn hier irgendwo 'ne Quietschente liegt und ich drauftrete, falle ich in Ohnmacht, dachte sie. Ihr Handy presste sie weiter ans Ohr.

»Können Sie mir genau beschreiben, wie der Tag ablief, bevor Ihre Schwiegermutter gestorben ist?«

»Och nee, das hab ich doch alles schon hundert Mal erzählt!«

»Ja, ich weiß, aber es haben sich kurzfristig neue Anhaltspunkte ergeben, die wir nachprüfen müssen.«

Ira öffnete das Törchen am Fuß der Treppe, lief am äußersten Rand der Stufen hinauf, damit sie nicht knarrten, orientierte sich oben, betrat Lilos Wohnung.

Es stank noch grauenhafter als beim letzten Mal. Und es war viel chaotischer; hier hatten die Polizisten bei der letzten Durchsuchung ganze Arbeit geleistet.

Brücks Stimme klang jetzt leicht gepresst an ihrem Ohr: »Entschuldigen Sie, darf ich Ihre Toilette benutzen? Die Zigarette rauche ich gleich weiter, wo kann ich sie ablegen?« Offenbar sah er sich suchend um.

»Lassen Sie mal, ich halte sie so lange«, sagte Enno. Ira musste grinsen, Brück war schon ein Schlitzohr. Aber wieso legte er nicht auf, das hatten sie doch so abgemacht? Sie lauschte angestrengt, hörte Schritte im Hörer, eine Tür klappte, Brück murmelte: »Wieso kann man diese bescheuerte Tür nicht abschließen? Drei kleine Mädchen und die pieseln bei offener Tür, kann ja wohl nicht wahr sein.« Er ließ Wasser laufen. Dann flüsterte er: »Wittekind? Sind Sie am Platz?«

»Ja.«

»Alles klar, geht gleich weiter. Konnte draußen nicht unauffällig auflegen. Er raucht, ich locke ihn in die Küche. Lege jetzt auf.«

Kurz darauf hörte es sich an, als säße Ira nicht an einem Kachelofen, sondern direkt neben Heiland und Brück, so genau konnte sie verstehen, was unten geredet wurde. Brücks Fragen kamen Schlag auf Schlag, Enno verhaspelte sich manchmal, weil er offenbar nicht so schnell denken konnte, wie Brück fragte.

»Ihre Frau war die ganze Nacht bei Ihnen im Bett?«

»Ja, genau.«

»Sind Sie sicher, dass sie nicht zwischendurch aufgestanden ist und eine Weile weg war?«

»Hab ich doch schon gesagt, das hätt ich gehört!«

»Im Protokoll steht aber, dass Sie mit Ohrstöpseln schlafen, weil Ihre Frau schnarcht. Vielleicht haben Sie nicht gehört, dass sie aufgestanden ist?«

»Verdammte Scheiße, nein! Ich war doch nachts pinkeln, und da lag sie da und hat gepennt wie ein Baby!«

»Das haben Sie bei meinem Kollegen auch ausgesagt?«

»Ja, sicher, wie oft denn noch?«

»Kann sein, dass mein Kollege Ihnen nicht glaubt, weil Sie der Ehemann sind und Ihrer Frau natürlich ein Alibi geben wollen«, sagte Brück. »Das verstehe ich.« Sein Ton wurde vertraulicher. »Täte ich genauso, wenn ich an Ihrer Stelle wäre.«

Stille.

Brück fuhr mit milder Stimme fort: »Herr Heiland, ich weiß nicht warum, aber ich glaube Ihnen. Vielleicht bin ich der Einzige, der Ihnen glaubt, und dann bin ich auch der Einzige, der Ihnen und Ihrer Frau helfen kann. Sie müssen ganz ehrlich zu mir sein, in Ordnung?« Offenbar stimmte Heiland ihm zu, denn Brück sagte: »Ich sage Ihnen jetzt, was ich weiß, ja?«

»Okay.«

»Am fünften Mai wird Ihre Schwiegermutter Lilo Wolf von Ihrer Frau, Sissy Heiland, tot in ihrem Bett gefunden. Der Hausarzt schreibt auf den Totenschein, dass es Herzversagen war. Inzwischen wissen wir aber, dass Lilo keines natürlichen Todes gestorben ist, sie wurde ermordet.«

Ira hörte nichts außer einem rasselnden Atmen. Enno war offenbar geschockt. Sie versuchte, sich sein fassungsloses Gesicht vorzustellen.

»Lilo wird am Samstag bestattet. Danach geht's in den Gasthof. Irgendwann sagt Marilena zu einer Nachbarin: ›Hoffentlich bringt sie mich nicht auch noch um.‹ Und sie sagt das so laut, dass Sissy es hören kann: ›Wie gut, dass Mutter ihr Testament geändert hat. Das Monster wird bekommen, was es verdient.‹ Kurz danach verlässt Sissy die Beerdigung, verschafft sich mit dem Schlüssel aus dem Vogelhäuschen Zugang zum Haus ihrer Mutter und sucht dieses Testament. Wenn sie bei den Verhören die Wahrheit gesagt hat, machte sie keinerlei Unordnung und konnte das Haus wieder verlassen, ohne dass sie gesehen wurde. Nach ihren Angaben legte sie den Schlüssel zurück in sein Versteck und ging nach Hause. Bis hierher ist alles richtig?«

Enno protestierte: »Nee. Nicht nach Hause, Sissy ist wieder zum Gasthof gekommen, wo wir das Fell versoffen haben, weil ich da mit den Kindern auf sie gewartet habe. Sie hatte doch das Auto.«

»Okay, damit erübrigt sich meine Frage, wo Sie in der Zeit waren, dann gibt es genug Zeugen, die das bestätigen können.«

Ira saß eine Etage höher auf dem Schemel neben dem Ofen und hatte ihr Ohr dicht an das Gitter gelegt, um kein einziges Wort zu verpassen. Während sie konzentriert lauschte, kombinierte sie: Nach der Beerdigung ihrer Mut-

ter war Marilena irgendwann zurück in ihr Häuschen gekommen. Hatte sie bemerkt, dass jemand da gewesen war?
Und wenn, ahnte sie, dass es Sissy gewesen war? Oder hatte
sie es mit ihrer Bemerkung im Gasthof vielleicht sogar genau darauf angelegt? Hatte sie nachgesehen, ob der Schlüssel wieder in seinem Versteck lag? Wenn Sissy die Wahrheit
gesagt hatte, wenn sie den Schlüssel tatsächlich wieder ins
Vogelhäuschen gelegt hatte, wie war er dann in die Schublade gekommen, wo die Polizei ihn gefunden hatte? Hatte
Marilena ihn dorthin gelegt? Wahrscheinlich. Wer sonst.
Aber warum? Fakt war, dass Marilena an jenem Abend bei
Georg Karmann angerufen und davon geredet hatte, dass
sie sich nicht sicher fühlte, weil sie glaubte, dass ihre Mutter
umgebracht worden sei. Karmann hatte es für Spinnerei gehalten. Und heute wusste sie, dass es die Wahrheit war. Lilo
war ermordet worden. Woher hatte Marilena das gewusst?

»Kommen wir zum Sonntag, Muttertag«, sagte der Kommissar unten in der Küche. »Wie lief das ab?«

Enno rief: »Oh Mann ey, ich erzähle euch immer und immer wieder dasselbe. Könnt ihr nicht mal mitschreiben?«

Brücks Stimme wurde wieder sanft. »Ich verstehe Sie,
aber es muss sein. Also: Wir wissen, dass Sie mit Ihrer Frau
draußen auf der Bank gesessen, Cola getrunken und Stella
beim Radfahren zugesehen haben. Stimmt's?«

»Ja, und als wir reingegangen sind, ist diese Irre wie 'ne
Furie aus ihrem Haus geschossen, hat uns die Flasche geklaut und ist wieder ins Haus gelaufen. Daran sehen Sie
doch, wie bekloppt die war!«

»Wie hat sie die Flasche eigentlich an sich genommen?«

»Was meinen Sie?«

»Hat sie mit einer Hand danach gegriffen oder mit beiden?«

»Nee, die hat sie mit dem Ärmel angefasst, also ich meine, sie hatte doch immer so 'ne Jacke an, bei der die Ärmel viel zu lang waren, die gingen ihr bis über die Finger, und mit dem Ärmel hat sie die Flasche angepackt. Warum woll'n Sie das wissen?«

Ira kam sofort ein Gedanke: Hatte Marilena vermeiden wollen, dass ihre Fingerabdrücke auf dieser Flasche landeten? Warum?

»Was genau geschah dann?«, fragte Brück.

Enno schnaufte, man hörte, dass ein Stuhl gerückt wurde. »Können wir wieder rausgehen, ich muss eine rauchen!«

»Gleich!«, rief Brück einen Tick zu laut und zu schnell.

Iras Herzschlag beschleunigte sich.

Enno fuhr in genervtem Tonfall fort: »Na, dann hatte die Lüttje die Nase voll vom Radfahren und hat das Fahrrad hingeschmissen, und dann kam die Assi-Oma wieder übern Hof geschossen.«

Als hätte sie darauf gewartet, dachte Ira. *Ob sie hinter der Gardine gestanden hat?*

»... und dann hat sie das Rad gepackt, ist damit zum Wasser runter und hat's in den Bach geschmissen. Ich sag's Ihnen, die hatte voll einen an der Waffel!«

»Sie warf es an der Stelle ins Wasser, an der das Grabkreuz von Angelina steht?«

Und an der sie selber später gestorben ist, ergänzte Ira in Gedanken.

»Genau.«

»Und weiter?«

»Na, da is meine Frau ausgerastet. Die is dann runter zum Ufer, hat das Rad wieder rausgeholt und irgendwas zu Marilena rübergebrüllt. Sissy kann sich ganz schön aufregen.«

»Wissen Sie noch, was sie genau gesagt hat?«

»Nee, nich genau, irgendwas in der Richtung, dass Marilena unsere Stella auch umbringen wollte, sie wollte sie auch in den Bach locken, wie damals Angelina, jedenfalls dachte Sissy das.« Enno zog schniefend die Nase hoch. »Und deswegen glaubt Ihr Kollege, dass Sissy das war. Weil sie diese Scheißwut auf Marilena hatte, und wegen dem Geld.«

»Sie meinen, weil Lilo der Sissy nun doch nichts hinterlassen hatte, sondern Marilena?«

Jetzt wurde wieder ein Stuhl gerückt, Enno sagte: »Sie können machen, was Sie wollen, ich muss jetzt eine rauchen.«

Ira hörte, dass die beiden Männer die Küche verließen. Sie stoppte ihre Aufnahme, steckte das Handy in die Hosentasche und schlich zur Tür. Öffnete sie leise. Lauschte, hörte unten den Fernseher laufen, helle Stimmen, typische Kinderfilmgeräusche, Musik, ein Kind lachte. Schritt für Schritt schlich sie die Treppe runter, wieder dicht am Rande der Stufen entlang.

Und da geschah es: Sie rutschte aus und polterte die restlichen Stufen auf dem Hintern herunter. Unten, vor dem Sicherungsgitter, tauchte Emily auf, zeigte mit dem Finger auf sie, trampelte mit den Füßen und brüllte wie am Spieß.

Sie saßen in seinem Auto, blickten sich an, und Ira prustete los. Sie äffte Kommissar Brück mit vor Lachen erstickter Stimme nach: »Frau Wittekind, Sie mischen sich unerlaubt in polizeiliche Ermittlungen ein, und jetzt kommt auch noch Hausfriedensbruch dazu!«

Als Brück mit Enno in den dunklen Flur gestürmt war, wo das hysterisch kreischende Kind auf Ira zeigte, die wie ein Käfer auf dem Rücken vor dem Törchen an der Treppe zappelte, hatte Brück sofort reagiert. »Sie sind verhaftet!«, hatte er in astreinem TV-Kommissar-Tonfall gesagt.

Ira sah Brück an und lachte wieder los.

»So witzig ist das gar nicht«, brummte er und blickte stur auf die Straße, aber man sah ihm an, dass er sich das Lachen verkneifen musste.

Er stoppte den Citroën neben Iras Mini Cooper. »Wir müssen das alles ausführlich besprechen«, überlegte er, »aber wir können natürlich nicht auf die Wache …«

»Dann folgen Sie mir unauffällig nach Hause. Da gibt's Kaffee, und wir können in Ruhe reden.«

30

Tante Sophie benutzte ihren Rollator als Hocker. Sie saß unter der Esche neben der Einfahrt und paffte Kringel in die Luft. Als sie den schwarzen Wagen hinter Iras Mini Cooper auf den Hof fahren sah, stand sie auf, löste rasch die Bremsen ihrer Gehhilfe und schlürte eilig hinter den Autos her.

»Na, hamwa Besuch?«, fragte sie neugierig und musterte den aussteigenden Kommissar von oben bis unten.

Der schloss seinen Wagen ab, ging auf Tante Sophie zu und streckte ihr höflich die Hand entgegen.

»Getz bringense mich aber in Schwulitäten«, murmelte Tante Sophie und klemmte sich die Zigarre zwischen die Lippen, um dem Kommissar die frei gewordene Hand reichen zu können. Mit der anderen umklammerte sie den Griff des Rollators.

Ira stellte sie einander vor.

»'N Kommissar? Hab ich was verbrochen? Komm ich getz im Kittchen?«, scherzte Tante Sophie. Drüben an der Kate bog ihre Schwester um die Ecke, Sophie nahm den Zigarrenstumpen wieder aus dem Mund und rief: »Frieda, pack ma dein Zeuch zusammen, Polente is da, getz wirste verhaftet!«

Das entsetzte Gesicht ihrer Schwester bereitete ihr sichtliches Vergnügen, allerdings erstarb ihr Grinsen, als Tante Friedchen im Näherkommen konterte: »Kuck, denn hamse uns ja beide am Wickel, wegen der Schwarzbrennerei oder wegen was anderm?«

Frieda Weyer reichte dem Kommissar, den Ira noch nie so amüsiert gesehen hatte, die Hand und sagte: »Scherz beiseite, müssense mit unser Ira beruflich hier verkehren?«

»Verkehren! Die verkehren doch nich!«, rief Sophie, und prompt fingen Brück und Ira schallend an zu lachen.

Andy stand in der Küche und schnitt mageren westfälischen Schinken in hauchdünne Scheiben. Vor ihm stapelte sich frisches Graubrot, das er später in der gusseisernen Pfanne anrösten würde. In einem Sieb in der Spüle tropften eingelegte Gewürzgurken ab, ein Korb mit Eiern aus dem Hühnerstall stand neben dem Herd.

Als Ira und Brück hereinkamen, wischte er sich die Hände am Küchenhandtuch ab, das wie immer im Bund seiner Jeans steckte, und begrüßte den Gast.

»Wir müssen was besprechen, ich hab Kommissar Brück gesagt, dass wir hier ungestört sind«, erklärte Ira und gab ihm einen Kuss.

Andy lächelte Brück an. »Prima, essen Sie zuerst mit uns? Es gibt Strammen Max und Kopfsalat aus eigenem Anbau, ich kann Ihnen aber auch Eintopf aufwärmen, da ist noch Blindhuhn ...«

Brück fiel ihm ins Wort: »Vielen Dank, ich liebe Strammen Max.«

Tante Sophie war ins Zimmer gekommen und rief: »Ich auch, aber da müssen gefächerte Güakchen dabei sein!«

Während des Essens kam ein Anruf von Coco: »Haue gleich im Werrepark ab, war mit Michaela und der lüttjen Emma shoppen und gehe jetzt am Stock. Aber wer auf 'm Samstag in ein Einkaufszentrum fährt, ist ja selber schuld. Meine Herrn, heute warn wieder nur Bekloppte unterwegs … bin in ein paar Minuten auf 'n Kaffee bei euch.«

Sie saßen an dem alten Holztisch in Andys Küche: Ira und Andy, Tante Friedchen und Coco, Tante Sophie und Brück. So gelöst hatte Ira den Kommissar noch nie gesehen, aber sie waren sich auch noch nie in privatem Rahmen begegnet. Alle tranken Kaffee, die Brakenschnapsflasche und Pinnchen standen parat.

Ira saß am Kopfende des Tisches und sah einen nach dem anderen an. Zuerst Andy, der sich gegenüber mit Brück unterhielt. Noch zwei Wochen bis zur Hochzeit. Bei dem Gedanken lächelte sie.

Andy spürte, dass sie ihn beobachtete, warf ihr einen Blick zu, liebevoll, mit diesem leisen Lächeln im Augenwinkel. Sie wusste, dass er ihre Gefühle von ihrem Gesicht ablesen konnte.

Sie schaute zu Tante Sophie, die mit hochgezogenen Augenbrauen und leicht geöffnetem Mund versuchte, jedes Wort zu verstehen, das Brück und Andy wechselten. Ihre Augen wurden durch die Gläser der Brille vergrößert, ihr schlohweißes Haar war, wie immer, ein bisschen nachlässig im Nacken zu einem Dutt zusammengefasst, einzelne Strähnen hatten sich gelöst und fielen über den dunkelgeblümten Kittel. Ira grinste, als sie daran dachte, dass Tante Sophie ihre fleischwurstfarbenen Strümpfe an warmen Tagen gern ganz ungeniert bis auf die geschwollenen Knöchel herunterrollte und sich damit regelmäßig Schelte ihrer Schwester einfing.

Ihr Blick wanderte hinüber zu Tante Friedchen, die seit ein paar Jahren Dauerwelle trug. Sie sähe aus wie 'n grinsendes Schaf, hatte ihre Schwester damals gelästert, als sie frisch vom Friseur »mit'm neuen Kopp umme Ecke« gekommen war.

Tante Friedchen fütterte den Hund heimlich unter dem Tisch mit Brotstückchen, die sie aus der Tasche ihrer Strickjacke nahm. Sie bemerkte, dass Ira sie dabei beobachtete und grinste. Wie schelmisch so ein altes Gesicht wirken konnte! Als Ira anschließend Coco anschaute, mussten beide lachen, denn die hatte sie die ganze Zeit beim Beobachten beobachtet.

Tante Sophie hatte offenbar genug vom Lauschen und forderte: »So, Kinners, getz lasst uns mal anne Abeit gehn un den Fall besprechen. Der Kommissar is ja nich zum Vergnügen hier. Wie is denn der neueste Stand?« Sie lehnte sich ein Stück über den Tisch und sah Brück herausfordernd an.

»Tut mir leid«, sagte Brück und zuckte die Achsel. »Leider sind das laufende Ermittlungen, über die ich …«

Ira fiel ihm ins Wort. »Es sind *Ihre* Ermittlungen, aber es sind *meine* Recherchen, und die werden in meiner Familie offen thematisiert. Was in diesem Raum geredet wird, bleibt unter uns.«

Tante Friedchen und Tante Sophie nickten und sagten gleichzeitig: »So isses.«

Ira legte ihr Smartphone auf den Tisch und spielte allen die Aufnahme mit Brücks getürktem Verhör vor.

Tante Sophie reagierte zuerst und räusperte sich. Ihren rosigen Wangen nach war sie gespannt wie ein Flitzebogen. »Getz lasst uns mal zu den Fakten kommen.«

Ihre Schwester legte sofort los: »Wenn ihr mich fragt, gibt es 'nen Haufen Verdächtige.« Sie zählte sie an den Fingern auf: »Erst mal drei Verflossene von der Marilena, und der ihr Sohn Simon und seine schwangere Freundin sind mir auch nicht ganz geheuer. Herr Kommissar, Sie hatten vorhin gesacht, dasse nich glauben, dasses Sissy gewesen ist, aber was denkense denn, wer der Täter ist?«

Ira bemerkte Brücks gerunzelte Stirn.

Bevor er etwas sagen konnte, ergriff Coco das Wort. »Ich für meinen Teil vermute, dass einer der Ex-Männer Marilena auf dem Gewissen hat.«

Ira war anderer Meinung. »Im Leben nicht. Was für ein Motiv sollte zum Beispiel André Heiland haben? Der hat seit der Scheidung nichts mehr mit ihr zu tun, und um seine Kinder und Enkel hat er sich auch nicht gekümmert. Abgesehen davon hat er ein Alibi, er war in Travemünde im Hotel und hat bis spät nachts gearbeitet. Nein, der scheidet definitiv aus.«

Coco ließ nicht locker. »Und was ist mit dem Knaben aus Minden, dem Maler, dem Sissy den Hund totgefahren hat? Du hast den doch interviewt, was hältst du von ihm?«

»Georg Karmann?« Ira machte eine abwinkende Handbewegung. »Der hat auch kein Motiv. Wenn er Sissy aus Wut über den Tod seines Hundes oder wegen der vielen anderen Gemeinheiten umgebracht hätte, okay, das wäre vielleicht noch nachvollziehbar. Aber warum sollte er Marilena was antun? Nee.«

»Vielleicht liebte er sie noch? Vielleicht hatten die noch was miteinander? Warum sollte sie ihn sonst angerufen haben, bevor sie gestorben ist?«

»Trotzdem, ich verdächtige Karmann nicht. Wenn er noch was mit Marilena zu tun hatte, gab es erst recht keinen Grund, sie umzubringen. Das Gleiche gilt für den Knaben von der Krankenkasse, falls den jetzt jemand ins Spiel bringen will.«

Tante Sophie meinte: »Und was ist mit dem Enno? Der hat die tote Marilena doch gefunden, vielleicht hat er sie auch abgemurkst …« Sie fuhr sich mit der Handkante am Hals entlang.

»Der Typ soll nicht grad die hellste Kerze auf 'm Kuchen sein«, sagte Coco, »kann der so was überhaupt durchziehen? Ich meine, intelligenzmäßig? Und sich dann unverdächtig benehmen und rumheulen, dass seine Alte unschuldig im Knast sitzt?«

»Apropos Alte im Knast«, begann Andy. »Sissy behauptet neuerdings, dass ihr Bruder Marilena getötet hat. Habt ihr mal ernsthaft an Simon als Täter gedacht? Mir ist der nämlich irgendwie zu glatt und zu nett. In seinem Verhältnis zu Marilena ging es auch um 'ne Menge Geld. Wenn er es war, hätte er seine Schwester ziemlich raffiniert ausgeschaltet und kassiert allein ab – aber wohl nur, wenn man ihn nicht überführen kann«, fügte er mit einem Seitenblick auf Brück hinzu.

Tante Friedchen sagte: »Aber Simon hatte sich mit seiner Mutter Marilena gut verstanden, die beiden sind die Guten in der Geschichte, der macht doch nicht die eigene Mutter tot! Und die wollten außerdem alles umbauen und hatten so einen ... so einen ... Bisinissplan oder wie das heißt ...« Als alle wegen ihrer Aussprache zu lachen begannen, zog sie eine Schnute und verschränkte die Arme vor der Brust. »Dann sach ich eben gar nix mehr«, grummelte sie.

»Na ja«, stimmte Coco zu, »immerhin hatte seine Mutter eine Reise geplant und wollte ihr Häuschen vermieten, und davon will Simon angeblich nichts gewusst haben? Das finde ich auch verdächtig.«

»Und was ist mit Nikola, seiner Lebensgefährtin?«, fragte Andy.

»Die ist schwanger, wie soll sie Marilena vergiftet und in den Bach geschleppt haben?«, überlegte Coco. Sie legte den Kopf schief. »Obwohl ... schwanger ist nicht krank ... Marilena war ein Leichtgewicht. Wenn sie dieses Gift ... Man müsste aber erst mal nachvollziehen, wie man sie überhaupt dazu gebracht hat, das Zeug zu trinken. Nikola ... kann sie ihr das vielleicht mit Gewalt eingeflößt haben?« Coco machte sich plötzlich gerade und wandte sich an Brück. »Woraus hat Marilena eigentlich getrunken? Aus 'nem Glas?«

Er kreuzte die Arme vor der Brust. »Noch mal zum Mitschreiben: Ich kann hier keine ermittlungsrelevanten Details preisgeben.«

»Es ist für Ihre Ermittlungen also relevant, ob das Opfer sein Gift aus einem Glas, einer Tasse oder einer Flasche getrunken hat?«, fragte Coco.

Bei dem Wort »Flasche« horchten Kommissar Brück und Ira gleichzeitig auf und schauten einander sekundenlang an.

»Was ist los?«, fragte Andy.

»Die Flasche!«, sagten sie im Chor.

Aufgeregt berichtete Ira von Sissys Colaflasche, die Marilena völlig ohne Grund an sich gerissen und ins Haus gebracht hatte. Dann fragte sie Brück: »Hat Marilena das Gift aus *der* Colaflasche getrunken, die sie nachmittags eingesackt hatte?«

Brück antwortete nicht, stand auf und stellte sich ans Fenster. Dann drehte er sich wieder um, sah in die Runde, sagte keinen Ton. Er ging zum Tisch, stützte sich mit flachen Händen und durchgedrückten Armen auf und wandte sich an Ira: »Manchmal ist es genial, wenn zwei dasselbe sagen, aber nicht dasselbe meinen. Heureka!«

Ira verdrehte die Augen. »Logisch, ich verstehe genau, was Sie meinen.«

»Nein, Wittekind, tun Sie nicht.« Er ging wieder zu seinem Platz, setzte sich, fragte Andy, ob er noch so einen »Schluck« haben könne. Sofort hielten Tante Friedchen und Tante Sophie auch die Pinnchen hin.

Sie tranken alle noch einen, prosteten sich zu, stellten die Gläser ab.

Ira zog ein angewidertes Gesicht.

»Richtig, nu musst du dich ordentlich schütteln, damit überall was hinkommt«, kommentierte Tante Sophie. Dann trommelte sie mit den Fingerspitzen auf die Tischplatte und schaute den Kommissar abwartend an.

Der ließ sich Zeit, bis er sagte: »Sie alle … haben zwei Denkfehler in Ihren Überlegungen.«

Tante Sophie rutschte auf ihrem Stuhl hin und her. »Getz wird es spannend.«

Brück sprach langsam, betonte jede Silbe. »Erstens: Es gibt zwei Morde. Aber mit allerhöchster Wahrscheinlichkeit gibt es nur einen Täter. Sie haben nämlich Lilo Wolf vergessen. Zuerst wurde ihr Gift verabreicht, danach wurde sie erstickt. Das Gift in ihrem Körper war dasselbe, mit dem ihre Tochter getötet wurde, es stammte sogar aus demselben Kanister.«

Ira, Andy, Coco und die Tanten hörten aufmerksam zu. »Es war dasselbe Gift, das auch in der Flasche im Bach gefunden wurde, in einer kleineren, sie steckte im Gestrüpp fest. Sie ist eins der wichtigsten Beweisstücke.« Er sah auf seine Hände, dann hob er den Blick und heftete ihn auf Ira. »An diese kleine Flasche habe ich nämlich eben gedacht, als Sie die große meinten.«

Ja, Ira verstand. Sie griff ihr Macbook, scrollte durch die Bildergalerie und vergrößerte das Foto, das sie gesucht hatte, drehte das Macbook so, dass alle das Bild sehen konnten.

Tante Sophie beugte sich vor, blinzelte mit zusammengekniffenen Augen über den Rand ihrer Brille. »Ne alte Pulle im Gestrüpp, und getz?«

»Warte.« Ira rief die Pressemeldung der Polizei auf und las vor: »… in der Nähe des Tatortes eine Flasche sichern, an der wir die DNA des Opfers nachweisen konnten … in dieser Flasche befanden sich Reste einer tödlichen Mischung aus einer giftigen Substanz und einem hochprozentigen alkoholischen Getränk. Die Flasche war von der Strömung mitgerissen worden, verfing sich aber an einer Wurzel. Dort blieb sie hochkant klemmen … außerdem Schleifspuren gesichert … jemand hatte versucht, sie zu verwischen … Ermittler fanden Fußspuren der Verdächtigen am Bach, in der Wohnung des Opfers gab es Spuren einer Rangelei. Auch dort wurden Fingerabdrücke der Tatverdächtigen gesichert. In einer Getränkeflasche fanden die Ermittler dieselbe Mischung aus Wodka und Gift, mit der Marilena H. vergiftet wurde – und dieselbe, die sich in der Petflasche aus dem Bach befand.« Ira schloss das Macbook und schob es in die Mitte des Tisches. »Wenn diese kleine Flasche nicht gefunden worden wäre …«

Es herrschte Stille im Raum. Jeder dachte nach und kombinierte Fakten, Fragen und Vermutungen. Nur Tante Erna fiepte unter dem Tisch im Schlaf.

31

Stunden später hatten sie den Hergang so weit rekonstruiert, dass Ira ihn zusammenfassen konnte. Sie hatten Stück für Stück alles noch mal durchgekaut, auch Kommissar Brück hatte jetzt keine Infos mehr zurückgehalten. Er hatte ein Ziel vor Augen, und es schien ihm inzwischen egal zu sein, wie er es erreichen würde. Nur Ira kannte den persönlichen Grund hinter seinem Engagement, das ihn, wenn es schiefging, mit hundertprozentiger Sicherheit seinen Job kosten würde. Es war Cocos Idee gewesen, die Lebensgeschichten von Sissy, Lilo und Marilena noch einmal in einer Art Rollenspiel vorzutragen.

Coco fing an. Sie versetzte sich in Lilo Wolf und erzählte mit ihren Worten deren Geschichte nach. Ira ging dabei ihre Notizen durch, nickte, wenn sie zustimmte, und ergänzte die Ausführungen ihrer Freundin, wenn Coco etwas ausließ oder nicht richtig darstellte. Abschließend resümierte Coco: »Ich bin natürlich nur 'ne blonde Taxifahrerin und keine Psychoexpertin, aber so 'n bisschen Menschenkenntnis hab ich auch. Ich denke, die alte Lilo hatte 'ne Menge mitgemacht. Sie ist im Krieg geboren, der erste Mann ist früh gestorben, die Tochter wird mit siebzehn schwanger und kriegt ein Kind, mit dem keiner fertig wird.

Beruflich bekommt die Tochter nix gebacken, weil sie sich ein zweites Kind machen lässt, während sie und ihr Typ schon fast geschieden sind. Dann hat Lilo das Glück, dass sie hier in der Kur noch mal einen Typen kennenlernt, der sie heiratet. Aber der Alte stirbt ihr auch unter den Händen weg, sie erbt diesen Riesenhof und hat keinen Schimmer, wie sie ihn bewirtschaften soll. Sie holt ihre Tochter zu sich und ist ganz verrückt nach ihrer Enkelin Sissy. Vielleicht hat Lilo später Marilena die Schuld daran geben, das Sissy den Hof verließ und für ein paar Jahre zu ihrem Vater ging. Jedenfalls haben sich Lilo und Marilena in der Zeit überhaupt nicht mehr verstanden, um es mal milde auszudrücken. Na ja, und als Sissy zurückkam, hatte Lilo wieder 'ne gute Zeit. Als die Urenkelin Angelina geboren wurde, könnte sie sogar ziemlich happy gewesen sein. Dann verunglückt Angelina tödlich, und ich glaube, der Hass brach dadurch so richtig aus. Keine Ahnung, was Lilo für ein Mensch gewesen ist, aber sie muss ja irgendwann geschnallt haben, dass Sissy nur auf den Hof und ihre Kohle scharf war. Und wenn sie später echt geglaubt hat, dass Sissy sie die Treppe runtergeschubst und ihr all die anderen Dinge angetan hat, muss das für sie die Hölle gewesen sein. Als Lilo krank wird, verträgt sie sich wieder mit ihrer Tochter. Klingt wie ein Kapitel aus'm Pilcher-Roman, war aber mit Sicherheit überhaupt nicht so romantisch, wie es sich anhört. Wahrscheinlich konnte Lilo zum Schluss nicht mehr. Die arme Socke war bettlägerig und ihrer Enkelin total ausgeliefert. Ich kann mir vorstellen, dass sie sich ausgelaugt fühlte. Und lebensmüde. Ich könnte mir auch vorstellen, dass sie Marilena vielleicht sogar darum gebeten hat, ihr übern Jordan zu helfen.«

Nachdem Coco geendet hatte, war es eine Weile still. Tante Sophie wollte etwas sagen, aber Kommissar Brück bat sie, erst abzuwarten, bis Ira und Andy ihren Part vorgetragen hatten.

Sie hatten eine Art Charakterprofil von Marilena entworfen. »Marilena ist für mich in jeder Lebenslage eine Verliererin gewesen«, begann Ira. »Sie hat, wie Coco ganz richtig sagte, nichts auf die Reihe gekriegt. Stellt sich die Frage, *warum* sie so lebensuntüchtig war. Vielleicht lag es zuerst am Elternhaus: Der Vater soff, starb früh, und Lilo war nicht gerade liebevoll. Marilena hat also gar nicht gelernt, wie es ist, in einer warmherzigen Familie aufzuwachsen, und sie war mit diesem Hintergrund emotional nicht in der Lage, ihre eigenen Kinder liebevoll zu begleiten. Natürlich war sie viel zu jung, als die Kinder kamen, und dieser Holzklotz von Ehemann verstand seine Pflicht auch nur in der Rolle als Ernährer. Nach der Scheidung saß sie allein da, dann zog auch noch die Mutter weg. Wer weiß, was für ein Leben Marilena sich erträumt hatte, bevor sie nach dem Tod des Stiefvaters auch auf dem Hellberger Hof lebte, aber dass Sissy später so neben der Spur läuft, hat sie sich mit Sicherheit in ihren schlimmsten Albträumen nicht vorstellen können. Und dann die Tragödie mit Angelina. Ich hätte auch gesoffen und Pillen eingeworfen, wenn meine Enkelin sterben und ich mich dafür verantwortlich fühlen würde. Marilenas Männergeschichten gingen alle nicht gut aus, was auch immer sie anfing, ob eine berufliche Idee oder eine neue Liebe – Sissy hat alles zerstört. Und dann die Versöhnung mit Lilo. Ich glaube, wir können uns alle nicht vorstellen, was das für Marilena bedeutet haben muss. Und jetzt ist sie tot.«

Ira schob ihre Notizen in die Mitte des Tisches und blickte einen nach dem anderen an.

Tante Friedchen hatte die Brille abgenommen und wischte sich mit dem Ärmel ihrer Strickjacke über die Augen. Tante Sophie hatte die Hände auf den Tisch gelegt und seufzte. Andy stierte in sein Glas. Coco hatte ihren Mund mit einer Hand bedeckt und dachte nach.

»Mehr kann ich dazu auch nich sagen«, murmelte Tante Sophie.

Dann übernahm Brück den letzten Teil der Zusammenfassung ihrer Vermutungen, Vorstellungen und Spekulationen, dabei ließ er aber einiges einfließen, das den anderen bisher unbekannt gewesen war.

»Vielen Dank für Ihre Ausführungen. Ja, ich glaube, wir sind damit jetzt nah an der Wahrheit. Wenn Sie mich fragen, hat es sich folgendermaßen abgespielt.«

Ira folgte seinen Worten, vor ihren Augen lief ein Film ab. Niemand unterbrach ihn.

»Es muss einige Wochen vor ihrem Tod gewesen sein, als Marilena eine Gelegenheit findet, um sich in Sissys Wohnung zu schleichen. Es ist vielleicht ein Vormittag, die Kinder sind in der Schule und im Kindergarten. Marilena hat gesehen, dass Sissy und Enno vom Hof gefahren sind. Sie hat Glück, der Computer auf dem Schreibtisch ist an. Wir wissen, dass sie Gummihandschuhe trägt, solche, die sie auch beim Lackieren von Möbeln benutzt. Wir konnten exakt rekonstruieren, welche Suchwörter sie bei Google eingegeben hat: Abschiedsbrief, Selbstmörder. Sie klickt etliche Seiten an. Anschließend löscht sie den Suchverlauf. Und macht dasselbe noch mal. Sie stößt auf den im Netz veröffentlichten Abschiedsbrief des Bloggers Johannes Korten und markiert einen ganzen Absatz, den sie in eine neue Datei kopiert. Marilena verwendet diesen Absatz wortwörtlich und schreibt dazu, dass sie freiwillig aus dem Leben scheide, sie werde nicht mehr mit ihrer Schuld fertig, deswegen sei sie depressiv und trinke wieder. Sie sei schuld, dass ihre Enkelin tot ist, sei eine Kindsmörderin. Sie speichert die Datei und versteckt sie in einem Ordner. Dann lässt sie noch mal dieselbe Suche nach Abschiedsbriefen und Suizid laufen. Ihr Plan, so meine Vermutung: Sie weiß, dass die Polizei Sissys Computer beschlagnahmen und auswerten wird.« Er hob die Hand und bat damit Coco, die etwas einwenden wollte, zu schweigen. »Bitte warten Sie, bis ich alles gesagt habe. Genauso ist es nämlich geschehen: Wir haben die versteckten Dateien und Suchverläufe gefunden und mussten natürlich annehmen, dass Sissy einen Abschiedsbrief für ihre Mutter entworfen hat. Dann sucht Marilena, immer noch an Sissys Computer, nach einem schnell wirkenden Gift und bestellt es ganz einfach per Nachnahme. Sie bestellt es auf Sissys Namen. Dieselbe Substanz steht in Marilenas Werkstatt, sie hat sie – das Datum wissen wir, aber ich hab es nicht im Kopf – gekauft, um ein Graffiti zu entfernen, das man an ihre Hauswand geschmiert hatte. Auch dieser Plan geht auf: Die Polizei stellt fest, dass Sissy über ihren

Computer genau das Gift bestellt hat, an dem Marilena gestorben ist. Ob Sissy die Nachnahmesendung später annimmt oder nicht, ist völlig egal, beides macht sie verdächtig. Marilena geht zur Tageszeitung und gibt ein Mietangebot für einen bestimmten Tag auf. Nach ihrem Tod wird in ihrem Haus ununterbrochen das Telefon klingeln. Sie besucht ein Reisebüro, lässt sich wegen einer Weltreise beraten, nimmt Prospekte mit, die die Polizei später in ihrer Wohnung findet. Die Angestellte vom Reisebüro wird sich genau an Marilena erinnern. Sie geht in ein Sportgeschäft, erzählt nahezu aufdringlich von einem geplanten Trip durch Indien, dort wird man sich ebenfalls an sie erinnern. Dann fährt sie nach Hause und verfasst ein Schreiben, das sie anschließend gut versteckt. Sie weiß, dass Lilo sie in einem neuen Testament als Alleinerbin eingesetzt hat. Alle Vollmachten, die Sissy bis dato hat, erlöschen mit Lilos Tod. So wird Marilena nach dem Ableben ihrer Mutter alleinige Besitzerin des Vermögens. Sie setzt nun ihrerseits Simon als ihren Alleinerben ein und enterbt Sissy und ihre Abkömmlinge. Sie schreibt: *Ich enterbe sie, weil davon auszugehen ist, dass sie mich umgebracht hat, wenn dieses Schriftstück verlesen wird.* Es war natürlich ein Paukenschlag, als wir das Schriftstück gefunden haben. Und nun kommt es: An einem Tag, den die beiden wahrscheinlich sogar verabredet haben, erstickt Marilena ihre Mutter mit einem Kissen. Herzversagen steht auf dem Totenschein. Warum sie ihr zuvor ZZZ verabreicht hat, entzieht sich meiner Kenntnis, vielleicht, um es ihrer Mutter leichter zu machen. Sie hätte sie aber auch genauso gut mit dem Gift intus liegen lassen können,

daran wäre sie auch gestorben. Vielleicht wollte sie sichergehen, dass Lilo nicht vorzeitig gefunden und gerettet wird.
Ich bin absolut sicher, dass Lilo, die in schrecklicher Verfas-
sung war, kaputt von den Jahren des Psychoterrors, ihre
Tochter um diesen Liebesdienst gebeten hat.«

Es war so still, dass man im Raum nur Atemzüge hörte.
Brück fuhr fort: »Jetzt kommen wir zur Beerdigung von
Lilo, bei der Marilena mit voller Absicht diese denkwürdi-
gen Sätze fallen lässt und Sissy damit zum sofortigen Handeln animiert. Sie wird sogar gesehen haben, dass Sissy die
Beerdigungsfeier verlässt und später zurückkommt. Abends
ruft Marilena Georg an. Sie wirkt betrunken, redet davon,
dass sie sich nicht sicher fühlt, weil sie glaubt, dass ihre Mutter umgebracht wurde. Er hält es für Spinnerei. In Wahrheit
hat sie das alles geplant. Nachmittags, nach der Beerdigung,
steht Marilena in ihrem Häuschen hinter der Gardine und
beobachtet den Hof. Sie wartet auf eine Gelegenheit, um die
letzten Spuren zu legen. Sissy und Enno sitzen vor dem
Haus, trinken Cola aus einer Flasche. Sie schauen Stella
beim Radfahren zu. Als sie wieder ins Haus gehen, lassen sie
die Colaflasche stehen. Marilena schaltet sofort, rennt hinüber, greift die Flasche, fasst sie aber nicht mit den Fingern,
sondern durch den Ärmel ihres Pullis an und bringt sie in
ihre Wohnung. Dann präpariert sie die Flasche: Sie stülpt
ihre Lippen über die Öffnung und hinterlässt ihren Spei-
chel, also reichlich DNA. Sie schüttet eine Mixtur aus ZZZ
und Wodka in die Flasche, schüttelt sie und kippt sie bis auf
einen kleinen Rest wieder aus. Zuvor füllt sie aber eine Portion des tödlichen Gemischs in eine andere, kleinere Petfla-

sche, die man später im Bach findet. Es soll so aussehen, als sei ihr die Mixtur in ihrer Wohnung eingetrichtert worden. Sissy war ja inzwischen in der Wohnung gewesen, hatte alles nach dem Testament durchsucht und überall ihre Spuren hinterlassen, Fingerabdrücke und DNA, die wir gesichert haben.« Der Kommissar hielt einen Moment inne. Dann sprach er weiter: »Marilena bezieht wieder Position hinter dem Fenster. Stella wirft ihr Fahrrad hin und geht schaukeln. Marilena rennt zu dem Rad, greift es, marschiert damit zum Bach und schmeißt es hinein. Dann läuft sie zurück und wartet. Sissy kommt wutschnaubend aus der Tür, stapft zum Bach, die Böschung hinunter, hinterlässt dort deutliche Fußspuren, reißt das Fahrrad wieder aus dem Wasser und schreit rum. Sie beschuldigt Marilena, sie wolle ihre Kinder ins Wasser locken, um sie auch umzubringen … Marilena richtet in ihrer Wohnung alles so her, als habe jemand ihren Selbstmord vortäuschen wollen. Sie hat den Abschiedsbrief, den sie bei Sissy gespeichert hat, ausgedruckt. Dann hat sie ihre eigene Unterschrift durch ein Blatt gepaust und nachgemalt, sodass es wie eine Fälschung aussieht. Wir haben aber festgestellt, dass der Brief bei Sissy auf dem Rechner gespeichert wurde, lange, bevor er auf Marilenas Drucker ausgedruckt wurde. Sie hat ihn per Mail an sich selbst gesendet, auch das konnten wir nachvollziehen. Dann hat Marilena etwas Schweres, ich vermute, es war ein Sack mit Kartoffeln, zum Bach geschleift und später im Schuppen abgelegt. Nachts robbt sie ungesehen zum Bach, hinterlässt dabei weitere Spuren und schürft sich Arme und Beine auf. Dann verwischt sie diese Spuren wieder mit einem Reisigbesen, absichtlich dilettantisch. Sowohl den Reisigbesen als auch den Sack Kartoffeln haben wir sichergestellt, aber Kollege Zander hält die Spuren daran für irrelevant. Anschließend macht Marilena sich auf den Weg zum Sterben. Sie hat die Petflasche in der Hand, in der sich die absolut tödliche ZZZ-Wodka-Mischung befindet. Sie achtet darauf, Sissys Fußspuren nicht zu zerstören. Dann setzt sie sich ins Wasser und trinkt die Flasche leer. Sie fällt ihr aus der Hand, wird von der Strömung mitgerissen, verfängt sich an einer Wurzel, nur einen Meter weiter. Hätten wir diese Flasche nicht gefunden, sähe alles ganz anders aus, denn an dieser Flasche befindet sich keinerlei DNA von Sissy.« Brück warf einen Blick in die Runde. »Nun sprechen zuerst alle Indizien für einen Selbstmord. Aber dann wertet die Spurensicherung die Fußspuren am Borstenbach aus, die Reisevorbereitungen und das Mietangebot werden bekannt. Da sind die Schleifspuren, die Fingerabdrücke an der Colaflasche in ihrer Wohnung. Es scheint so, als wurde sie in ihrem Haus überwältigt, man flößte ihr Gift ein und zog sie in den Bach. Dann wird aber das versteckte Testament gefunden, in dem Marilena ihre Tochter des Mordes bezichtigt – und Sissy wird verhaftet. Lilo wird exhumiert. Schlechte Karten für Sissy. Man verdächtigt sie nun des Mordes an beiden Frauen.«

Ira warf ein: »Was ist mit dem Testament, das Lilo dem Pfleger mitgegeben und das der bei Ihnen auf der Wache abgegeben hat? Wozu denn dieser ganze Aufwand?«

Kommissar Brück antwortete: »Entweder hat Marilena von dieser Aktion ihrer Mutter nichts gewusst, das lässt sich leider nicht mehr herausfinden, oder Lilo wollte sichergehen, dass Sissy dieses Testament nicht findet und vernichtet. Wahrscheinlich aber hatten Marilena und Lilo den Tag, an dem Lilo sterben sollte, verabredet, und der Pfleger gehörte mit zu ihrem Plan.«

Brück war die ganze Zeit im Raum hin und her gelaufen. Jetzt setzte er sich, nahm sein Glas, füllte es mit Wasser und trank es in einem Zug aus.

Ira machte sich in ihrem Dokument Notizen, markierte Stellen rot, speicherte. Coco wischte sich unablässig mit flachen Händen über ihre Oberschenkel, Tante Friedchen vergrub das Gesicht in ihren Händen, Tante Sophie hatte den Aschenbecher nah zu sich herangezogen und zerbröselte mit ihren krummen Fingern den Stummel ihrer Zigarre.

Andy stand auf, ging zum Getränkekühlschrank, fragte unterwegs: »Noch jemand ’n Pils?«

Sie nahmen alle ein Bier. Prosteten einander zu, blieben aber wortlos.

Tante Friedchen sagte zuerst was. »Also sitzt diese Sissy unschuldig im Gefängnis.«

»Unschuldig ist die weiß Gott nicht«, brauste Coco auf. »So ein durch und durch fieses Miststück, die hat sie alle auf dem Gewissen, ich weiß gar nicht, ob man diesen Kommissar Zander nicht mit seiner Sicht des Falles weitermachen lassen soll. Ich meine, wenn wir nix sagen … Zander und der Staatsanwalt haben sich doch sowieso auf Sissy eingeschossen …«

Brück unterbrach sie: »Ja, das ist die emotionale Seite der Medaille. Verstehe ich total. Aber wir leben nun mal in einem Rechtsstaat …«

Jetzt fiel Coco ihm ins Wort: »Jau, in einem Rechtsstaat, in dem eine durchtriebene Person es schafft, die eigene Mutter und den Bruder völlig ohne Skrupel in horrende Schulden zu stürzen, die den Freund ihrer Mutter als fiesen Vergewaltiger darstellt und sich selbst als armes Opfer, die ihre Mutter aus lauter Hass so fertigmacht, dass die in die Klapse muss, weil sie sich sonst totgesoffen hätte? Und die ist *unschuldig*?«

Brück zuckte die Achseln. »Wenn wir mit unseren Schlussfolgerungen recht haben, hat Sissy faktisch niemanden umgebracht. Dann hat Marilena zuerst ihre Mutter auf deren Wunsch getötet und dann sich selbst. Und sie hat mit akribischer Genauigkeit geplant, dass ihre Tochter als Mörderin der beiden dasteht. Opfer tot, Täter tot. Ende Gelände. Deswegen kann und darf Sissy nicht verurteilt werden.«

Auf Cocos Wangen bildeten sich rote Flecken, so wütend hatte Ira sie noch nie gesehen. »Aber ohne sie wäre das alles doch gar nicht passiert!«

Tante Friedchen sprach langsam und betonte jede Silbe. »Dass die Sissy so geworden is, hat die sich nich ausgesucht, da haben die Eltern auch ihr'n Teil beigetragen. Wenn so 'n Kind immer nur spürt, dass man es nich haben will, muss es sich wehren, um gesehen zu werden. Als ich noch im Kindergarten gearbeitet habe, hab ich solche Fälle leider öfter erlebt ...«

»Tut mir leid, Frieda, das haste getz nich zu Ende gedacht. Wenn alle Kinder, die nich gewollt wurden, solche Monster werden würden wie diese Kanallje, wär die Hälfte aller Menschen Verbrecher. Die eigene Mutter in den Selbstmord zu treiben und die Omma aus purer Habgier quälen und einsperren ist das Allerallerletzte. Natürlich ist Sissy schuldig. Sie ist schuld, dass die beiden anderen Frauen sich nich mehr anders zu helfen wussten, als sich umzubringen. Und getz soll sie dafür nicht bestraft werden?«

»Ich stimme Tante Friedchen zu«, sagte Andy. »Jeden Morgen, wenn wir aufstehen, können wir uns entscheiden, wie wir sein wollen. Es liegt an uns selber, ob wir gierig, verlogen, gemein, gehässig oder brutal sind – oder nicht. Sissy hat sich immer wieder dafür entschieden, böse zu sein.« Tante Sophie schnaubte und wollte etwas sagen, aber ihre Schwester kam ihr zuvor und startete einen neuen Verteidigungsversuch. »Aber die Sissy hat doch auch viel mitgemacht! Die Mutter liebt sie nich, der Vatter kümmert sich nich, und als die kleine Tochter gestorben ist …«

Tante Sophie ergänzte den Satz: »… hat Sissy ihrer eigenen Mutter die Schuld gegeben und ihr keinen ruhigen Tach mehr gegönnt. Es war ihr Kind, und sie hätte drauf aufpassen müssen, anstatt dauernd durch die Gegend zu fahren und irgendwelchen Tinnef einzukaufen. Dann der Marilena alles inne Schuhe zu schieben, is so was von schäbbich! Assi-Oma, Kindsmörderin, Pechmarie, was hat die arme Frau sich alles anhören müssen.« Tante Sophie brachte es endgültig auf den Punkt: »Ich hab da getz lange drüber nachgedacht, und ich geh da nicht wieder von ab: Kommissar Brück hat recht. Wenn die Polizei inner Werkstatt von Marilena 'nen Kanister mit demselben Zeuch gefunden hat, an dem sie gestorben is, und wenn das auch in dieser Cola-Flasche drin gewesen war, dann hat die sich selber umgebracht und wollte, dass die Tochter dafür ins Kittchen muss …«

Tante Friedchen führte den Satz fort: »Aus Rache, weil sie von der Sissy ihr Lebtach so gepiesackt worden war. Irgendwann wars dann genuch.«

Das letzte Wort hatte Brück: »Aber wie auch immer das ausgeht, Sissy Heiland wird in keinem Fall ungestraft davonkommen. Sie hat alles verloren. Simon bekommt den Hof, und er wird seine Schwester zum Teufel jagen. Sissy hat drei Kinder, einen tumben Typen an ihrer Seite, sie hat keinen Beruf, kein Geld und kein Dach über dem Kopf. Und in Rehme wird sie sich nie wieder blicken lassen können.«

Am Montag, den ersten Juni, gab es in Bielefeld unter gewaltigem Medieninteresse eine Pressekonferenz von Polizei und Staatsanwaltschaft.

Ira saß im Saal des Präsidiums in der zweiten Reihe und wartete mit ungefähr fünfzig Kollegen darauf, dass die Stühle vorn auf dem Podium besetzt wurden. Auf dem Flur und draußen vor dem Gebäude drängelten sich weitere Reporter mit gezückten Handys und Fotoapparaten, Übertragungswagen und Kameraleute standen auf ihren Posten. Sämtliche Boulevardmedien waren inzwischen auf die »mutmaßliche Muttermörderin«, den »Fall Bachleiche« und die »Hölle am Hellberger Hof« aufmerksam geworden und schlachteten jedes Detail und jede Information weidlich aus.

Den Namensschildern auf den Tischen hatte Ira entnommen, dass der Leitende Staatsanwalt Klaus-Gerd Braun, der Leiter der Kriminalpolizei Mark Springer, Polizeihauptkommissar Marius Zander und die Pressesprecherin Eveline Trautmann erwartet wurden.

Das Stimmengewirr verstummte augenblicklich und wurde vom kollektiven Klicken der Kameras abgelöst, als die vier durch eine Seitentür neben dem Podium traten und sich im Gänsemarsch ihren Plätzen näherten.

Eveline Trautmann begrüßte die Medienvertreter, stellte die Beamten vor und erklärte, trotz aller Tragik freue man sich über einen großartigen Ermittlungserfolg: »Nach der widerstandslosen Festnahme der Tatverdächtigen in ihrer Wohnung hatte der Haftrichter Untersuchungshaft angeordnet. Den Ermittlern liegen umfangreiche Erkenntnisse vor, denen zufolge die Festgenommene in dringendem Verdacht steht, zwei Tötungsdelikte zum Nachteil ihrer 75-jährigen Großmutter und der 50-jährigen Mutter begangen zu haben, die am fünften und zehnten Mai in Bad Oeynhausen Rehme tot aufgefunden wurden. Wir möchten Ihnen heute den Gang der umfangreichen Ermittlungen chronologisch darstellen, deswegen gebe ich direkt das Wort an den Leiter der Bielefelder Kriminalpolizei, Herrn Mark Springer.«

Sekundenlanges Blitzlichtgewitter folgte, dann referierte Springer über den Fall und bat anschließend Kommissar Zander als leitenden Ermittler fortzufahren.

Ira schrieb mit und nahm alles zeitgleich mit dem Handy auf. Sie hatte es nicht anders erwartet: Man präsentierte Sissy als mutmaßliche Doppelmörderin, und Zanders Formulierungen ließen keinen anderen Schluss zu als den, dass er einen hochkomplizierten Fall bravourös und zügig aufgeklärt hatte.

Als die Medienleute ihre Fragen stellen durften, wartete Ira eine Weile, bevor sie sich zu Wort meldete. Eveline

Trautmann rief sie auf, Ira erhob sich. Sie heftete den Blick auf Zander. »Die folgende Frage wird Ihnen persönlich aus gutem Grund nicht gefallen, dennoch muss sie gestellt werden«, begann sie provokant und hatte sofort die Aufmerksamkeit ihrer Kollegen. Sie sprach laut und betont langsam. »Herr Kommissar Zander, ist es nach dem jetzigen Ermittlungsstand möglich, dass die verstorbene Marilena Heiland genau das geplant haben könnte, was jetzt passiert, nämlich dass ihre Tochter Sissy Heiland wegen zweier Morde verurteilt werden soll, die sie nicht begangen hat?«

Raunen und Murmeln erhob sich im Saal, dann war es wieder mucksmäuschenstill.

Zander schmetterte ihre Frage ab: »Frau Wittekind, wir ermitteln weiterhin in alle Richtungen und beziehen auch Ihre Vermutungen, über die Sie mich ja im Vorfeld hinlänglich informiert haben, in unsere Arbeit mit ein.« Er lächelte spöttisch, als er sagte: »Wir sind hier aber nicht im Fernsehkrimi, sondern in einer deutschen Ermittlungsbehörde. Wir ermitteln verantwortungsbewusst und gründlich – und nicht um jeden Preis medienwirksam. Außer Ihren Mutmaßungen habe ich nichts vorliegen, und Sie werden mir zustimmen, dass wir ohne gesicherte Erkenntnisse und stichhaltige Beweise nicht handeln können und nicht handeln werden.«

Dann wandte er sich dem nächsten Frager zu und würdigte Ira keines Blickes mehr.

Sie meldete sich erneut, wurde ignoriert und rief einfach dazwischen: »Könnten Sie es verantworten, dass die Mutter von drei Kindern aufgrund Ihrer unvollständigen Beweise und nur aufgrund von Indizien als Mörderin verurteilt werden kann?«

Die Kameras der Kollegen nahmen jetzt Ira ins Visier. Alle Köpfe wandten sich aber sofort wieder in Richtung Zander, als er sagte: »Niemand ist unfehlbar, Frau Wittekind, es gibt durchaus noch einige Lücken in der Indizienkette, aber die werden ordnungsgemäß in einem fairen Prozess geklärt werden. Und das Urteil fällen – Gott sei Dank – nicht Sie oder ich, sondern das Urteil fällt das Gericht.«

Ira packte ihren Block in die Tasche, verstaute die Kamera, stand auf und verließ den Saal. Sie hatte ihr Ziel erreicht: Die Kollegen von Fernsehen, Radio und anderen Zeitungen waren angefixt, in wenigen Minuten würden bei Twitter, Facebook und anderen Netzwerken die ersten Fragezeichen zu Sissys Schuld auftauchen. Die Öffentlichkeit war mit im Boot.

Sissy Heiland blieb vorerst in Untersuchungshaft.

Kommissar Brück, der während der Pressekonferenz im Hintergrund geblieben war und kurz vor Ira hinausgegangen sein musste, stand neben der Treppe. Er hatte auf sie gewartet. Sein Blick wirkte ebenso kämpferisch wie seine Körperhaltung.

»Und jetzt?«, fragte Ira. »Was wollen Sie jetzt tun?«

»Weitermachen. Er darf damit nicht durchkommen.«

Brück bemerkte Iras Blick und erklärte: »Falls Sie das denken: Es geht hier nicht um mich und meine persönliche Beziehung zu Zander. Es geht ums Recht. Ich bin, genau wie Sie, davon überzeugt, dass Sissy durch und durch schuldig ist an allem, was geschehen ist. Aber sie ist keine Mörderin. Und ich vertraue auf unsere Gesetze und auf das Gerichtsverfahren. Dass sie bis dahin in U-Haft bleibt... vielleicht wird es ihr nicht schaden. Vielleicht kommt sie zur Besinnung... sie ist noch jung. Vielleicht kann sie irgendwo ein neues Leben anfangen, es könnte ihre Chance sein.«

Ira legte eine Hand auf seinen Arm. »Sie haben recht. Ich bin auf Ihrer Seite.«

32

So hatte Ira ihre Freundin noch nie gesehen: Coco trug einen knallroten Hosenanzug, hielt einen glitzernden roten Zylinder in der einen Hand und zog mit der anderen einen Schrankkoffer auf Rollen hinter sich her, als sie ihr morgens um Punkt acht Uhr die Tür öffnete. Ira stieß einen Pfiff aus und fiel ihr um den Hals. »Du siehst ja klasse aus!«

Coco schob sie sanft weg und grinste so breit wie noch nie. »Krieg dich wieder ein. Ist Andy weg?«, fragte sie.

»Ja, Thomas hat ihn vor zehn Minuten abgeholt.«

Coco putzte sich die Füße ab. Ihre Sneakers waren aus glänzendem schwarzem Lack und hatten goldene Schnürsenkel. Ein bisschen erinnerte ihre Aufmachung Ira an einen Zirkusdirektor, aber zu einer Kirmeshochzeit passte sie.

Sie marschierte ins Wohnzimmer, wo eine junge Frau Schminkutensilien auf dem Esstisch ausbreitete. Coco musterte sie freundlich. »Da muss ich gar nicht fragen, wer du bist, sieht man ja sofort. Moin Tessa, du siehst deinem Vater wirklich ähnlich. Ich bin Coco, wir hatten ja schon gechattet!«

Ira zog den Gürtel ihres Bademantels fester und setzte sich auf den Stuhl, der mitten im Raum stand. »Ihr habt gechattet?«

Tessa schmunzelte. »Schon. Ich wollte durchaus aktiv daran beteiligt sein, dass mein Papa und meine Stiefmutter eine tolle Party haben werden, auch wenn ich dafür um die halbe Welt fliegen und fast drei Tage unterwegs sein musste.«

Andys Tochter war schon am Dienstag angereist, sein Bruder Markus hatte sie in Frankfurt am Flughafen abgeholt und nach Bad Oeynhausen gebracht. Es war ein bewegendes Wiedersehen gewesen: Als Andy und Tessa sich in den Armen lagen, hatten beide vor Freude geweint. Auch Markus, der den Hof vor Jahren verlassen hatte und inzwischen in Mainz wohnte, war sichtlich gerührt, seinen großen Bruder wiederzusehen.

Heute war Tessa für Iras Make-up und Frisur zuständig. Coco hängte das rote Hochzeitskleid auf einen Bügel und glättete die nicht vorhandenen Knitterfalten mit der flachen Hand.

Ira schloss die Augen, ließ sich von Tessa kämmen und schminken. Ihre Gedanken ließen sie unwillkürlich lächeln. *Das ist er. Der Tag. Mein Tag, unserer. Der schönste, der, von dem alle Mädchen träumen. Ich werde den Mann meines Lebens heiraten. Oder er mich. Oder wir uns. Ist auch egal. Montag werde ich fünfundfünfzig. Es ist wunderbar. Manche Träume dauern eben etwas länger. Obwohl es ja nie mein Traum war zu heiraten. Oder?*

Sie dachte an Hof Eskendor, der kaum wiederzuerkennen war: Buden und Wagen waren in den letzten Tagen draußen aufgebaut worden, neben der Scheune stand ein Karussell für die Kinder, ein Stück weiter gab es die Hüpfburg, Tische

und Bänke überall, mit Feld- und Gartenblumen ge-
schmückt. Ira ließ sich das Wort auf der Zunge zergehen:
Kirmes-Hochzeit.

Um halb zehn stand sie vor dem großen Spiegel und sah
sich an. Das kirschrote Kleid saß perfekt, es war von der
Taille abwärts ausgestellt, kaschierte ihre Schwachstellen,
betonte aber ihre Kurven. Tessa hatte es geschafft, Iras
graublonden Locken eine lässige, aber dennoch festliche
Hochsteckfrisur zu verpassen, die dunkelroten Granatsplit-
ter der antiken Ohrringe passten perfekt dazu. Den Brautstrauß aus verschiedenfarbigen Gartenrosen hatte Gundis
gebunden. Ira ging einen Schritt näher an den Spiegel. Sie
mochte ihre Fältchen um die Augen, reckte den Hals ein
bisschen, um das Kinn zu straffen, lächelte sich im Spiegel
an und dachte: *Es ist egal, wie alt ich bin und ob man mir das
ansieht. So fühlt sich Glück an, und das sieht man.*

Sie drehte sich um, strahlte Coco und Tessa an und sagte:
»Von mir aus können wir.«

Sie verließen den Hof durch den kleinen Seiteneingang
gegenüber der Turnhalle, Coco hatte das blumengeschmückte
Taxi neben dem alten Schulhof geparkt. Ira blieb stehen,
atmete die laue Sommerluft ein, warf einen Blick in den
wolkenlosen Himmel, hörte das Zwitschern der Vögel.

Coco hatte den Zylinder aufgesetzt, eine Hand auf den
Rücken gelegt und ihr mit einer Verbeugung und fröh-
lichem Grinsen die hintere Autotür geöffnet. Tessa stieg
vorn ein.

Im Schritttempo fuhren sie zur Rehmer Insel. Offenbar
hatte Coco tatsächlich Sondergenehmigungen bekommen,

denn sie folgte der Straße Auf den Köppen bis zur Unterführung und lenkte das Taxi dann langsam an den Weiden und Wiesen vorbei, bog rechts ab und hielt nur wenige Meter vor der Werrekussbrücke.

Ira stieg aus, strich ihr Kleid glatt und schaute auf. Ihr bot sich ein Bild, das sie nie wieder vergessen würde.

Oben, auf der Kuppe der geschwungenen Brücke über der Werre, ein weißer Pavillon. Überall Menschen, fröhliche Gesichter, die sie anschauten.

Tessa winkelte ihren Arm an und reichte ihn Ira. »Ich habe schon immer davon geträumt, meinem Papa seine Braut zu bringen.« Schritt für Schritt.

Iras Hand zitterte auf Tessas Arm. Andys Tochter legte ihre darüber und drückte sie.

Ich träume. Meine Stieftochter bringt mich zu meinem Mann.

Sie musste die Tränen unterdrücken und klammerte sich an ihrem Brautstrauß fest.

So viele Menschen. Was für ein Gefühl. Welch ein Tag. Da hinten: die Nachbarn. Alle Bewohner von Hof Eskendor. Da war Kommissar Brück. Und Horstmann. Anne und Kathi aus der Redaktion. Nadine Saalfeld von der *Neuen Westfälischen*. Cocos Mann Heiko, ihre Kinder und Enkelkinder. In der ersten Reihe Elsa. Gleich würde sie Iras Schwiegermutter sein. Mutter und Hermann. Thomas und Gundis mit Henriette, Paul und Thea. Tante Sophie, Tante Friedchen.

Andy.

Er trug eine schwarze Hose, eine schwarze Weste, ein

kurzärmeliges weißes T-Shirt darunter und eine rote Fliege. Außerdem rote Sneakers und einen schwarzen Zylinder.

Tessa blieb stehen, ließ Ira los und gab Andy einen Kuss. »Papa, darf ich dir die Frau deines Lebens übergeben?«

Die Brücke hinauf, über einen roten Teppich, der Baldachin. Dort warteten der Standesbeamte und die Trauzeugen. Coco und Markus.

Als sie Ja sagten und sich dabei in die Augen sahen, waren Andy und Ira allein auf der Welt.

Und dann: Cocos Stimme. »Jetzt!«

Sie drehten sich um. Hunderte roter Luftballons stiegen in den blauen Himmel, spiegelten sich im Wasser der Flussmündung. Ira und Andy legten die Köpfe in den Nacken, sahen ihnen nach, lachten und hielten sich ganz fest an den Händen.

Applaus. Alle Gäste klatschten.

Und wieder Coco, mit Kommandostimme: »Anblasen!«

Jetzt erst bemerkte Ira die Feuerwehrkapelle, die sich am Gedenkstein aufgestellt hatte. Ein Musiker nahm seine Trompete, die ersten Töne von »Oh happy Day« erklangen, langsam, feierlich.

»Oh wie schön«, flüsterte sie und schmiegte sich an Andy.

Jetzt hoben alle Feuerwehrleute ihre Instrumente, »oh happy Day«, laut, fetzig, temperamentvoll.

Im Augenwinkel sah Ira, dass Coco eine Armbewegung machte. Und dann begannen alle zu singen. Die Tanten, die Freunde, Familie, Kinder, Nachbarn, Coco, Tessa, Ira und Andy. Alle schmetterten aus voller Brust immer und immer wieder diese eine Zeile. »Oh happy Day.«

Auch später, als Ira und Andy mit einem weißen Tandem-Fahrrad an den Gästen vorbei gen Eskendor radelten, ein Schild »Just married« am Gepäckträger, eine scheppernde Schlange aus bunten Dosen hinter sich herziehend, schallten die Klänge dieses ungewöhnlichen Gospelchores durch den Sommertag über die Rehmer Insel: *Oh happy Day.*

Epilog

Ich bin kein Opfer! War es nie. Aber wenn das hier schief-geht, tja, dann haben sie mich. Da komme ich nicht mehr raus. Dann hat sie ihr Ziel erreicht. Sie wollte mich schon loswerden, bevor ich geboren war, aber das hat sie nicht ge-wagt. Nicht mal das. Sie hat mich nie geliebt, immer war ich ihr im Weg.

Der Hellberger Hof steht mir zu, mir, nicht Simon. Und schon gar nicht ihr. Nichts hat sie geschafft, hat immer ver-sagt, beruflich und privat, ist mit ihrem Hundeblick durch die Gegend gelaufen und hat dafür gesorgt, dass sie allen leidtut.

Alles hat sie zerstört. Meine Kindheit, in der sie sich nicht um mich gekümmert hat. Einen Panzer musste ich mir an-fressen, damit ich bemerkt werde; diese Psychotante, zu der André mich geschleppt hat, hat das ganz richtig erkannt. André ... der war doch auch kein richtiger Vater, das Weich-ei. Immer nur Ausreden: Wir waren zu jung, wir waren zu unreif, ich musste arbeiten. Mochte sich nicht mal Papa von uns nennen lassen ... Hat er nachgeforscht, warum ich wirklich zu ihm gezogen bin? Mit ein bisschen Engagement hätte er es erfahren. Hat er sich für mich interessiert? Nein. Hat er nicht.

Pechmarie hat mir alles genommen. Auch die Jugend. Da waren ihr ihre Liebhaber und die Schrottmöbel wichtiger. Und das Leben meiner kleinen Tochter hat sie auf dem Gewissen. Sie allein. Nicht mal dafür ist sie zur Rechenschaft gezogen worden. Soff sich ins Koma, schluckte Pillen, ließ sich einweisen, entzog sich allem und hatte reichlich Zeit, um sich darüber klar zu werden, wie sie weiter als Opfer durchs Leben gehen kann. Es ist ja so bequem, ein Opfer zu sein.

Ich bin kein Opfer!

Sie haben mich nicht kleingekriegt, mich nicht ausgetrickst, mich hat niemand betrogen, und es ist mir egal, wenn mich niemand liebt. Mich kann niemand verletzen. Wenn ich agiere, müssen andere reagieren. Ich bin kein Opfer.

Pechmarie war ein Opfer. Aber wenn man sie post mortem jetzt nicht überführen kann – dann weist sie mir die Rolle zu, die ich mein Leben lang vermieden habe.

Recht haben und recht bekommen sind zweierlei, das habe ich selber oft genug durchgezogen. Ich kann nur hoffen. Hoffen, dass die Polizei ihren Job macht und herausfindet, dass sie alles eingefädelt hat, dass sie ihren eigenen Tod inszeniert hat, um mich für immer zu vernichten. Es gibt nur zwei Möglichkeiten.

Entweder kommt die Wahrheit im Laufe des Prozesses heraus, und die Richter sind klug genug, um sie zu verstehen. Dann bin ich frei.

Oder sie hat es so gut gemacht, dass man mich aufgrund von Indizien verurteilen wird.

Noch ist kein Urteil gefällt. Noch bin ich kein Opfer.

Danke

So ein Buch schreibe ich nicht allein. Etliche Gespräche gehen dem Schreiben voraus, und etliche Fragen und Antworten begleiten es. Und einige Menschen.

Dass Martin, mein Mann, mir auch während dieser Story den Rücken freigehalten hat, ermöglichte mir alles. Vor allem die Freiheit, immer dann zu arbeiten, wenn »es läuft«, egal, wie spät es ist, egal, wie viele Wochen es dauert.

Eine Mitleserin war auch dieses Mal wieder die wunderbare Eveline Taut, die mir mit ihrer direkten ostwestfälischen Art und ihrem phänomenalen Gedächtnis seit Jahren eine unverzichtbare Hilfe ist. Und ihr Fachwissen über Medikamente, Gifte, Wirkungen und Nebenwirkungen fließt immer wieder mit ein. Sollte ich dennoch sachliche Fehler gemacht haben, so gehen die auf mein Konto.

Ich danke Markus Sprenger, weil er sich trotz anstrengender Dienste immer wieder die Zeit für ausführliches Feedback nimmt, mir als »echter« Kommissar ganz genau auf die Finger schaut und dafür sorgt, dass die Polizeiszenen korrekt dargestellt werden.

Ich danke Anke Göbel vom Heyne Verlag, die mich quasi »entdeckt« und immer an mich geglaubt hat – unser freundschaftliches Verhältnis bedeutet mir sehr viel.

Steffi Korda ist sicher eine Lektorin, die quasi für mich »erfunden« wurde. Niemals fühle ich mich durch ihre Korrekturen, Anmerkungen und Anregungen bevormundet und niemals missverstanden. Früher habe ich Lektorate gehasst, heute freue ich mich darauf. Danke, Steffi.

Und ich danke von Herzen Theresa, weil sie mir in den Episoden, die in diesem Roman auf wahren Ereignissen beruhen, eine große Hilfe war. Ihren Namen habe ich geändert, um sie zu schützen.

Und ich danke den Mitarbeitern bei der Polizei in Bielefeld, Minden und Bad Oeynhausen, die auf jede Frage eine Antwort wussten, auch wenn sie noch so banal war.

Carla Berling, Köln im Juni 2019